GRAVÉ DANS LA PIERRE

LA SÉRIE PIERRE

TOME 3

DAKOTA WILLINK

Traduction par
VIRGINIE EYMARD

Publication originale : Dakota Willink, LLC
Titre original : Set In Stone
Copyright © 2015 by Dakota Willink

ISBN 13: 978-1-954817-38-8

Traduit de l'anglais (américain) par
Virginie Eymard
Titre original : Set in Stone

Ce livre est dédié à mes lecteurs...

Une femme est un cercle complet. En elle réside le pouvoir de créer, de nourrir et transformer.

— DIANE MARIECHILD

1

Krystina

Alors que je m'habillais avant d'aller travailler, je regardais l'horizon à travers les baies vitrées de la chambre du loft. Le ciel était de mauvais augure. Au loin, les nuages promettaient une chute de neige imminente. Je me demandais distraitement si ce serait la dernière de la saison. Je commençais à me lasser des vents froids de l'hiver et avais hâte de voir New York s'animer au printemps. Alexander, mon beau gosse de fiancé, se tenait devant la fenêtre et boutonnait les poignets de sa chemise Versace. Je détournais mon attention du ciel menaçant pour l'admirer pendant qu'il s'habillait. De la cravate en soie bleu marine pas encore nouée qui pendait autour de son cou à son pantalon parfaitement ajusté, il s'habillait lui aussi pour sa journée de travail, mais il affichait la virilité puissante d'un homme dans la force de l'âge. Ses cheveux presque noirs de jais étaient encore humides parce qu'il sortait de la douche. Ils tombaient en mèches souples qui frôlaient le haut de son col. Lorsqu'il s'approchait de la commode pour prendre son portefeuille et son téléphone portable, ses mouvements étaient confiants, mais aussi très sexy. Je sentais en moi comme un remue-ménage, mon désir pour lui étant toujours en train de miroiter sous la surface. Comme s'il avait remarqué mon regard attentif, Alexander levait les yeux vers moi et m'adressait un petit sourire en coin que j'avais appris à aimer. Il savait qu'il était vraiment canon et que j'aimais le regarder. Parfois, il m'était difficile de croire qu'il n'était à moi. Rien qu'à moi. Embarrassée d'avoir été surprise en train de le fixer, je reportais mon regard sur le ciel qui s'assombrissait et finissais d'attacher les derniers boutons de mon chemisier.

- Même avec ce mauvais temps qui s'annonce, je pense que je ne me lasserai jamais de cette vue, dis-je en désignant la skyline de Manhattan.

J'aimais vraiment ma ville de cœur, et sa grandeur ne cessait de m'étonner. Alexander jetait un coup d'œil distrait à la fenêtre par-dessus son épaule, puis il fit quelques pas en ma direction. Enroulant ses deux bras autour de ma taille, il me serrait contre lui.

- J'ai toute la vue dont j'ai besoin ici, dit-il d'une voix douce avant de frotter ses lèvres sur les miennes.

Il n'avait pas encore boutonné sa chemise, et sa poitrine nue m'était pleinement exposée. J'effleurais son torse du bout de mes doigts, jusqu'aux muscles affûtés de ses pectoraux. Son doux frisson et son faible gémissement firent bondir mon cœur. Je lui rendais son baiser, incapable de faire autre chose que de sentir le contact de ses lèvres sur les miennes. C'était comme si la terre avait fondu sous mes pieds et que le temps s'était arrêté. Sa langue effleurait la mienne et m'enflammait. Son baiser, toujours aussi possessif et dominateur, me consumait. C'était sa signature. Son empreinte. Et rien d'autre au monde ne semblait avoir d'importance. Mais pourtant, ce n'était pas vrai. Je réprimais un soupir alors qu'une vague de tristesse m'envahissait et je retirais mes lèvres des siennes. Je reposais ma tête contre sa poitrine, écoutant les battements réguliers de son cœur. Il y avait des moments où j'avais l'impression que je pourrais rester comme ça pour toujours, mais ces moments étaient rares, ces derniers temps.

Au départ, je pensais qu'emménager avec Alexander serait un grand changement pour nous deux. Étonnamment, nous nous étions installés dans une routine facile avec très peu de friction. De l'heure de notre douche matinale à la planification de nos repas, la vie quotidienne stéréotypée était devenue facile. Viviane, la gouvernante, allait faire les courses pendant qu'Alexander et moi étions au travail. Au début, c'était elle qui préparait tous les jours nos repas du soir, puis j'ai finalement choisi de prendre le relais. En même temps, ça me plaisait. Les jours où je n'étais pas en mesure de cuisiner, nous prenions des plats à emporter, ou bien c'était Alexander qui préparait ce qu'il faisait de mieux pour le petit-déjeuner - c'est-à-dire une omelette - au moment du dîner, car il était incapable de cuisiner autre chose. Je souriais en repensant au moment de sa course folle vers l'extincteur, parce qu'il avait failli mettre le feu à la cuisine du loft. Il avait tenté de préparer un plat de saucisses italiennes aux portobellos mais il avait sous-estimé la quantité de graisse que la saucisse allait produire. Et quand la graisse avait débordé de la casserole peu profonde qu'il utilisait, ça donna lieu à une bataille acharnée. Bataille gagnée, bien évidemment, par la cuisine. Je me souviens avoir vu mon fiancé, cet homme qui dominait tout dans sa vie, être contraint à la soumission. À cause d'un four. C'était peut-être l'une des scènes les plus comiques auxquelles j'avais assisté. Je me souviens avoir ri jusqu'à en avoir mal aux côtes.

Qu'est-ce qu'on était heureux, à ce moment-là !

Ce retour dans le temps, ce fou-rire que nous avions partagé semblait maintenant loin ; comme si tout cela s'était passé il y avait des lustres. Quelque chose avait changé au cours de ces dernières semaines ; quelque chose qui avait changé notre dynamique. Notre relation était devenue tendue, et je n'arrivais pas à savoir quand tout cela avait commencé. Je savais seulement que la nature autoritaire d'Alexander avait pris le dessus sur nos vies. Je commençais à me sentir perdue, comme si je ne savais plus qui j'étais.

- Coucou ? ! T'es où, là ? me demanda-t-il en me sortant de mes pensées.

Je levais le regard vers lui et penchait la tête sur le côté de manière innocente.

- Hein ?

- Tu sembles loin dans tes pensées.

Je voulais lui dire ce que je pensais. Je savais que je devais lui dire ce que je ressentais. Il devait savoir à quel point il dictait littéralement tout. De la construction de notre nouvelle maison aux discussions sur notre mariage à venir, il exerçait tout son pouvoir et me laissait peu de place pour exprimer mes désirs ou mes envies.

Non, Krystina ! C'est pas une bonne idée, Krystina ! Fais pas ça, Krystina !

Même si je comprenais que son passé dictait qui il était, son besoin d'ordre et de contrôle devenait étouffant. Je ne pouvais plus respirer. Et pourtant, je l'aimais tellement que ça me faisait mal. La tension qui régnait entre nous me tuait. Je voulais retrouver mon Alexander. Je voulais qu'on redevienne comme avant. J'aurais voulu savoir quand la balance avait basculé pour pouvoir la réparer. Ne voulant pas exprimer mes inquiétudes et commencer la journée par une dispute, je souriais en plongeant dans les yeux saphir que j'aimais tant.

- Oh ! Pas si loin que ça, lui assurai-je. Je suis juste ici. Là où je dois être.

Je remontais mes bras pour les lui enrouler autour du cou. La lumière de la lampe étincelait sur ma main gauche et attirait mon attention. Inclinant la tête vers le haut, je tendais la main pour pouvoir mieux observer la bague en diamant et en saphir qu'Alexander avait placée à mon doigt. C'était un symbole d'espoir et le rêve d'une clôture blanche au fond d'un jardin. Je souriais chaque fois que je la voyais. C'était un signe que même deux personnes comme nous, aussi ratées que l'étaient nos passés, pouvaient encore trouver le bonheur. Et le bonheur, je savais qu'il me le donnerait. Et bien plus encore. C'était un rappel que les choses iraient mieux entre nous. Les relations amoureuses sont pleines de hauts et de bas et dernièrement, j'avais même eu l'impression que notre lune de miel était déjà terminée, alors que nous n'étions pas encore allés jusqu'à l'autel. Je me disais que c'était juste une bosse sur la route. Rien de plus. Je resserrais mes bras autour de son cou, attirant son corps plus près du mien. Ses mains parcouraient ma colonne vertébrale de haut en bas avant de se poser sur ma taille. Je sentais un tiraillement et réalisais qu'il essayait de dégager mon chemisier de la ceinture de ma jupe.

- Ah ça, non, monsieur ! On n'arrivera jamais à l'heure au travail si vous commencez à faire ça, plaisantai-je en me dégageant de ses bras.

- Je t'ai fait veiller tard hier soir, mon ange, dit-il en me faisant un clin d'œil.

La lueur diabolique qui naissait dans ses yeux me fit rire.

- En effet, admis-je.

Mes joues commençaient à rougir alors que je pensais à la manière passionnée dont nous avions fait l'amour la nuit dernière. Même si les choses étaient tendues entre nous, le sexe n'a jamais été un problème. Notre passion de l'un pour l'autre était la seule chose qui pouvait effacer tous les problèmes de la journée.

- Tu n'as qu'à prendre ta matinée. Et tu arrives au bureau en début d'après-midi.

- Humm... quelle drôle d'idée, murmurai-je.

- Parfait. Content de voir que tu voies les choses à ma façon, déclara-t-il comme si l'affaire était réglée. Une matinée de repos est exactement ce dont tu as besoin.

C'est alors que je réalisais que sa suggestion n'était pas une blague. Mais plutôt un ordre.

- Attends. Je n'pensais pas que tu étais sérieux. Je n'peux pas prendre ma matinée, dis-je en riant tout en essayant de garder un ton léger. J'ai trop de choses à faire.

Il s'éloignait de moi et fronçait les sourcils, des lignes d'inquiétude s'étendant sur ses traits.

- Je suis sûr que tout ce que tu as à faire peut attendre. D'ailleurs, tu peux utiliser ton bureau qui est ici pour gérer tout ce qui est urgent.

- Je n'peux pas me présenter au travail quand bon me semble. J'ai une responsabilité, non seulement envers Turning Stone, mais aussi envers les personnes qui travaillent pour moi, lui fis-je remarquer.

Ses sourcils se creusaient. Il semblait réfléchir à ce que je venais de dire, mais heureusement, il n'insistait pas davantage. Puis il faisait un pas en arrière et commençait à attacher les boutons de sa chemise. Malheureusement, je savais que le moment de tendresse que nous avions partagé une seconde auparavant était maintenant terminé. Me détournant, je me dirigeais vers la penderie pour récupérer une paire de chaussures à talons.

- Fais comme tu veux. C'est juste que tu es bien fatiguée, ces derniers temps. Je n'veux pas que tu sois épuisée. Il fit une pause et sembla se souvenir de quelque chose : et justement, en parlant de ça, Hale a été mis à rude épreuve en essayant de gérer notre sécurité, à nous deux. Il y a eu trop de conflits d'horaires et ça me met mal à l'aise. Je lui ai demandé de trouver quelqu'un d'autre qui assurera ta sécurité et qui sera ton chauffeur. Il commence lundi prochain. Hale te le présentera cet après-midi, dans ton bureau, histoire que vous fassiez connaissance.

Je m'arrêtai net entre le miroir et l'armoire et me retournai vers lui.

- Alex... j'n'ai ni besoin de garde du corps, ni de chauffeur. Penses-tu qu'il soit vraiment nécessaire d'engager quelqu'un d'autre ?

- Absolument. Comme je le disais, Hale est débordé. Il ne peut pas tout faire tout seul.

- Non, tu ne comprends pas ce que j'ai voulu dire. Je n'utilise pas les transports en commun parce que tu ne le veux pas, ce que je comprends, même si je m'en suis bien accommodée pendant des années. La Porsche que tu m'as offerte reste dans le parking de la Cornerstone Tower parce que tu insistes pour que Hale me conduise partout. Je peux me débrouiller toute seule, dis-je en secouant la tête. Tu t'inquiètes trop pour moi.

- Krystina, tu oublies un facteur très important : tu es avec moi, maintenant. C'est devenu officiel à la minute où nous sommes sortis ensemble de la voiture, au gala de charité. Tu ne peux plus être seule : la presse va te manger toute crue.

Je me mettais à rire.

- Je pense que je peux gérer un ou deux journalistes, Alex, lui assurai-je en essayant de garder un ton léger.

Cependant, le sourire s'effaçait de mes lèvres quand je voyais le sérieux de son expression.

- La seule raison pour laquelle tu n'as pas vu ton visage de partout dans les tabloïds, c'est parce que je t'en ai protégée. Ils ont appris à me laisser tranquille, du moins la plupart du temps, parce que je refuse de leur donner quoi que ce soit. Toi, par contre, tu es de la viande fraîche, pour eux.

Je secouais tristement la tête.

- Je pense que tu es un peu paranoïaque. C'est pas si grave que ça, lui dis-je doucement.

Je posais ma main sur son bras pour le rassurer, mais il ne se laissait pas faire.

- Il n'y aura pas de débat. Je ne prendrai aucun risque avec ton bien-être ou ta sécurité, Krystina, insista-t-il fermement en me lançant un regard complice.

Je savais à quoi il faisait référence. Il n'avait pas besoin de me l'expliquer.

Sans ce putain d'accident d'voiture...

Mon estomac se resserrait alors que des images de cette journée horrible apparaissaient devant moi. C'était plus qu'un simple accident de voiture.

Kidnappée. Enfermée dans un coffre. Charlie et Trevor.

Je frissonnais en entendant encore leurs voix menaçantes dans ma tête. Je pouvais encore sentir la panique et l'odeur de renfermé qui se dégageait du coffre. Je pouvais encore entendre le craquement du métal lorsque la voiture roulait. Ce souvenir me faisait dresser les cheveux sur la tête et j'en avais la chair de poule sur les bras.

Arrête d'y penser.

J'essayais de repousser les pensées de ce jour terrifiant, pour les voir évoluer vers les semaines déchirantes qui suivirent. Je me suis souvent demandé si ces semaines étaient plus dures que l'accident lui-même. Je n'aimais pas me souvenir de la vulnérabilité d'Alexander. Voir un homme si fort et si « alpha » complètement brisé par les soucis alors qu'il était assis à mon chevet à l'hôpital était quelque chose que je n'oublierai pas de sitôt. Je fermais les yeux pour essayer d'oublier cette expérience horrible.

Trevor est mort. Il ne peut plus me faire de mal.

C'était fini et il était temps de passer à autre chose. Cependant, je savais qu'Alexander avait raison. Même si je pensais qu'il exagérait au sujet de la presse, Charlie restait une préoccupation majeure. Si Alexander pensait que j'avais besoin d'un garde du corps rien que pour moi, et bien tant pis. Il serait intelligent de concéder au moins cela.

- Quel est le nom de l'agent de sécurité qui va passer me voir ? m'enquis-je en acquiesçant, sachant que j'aurai un garde du corps, que je l'accepte ou non.

- Samuel-je-n'sais-pas-quoi, répondit distraitement Alexander en enfilant son blazer. Après avoir noué et redressé sa cravate, il jeta un œil sur sa Rolex. Il est presque sept heures. Hale sera bientôt là. T'es sûre que je ne peux pas te convaincre de prendre ta matinée ?

- J'en suis sûre, lui dis-je fermement.

- Très bien, dans ce cas. Je dois juste prendre quelques affaires dans mon bureau, puis on pourra partir. Oh ! Encore une chose, ajouta-t-il. Un styliste va passer dans la matinée pour te trouver une robe pour l'ouverture du restaurant de Matteo.

J'écarquillais les yeux de surprise.

- Un styliste ? T'es sérieux ?

Il me regardait perplexe face à ma question.

- Bien sûr que je suis sérieux. Pourquoi est-ce que je plaisanterais ? Je ne suis pas sûr que tout ce que j'ai acheté et qui se trouve dans ta garde-robe soit adapté, déclara-t-il sans équivoque en faisant un geste en direction de l'armoire pleine de vêtements qu'il m'avait offerts. Le restaurant porte ton nom, après tout. Tu dois être habillée pour cette occasion.

Je pensais au dressing rempli de vêtements de marque que je n'avais jamais achetés pour moi-même. En fait, les seuls vêtements de marque que je possédais avant de rencontrer Alexander, c'était ma mère qui me les avait achetés.

- Eh bien, parfait... dans ce cas... dis-je de manière saccadée, parce que les mots me manquaient.

En même temps j'avais envie d'hurler.

Peut-être que j'veux l'acheter moi-même, cette robe !

- Bien. Le styliste sera là à neuf heures. Ça devrait te laisser suffisamment de temps pour trouver quelque chose, m'informa-t-il, inconscient de mon étonnement.

Sans voix, je hochais de la tête. Je ne pouvais que souhaiter qu'il y ait un moyen pour nous de retourner à l'endroit où nous étions hier soir. Nus, dans les bras l'un de l'autre, comme si le monde et tous ses problèmes n'existaient pas. Mais c'était hors de ma portée, tout comme le fait de m'habiller moi-même l'était apparemment aussi.

2

Alexander

Après avoir accompagné Krystina à son bureau dans les locaux de la Cornerstone Tower, je me rendais dans ceux de Stone Enterprise, là où se trouvait mon bureau. En entrant dans l'ascenseur, je tapais le code qui me permettrait d'aller jusqu'au cinquantième étage et, pendant que l'ascenseur montait, je réfléchissais au comportement de Krystina de ce matin.

Elle n'en peut plus. Plus du tout.

Je l'avais vue se hérisser quand je lui avais parlé du styliste, mais c'était pour son bien. Aller sur la Cinquième Avenue seule l'aurait rendue vulnérable. Si je pouvais moi-même l'emmener faire du shopping, je le ferais sans hésiter. Malheureusement, ma journée était bien remplie. J'avais trop de contrats à revoir et je ne pouvais réorganiser aucune de mes réunions. Néanmoins, je pensais qu'il y avait quelque chose de plus que ce rendez-vous avec le styliste qui la dérangeait. Je ne parvenais pas à mettre le doigt dessus, mais Krystina ne se comportait pas bien depuis quelques semaines. Notre relation semblait tendue, tout comme son comportement, et elle semblait visiblement épuisée. Au début, je pensais que c'était parce qu'elle faisait beaucoup d'heures de travail, en ce moment. Et même si cette semaine était sa semaine de retour à Turning Stone Advertising depuis son accident, elle avait étudié les dossiers des clients au cours de la semaine précédente. Il était évident que les horaires rigoureux qu'elle s'était imposés avaient eu raison d'elle. Je l'avais encouragée à y aller doucement, mais elle était trop têtue. Elle s'était lancée à corps perdu dès le premier jour. Il était temps que j'y mette un terme. Mon ange me manquait. Si cela signifiait que je devais l'attacher pour la garder en bonne santé, et bien tant pis pour elle. Je l'imaginais attachée. Nue. Instinctivement, ma bite tressaillit.

Ça fait depuis un bon moment que je n'ai pas sorti mes cordes. P't'être que je devrais le faire dès ce soir.

Je réfléchissais à cette éventualité pendant que l'ascenseur sonnait l'arrivée à mon étage. Je sortais de l'ascenseur et saluais Laura, qui était déjà derrière son bureau, et qui tapotait sur le clavier de son ordinateur.

- Bonjour, Laura.

- Bonjour, monsieur Stone, me salua en retour mon assistante. Votre emploi du temps pour la journée est imprimé. Je l'ai mis sur votre bureau. Souhaitez-vous que nous le revoyons ensemble ?

- Non, Laura. Je l'ai regardé en version électronique en venant ici. Si j'ai besoin de quelque chose, je n'hésiterais pas à vous solliciter.

- Très bien. Je viens de vous faire suivre un e-mail de la part de la Corporation Andrew Carnegie. Vous êtes en lice pour la « Médaille de la Générosité ». Et ça, c'est grâce aux contributions de la fondation Stoneworks à la ville. Le gagnant sera annoncé au Bal de Charité des Gouverneurs.

Putain, génial. Un autre dîner auquel il faut que j'assiste.

Certes, c'était pour moi un honneur, mais je n'avais pas besoin de cette reconnaissance. Si la fondation Stoneworks a fait beaucoup de choses pour la ville, elle n'était pas la seule à être intervenue dans ce sens. Et selon moi, il y en avait beaucoup d'autres qui méritaient la reconnaissance et la publicité plutôt que moi.

- Envoyez l'e-mail à Justine. Elle pourra s'occuper de ça, précisai-je à Laura. Y a-t-il autre chose ?

- Oui. Je voulais vous dire que les Relations Publiques ont appelé. En effet, ils sont toujours en train de répondre aux questions concernant monsieur Charles Andrews. Ils voudraient savoir si vous aviez changé d'avis par rapport à votre déclaration.

- Non, ma déclaration reste la même. Stephen s'est mis en contact avec le procureur et tous deux sont d'accord pour dire qu'il faut attendre la fin du procès. Nous ne voulons pas que les médias donnent un avantage à la défense.

- Je vais leur dire, monsieur Stone, dit-elle en se tournant pour prendre le téléphone.

La laissant seule pour parler à l'équipe des Relations Publiques de Stone Enterprise, je me dirigeais vers mon bureau. Une fois sur place, je m'asseyais et allumais l'ordinateur. Puis je parcourais les e-mails que j'avais reçus la veille et passais en revue mon programme de la journée. Ma matinée et mon après-midi étaient bien remplis, et je payais encore le fait d'avoir pris beaucoup de congés après l'accident de Krystina. Me résignant à la lourdeur de la charge de travail, je m'y mettais directement. Ouvrant mes e-mails par ordre de priorité, j'envoyais les réponses nécessaires aux personnes travaillant sur les permis de construire. Les factures des constructions avaient été transmises à Bryan, mon comptable. Les acquisitions étaient une tout autre affaire. Faire la cour aux propriétaires des biens éventuels que je voulais acquérir demandait plus de temps et de finesse. Cliquant sur un message de la part de John Benson, le propriétaire d'un immeuble d'appartements de quinze étages à Chicago, je découvrais qu'il avait décidé d'augmenter le prix de vente.

Pu-tain ! Ce connard de rapiat fait exactement la même chose que Canterwell.

Je secouais la tête. Je voulais vraiment cet immeuble : un emplacement idéal avec beaucoup de potentiel. Mais pas à un prix aussi élevé. La rénovation prévue serait inabordable si je voulais qu'il devienne quelque chose de digne du nom de Stone Enterprise. Je lui envoyais une réponse rapide dans laquelle je refusais son offre en me disant que ce vieil avare finirait par se raviser. Je prenais soin de mettre Bryan en copie, parce que je savais que ce dernier serait heureux de voir que je maintenais mon offre initiale sans céder à la sienne. Je devais juste jouer au même jeu que Benson un peu plus longtemps. Il reviendra, et quand il le fera, je serais prêt. Quelques cocktails et quelques pots de vin allaient suffire à conclure l'affaire en beauté. L'email suivant était de Justine. Il était sans objet. Pensant que ma sœur m'envoyait quelque chose en rapport avec la Fondation Stoneworks, je l'ouvris. Je fus surpris de constater qu'il s'agissait d'une note succincte m'informant d'un changement de date pour le procès de Charlie Andrews. Il avait été avancé. Mes yeux se dirigeaient vers le haut de l'e-mail pour voir les destinataires : elle avait mis en copie Stephen, mon avocat.

Parfait.

Pourtant, je fronçais les sourcils. Quelque chose me dérangeait dans cet e-mail. Ce n'était pas parce que la date du procès avait été changée, parce que ce genre de choses pouvaient arriver. Surtout que j'avais fait pression sur Thomas Green, le procureur général, pour accélérer les choses. Ce qui me dérangeait, c'était le fait que la nouvelle me parvenait de Justine, par e-mail. D'habitude, elle passait me voir, ou bien elle m'appelait lorsqu'elle voulait parler de ce qu'il se passait avec son ex-mari. Mais là encore, elle n'avait pas du tout été là, ces derniers temps. Depuis l'accident de voiture de Krystina, c'était comme si elle avait disparu de la circulation. En fait, je n'ai même pas du tout eu de ses nouvelles. Elle m'avait juste envoyé des dossiers au sujet de Stoneworks, rien de plus. Je m'étais même demandé si elle ne s'était pas sentie coupable de ce qu'il s'était passé. Je me dis que je l'appellerai un peu plus tard dans la journée. De toute façon, il fallait qu'on discute avant le procès, pour être sûrs d'être sur la même longueur d'onde. Mais je connaissais ma sœur, et je savais très bien qu'une conversation téléphonique ne serait pas la meilleure des choses à faire, parce que je m'attendais à ce qu'elle soit à bout de nerfs à cause du procès à venir. Elle chercherait un projet pour s'occuper et il se trouve que j'avais exactement ce qu'il lui fallait. Mon interphone sonna et la voix de Laura se fit entendre.

- Monsieur Stone, votre rendez-vous de huit heures est arrivé.

Jetant un regard sur l'agenda soigneusement tapé que Laura avait laissé sur mon bureau, je vis que Samuel Faye, l'agent de sécurité que Hale avait déniché, devait me rencontrer à huit heures. Je voulais revoir certaines choses avec lui avant qu'il ne rencontre Krystina.

- Faites-le entrer, répondis-je.

Lorsque Samuel Faye entra dans mon bureau, j'étais surpris de voir à quel point il était différent dans un costume. Lors de notre première rencontre, il portait un jean déchiré et un t-shirt troué de partout. Ses cheveux étaient poussiéreux et son visage couvert d'une barbe de deux jours. Hale m'avait expliqué que Samuel venait de quitter son travail sur un chantier de construction, un emploi temporaire qu'il avait accepté après avoir quitté la Marine. Malgré cela, Hale savait que le passé militaire de Samuel témoignait de sa fiabilité. Mais ce dont je me souvenais le plus, c'était de sa poignée de main, qui était ferme. Et solide. Il se tenait face à moi, vêtu d'un costume bleu marine soigneusement repassé. Bien ajusté et presque rutilant. Ses cheveux bruns étaient coupés avec précision et une intelligence vive marquait ses yeux bruns. Il avait l'air plus jeune que dans mon souvenir, un détail qui m'avait quelque peu choqué, car je suis plus observateur, d'habitude. Je l'évaluais à nouveau et mes yeux s'étrécirent comme de vraies fentes. Il avait l'air trop propre. Et c'était l'homme à qui que je m'apprêtais à confier le bien-être de Krystina. Il serait partout où elle irait, reflétant ses activités quotidiennes, et surveillant chacun de ses mouvements. Le malaise et la jalousie tourbillonnaient dans mes tripes. Je serrais les lèvres et tentais d'écarter mes soupçons, car ils n'étaient pas fondés. Hale aimait bien Krystina et il me connaissait très bien. Il n'aurait pas choisi Samuel si on ne pouvait pas lui faire confiance. Pourtant, je décidais de ne pas me lever lorsqu'il s'approchait de mon bureau. Restant là où j'étais, je le regardais froidement me tendre la main. C'était un jeu de pouvoir arrogant, mais nécessaire jusqu'à ce qu'il apprenne à prendre sa place.

- Monsieur Stone. C'est un plaisir de vous revoir ! me salua-t-il formellement.

Me penchant en avant, je lui rendais sa poignée de main. C'était exactement comme dans mon souvenir. Solide. Une poignée de main pouvait en dire long sur une personne. Je mettais mon inquiétude de côté et me concentrais sur ce point jusqu'à ce que je puisse mieux cerner son caractère.

- Asseyez-vous, Samuel, lui dis-je en lui faisant signe de s'asseoir sur l'une des deux chaises situées devant mon bureau.

Il s'assit immédiatement, le dos droit, la posture affirmée et parfaitement correcte. J'étais sûr que si j'observais plus le sol au niveau de ses pieds, ses talons seraient joints. Tout comme Hale, Samuel Faye était un militaire, sur tous les plans.

- S'il vous plaît, Monsieur, appelez-moi Sam.

- Sam, je sais que nous avons déjà passé ensemble les attentes du poste avec Hale. J'ai cependant quelques petits détails dont j'aimerais discuter avec vous avant votre rencontre avec Krystina. Je fis une pause et plongeai dans son regard attentif alors qu'il attendait que je développe. Et puis, juste parce que ma curiosité me piquait, je changeais de sujet et lui demandais :

- Pourquoi avez-vous accepté ce travail, Sam ?

- Tout simplement parce que j'ai le plus grand respect pour le Commandant, Monsieur, commença-t-il en désignant Hale par son statut de retraité de la marine. Le Commandant Fulton n'attendait que le meilleur de la part des hommes qui travaillaient pour lui. Je sais que c'est toujours d'actualité même après sa retraite. Quand il m'a proposé cette opportunité, j'étais vraiment honoré.

- C'est tout ?

Il me lança un sourire complice.

- Eh bien, le salaire que vous proposez était difficile à refuser, lui aussi.

Il rit doucement après cette dernière déclaration. Pourtant, c'était vrai : le salaire auquel il était habitué n'avait rien de comparable à ce qu'il allait recevoir de ma part. Néanmoins, il devait savoir qu'il ne s'agissait pas de gagner de l'argent rapidement.

- Mais pourtant... l'argent ne peut pas être votre unique motivation. Krystina ne sera pas juste un chèque, pour vous.

Samuel se dégrisa instantanément.

- Je n'ai jamais pensé qu'elle l'était, Monsieur.

- Très bien. Sachez qu'elle est très têtue et qu'elle ne pense pas avoir besoin de votre protection. Je suis certain qu'elle résistera. Ne laissez pas cela vous décourager. Ce n'est pas votre travail, de la convaincre. C'est sa sécurité qui m'importe le plus. Hale et moi avons tout mis en œuvre pour la protéger, mais elle est très naïve.

- Monsieur ? me demanda-t-il.

- Ne vous méprenez pas. Krystina est vraiment très brillante, mais elle n'a pas l'habitude d'être exposée aux yeux du public. J'ai déjà abordé la question de l'utilisation des médias sociaux avec elle et d'ailleurs, si elle n'utilise plus Facebook, ni aucune autre plateforme sociale, vous devriez continuer à les surveiller, au cas où. Et je pense aussi que la presse deviendra un problème dans un avenir très proche. Me penchant en arrière sur ma chaise, je croisai les bras. Un procès va bientôt avoir lieu. Une affaire qui va certainement faire beaucoup de bruit. Hale s'est efforcé de repousser les journalistes, mais ils sont comme des chiens après un os. Il ne faudra pas longtemps avant qu'ils ne tentent d'approcher Krystina pour une histoire comme celle-ci. Vous ne devez pas laisser la presse l'approcher. Si les journalises y parviennent, « sans commentaire » est tout ce que vous ou elle aurez à dire. Vous me comprenez ?

- Je comprends, Monsieur.

Je plissais les yeux et me penchais sur mon bureau avant de reprendre la parole.

- Une dernière chose. Krystina est tout pour moi et elle est sur le point de devenir ma *femme*, le prévins-je en insistant sur le dernier mot afin qu'il pénètre en lui. Ne l'oubliez pas.

Cette manière de parler, qui n'était pas du tout subtile, était ma façon de lui dire de protéger Krystina à tout prix. Ses yeux s'écarquillaient le temps d'un instant ; puis il se reprit rapidement.

- Je n'oublierai pas, Monsieur, promit-il en hochant la tête.

- Je suis heureux que nous nous comprenions. Au départ, je projetais de vous faire commencer lundi. Cependant, le procès dont je vous ai parlé a été avancé. Je préfère que vous preniez vos fonctions plus tôt. En même temps, cela vous laissera plus de temps pour vous acclimater au poste. Prenez la matinée pour mettre vos affaires en ordre. Krystina vous attend en début d'après-midi. Et soyez à l'heure à partir de ce moment-là.

Puis nous finalisâmes les dernières formalités en signant les documents nécessaires à son embauche. Ensuite, je lui laissais un dernier semblant de liberté avant qu'il commence pour de bon à travailler avec moi. De mon côté, j'avais une montagne de contrats à remplir et je ne pouvais pas me permettre de passer l'après-midi à surveiller s'il avait bien compris mes indications. Et si jamais ce n'était pas le cas, je pourrais toujours m'assurer que Hale garde un œil vigilant sur ce jeune agent de sécurité.

Le temps passait si vite : bientôt deux heures. Je m'asseyais sur ma chaise et me frottais les mains sur le visage. À force d'avoir fixé l'écran de mon ordinateur pendant tout ce temps, j'avais mal aux yeux. Je détestais ces longues journées au bureau, pendant lesquelles je ne faisais rien d'autre que de parcourir des contrats d'achat. Je détestais encore plus lire les petits caractères. Je préférais une approche plus pratique lorsque je travaillais sur des dossiers, mais certaines acquisitions de biens immobiliers urgentes ne m'avaient pas permis de procéder ainsi. Mon estomac grognait, me rappelant que je n'avais pas déjeuné. Laissant mes yeux se reposer de l'éblouissement de l'écran, je me levais pour me diriger vers le mini-frigo et voir ce qu'il y avait à manger. Une journée de travail sans déjeuner ne me correspondait pas du tout et Laura savait qu'il fallait le garder rempli. En l'ouvrant, j'examinais son contenu et décidais de me contenter de la moitié d'un sandwich au jambon et d'une boisson énergisante. Puis je me réinstallais à mon bureau. Après m'être assis, je reçus une nouvelle notification sonore m'informant de l'arrivée d'un e-mail. Celui-ci était de la part de Krystina.

À : Alexander Stone

DE : Krystina Cole
OBJET : Rappel

Je suis sûre que tu le sais, mais comme on n'en a pas parlé ce matin, je voulais juste te rappeler notre rendez-vous d'aujourd'hui avec le Dr Tumblin, après le travail. Essaie de t'ouvrir un peu plus aux choses aujourd'hui. Fais-le pour moi, s'il te plaît.

Je t'aime,
Bisous,
Krystina

Je me renfrognais, un nœud de terreur se formant au creux de mon estomac.

Comme si j'allais oublier ce fichu rendez-vous chez le psy.

Une sorte d'agitation commençait à s'installer alors que je pensais au rendez-vous. Quand Krystina avait suggéré d'aller voir un psychiatre ensemble, j'aurais dû savoir qu'il valait mieux ne pas accepter aussi vite. Nous avions vu le Dr Tumblin le mois dernier et selon moi, ces rendez-vous n'étaient rien d'autre qu'une perte de temps. Tumblin ne me disait rien que je ne sache déjà. Chaque semaine, il insistait pour que nous discutions d'un passé que je préférais laisser mort et enterré. Un peu comme un calvaire pour moi. Et le pire, c'était que chaque séance signifiait qu'il risquait d'apprendre la vérité sur mes origines. Quand il s'était penché sur ces questions, je m'étais redressé. De son côté, Krystina pensait que cette thérapie était nécessaire, même si cela allait à l'encontre de chaque fibre de mon être. Ma vie privée avait toujours été ma priorité la plus importante. Je la préservais plus que tout. Garder l'esprit ouvert était une vraie lutte pour moi, mais je faisais de mon mieux pour y arriver. Je devais le faire pour elle, malgré le fait que je n'y voyais aucune sorte d'impact positif. Je faisais toujours fréquemment des cauchemars et Krystina semblait plus renfermée que jamais. Je baissais les yeux sur le sandwich que j'avais à moitié mangé. Je perdais soudainement l'appétit, et le repoussais avant de lui taper ma réponse.

À : Krystina Cole
DE : Alexander Stone
OBJET : Re : Rappel

Je n'ai pas oublié. Et oui, mon ange. Je vais essayer. Pour toi.

Alexander Stone
Directeur Général, Stone Enterprise

Je cliquais sur « envoyer », et mes pensées dérivaient sur ma relation avec Krystina, qui se tendait en ce moment. Mon instinct me disait que c'était à cause de ces foutus rendez-vous, et non parce qu'elle était surchargée de travail. Mais de ça, je ne pouvais pas en être sûr. Cependant, si c'était lié au travail, je pouvais peut-être remédier au problème. Repensant à la liste de clients potentiels dont Krystina m'avait parlé au cours du dîner de la semaine dernière, je rappelais Laura de manière impulsive.

- Laura, merci de me mettre en ligne avec Sheldon Tremaine.

J'avais un service à lui demander.

3

Krystina

Je claquai la porte derrière Samuel Faye, ma nouvelle ombre. Il était poli et formel. Mais qu'est-ce qu'il était maussade et ennuyeux ! Et bien évidemment, il était bien foutu et il respirait la santé. J'étais certaine qu'il pourrait me protéger efficacement de tout ce dont Alexander pensait que j'avais besoin de l'être. J'espérais juste qu'il arrêterait de m'appeler « madame » au plus vite. J'avais l'impression d'être super vieille. Je lui confiais néanmoins sa première mission. Comme je n'avais pas du tout envie de sortir du bureau ce jour-là et que je passerai le reste de la journée avec Alexander, je lui ai dit de prendre le reste de sa journée. En même temps, je n'avais aucune raison de le payer à rien faire. Je fus donc heureuse qu'il fasse ce que je lui demandais sans me poser de questions. Du moins, le pensais-je. Parce que je ne savais pas si Samuel était censé être sous l'autorité de moi ou d'Alexander.

Ça ne devait pas être la mienne, je ne voulais surtout pas perdre de temps à m'en inquiéter.

Et c'est comme ça.

De retour à mon bureau, je me remettais à trier les e-mails. C'était un processus lent et douloureux contre lequel je luttais chaque jour de la semaine. J'avais créé trois dossiers : un pour les propositions rejetées, un deuxième pour les prospects et un troisième pour les projets en cours. En cliquant sur l'un d'entre eux, je croisais les doigts de manière superstitieuse en espérant qu'il ne s'agisse pas d'un autre rejet.

- Et merde ! jurai-je à haute voix dans mon bureau vide.

C'était un autre « merci-mais-non-merci-pour-vos-services ». Je cliquais sur l'email du client potentiel et l'envoyais dans le dossier numéro un. J'essayais au mieux d'ignorer ce rejet.

Parfois, les choses ne se passent pas comme prévu, Cole. Reprends-toi.

Cependant, pour être honnête avec moi-même, cette semaine, pratiquement rien ne s'était déroulé comme prévu. Peu importe les efforts que j'avais faits, les choses semblaient aller de mal en pis. En penchant la tête d'un côté à l'autre, je me faisais craquer le cou et essayais d'étouffer un bâillement. La fatigue s'installait et j'avais encore une longue nuit devant moi. Pour tenter de retrouver de l'énergie, je me redressais un peu plus sur ma chaise tout en m'étirant les bras. Regardant autour de moi, j'examinais mon bureau. Alexander avait tout mis en œuvre pour que tout soit parfait pour moi. Non seulement j'avais un étage entier de la Cornerstone Tower à ma disposition, mais j'étais aussi capable de pouvoir dire que mon bureau était l'un des plus chics de toute la ville. C'était tout ce dont j'avais rêvé. Des baies vitrées du sol au plafond au bureau en bois poli, en passant par la fresque murale géante et la citation de Maya Angelou, c'était un espace impressionnant.

Parfois, il était difficile de croire que c'était le mien. Le fait que tout soit à moi ne faisait que renforcer ma détermination à résoudre le problème dans lequel je me trouvais. Et ça, c'était un gros problème.

Allez, Cole, concentre-toi !

Je soupirais et faisais tourner ma chaise pour allumer la chaîne hifi placée derrière mon bureau. Employant la musique pour me motiver, je me retournais du côté de mon ordinateur, déterminée à rester concentrée sur ma tâche à accomplir. Ma première semaine de retour au travail depuis l'accident de voiture avait vraiment été difficile. Lorsque j'avais proposé à Alexander de racheter Turning Stone Advertising, j'avais de grands espoirs : l'entreprise avait un grand potentiel et ne manquait que d'une direction à suivre. J'avais l'impression que lui faire suivre un nouveau cap serait à ma portée. Cependant, après avoir passé près de trois semaines dans le coma, puis cinq autres à me reposer selon les ordres du médecin, cet aspect de ma vie était resté de côté. Mes employés avaient maintenu le navire à flot pendant mon absence, car ils étaient déjà habitués à fonctionner avec peu d'instructions avant mon arrivée. Ils avaient néanmoins laissé passer soixante-quinze pour cent des contrats potentiels que j'avais prévus pendant mon absence. Ce n'était pas le groupe d'individus le plus proactif... et ça, c'était le cas de le dire. De ce fait, la direction et les progrès que j'avais réalisés lorsque j'avais repris Turning Stone avaient dû être revus. Mes idées pour faire décoller la société de publicité souffraient de plus que de cette défaillance. À l'inverse, le contrat de rachat que j'avais signé avec Alexander était sans faille. Je m'en étais assurée, et je refusais de jouer sur le fait que j'étais sa fiancée. Ce n'était pas parce que j'étais désormais fiancée au propriétaire de Stone Enterprise - et PDG milliardaire - que je pouvais fuir mes responsabilités et mes engagements.

Je ne pourrai pas jouer le rôle de la demoiselle en détresse. Même si j'y mettais toute ma bonne volonté pour essayer.

De toute façon, le pourquoi et le comment je m'étais retrouvée dans cette position n'avaient pas d'importance. Cela ne changeait rien au fait que j'étais à court de clients et que j'avais un mois de retard dans le paiement de mon rachat de Stone Enterprise. J'étais de retour à la case départ. Ma seule option était de continuer à travailler. Tout en déplaçant la souris de l'ordinateur pour cliquer sur l'email suivant, je fredonnais distraitement la chanson « Walk » des Foo Fighters. Je souriais en réalisant à quel point les paroles s'appliquaient à ma situation actuelle. Le chanteur parlait de trouver sa place et de relever des défis, ce qui était exactement ce que je ressentais. C'était comme si j'apprenais à marcher à nouveau. Alors que j'attendais que l'e-mail se charge, je fus interrompue par quelqu'un qui frappait à ma porte.

- Entrez ! criai-je.

Regina passait sa tête à l'intérieur de la pièce.

- Désolé de vous interrompre, mademoiselle Cole, s'excusa mon assistante. Mais je voulais vous le dire en personne plutôt que de le faire par téléphone.

Mon estomac tomba d'un coup.

S'il vous plaît, pas de mauvaise nouvelle.

Je sortais rapidement de ma boîte de réception afin de ne concentrer mon attention que sur Regina.

- Pas de problème. Qu'est-ce qu'il se passe ? m'enquis-je en essayant d'être détendue.

Comme si je n'étais pas terrifiée de perdre un client de plus. Elle me lançait un sourire brillant, voire un peu sournois, et les coins de ses yeux se plissaient. Je prenais cela comme un bon signe, parce que le jour où elle me donnera son préavis, elle ne sourira pas comme un chat qui vient d'avaler un canari. J'essayais de me détendre pour de bon. Regina s'asseyait sur la chaise qui se trouvait face à moi et lissait sa jupe longue à fleurs.

- Monsieur Tremaine a appelé, me dit-elle.

Je levais les sourcils en signe d'incrédulité, espérant au-delà de toute espérance que c'était le monsieur Tremaine auquel je pensais.

- Sheldon Tremaine, le propriétaire des Bijouteries Beaumont ? demandai-je juste pour être sûre.

- Lui-même, en effet. Il a lu la proposition que vous avez envoyée mercredi, et il veut vous rencontrer. J'ai proposé d'organiser une réunion avec Clive, mais il préfère vous rencontrer.

J'essayais d'empêcher ma mâchoire de heurter le sol.

- Regina, c'est une excellente nouvelle ! Du coup, vous avez organisé un rendez-vous ?

- Oui, madame. Je l'ai mis dans votre agenda, d'ailleurs. Le rendez-vous est fixé à la semaine prochaine. En tous cas, il semblait très impatient de pouvoir vous rencontrer, voyez-vous. C'est lui qui se déplace, finalement, même si je lui ai dit que vous pourriez vous rendre dans ses locaux.

Je me détendais et m'adossais afin de pouvoir absorber au mieux ce qu'elle venait de me dire. Un rendez-vous avec LE Sheldon Tremaine (oui ! celui des Bijouteries Beaumont !) tombait à pic. C'était exactement ce dont j'avais besoin. C'était l'un des plus grands distributeurs de diamants de la ville. Si je signais un contrat avec sa bijouterie, je pouvais être tranquille en sachant que les dépenses de Turning Stone seraient couvertes pendant un an, au moins. Même les paiements de rachat de Stone Enterprise seraient pris en charge. C'était pour cela que je n'avais pas le droit à l'erreur.

- On aura besoin que tout le monde s'y mette. Turning Stone a besoin de ce contrat, dis-je à Regina. Pouvez-vous programmer une réunion du personnel obligatoire pour tout le monde, ce lundi matin ? Il faudra que nous préparions un portefeuille, mais aussi des maquettes, avant que je rencontre monsieur Tremaine.

- C'est comme si c'était fait !

- Merci, Regina, lui dis-je en lui souriant. C'est un soulagement pour moi, que d'avoir enfin quelque chose de positif.

- Ça fait du bien de vous voir sourire, mademoiselle Cole. Je savais que cela illuminerait votre journée. Je sais que votre première semaine de retour a été difficile pour vous, mais les choses vont s'améliorer. Je ne veux pas vous voir vous tuer, entre-temps. Elle fit une pause et m'offrit un sourire timide. Essayez de ne pas tout faire toute seule. Accepter un peu d'aide de la part du cinquantième étage n'est pas une mauvaise chose, du moins, quand on vous la propose.

Je penchais la tête sur le côté et plissais les yeux. Quand Alexander avait découvert à quel point j'étais sous l'eau, il m'avait proposé d'envoyer son assistante, Laura Kaufmann, à mon étage. Il pensait qu'elle aurait pu m'aider à m'y retrouver, mais j'ai refusé. C'était quelque chose que je devais faire seule. Turning Stone était mon bébé et c'était à moi de le réparer. Et Regina avait remarqué tout ça ! J'étais scotchée : jamais j'aurais cru qu'elle était aussi observatrice.

- Ça s'voit tant qu'ça ? lâchai-je.

- Quand je finis ma journée à dix-sept heures, vous êtes toujours là, sur le qui-vive, me fit-elle remarquer. L'heure de vos e-mails m'indique que vous faites au moins des journées de douze heures. Je ne veux pas vous voir vous épuiser. S'il y a une chose que j'ai apprise pendant votre absence, c'est que cet endroit a besoin de vous.

- Je suis une grande fille, Regina.

- Oui, je l'sais, dit-elle en se levant pour partir. Mais moi, je suis vieille, et je m'inquiète.

Je me mis à rire : Regina avait cinquante ans à peine.

- Meuh non ! Vous n'êtes pas si vieille que ça !

- Pourtant, je pourrais être votre mère ! Pour moi, c'est suffisamment vieux, me répondit-elle en plaisantant. Je pars dans une demi-heure, à peu près. Avez-vous besoin de quelque chose avant que je parte ?

Levant les yeux sur l'horloge, je constatais qu'il était près de quatre heures et demie. Je devais retrouver Alexander dans le hall à cinq heures.

- En fait non. Je vais même partir à peu près à la même heure que vous.

- Très bien, alors. Profitez bien de votre week-end.

- Merci. Vous aussi, Regina, répondis-je en la regardant sortir de mon bureau.

Optimiste par rapport à mon programme de la semaine prochaine, j'éteignais l'ordinateur et commençais à trier les piles de dossiers-clients sur mon bureau. En les rangeant dans l'armoire à dossiers, j'essayais de passer à autre chose et à me préparer mentalement à la prochaine tâche de la journée : la séance de thérapie avec le docteur Tumblin. En un instant, ma bonne humeur s'envolait. Je redoutais vraiment ce rendez-vous, même si c'était entièrement mon idée. Après avoir fini de ranger les dossiers, j'attrapais mon manteau et mon sac à main. Puis, tout en appuyant sur l'interrupteur qui éteignait les lumières de mon bureau, je prenais une grande inspiration et essayais au mieux d'évacuer la tension qui commençait déjà à s'installer dans mes épaules.

Peut-être qu'aujourd'hui, Alex ne sera pas aussi réticent.

J'essayais d'être optimiste, mais pourtant, je ne le sentais pas. Le quatrième round de la thérapie était dans moins d'une heure, et j'avais carrément l'impression d'être sur le point de commencer un match de boxe. Les séances ne se passaient pas bien parce qu'Alexander semblait se battre contre elles à chaque séance. Et du coup, c'était ce qui m'avait rendue brusque et irritable avec lui ces dernières semaines. Et de ça, je ne pouvais pas m'en empêcher.

Fais gaffe à ce que tu vas lui dire, et ne lui crie pas dessus, aujourd'hui.

Tout en fermant la porte de mon bureau, je me répétais cette phrase trois fois de plus. En avançant dans le couloir en direction de l'ascenseur, je me préparais tant bien que mal à ce qu'il m'attendait.

4

Alexander

- Laura, dis-je dans l'interphone du téléphone posé sur mon bureau.

- Oui, monsieur Stone, me répondit-elle immédiatement.

Encore une des qualités - et certainement la meilleure - de mon assistante : elle ne me faisait jamais attendre. Jamais. Son incroyable efficacité était l'une des raisons pour lesquelles je pouvais aller au bout de mes journées de travail sans aucune entrave.

- Sheldon Tremaine a-t-il contacté Turning Stone ?

- Oui, monsieur : un rendez-vous a été fixé pour vendredi prochain avec mademoiselle Cole.

Je souriais, heureux de constater que tout se passait comme prévu.

- C'est parfait. Et vous êtes sûre que nous pourrons compter sur sa discrétion ?

- Oui, monsieur Stone. J'ai été très claire à ce sujet.

- Très bien. La dernière chose dont j'ai besoin, c'est que Krystina découvre que j'ai arrangé ce deal juste pour elle, dis-je en fronçant les sourcils en considérant les retombées potentielles. Parce que sinon, elle risquera de ne pas aimer ça.

Laura hésita avant de répondre, mais quand elle parla enfin, je pouvais entendre un certain amusement dans sa voix.

- Non, j'imagine qu'elle ne risque pas d'apprécier.

Je gloussais en moi-même. Laura avait très vite appris le caractère indépendant, voire même têtu, de Krystina. Et d'ailleurs, c'était un euphémisme de dire que Kristina risquait de ne pas apprécier les choses si elles tournaient dans ce sens. Non. Pas vraiment : elle deviendrait livide si elle savait que j'avais demandé une faveur pour lui obtenir ce contrat, même si c'était un contrat dont elle avait désespérément besoin. En fait, Bryan m'avait donné les chiffres. Je savais qu'elle avait du mal. Mais je ne pouvais qu'admirer sa ténacité et sa détermination à se débrouiller seule. D'une certaine manière, elle me rappelait un peu moi au moment où j'avais créé Stone Enterprise.

- Tenez-moi au courant des retombées de cette réunion, dis-je à Laura.

- C'est noté, monsieur. Je n'y manquerai pas. Autre chose ?

- Oui, juste une seule. Je vais bientôt quitter mon bureau. Dites à Hale que je n'aurai pas besoin de lui pour nous conduire là où nous devons aller, ce soir. Non. J'ai tout simplement l'intention de prendre la Tesla.

- Très bien, monsieur Stone.

J'appuyai sur le bouton de l'interphone mettant fin à la conversation, puis je faisais tourner ma chaise pour regarder par les grandes baies vitrées de mon bureau, complètement inconscient de la skyline de Manhattan qui se projetait devant moi. Du haut de mes cinquante étages, j'étais aux premières loges pour voir certains des biens immobiliers les plus recherchés du pays. Mais au lieu d'apprécier la vue, mon esprit se concentrait sur Krystina. Je repensais à la façon dont elle semblait fatiguée ce matin.

Elle en fait trop. Trop vite.

La dernière chose dont elle avait besoin était de terminer sa semaine avec le psychiatre qu'elle avait tant insisté d'aller voir avec moi. Il fallait que je trouve un moyen de la convaincre de laisser tomber, parce que c'était une absurdité. Et plus j'y pensais, plus j'étais convaincu que mon instinct disait vrai. Oui, Krystina était surmenée, mais la tension entre nous avait commencé des semaines avant son retour à Turning Stone. Tout avait débuté après notre première séance avec le docteur Tumblin. Mais là, on avait assez souffert. On n'avait vraiment pas besoin qu'une tête à claques se mette entre nous. Me détournant de cette vue magnifique, je me levais pour enfiler mon blazer qui était accroché au dossier de ma chaise. Il était temps de changer de stratégie. Si Krystina ne voulait pas voir ce que cela nous faisait, alors c'était à moi de le lui montrer. C'était une de mes forces, après tout : convaincre les autres de voir les choses à ma façon. C'était d'ailleurs ce qui m'avait propulsé au sommet du monde de l'immobilier. J'avais juste besoin de retirer l'aspect émotionnel de la situation et d'utiliser cette force à mon avantage. Après avoir quitté mon bureau, je prenais la direction de l'ascenseur qui me conduisait au hall de l'immeuble. Pendant la descente, je réfléchissais à la façon dont je devais amener Krystina à penser comme moi.

Et si je refusais d'y aller, tout simplement ?

Je fronçais les sourcils, sachant que ce n'était pas la solution. Le problème, c'était que mon habituelle patience diplomatique me faisait défaut. Et pourtant, je comptais beaucoup sur elle pour réussir. Mais avec Krystina, elle semblait me faire défaut à chaque fois. Même si je l'aimais, cette femme me rendait complètement fou. Rien ne semblait être en ordre lorsqu'elle s'impliquait dans quoi que ce soit. Mon tempérament était un autre problème : il s'enflammait bien plus souvent pendant nos rendez-vous. Et pour moi, c'était un signe très dangereux. Le sang qui coulait dans mes veines était toxique, et je ne pouvais pas me permettre de perdre le contrôle. Pas encore. Je l'avais déjà perdu une fois avec Krystina, et je ne pouvais pas permettre que cela se reproduise. Les images de ses expressions faciales de cette journée émotionnellement épuisante sur mon yacht apparurent au premier plan de mon esprit. C'était le jour où j'avais dévoilé mon passé à Krystina. Je m'étais pratiquement étouffé avec chaque mot que j'avais prononcé cette nuit-là, mais je savais qu'elle avait besoin de la vérité au sujet de mes parents. J'étais tendu, et l'anxiété m'avait fait craquer.

- Alexander, tu me fais mal !

Ses mots étaient un écho constant dans mes rêves. Ses yeux, horrifiés par mes mains qui lui serraient la gorge. Ses belles lèvres, tordues dans une grimace de douleur. Pourtant, même lorsque le soleil se levait pour chasser l'obscurité, le souvenir de ce que j'avais fait me hantait toujours. Ce souvenir me fit grimacer. Même si cela s'était passé des mois auparavant, j'avais parfois l'impression que c'était hier.

Oublie ça. C'est du passé. Rien ne pourra le changer.

Je secouais la tête, comme pour la vider. J'avais appris une leçon importante ce jour-là, une leçon que je n'oublierai pas de sitôt. On m'avait rappelé les nombreuses raisons fondamentales pour lesquelles je devais maintenir l'ordre et le contrôle dans tout ce qui m'entourait. Cependant, ces séances de thérapie ressemblaient presque à un échange de pouvoir. Je devais y mettre un terme : trop de choses étaient en jeu. Lorsque j'atteignis le rez-de-chaussée, je sortais de l'ascenseur et traversais le couloir en direction du hall. Puis je réussis à repérer Krystina près des portes principales. Elle me tournait le dos et semblait regarder son téléphone. Mes yeux frôlaient ses jambes et passaient la couture de sa jupe jusqu'à la vue délicieuse de son derrière sous son ensemble sur mesure.

La perfection.

Les coins de ma bouche se relevaient en signe d'appréciation. L'associer à mon couturier personnel pour qu'elle trouve sa tenue professionnelle était un petit coup de génie de ma part. Même si Krystina avait bon goût et qu'elle était éblouissante dans tout ce qu'elle portait, mon couturier avait sculpté des jupes et des tailleurs pantalon qui lui allaient parfaitement. Néanmoins, je ne pouvais pas attendre de la ramener à la maison pour pouvoir lui arracher sa jupe. J'imaginais en baisser la fermeture éclair jusqu'au niveau de sa taille fine pour qu'elle puisse enrouler ses cuisses autour de mes hanches. Mes couilles se resserraient à l'idée d'enfouir mon corps en elle et de la remplir de ma semence.

Oh, mademoiselle Cole ! C'est vous qui allez me supplier ce soir !

Au moment où j'arrivais derrière elle, elle avait dû sentir ma présence car elle se tourna vers moi pile à ce moment-là. N'étant jamais du genre à ignorer sa beauté, je scrutais son visage. Elle avait une mâchoire des plus élégantes, à la fois douce et sévère. Ses lèvres boudeuses ne manquaient jamais de m'attirer, et il était difficile de ne pas les imaginer enroulées autour de ma queue. Elle était aussi belle que d'habitude, mais son teint était très pâle et elle semblait exténuée. Des petits cercles ombrageaient le dessous de ses yeux marron foncé.

C'est pas vrai !

Ne voulant pas provoquer une nouvelle dispute à propos des longues heures de travail qu'elle avait effectuées cette semaine, je réprimais un froncement de sourcils et lui adressais un sourire désinvolte. Enroulant un bras autour de sa taille, je la rapprochais de moi et l'embrassais doucement sur le front.

- Prête à partir, mon ange ? m'enquis-je.

- Quand tu veux, dit-elle en me souriant elle aussi.

Pourtant, son sourire ne disait pas la même chose que son regard. Les émotions de Krystina étaient souvent clairement écrites sur son visage et je pouvais lire en elle comme dans un livre. Son sourire forcé était évident.

Elle est aussi tendue que moi, avec ces putains d'rendez-vous !

Pour moi, c'était tout simplement une raison de plus pour laquelle nous ne devrions pas les avoir, ces putains d'rendez-vous. Préférant ne pas exprimer mes pensées, je faisais un pas en arrière et prenais son coude pour la guider hors de la Cornerstone Tower afin d'aller jusqu'au parking. Lorsque nous nous installâmes dans la Tesla bleu métallique, j'attendais qu'elle attache correctement sa ceinture avant de sortir de la place de parking. Une fois que nous commençâmes le court trajet menant au cabinet de Tumblin, je remarquais qu'elle était inhabituellement calme. Le seul son que l'on pouvait entendre dans la voiture provenait de la radio : un air endiablé de Bishop Briggs. Dans un autre contexte, j'aurais peut-être suggéré d'ajouter cette chanson à l'une des playlists que j'avais faites pour elle quelques mois auparavant ; mais pas aujourd'hui, parce que son silence inhabituel me disait que quelque chose la dérangeait. C'était plus qu'une simple tension au sujet du rendez-vous. Je lançais un regard dans sa direction. Elle regardait par la fenêtre du passager alors que je freinais pour m'arrêter à un feu rouge.

- Tu as encore ce regard, lui dis-je.

- Quel regard ?

- Comme celui de ce matin. Celui qui me dit que tu es perdue dans tes pensées, lui fis-je remarquer avec désinvolture.

- En fait, je pensais à notre réunion de la semaine prochaine : je suis curieuse de voir les plans des architectes pour la propriété de Westchester, commenta-t-elle.

Je notais que son ton manquait d'excitation ; qu'il semblait quelque peu plat. Je remarquais aussi qu'elle y faisait référence d'une manière très impersonnelle. Elle en parlait comme d'une simple parcelle de terrain, comme si ce n'était pas *notre* maison que nous faisions construire. C'était décevant et troublant. Elle aurait dû montrer plus d'enthousiasme à l'idée de faire construire notre maison ensemble, mais elle semblait détachée dès que le sujet était abordé.

- Oui, moi aussi, j'ai hâte que tu voies les plans. Je pense que tu vas aimer mes idées et ce qu'on a dessiné pour les mettre en œuvre, murmurai-je distraitement. J'observai sa pâleur, une fois de plus. Tu t'sens bien, mon ange ?

- Je vais bien. Juste un peu fatiguée. Je tuerai pour un peu de caféine en ce moment. Tu crois qu'on a le temps de s'arrêter pour prendre un café ? demanda-t-elle.

- Tu ne devrais pas dépendre autant du café, Krystina. Ce n'est pas sain pour toi. De plus, si on s'arrête en cours de route, on sera en retard pour le rendez-vous.

Elle fronçait les sourcils et regardait l'heure sur le tableau de bord :

- C'est vrai. T'as raison, convint-elle.

Elle se retournait pour regarder à nouveau par la fenêtre. Elle se raclait la gorge et je ne pouvais m'empêcher de remarquer qu'elle semblait légèrement congestionnée. Je me demandais si elle ne commençait pas à s'enrhumer. Le feu passait au vert et j'appuyais sur l'accélérateur, même si j'avais envie de faire demi-tour et de rentrer chez moi.

Elle devrait être au lit. En train de se reposer.

- On peut toujours décaler le rendez-vous ? Je sais que la semaine a été longue pour toi, suggérai-je timidement, même si je savais déjà quelle serait sa réponse.

- Non, Alex, me répondit-elle sèchement. C'est important. On a enfin commencé à faire des progrès depuis la semaine dernière.

- Humm, murmurai-je.

Ce qu'elle appelait « des progrès » et ce que j'appelais « des progrès » étaient des choses totalement différentes. Comme si elle venait de réaliser le fait qu'elle m'ait répondu de manière trop brève, elle posait une main sur mon genou, le pressa légèrement, et me sourit :

\- Ça va bien s'passer, dit-elle en adoptant un ton plus doux. Comme je te le disais par e-mail, essaie juste de garder l'esprit ouvert. En fait, il faudrait même que nous ayons tous deux une approche différente de la situation. Pour qu'on puisse trouver un terrain d'entente. Je suis sûre qu'on peut le faire.

\- P't'être...

On pourrait p't'être tout recommencer à zéro.

Baissant les yeux sur sa main posée sur mon genou, je remarquais que la lumière des lampadaires brillait sur la bague en diamant et en saphir que je lui avais glissée au doigt il y avait à peu près deux mois, symbole qu'elle serait bientôt à moi. Entièrement rien qu'à moi. Il m'était bizarre de penser à ma « vie d'avant ». Du moins, avant que je la rencontre. Je réussissais tout ce que j'entreprenais, je gagnais très bien ma vie, et je n'avais jamais rêvé de me contenter d'une seule femme. Dans les clubs dans lesquels j'évoluais, passer d'une femme à l'autre était bien plus facile. Cela signifiait qu'on n'avait aucun attachement émotionnel et beaucoup moins de risques. « Jusqu'à ce que la mort nous sépare » n'a jamais été inscrit dans mes plans. Jusqu'à ce que je rencontre Krystina. Elle m'avait fait réaliser à quel point ma vie était banale et ennuyeuse. Quand je lui avais fait ma demande en mariage, elle m'avait vraiment surpris - jusqu'à en être choqué - en disant oui. Je m'attendais à ce qu'elle me repousse ou qu'elle remette tout en question - comme elle l'aurait fait dans n'importe quelle autre situation. Je pensais que j'allais devoir faire des efforts pour qu'elle comprenne ma façon de penser, mais elle ne s'y est pratiquement pas opposée. Elle avait tout simplement dit oui. À ce moment-là, j'étais l'homme le plus heureux du monde. J'étais encore un peu étonné de mon envie soudaine de me poser, mais ce n'était pas un sentiment malvenu. Après notre rencontre fortuite dans une épicerie, elle avait fait basculer mon monde et m'avait changé sans le savoir. Chaque jour, elle me faisait ressentir des émotions nouvelles et inconnues. Le jour où je l'ai rencontrée, j'ai su que c'était elle que je voulais. Depuis, je n'ai plus jamais regardé en arrière. Je fixais encore sa bague.

Monsieur et madame Alexander Stone.

Oui, c'est ce que je veux. Et maint'nant. Tout d'suite.

Si seulement elle arrêtait de traîner les pieds.

Alors que Krystina avait été ferme dans son engagement à vouloir m'épouser, ses actions montraient le contraire. Ce n'était pas juste lorsqu'elle disait ou qu'elle faisait quelque chose en particulier, mais plutôt la façon dont elle évitait de discuter d'un sujet bien précis. Je voulais me marier le plus tôt possible. Avoir notre relation officiellement gravée dans la pierre dès que possible était ma priorité absolue. Elle, par contre, se contentait de repousser notre mariage d'un an ou plus. Mais moi, je n'avais pas l'intention d'attendre un an et son refus de revoir mes projets me mettait sur les nerfs.

- Tiens, j'ai vu Justine aujourd'hui. On a bien discuté, crus-je bon de lui faire savoir sur un ton désinvolte.

- Ah oui ? Ça fait depuis un bon moment que je ne l'ai pas vue. Comment va-t-elle ?

- Elle est à bout de nerfs. Tu as lu l'e-mail que je t'ai envoyé sur le changement de date du procès de Charlie ?

- Oui. J'ai vu qu'il a été avancé.

- À mon avis, c'est ce procès qui lui prend toute son énergie.

- Je pense qu'on est tous un peu tendus à cause de ça, murmura-t-elle. Vivement que tout soit enfin terminé, histoire qu'on puisse laisser tout ça derrière nous.

- Entièrement d'accord avec toi, mon ange. Mais je connais Justine. Je pense que l'impliquer dans un projet serait une bonne distraction pour elle en ce moment. Elle ne supporte pas très bien l'ennui ni l'anxiété.

- Oui, tu m'en avais déjà parlé, répondit Krystina en

gloussant. Je pourrais peut-être lui parler du programme que j'aimerais lancer au refuge pour femmes ? Et si elle m'aidait à trouver des idées pour aider les victimes de viols qui viennent à Stone's Hope ? Ça devrait la tenir suffisamment occupée. À moins, bien sûr, que tu lui aies déjà donné quelque chose à faire.

- Et bien en effet, c'est c'que j'ai fait. Je lui ai dit de commencer à chercher des organisateurs de mariage, des lieux et des fleuristes. C'est quelque chose auquel j'aurais dû penser plus tôt. Organiser des fêtes, c'est ce qu'elle fait de mieux, et comme ça, ça nous permettra d'avoir un point de départ.

- Alex, on n'a pas encore choisi de date, ni le type de mariage qu'on aimerait avoir.

Je me pinçais les lèvres dans mon agacement en regardant la circulation sur la route. Je voulais lui faire remarquer que la seule raison pour laquelle nous n'avions pas de date, c'était parce qu'elle ne voulait pas en fixer une, mais je me ravisais. Je ne voulais pas qu'elle s'énerve, alors je me concentrais pour garder un ton neutre.

- Mais on n'est pas obligés de faire quelque chose d'extravagant pour notre mariage, dis-je fermement. Ne te mets surtout pas ça en tête. L'option de la simplicité sera la meilleure.

- Et si moi, je veux un grand mariage bien chic ? me demanda-t-elle calmement.

Son ton était discret, mais en même temps, je pouvais sentir le défi dans sa question. Je me retournais pour la regarder, mais je constatais que ses sourcils étaient froncés. Je combattais l'envie de tendre la main et de lisser les plis qui se logeaient entre ses yeux.

- Parce que c'est ce que tu veux ? Un grand mariage ?

J'avais posé cette question en espérant que sa réponse serait non, parce qu'un grand mariage était tout simplement hors contexte.

Elle fronçait les sourcils :

- Non, pas vraiment.

Je poussais un soupir de soulagement.

- Parfait, parce que ce n'est pas une option. Moins d'attention médiatique il y aura, mieux ça vaudra. J'ai vraiment tout fait pour m'éloigner de la presse, ces derniers temps. Les journalistes sont comme des vautours depuis l'accident, et le procès de Charlie les fait ronger par la faim, crachai-je avec dégoût. Et ça, Justine le comprend, et elle insistera bien pour le dire à la personne qu'elle choisira pour organiser le mariage.

- Ah. Ce sera donc, *Justine* et *son organisateur de mariage* qui vont décider de tout ça ?

Son ton calme avait disparu, remplacé par un ton extrêmement sarcastique. L'accent qu'elle avait mis sur le nom de ma sœur ne m'avait pas échappé. Lorsqu'elle retirait la main qui était encore posée sur mon genou, j'entendais presque des sonnettes d'alarme se déclencher.

Stone, fais gaffe.

- Je lui ai dit de te contacter pour les détails, mon ange. Ne t'inquiète pas, la rassurai-je.

- Je vois... dit-elle lentement en se renfermant une fois de plus dans son silence.

Elle était clairement contrariée par quelque chose que je venais de dire. Je serrais mes lèvres en une ligne fine pour tenter de comprendre d'où venait ma faille. Nous continuâmes à rouler en silence, la tension crépitant dans l'air. Alors que nous approchions du bâtiment qui abritait le bureau de Tumblin, je ralentissais la voiture. Après m'être garé sur une place de parking, j'annulais la mise hors tension automatique de la Tesla en appuyant sur le frein à main, ce qui eut pour effet de couper le contact. Puis je me tournais du côté de Krystina. L'éclairage des lampadaires projetait des ombres sur son visage et soulignait les cernes sous ses yeux.

- T'es sûre de toi, mon ange ? T'as l'air vraiment fatiguée.

Il y eut une longue pause, puis elle me répondit :

- Alex, tu sais bien que je suis sûre. C'est toi qui ne l'es pas.

L'amertume de sa voix me fit grimacer. Son étonnante capacité à lire en moi ne manquait jamais de me déconcerter.

- Krystina...

- Allez, allons-y, on va être en retard, m'interrompit-elle.

Et sur ce, elle ne prit pas la peine d'attendre que je fasse le tour de la voiture et que je lui ouvre la portière. Non, rien de tout cela : elle l'ouvrit elle-même et sortit. De mon côté, j'en écrasais les paumes contre le volant.

Et merde !

Sa sortie abrupte de la voiture m'avait exaspéré. Cependant, alors que je la regardais se diriger vers le bâtiment, j'avais l'impression d'avoir du plomb dans l'estomac. Cela me rappelait la dernière fois qu'elle était sortie de la voiture sans moi : le jour où elle m'avait laissé au Club O. Je pensais l'avoir perdue ce jour-là, et c'était un moment que je ne voulais jamais voir se répéter. Je me frottais les mains sur le visage et pris une profonde inspiration pour calmer ma colère. Résigné à un autre round de guerre psychologique, je sortis de la voiture et la suivis à l'intérieur.

5

Krystina

-**M**ademoiselle Cole, puis-je vous offrir quelque chose pendant que vous attendez ? Du thé ? Un café ?

Je levais les yeux vers le visage agréable et maternel de Patricia Ward, la réceptionniste attentive du docteur Tumblin. Elle avait une voix douce, calme et apaisante. Je soupçonnais que c'était en partie la raison pour laquelle elle avait été engagée. Le simple fait de regarder dans la salle d'attente permettait de constater la même chose : du calme et de l'apaisement. Comme si les tons pastel et feutrés étaient un plan de conception stratégique pour que les patients se détendent et pour qu'ils aient l'impression de ne pas être sur le point de passer par un cyclone émotionnel en entrant dans le bureau privé du docteur Joseph P. Tumblin.

- Je crois que j'apprécierai grandement un café ! Merci Patricia ! dis-je.

Je m'asseyais sur ma chaise et commençais à taper du pied en comptant les minutes en attendant que le docteur Tumblin m'appelle à son bureau. Comme les semaines précédentes, je m'étais exprimée en premier, seule avec lui ; et maintenant, c'était le tour d'Alexander. Après nos séances en tête-à-tête avec lui, le docteur Tumblin nous fera passer tous les deux en entretien pour que nous discutions des sujets abordés lors de nos séances individuelles. Je n'étais pas certaine d'aimer cette méthode de travail, mais le thérapeute avait insisté pour que nous les suivions. La réceptionniste s'approchait de moi avec une tasse de café brûlant. Cet arôme était franchement paradisiaque pour mon nez. En me tendant la tasse, elle m'indiquait une zone sur sa gauche.

- La crème et le sucre sont juste là, dans le minibar. N'hésitez pas à vous servir, me dit-elle avant de retourner à son bureau.

Je me levais et faisais quelques pas jusqu'à l'endroit que Patricia m'avait désigné. Me servant de quelques cuillérées de crème et d'un sachet de sucre individuel, je remuais distraitement le café tout en pensant à la façon dont Alexander pouvait réagir aux choses dont j'avais discuté avec le docteur Tumblin.

Il est probablement en train de faire une crise en ce moment même.

Je secouais la tête et repensais au moment où j'avais dit à Alexander que lui et moi devrions suivre une thérapie. Je n'avais pas la moindre idée de la difficulté d'une telle démarche, pensant qu'il s'agissait d'une bonne idée. Après mon accident de voiture, la vie semblait avoir pris le sens d'une routine bien ficelée, et je ne voulais plus que les cauchemars de notre passé interfèrent avec nous. Nous avions toute la vie devant nous et je voulais que rien ne nous retienne. Il était mon tout. Mon chevalier. Il était mon cœur et il avait mis le feu à mon âme. Cependant, je commençais à me demander si mon insistance à suivre une thérapie était une bonne chose. Alexander m'avait prévenue. Il m'avait dit qu'il n'était pas du tout fan des psys. Et ça, c'était vraiment peu dire. Tout ce que je voulais, moi, c'était qu'il voit ce que moi, je voyais : un homme tourmenté, hanté par les démons de son passé. J'étais témoin de sa tourmente presque chaque nuit. Pendant que lui, il dormait. Je détestais qu'il se réveille après les cauchemars qui le déchiraient. Cela me brisait presque. Je sentais qu'il était impératif pour nous de travailler là-dessus. Ensemble. Malheureusement, Alexander n'était pas d'accord. Sa valeur pour la vie privée avait pris le dessus. Je n'étais pas autorisée à mentionner certaines parties de son passé, ce qui me rendait les choses difficiles, car je ne pouvais pas parler librement au docteur Tumblin de ce que je voulais. La seule chose qu'il savait était que les parents d'Alexander étaient morts. Rien de plus. Je prenais une gorgée de café et grimaçais parce qu'il était beaucoup trop amer à mon goût. Ce n'aurait certainement *pas* été ce genre de café que La Biga m'aurait servi... mais au moins, c'était de la caféine.

Les mendiants ne peuvent pas faire les difficiles.

Je soupirais et reprenais ma place en salle d'attente. En m'installant, je repensais à notre conversation pendant le trajet en voiture. Un moment très frustrant, d'ailleurs. J'avais essayé de garder mon calme, mais je savais que j'avais lamentablement échoué. À partir du moment où il avait mentionné l'implication de sa sœur dans nos projets de mariage, j'avais eu beaucoup de mal à me taire. Sa nature dominatrice prenait le dessus sur tous les aspects de ma vie. De nos vies. Trouver un équilibre entre ses besoins et les miens était un exercice difficile. Je comprenais son besoin de contrôle, mais là, il l'avait élevé à un tout autre niveau. J'avais envie d'hurler.

Et moi, alors ? J'ai pas le droit d'organiser mon mariage ? Je n'ai pas mon mot à dire sur la maison dans laquelle nous allons vivre ensemble ?

Je levais les yeux au moment où j'entendais la porte du bureau du docteur Tumblin s'ouvrir. Le psychiatre me souriait gentiment :

- Êtes-vous prête, Krystina ? me demanda-t-il.

- Plus que jamais, plaisantai-je avec un léger sourire - même si je ne plaisantais pas vraiment.

En entrant dans le bureau, je trouvais Alexander faisant les cent pas comme un animal en cage. Malgré son agitation évidente, je ne pouvais m'empêcher de prendre un instant pour admirer la façon dont il pouvait s'imposer dans n'importe quelle situation. Mesurant plus d'un mètre quatre-vingts, il rayonnait de prestige. Je ne me lassais jamais de le regarder. Même quand il était en colère, il était incroyablement beau. Ses cheveux sombres étaient décoiffés, comme s'il s'était passé les mains dedans par frustration. Cet effet coiffé-décoiffé venait s'ajouter à son apparence d'Adonis. Ses yeux de saphir clignèrent lorsqu'il me vit entrer, et ses lèvres étaient dessinées en une ligne sinistre. Néanmoins, sa colère apparente n'effaçait pas l'attraction magnétique que je ressentais dès que j'étais près de lui. Il était comme l'autre moitié de mon âme, et parfois j'avais l'impression de ne pas pouvoir respirer sans lui. Je luttais contre l'envie d'aller vers lui, ne souhaitant rien d'autre que de me fondre dans ses bras et d'oublier complètement la séance de thérapie. Mais la tension qui régnait dans la pièce était à couper au couteau. J'hésitais, ne voulant pas faire le mauvais geste qui pourrait encore aggraver la situation. Craignant de prononcer un mot, je m'asseyais tranquillement sur le canapé couleur pêche du cabinet et passais mes mains sur ma jupe pour essayer de les empêcher de remuer.

- Alexander, prenez place, suggéra le docteur Tumblin.

- Je ne préfère pas, répondit sèchement Alexander.

Il n'essayait même pas de coopérer.

Tant pis pour le terrain d'entente qui aurait pu nous sauver.

- Comme vous préférez, dit le docteur Tumblin, qui dirigea ensuite son attention sur moi. Krystina, Alexander et moi avons abordé le problème dont vous m'avez parlé la semaine dernière.

- Krystina et moi avons déjà parlé de ça, siffla Alexander en serrant les dents. Elle sait quelle est ma position par rapport à ce sujet. Il est inutile d'en discuter davantage.

Le visage du docteur Tumblin restait impassible. La mâchoire d'Alexander montrait son tic de colère, que je pris comme un signe d'avertissement, parce que je savais que cela signifiait qu'il était proche de son point de rupture.

- Krystina est préoccupée par l'augmentation de la fréquence de vos terreurs nocturnes, dit patiemment le docteur Tumblin malgré l'agitation évidente d'Alexander.

- Mes terreurs nocturnes ? demanda Alexander d'un air moqueur, comme si ce terme était la chose la plus ridicule qu'il n'ait jamais entendue. C'est comme ça qu'on les appelle maintenant ?

- Oui. Ce dont nous n'avons pas discuté, c'est de leur contenu. Le contenu, ainsi que la théorie de Krystina sur la raison pour laquelle ils pourraient se produire, ont du sens et méritent d'être explorés. Elle a indiqué que vous fréquentiez un club BDSM.

Les yeux d'Alexander clignèrent de colère dans ma direction. Je grimaçais et détournais le regard. Je savais que j'allais avoir de gros problèmes pour avoir divulgué ce petit bout d'information.

- Où veux-tu en venir ? cracha Alexander.

Ça ne se passe pas bien du tout.

Je soupirais dans ma frustration. Cette idée alambiquée de thérapie s'avérait être un échec, car presque tous les sujets étaient hors limites. Alexander avait trop de secrets, ce qui rendait toute forme de progrès presque impossible.

- Le BDSM a pris une grande place dans votre vie. Vous l'utilisez comme un exutoire, souligna calmement le docteur Tumblin avant de se tourner vers moi. Krystina, parlons de vos préoccupations un peu plus en profondeur. On peut ?

- Eh bien, ce n'était pas une grande préoccupation pour moi. J'en ai seulement parlé parce que je pensais qu'il y avait peut-être un lien. Je ne sais pas, dis-je en haussant les épaules.

Ce n'est pas moi le médecin. Comment diable pourrais-je le savoir ?

- Pourquoi pensez-vous qu'il y ait un lien ? me demanda-t-il.

- Parce que les cauchemars d'Alex sont de plus en plus fréquents. Presque toutes les nuits, ajoutai-je en jetant un regard nerveux dans la direction d'Alexander. Ses cauchemars étaient le sujet le plus délicat de tous et je devais agir avec prudence. Je me demandais seulement si leur fréquence avait quelque chose à voir avec sa décision de prendre du recul par rapport au style de vie BDSM plus extrême auquel il était habitué. Je crains que, sans l'exutoire qu'il a eu pendant tant d'années, ses démons se manifestent d'une autre manière.

Je haussais les épaules et regardais mes mains. Malgré mes efforts, elles s'agitaient sur mes genoux. Je serrais mes paumes l'une contre l'autre pour les calmer et concentrais mon attention sur les motifs circulaires de la moquette du bureau. Je savais que je n'aurais pas dû me stresser à cause de cette conversation parce que finalement, c'était l'une des raisons pour lesquelles nous étions ici.

- Alexander, que ressentez-vous à ce sujet ? demanda le docteur Tumblin.

- Je *ressens* l'impression d'avoir déjà expliqué ma position à ce sujet plus d'une centaine de fois. Mais, puisque nous sommes si ouverts tout d'un coup, je vais vous dire ce que je lui ai dit. Oui, je me suis tourné vers le BDSM à un jeune âge.

C'était un exutoire pour un temps. J'ai fait des choses, beaucoup de choses, que beaucoup qualifieraient de bizarres. Mais putain, j'étais membre d'un sex club, pour l'amour de Dieu ! Ça craint, hein, Doc ? Mais ça ne définit pas qui je suis. Je l'ai déjà dit à Krystina. Je n'ai pas... nous n'avons pas, corrigea Alexander, en déplaçant sa main d'avant en arrière entre nous. Nous n'avons pas abandonné le BDSM. Nous sommes tout sauf vanille, même si ce que je fais avec ma fiancée ne vous regarde pas. J'ai juste laissé tomber la scène du club. Ce n'est plus un exutoire pour moi, parce que je n'en ai pas besoin, et ce n'est certainement pas le genre d'endroit où je veux que Krystina aille.

- Mais Alex, si c'est quelque chose dont tu as besoin...

Je m'arrêtais parce qu'il jurait encore :

- Mais putain, Krystina ! C'est vraiment à propos de ce dont j'ai besoin ? Ou de toi ? Le problème, c'est que tu n'as aucune idée de ce monde. Ce que tu as vu au club ne commence même pas à gratter la surface de ce qu'il s'y passe vraiment. Tu veux être une soumise avec un collier ? En cage ? Tu veux être traînée en cuir noir avec les autres soumises, à genoux ? Sucer ton maître ? Te plier à tous ses caprices, même si cela implique de te partager avec un autre homme ou une autre femme ? Il fit une pause et étrécit son regard sur moi. Ses yeux saphir brûlèrent sombrement, virant presque au bleu marine. Alors oui, c'est vrai. Si je le voulais, je pourrais te partager et tu n'aurais pas le droit de remettre cela en question. Tu m'appartiendrais. Alors, dis-moi si tu veux vraiment que je te brise, Krystina. C'est ce que tu veux ?

Il crachait ces questions dures comme s'il exigeait mes réponses, même s'il savait déjà ce que je dirais. Je grimaçais en entendant ses mots et mes joues rougissaient. Il parlait comme si le docteur Tumblin n'était pas dans la pièce. Un frisson parcourait ma colonne vertébrale et je secouais la tête.

- Non, lui dis-je calmement. Je ne veux pas de ça. Je ne

pensais pas que tu le voulais non plus. Tu m'as dit que tu n'étais pas un extrémiste.

- Et c'est le cas, en effet. C'est pourquoi j'ai pu m'adapter si facilement à ta présence. Je t'ai choisie. Je savais que je ne voulais pas d'une autre pétasse qui écarte les jambes pour n'importe quel homme prêt à la dominer.

Mon estomac se retournait à l'idée qu'il puisse être avec quelqu'un d'autre. Et pas seulement une pute quelconque, mais n'importe quelle femme.

- Alex... commençai-je, incapable de trouver les bons mots pour expliquer mon raisonnement.

- Écoute-moi, Krystina. J'en ai eu fini avec cette vie au moment où je t'ai rencontrée. T'amener dans ce club, même une seule fois, était une erreur. Je veux seulement ce que tu peux me donner. Rien de plus. Je n'ai plus besoin que cette vie soit un exutoire pour moi. Et, très franchement, je ne vois pas le rapport entre tout ça et mes cauchemars.

- Je ne dis pas que c'est lié, lui rétorquai-je. C'était juste une pensée passagère. Je n'aurais pas dû parler de ça.

- Tu as raison. Tu n'aurais pas dû ! explosa Alexander.

- S'il vous plaît, Alex. Calmez-vous. Vous en prendre à Krystina n'est pas la solution, tenta le Docteur Tumblin pour apaiser la situation. Peut-être que nous discutons de la mauvaise chose ici. Dites-moi, pourquoi le BDSM ? C'était un exutoire pour quoi ?

- Pourquoi ne demandez-vous pas à Krystina ? Apparemment, c'est une source d'informations intarissable en ce moment, cracha Alexander.

Sa fureur me faisait pâlir une fois de plus.

- Écoute, je suis désolée d'avoir divulgué tout ça, d'accord ? C'est juste que je n'arrive pas à te comprendre, ces derniers temps, dis-je, et ma voix se brisa. Je pouvais sentir la piqûre des larmes de frustration au fond de mes yeux, mais je refusais de les laisser couler. Il ne s'agit pas seulement de tes rêves. C'est un ensemble de choses, absolument tout : du mariage à la maison, et même ma garde-robe ! C'est comme si ton besoin de contrôle s'était intensifié, et j'ai l'impression de naviguer sur un champ de mines la moitié du temps. Peut-être que je suis à côté de la plaque, mais j'essaie juste de donner un sens à tout ça. C'est comme ça que j'ai eu cette théorie sur toi et ton changement de style de vie par rapport au BDSM.

- L'esprit fonctionne de façon mystérieuse, Alex. Et ça, vous le savez très bien, dit doucement le docteur Tumblin.

Alexander arrêta brusquement de faire les cent pas et tourna la tête pour fixer le docteur Tumblin. Je me figeais en remarquant la position de sa mâchoire. La température dans la pièce chuta de façon spectaculaire. De la glace était sur le point de se former. Comparé à la chaleur qu'il dégageait quelques minutes avant, Alexander avait soudainement l'air arctique. Quand il parla enfin, sa voix était étrangement calme.

- Oui, c'est le cas. Et en ce moment, quelque chose me dit que notre temps ici est écoulé.

- Alex, on a encore trente minutes, fis-je remarquer, choquée par le fait qu'il veuille partir si tôt.

Il se retourna pour me regarder.

- Non. C'est l'heure de partir.

En une fraction de seconde, sa façade calme disparut, remplacée par une véritable colère alors qu'il se glissait à la hâte dans son blazer bleu marine. Notre rendez-vous était terminé pour de bon. Alexander était, comme d'habitude, en train de prendre toutes les décisions. Me sentant mal à l'aise et embarrassée par la situation délicate dans laquelle il nous avait mis, je me levais et commençais à enfiler ma veste.

- Peut-être qu'on en a suffisamment fait aujourd'hui, dit le docteur Tumblin en s'approchant du bureau derrière lequel il était assis. Son visage affichait une expression inquiète. Krystina, appelez si vous avez besoin de quelque chose. En attendant, Patricia va vous fixer le prochain rendez-vous en sortant.

- Krystina ne vous appellera pas et il n'y aura pas d'autre rendez-vous, annonça Alexander d'un air plus que certain.

- Attends. Quoi ? demandai-je d'un ton incrédule.

- Tu m'as bien compris. C'est terminé.

6

Alexander

Le retour au loft se déroulait en silence. Krystina ne prononçait pas un seul mot, ce qui me convenait parfaitement. J'étais tellement excité par cette putain de séance avec le psy que je n'avais pas les idées claires. J'étais trop furieux du fait qu'elle lui ait parlé du club. Toute discussion à ce sujet n'aurait pu que mal se terminer, de toute manière. On n'allait plus jamais voir le docteur Tumblin. Et ça, j'en étais sûr. Il n'y avait qu'une seule chose qui pourrait arranger l'état de la situation entre Krystina et moi. Lorsque nous arrivâmes devant l'immeuble, je sortis de la voiture et en fis le tour pour ouvrir la porte à Krystina. Le vent froid soufflait autour de nous et j'ouvris mon blazer pour la protéger du pire tandis que nous nous dirigions vers l'intérieur du hall. Jeffrey, le portier de l'immeuble, se leva rapidement et sortit de derrière le bureau de sécurité du hall dès notre entrée. Il fixait son téléphone quand nous entrâmes, jouant sans doute à un pseudo jeu vidéo sans intérêt.

- Monsieur Stone. Mademoiselle Cole. Vous êtes de retour. J'espère que vous avez passé une bonne soirée. Permettez-moi de...

- Je l'ai, Jeffrey.

Claquant des doigts, je lui montrais mon badge d'accès à l'ascenseur. Je ne voulais pas attendre que cet idiot maladroit fasse lui-même ce qu'il fallait faire avec le sien. On aurait pu penser qu'après six mois d'expérience ici, il aurait appris à le garder facilement accessible. Je pris le coude de Krystina, dépassai Jeffrey et la guidai à travers le hall de marbre jusqu'à l'ascenseur qui nous menait au loft.

- Très bien, monsieur. Profitez bien du reste de votre soirée, bafouilla-t-il derrière nous.

Une fois dans l'ascenseur, Krystina se jeta sur moi.

- C'est pas parce que tu es de mauvaise humeur que tu as le droit d'être méchant avec Jeffrey.

- C'est un incompétent.

Sa tête se retourna, et ses magnifiques yeux marron chocolat clignèrent avec colère. J'aimais quand elle s'embrasait comme ça. Ça me donnait envie de la baiser à mort.

- Il n'est pas incompétent, et tu le sais, insista-t-elle. Il veut bien faire, et toi, tu t'es montré grossier.

- Grossier ? T'as rien vu, bébé, lui fis-je remarquer avec un sourire non feint.

- Hein ? Ça veut dire quoi, ça ?

- Tu veux voir à quoi ressemble vraiment la grossièreté ?

Sans lui donner de second avertissement, je me précipitais sur elle avant qu'elle ne puisse battre des cils. J'attrapais ses poignets, je les coinçais derrière son dos et la poussais brutalement contre le mur de l'ascenseur. Les bloquant d'une main, j'enroulais l'autre autour de sa nuque et écrasais ma bouche sur la sienne.

- Alex... protesta-t-elle en tournant la tête pour résister.

Je reculais brusquement pour la regarder, mon tempérament s'enflammant à la simple idée d'être repoussé, mais sa résistance était aussi une source d'excitation. Parfois, je ne savais pas si je voulais qu'elle se soumette ou qu'elle se batte, mais l'idée de la briser était incroyablement excitante et ma queue se durcissait à cette idée. J'aurais sa soumission et elle le savait. Ses joues étaient rouges, et ses yeux, comme du feu en fusion. Mais ce n'était pas de la colère. Ce regard disait qu'elle comprenait ce qui allait se passer. Elle savait qu'on allait régler ça comme des adultes. À nu. Je gémissais et pressais mes lèvres contre le contour de son oreille.

- Tu es vraiment magnifique quand tu es excitée.

- Non, c'est pas vrai, tenta-t-elle de réfuter.

Cependant, ses respirations laborieuses la trahissaient.

- Mais si, tu es magnifique. Je connais ce regard, mon ange. Tes joues. Ta respiration. Je sais que tu es déjà mouillée. Tu ne me décevras pas.

Je pressais ma bouche contre la sienne une fois de plus, en passant une main dans son épaisse crinière bouclée, tandis que l'autre maintenait la sienne bien coincée derrière son dos. Je ne lui autoriserai pas sa tentative de résistance, si légère soit-elle. Mon côté dominant ressortait. Puissant et aveuglant. Je la prenais entièrement, l'assaillant avec ma langue jusqu'à ce qu'elle soit comme du mastic malléable. Je lâchais ses mains et serrais ses hanches contre les miennes. Ma bite palpitait alors que je la poussais contre elle, et un feu parcourait mes veines. Elle avait cessé de lutter contre moi, mais je pouvais aussi voir qu'elle ne voulait pas se rendre. Cependant, elle savait qu'elle devait le faire. Elle savait que je devais gagner. Lorsque ses bras s'enroulaient autour de mon cou et que ses doigts commençaient à s'entrelacer dans mes cheveux, je souriais intérieurement. La victoire n'avait jamais eu si bon goût.

C'est mon ange.

Le message que j'étais en train de lui adresser était clair et ne nécessitait aucune explication. Elle avait compris mon autorité. Il n'y aurait plus de discussion et plus de dispute - du moins pour ce soir. Krystina et moi avions besoin de cette connexion physique pour nous ramener là où nous devions être. J'avais besoin de sentir son corps, chaud et soumis, sous le mien. C'était la seule chose qui pouvait effacer la tension entre nous. Les portes de l'ascenseur s'ouvraient, laissant l'accès à l'entrée du loft. Nous trébuchions tous les deux, en nous déchirant les vêtements l'un de l'autre avec une frénésie animale. Elle enlevait ses chaussures tandis que je faisais glisser sa jupe avec une précision experte. Quand elle n'eut plus que son soutien-gorge et son string, j'approchais mon visage de sa poitrine, mordant un téton tendu à travers le tissu fin de son soutien-gorge. Elle respirait de manière saccadée et rejetait sa tête en arrière, son besoin étant aussi fort que le mien. Ses doux gémissements et ses réactions corporelles à mon contact étaient les plus puissants des aphrodisiaques, me poussant à mon point de rupture.

Rhôôôô pu-tain ! Qu'est-ce que j'aime cette femme...

Je passais ma langue sur le côté de son cou et m'arrêtais au niveau de son oreille pour la lui mordiller. Ses doigts tâtonnaient les boutons de ma chemise alors que je desserrais ma cravate. Le rythme rapide de son souffle se calait sur le mien ; ils étaient tous deux uniquement alimentés par un besoin charnel pur et dur. Impatient, je m'arrachai ma chemise Versace en coton, en éparpillant les boutons sur le sol carrelé.

- Oh ! Ta chemise ! dit-elle avec surprise quand elle réalisa ce que je venais de faire.

- Tant pis ! J'en ai d'autres, grognai-je en scellant mes lèvres sur les siennes une fois de plus.

En glissant une main le long de son ventre lisse, je me glissais dans sa culotte pour trouver sa fente humide. Dès l'instant où je trouvai son clitoris palpitant, elle aspira une grande bouffée d'air.

- Alex ! siffla-t-elle contre mes lèvres, en passant ses ongles dans mon dos.

Je glissais un doigt en son intérieur.

- Oh, mon ange. Je l'savais. Tu n'me déçois jamais, murmurai-je en appréciant qu'elle soit toujours prête pour moi.

Ses hanches se poussaient contre ma main, cherchant désespérément une libération rapide. Je grognais, ne voulant pas perdre une minute de plus. Le besoin d'être en elle était féroce. D'un geste rapide, je me penchais pour la soulever derrière ses genoux et la bercer dans mes bras. Me dirigeant vers la salle à manger, je finissais par la déposer sur la table pour l'allonger dessus. Elle tremblait. Elle était désespérée.

- Oh, mon Dieu... souffla-t-elle en se tordant sous moi. S'teu plaît, Alex. J'veux te sentir.

J'aimais quand elle me suppliait.

- Donne-moi tes mains, lui ordonnai-je.

Elle obéissait immédiatement et j'arrachais la cravate qui pendait encore autour de mon cou. Je l'enroulais autour de ses poignets et l'attachais d'un nœud serré. Baissant la tête, je positionnais ses mains liées de façon à ce qu'elles reposent à la base de mon cou.

- Bouge pas, mon ange. Ça va être chaud.

Ses yeux brillaient de désir, faisant palpiter ma bite et la rendant douloureuse, sachant que j'étais si près de sentir sa chaleur bienfaisante. Je me baissais pour détacher rapidement ma ceinture et laisser tomber mon pantalon sous mes hanches. Mon érection se libéra, aspirant à la contraction de ses parois humides. M'appuyant d'une main sur la table pour garder mon équilibre, je me servais de l'autre pour encastrer le bout de mon sexe palpitant à l'extérieur de son vagin. D'un coup rapide, je le plongeais dans cet étau humide jusqu'à ce qu'il soit lui aussi complètement humide. Je laissais échapper un gémissement de plaisir.

- Oh, oui ! cria Krystina.

Prenant ses fesses, je rapprochais son corps du mien et déplaçais mes pieds pour donner l'effet de levier dont j'avais besoin pour aller jusqu'au bout. Et pour moi, alors que ma bite était profondément enfouie dans son corps, je me sentais à mon apogée. C'était aussi à ce moment-là que je la revendiquais comme mienne. J'étais son conquérant et je la possédais. Je m'élançais à nouveau en avant, et elle poussa un soupir tandis que son corps s'adaptait à ma présence intérieure.

- C'est ça, mon ange. Prends-moi. Tout entier.

Les ondulations de sa chaleur étaient en train de me faire perdre la tête, mais je tenais bon en attendant qu'elle jouisse. Je sifflais entre mes dents serrées et je fis un aller-retour plus conséquent. Au moment où je la sentais se serrer autour de moi dans un orgasme croissant, j'étais presque prêt à exploser en elle. Revigoré par la sensation provoquée au contact de ses parois lisses, j'augmentais la vitesse de mes va-et-vient.

- Alex !

- Oui, bébé. C'est moi. Je veux que tu cries encore mon prénom.

De mon côté, je l'empalais. Toujours encore plus. Ses yeux se convulsaient et ses gémissements se transformaient en cris. Elle jouissait autour de ma queue, son cri de libération étant tout ce dont j'avais besoin pour pouvoir, à mon tour, m'autoriser à me lâcher comme elle. Je m'enfonçais profondément et durement en elle jusqu'à ce que ma semence éclate. Je jouissais avec une telle violence que je me retrouvais à lui frissonner et à lui trembler dans les bras.

7

Krystina

Je m'écroulais dans les bras d'Alexander, nos battements de cœur rapides revenant lentement à un rythme normal. Au cours de nos ébats fougueux, nous avions réussi à nous rendre dans la chambre et nous y sommes retournés deux fois. La seule fois où nous avions fait une pause, c'était pour manger un morceau entre deux rounds. Mais même à ce moment-là, Alexander me touchait encore, caressant mes seins tout en me donnant à manger des bouchées de fromages d'artisans locaux et de tout un tas de fruits de saison. Quant à moi, je faisais paresseusement tourner le bout de mon doigt sur sa poitrine, me sentant totalement épuisée. J'aimais la façon dont il pouvait me faire tout oublier en un instant. Avec sa face de beau gosse tendue par le désir et son expression remplie de quelque chose de beaucoup plus tendre, je ne voulais rien faire d'autre que de pouvoir effacer l'agitation qui régnait entre nous et de tout simplement ressentir les choses. Et c'était ce qu'il était parvenu à faire. Encore. Et encore.

- Comment t'arrives à faire ça ? murmurai-je.

- À faire quoi, mon ange ?

- Faire en sorte que tout disparaisse. On est passé de l'envie de s'arracher la gorge à l'envie de s'arracher les vêtements. Vous êtes terriblement sournois, monsieur Stone. Vous en êtes conscient, ou pas ?

- Oooohhhh... je sais juste comment apprivoiser votre bouche insolente, me dit-il en riant.

Je me redressais sur un coude et le regardais fixement.

- Ma bouche insolente ? Je crois que c'est plutôt toi qui as piqué une colère dans le cabinet du docteur Tumblin, lui fis-je remarquer.

Alexander ne dit rien dans un premier temps, puis il se leva pour placer une mèche de cheveux derrière mon oreille.

- Chuuuut, mon ange. Plus d'bagarre, dit-il fermement en posant un doigt sur ma bouche pour faire taire l'argument que j'étais sur le point de formuler.

Il me prenait la nuque et l'approchait de lui pour que je pose ma tête contre son torse.

Il a raison. Arrêtons d'nous battre.

Néanmoins, il y avait encore une question très importante qui devait être abordée. Il ne s'agissait pas de la séance de thérapie d'aujourd'hui : ce sujet était mort. Vu ses réactions dans le cabinet du psy quelques heures auparavant, je savais que nous n'y retournerions pas. Cela n'avait pas d'importance. Même moi, je ne voyais pas de bénéfice à cela. Il y avait trop de secrets qui devaient rester cachés, et les progrès étaient limités pour cette raison. Pourtant, thérapie ou pas, je ne pouvais pas ignorer la façon dont Alexander contrôlait les choses ces derniers temps. Il fallait qu'il se calme un peu avant que je ne me mette à craquer. Je recommençais à tracer des petits cercles sur ses pectoraux tout en réfléchissant à la façon d'aborder le sujet. Je n'avais vraiment pas envie de me disputer avec lui, alors je devais choisir soigneusement mes mots pour ne pas avoir l'air de l'affronter.

- Alex, depuis que je suis sortie de l'hôpital, c'est toi qui prends toutes les décisions. Je sais que c'est dans ta nature, alors je t'ai laissé faire pendant un moment. Mais... ces derniers temps, j'ai l'impression que je commence à perdre un peu de moi-même, dis-je doucement.

- Krystina, tu sais pourquoi je dois avoir le contrôle. C'est parce que je suis comme ça.

- Oui, et ça, je le comprends. Mais je m'inquiète pour notre « après mariage ». Parce que le mariage est censé être un partenariat. Certaines choses doivent être décidées ensemble, si tu vois ce que je veux dire, lui expliquai-je prudemment.

Je levais les yeux vers son visage pour voir sa réaction. Comme il se contentait de hausser un sourcil, je poursuivais :

- Quand il s'agit de notre maison et de notre mariage, j'aimerais qu'on les planifie ensemble. Je ne veux pas que tu prennes toutes les décisions pour nous.

- Mon ange, je t'ai demandé ton avis, tenta-t-il de rétorquer.

Je serrais les lèvres et essayais de réprimer l'agitation croissante qui naissait en moi. Il ne voyait vraiment pas ce qu'il avait fait. Choisissant une autre façon d'aborder la situation, je passais une jambe sur ses hanches pour carrément m'asseoir sur lui. Il poussait ses hanches contre moi, et je pouvais sentir une érection commencer à lui durcir la bite, dont le haut se pressait contre mon sexe. Le fait qu'il était capable de penser au quatrième round me dépassait. Son appétit sexuel était insatiable. Pour ma part, je ne marcherai pas droit pendant quelques jours. Au moins.

- Pas d'entourloupe, le grondai-je sur un ton léger. J'essaie juste d'avoir une conversation sérieuse !

- C'est pour ça que tu t'es assise sur moi ? C'est un jeu de pouvoir ? Pour que tu te sentes plus en contrôle ?

- Peut-être, dis-je avec un sourire coupable.

- D'accord, mon ange. Je vais te laisser faire, mais seulement parce que je suis curieux de savoir ce qui t'embête. Aussi, si tu as quelque chose à me lâcher, je préfère que tu le fasses à poil, ajouta-t-il avec un sourire arrogant.

Une lueur malicieuse brillait dans ses yeux saphir. Mon estomac sursautait en remuant avec un désir renouvelé : une vraie lutte pour rester concentrée. Plus il me regardait de cette façon, plus je sentais que le quatrième round était imminent. Je lui passais les mains le long de la poitrine, appréciant les lignes dures de ses muscles affûtés. Sans prendre la peine de réprimer un gémissement, je me penchais pour embrasser le côté de son cou et respirer son parfum : enivrant. Aussi longtemps que je vivrais, je ne me lasserais jamais de cet homme.

- Peut-être qu'on devrait parler de ça demain, lui murmurais-je à l'oreille.

- Oh, non, pas du tout, ma petite déesse du sexe. Arrête de prêter attention au diable sur ton épaule pendant une minute, me dit-il, et je pouvais sentir la vibration de son rire.

- Hmmm... mais le diable est tellement plus amusant, lui répondis-je en jouant le jeu de sa plaisanterie sur la conscience de la caricature qui m'assaillait de temps à autre.

Je passais ma langue autour du lobe de son oreille, mais Alexander ne se laissait pas décourager. Il me poussait en position assise et me regardait dans les yeux.

- Tu voulais parler. Faisons-le maintenant pour qu'on puisse en finir au plus vite. Qu'est-ce qui te tracasse ?

Sachant que je ne devais pas remettre cela à plus tard, je posais à contrecœur mes mains sur mes cuisses pour ne pas être distraite.

- Eh bien, tu viens juste de dire que tu m'avais demandé mon avis. Tu ne l'as pas vraiment fait, en fait. Les conversations portaient toujours sur des décisions que tu avais déjà prises.

- Lesquelles ?

- Tiens, la maison à Westchester par exemple. Tu as travaillé sur les plans avec l'architecte. C'est même toi qui as agencé la disposition de tout. Les travaux vont presque bientôt commencer, mais je n'ai même pas vu les plans. Et puis, il y a aussi le mariage. Tu as décidé que ce serait une petite fête que l'on ferait dans l'intimité... ce à quoi je ne suis pas opposée. Mais pourtant il se peut que j'aurais préféré qu'on aille à Las Vegas, histoire de s'enfuir tous les deux et d'être tranquilles.

- C'est hors de question, déclara-t-il fermement. Vegas est un vrai cliché. Sans compter que je pense que c'est une ville immonde. On ne se mariera jamais là-bas.

Sa déclaration ne fit que confirmer mon point de vue.

- Tu vois c'que j'veux dire ? lui demandai-je en lui faisant un petit sourire. J'te l'avais bien dit.

Ses yeux s'étrécirent avant que la compréhension n'apparaisse.

- Tu m'as eu, là, mon ange. Bien joué. Que proposes-tu qu'on fasse ?

Il m'adressa un sourire sexy et tordu. C'est là que je compris que j'avais réussi à le toucher.

- Je pense qu'on devrait commencer par les principes de base et prendre les choses étape par étape. Je suis presque sûre qu'on est tous les deux d'accord sur la taille du mariage. Je n'ai vraiment pas envie d'aller à Vegas, et un mariage en grande pompe ne me correspond pas non plus. Donc, quelque chose de plus simple et de plus intime me convient si c'est ce que tu veux.

- C'est parfait pour moi, mon ange. Je veux juste faire de toi madame Alexander Stone. Pour te déclarer officiellement rien qu'à moi, dit-il dit avec un sourire timide en tendant la main vers mes seins.

- Reste concentré, le grondai-je en repoussant ses mains. Je vais devoir parler à ma mère de tout ça aussi. Même si elle me rend folle, je veux qu'elle fasse partie de tout ça.

- Waou ! Je n'avais pas réalisé que tu voulais à ce point que j'arrête de te toucher. En parlant de ta mère ? Tu parles d'un tue l'amour.

Je secouais la tête et choisissais de l'ignorer, continuant à parler puisque j'avais enfin son attention.

- Je pensais aussi au styliste qui doit venir ici demain. Je peux annuler le rendez-vous ?

- Et pourquoi tu annulerais le rendez-vous ?

- Eh bien, je pensais que je pourrais envoyer un SMS à Ally. Je ne l'ai pas vue depuis un moment. Si elle est libre, je pensais qu'elle et moi pourrions aller acheter une robe pour l'ouverture de Matteo demain. Elle a certainement besoin d'en avoir une, elle aussi. Et...

Je fis une pause, me sentant soudainement penaude. Il me regardait d'un air perplexe.

- Et quoi, mon ange ?

Un sourire lent se répandait sur mon visage, le sentiment de honte étant remplacé par une excitation inattendue.

- Si je n'ai pas de robe de mariée, il n'y aura pas d'mariage, lui expliquai-je.

- Et je suis sûr que tu vas me dire que je ne peux pas venir avec toi.

- Bien vu. Hors de question que tu viennes. Tu n'es pas censé voir ma robe avant le mariage ! m'exclamai-je, totalement abasourdie par sa suggestion. J'essaierai juste de trouver des idées de toute façon. Qui sait ? Il se peut que je ne trouve rien qui me plaise. Ensuite, il y a la question des demoiselles d'honneur et des garçons d'honneur. Si on décidait d'en avoir, je n'ai pas encore réfléchi au style de leurs tenues. Une virée shopping pourrait au moins me donner un point de départ.

- Tu divagues, Krystina, dit-il.

Puis il se mit à rire : un son plein et guttural qui était contagieux, et je me surpris à rire aussi.

- Désolée. Je ne voulais pas m'emballer comme ça.

- Ça ne me dérange pas du tout, mon ange. Ton enthousiasme est un changement bienvenu. Mais si tu insistes pour faire du shopping sans moi, j'ai une condition.

La soudaine vague de rire qui venait de m'envahir s'arrêta net. Je savais ce qu'il allait dire, mais posais quand même la question.

- Et c'est quoi, ta condition ?

- Hale et Samuel t'accompagneront.

J'en étais sûre. Tout ça pour une journée entre filles.

- Les deux ? m'enquis-je, sincèrement surprise qu'il puisse penser que j'avais besoin de deux agents de sécurité.

- Oui, les deux. Samuel n'est pas encore au top, en termes d'expérience. Même si mes attentes à son égard sont claires, suivre Hale pendant un jour ou deux lui sera bénéfique. Ceci dit, je comprends que les avoir avec toi puisse te sembler intrusif. Je m'assurerai de leur dire de rester hors de vue. Tu ne sauras même pas qu'ils sont là, tenta-t-il d'assurer.

- Hmmm... on verra, murmurai-je.

J'essayais d'imaginer comment deux hommes, aussi grands et larges d'épaules que Hale et Samuel, pouvaient réussir à rester cachés dans un magasin de vêtements. Cette idée était presque risible.

- Heureux de voir que tu montres un certain empressement pour le mariage, mon ange, me dit il en plaçant tendrement une boucle perdue derrière mon oreille. C'est pour ça que tu étais si distante quand j'en parlais ? Parce que tu veux avoir ton mot à dire ?

- Tout à fait, lui dis-je en hochant la tête, le suppliant du regard pour qu'il comprenne.

Il faisait courir doucement ses mains le long de mes bras.

- Pourquoi tu ne m'en a pas parlé plus tôt ? Je pensais que tu essayais de me repousser.

Je fermais les yeux et poussais un soupir. Me déplaçant

pour m'allonger à côté de lui, je me blottissais dans le creux de son bras et plaçais ma main sur son cœur.

- Je t'aime tellement, Alex. Je ne voulais pas te donner l'impression de te repousser. Je ne peux pas attendre le jour où je deviendrai madame Alexander Stone. Mais je sais à quel point tu as besoin d'avoir le contrôle. Mais j'ai laissé les choses aller trop loin cette fois. Avant de m'en rendre compte, j'avais l'impression d'étouffer. Je suis désolée de ne pas l'avoir dit plus tôt.

- J'admets que tu as été une vraie boule d'insolence, ces derniers temps. Au moins maint'nant je sais pourquoi, dit-il sur un ton léger.

- Ne nous disputons plus, lui dis-je en me blottissant contre lui.

- Je suis réaliste, Krystina. Je sais très bien qu'avec toi, ça ne sera jamais possible.

- Peut-être, admis-je dans un bâillement.

Alexander dépliait la couette en satin sur nous, nous enveloppant dans un cocon étroit. Mes yeux se faisaient lourds alors que je fixais les immenses baies vitrées de la chambre. Des nuages ondulants se déplaçaient lentement au-dessus du quartier de lune, me plongeant dans un état proche du rêve. Lorsqu'Alexander se levait et commençait à caresser le sommet de ma tête, je soupirais de contentement.

- J'veux pas avoir l'impression de te donner des ordres, mais tu devrais plutôt essayer de dormir. Tu as eu une longue semaine et je ne veux pas que tu sois trop fatiguée pour demain soir.

- Oui, cette semaine a été longue, convins-je. Tu penses qu'il y aura beaucoup de monde demain soir ?

Tout ce que pus faire pour rester éveillée fut d'attendre sa réponse :

- C'est le restaurant de mon plus vieil ami et il porte le nom de ma fiancée. La curiosité de ce seul fait va attirer du monde, crois-moi. Il y aura bien évidemment tout un tas de journalistes, mais Matteo a besoin d'eux pour se faire de la pub. Et même si tous les journalistes qui seront là ont été soigneusement sélectionnés, prépare-toi à un tout un tas de ragots de leur part !

- Les gens sont tellement curieux.

Je pouvais sentir sa poitrine vibrer alors qu'il riait doucement une fois de plus sans cesser de me caresser la tête.

- Oui, c'est vrai. Mais ne t'inquiète pas pour ça maint'nant. Allez, dors mon ange.

N'ayant pas besoin de plus d'encouragement de sa part, je fermais les yeux. L'épuisement me frappait comme une masse. En quelques secondes, je sentais mon corps glisser béatement jusqu'à ce que toutes les pensées conscientes cessent d'exister, tombant dans un sommeil sans rêve et bien nécessaire.

8

Alexander

Je pose ma main sur la poignée de la porte.

    La peur me consume. Je sais ce qu'il y a de l'autre côté.

    Justine.

Et lui.

Je ne veux pas l'ouvrir. Je sais que je dois le faire parce que je suis le grand frère. Justine a besoin de moi. La porte s'ouvre, mais rien ne correspond à la réalité : ce n'est pas ma maison.

Mais c'est quoi, tout ça ? Je suis où ?

Je vois la rivière.

Puis je la vois ! C'est ma mère !

Elle se tient près du bord de l'eau. Je dois courir. Je dois la rejoindre.

Je cours aussi vite que je peux. Pied gauche, pied droit, pied gauche. À chaque pas que je fais pour réduire la distance, cette chevelure d'ébène s'éloigne de plus en plus.

Non ! Ne t'éloigne pas ! J'y suis presque !

J'ai l'impression que les muscles de mes jambes sont en feu, mais je dois continuer.

J'y suis presque. Continuer à pousser.

Je regarde mes petits pieds, en souhaitant que les chaussures de course en lambeaux me donnent plus de traction. J'avais hâte d'être au jour où je pourrais gagner de l'argent. Je pourrais m'acheter des chaussures bien mieux.

Des chaussures propres.

Sans saleté.

Sans trous au niveau des orteils.

Mais les chaussures n'ont pas d'importance pour l'instant. Il ne me reste plus qu'un peu de chemin à parcourir. Je me propulse en avant, le triomphe me traverse lorsque ma main entre en contact avec son épaule.

Enfin. Je l'ai trouvée. Mes tripes sont agitées par une certaine nervosité alors qu'elle se tourne lentement vers moi.

- Alex !

Une voix m'appelle. Elle provient de derrière moi.

Krystina. C'est la voix de Krystina. Elle semble effrayée.

Je tourne la tête pour voir ce qui ne va pas, mais je sens que la femme que je tiens dans mes bras m'échappe. Je lui tends la main.

- Attends ! Reviens !

Je crie, mais elle continue de s'éloigner, si loin que je peux à peine distinguer sa silhouette.

- Alex !

Krystina m'appelle à nouveau.

Déchiré par le choix de la femme après laquelle je dois courir, je baisse les yeux avec angoisse pour voir une paire d'espadrilles blanches rutilantes à mes pieds.

Des chaussures propres. Des chaussures de taille adulte.

Je ne suis plus un enfant.

Je lève à nouveau les yeux vers la femme qui disparaît lentement. Je ne peux pas l'atteindre. J'ai encore perdu ma mère. Je dois aller voir Krystina à la place. Elle est mon futur. Je dois la rejoindre.

Je cours dans l'autre direction, vers le son de la voix de Krystina. Le jour se transforme en nuit, et le brouillard s'étend autour de moi pendant que je cours. Il obscurcit ma vision et je ne peux pas la voir, mais je peux l'entendre crier mon nom.

- Krystina ! Je l'appelle. T'es où ?

- Alexander, tu me fais mal !

Je regarde autour de moi fébrilement. Un rugissement progresse dans mes oreilles, féroce comme le bruit d'une confusion indescriptible.

- Désolé, mon ange. Je n'ai pas fait exprès ! Pardonne-moi, s'il te plaît ! T'es où ?

- Alex ! J't'en prie !

Sa voix est plus proche maintenant. Je me tourne vers ma gauche. Elle est là, debout dans une mare rouge cramoisi, serrant son abdomen taché de sang. Des larmes coulent sur son visage, mais son expression est sans émotion.

Cela semble prendre une éternité, mais je l'atteins enfin. Je suis hors-de-moi. Elle a besoin d'une aide médicale.

- Krystina, que s'est-il passé ? Qui t'a fait ça ?

Elle me regarde fixement, son regard de mort est froid et vide quand elle parle enfin.

- C'est toi.

JE ME RÉVEILLAI EN SURSAUT, le choc se répercutant dans mon système. Il me fallut une minute pour retrouver mes repères. Je lançais un regard sur Krystina et voyais qu'elle dormait paisiblement. Elle respirait et tout allait bien pour elle.

Juste un rêve.

Mon cœur battait dans ma poitrine, mais je prenais garde à rester immobile. Je ne voulais pas qu'un nouveau cauchemar soit la raison de son réveil. Pas encore. J'essayais de me débarrasser de la sensation de nausée qui m'envahissait, me sentant dégoûté par les images obsédantes qui me tourmentaient. Roulant sur le côté, je regardais ma belle au bois dormant. Son visage paisible et angélique aidait à calmer les pulsations du sang que je sentais dans mes oreilles. Ses lèvres étaient légèrement entrouvertes, et sa respiration régulière créait un doux mouvement de va-et-vient au niveau de ses seins. Tout ce que je voulais, c'était de me perdre en elle une fois de plus, mais je savais qu'elle avait besoin de dormir. La plupart du temps, les rêves agités qui m'inondaient la nuit réveillaient Krystina. Mes cauchemars étaient bien souvent les mêmes. Ils commençaient toujours par la version enfantine de moi-même revivant les moments précédant la découverte du cadavre de mon père, évoluant vers la version adulte de moi-même courant après ma mère. Cependant, ils avaient changé, récemment. Le visage et la voix de Krystina étaient maintenant mêlés à toutes ces images, ce qui me faisait me réveiller en ayant peur qu'elle ne soit pas là. Je craignais qu'elle ne soit pas à mes côtés dans le lit. Et pire encore, je craignais de l'avoir blessée physiquement. Même si chaque rêve se terminait différemment, Krystina était toujours blessée à un moment donné, et c'était moi qui en étais la cause. Je me retournais sur le dos et essayais de me rendormir. Des visions de la nuit défilaient devant mes yeux. Je pouvais encore voir ma mère courir, ses cheveux noirs flottant derrière elle. Je pouvais entendre Krystina m'appeler alors que je poursuivais des ombres dans le néant. Je pouvais presque sentir le sang qui s'écoulait de son corps. Je tournais la tête pour la regarder une fois de plus, cherchant à m'assurer qu'elle allait vraiment bien, que ce n'était qu'un rêve.

C'est bon, détends-toi. Elle est là. Toujours aussi belle. Mais elle est bel et bien là.

Pourtant, je ne parvenais toujours pas à me débarrasser de ce malaise. Je regardais l'heure du réveil. Il n'était pas encore cinq heures du matin. Je me sentais anxieux, et ma peau était couverte d'une sorte de sueur nerveuse. Abandonnant toute idée de me rendormir, je me retournais et sautais hors du lit. J'avais du travail à faire, mais ce n'était pas la distraction dont j'avais besoin. Une séance d'entraînement physique intense était la seule chose qui me permettrait de me vider la tête après une nuit aussi troublante. Et j'aurais même volontiers appelé mon coach sportif pour une séance de cardio. Enfilant rapidement un short, je laissais Krystina dormir tranquillement et me dirigeais vers la pièce qui me servait de salle de sport. Une fois arrivé, je me dirigeais vers la chaîne stéréo en pensant que la musique étoufferait la voix effrayée de Krystina de mon cauchemar que j'entendais toujours. Je l'allumais, et *Bastille* retentissait dans les haut-parleurs. Surpris par le volume élevé, je baissais vite le son à un niveau raisonnable. Je serrais les lèvres dans mon agacement. Je mettais rarement de la musique aussi fort. Cela signifiait que Krystina avait récemment occupé la salle de gym.

Il faudra que je lui rappelle de baisser le son après ses séances d'entraînement.

Comment avait-elle trouvé le temps de s'entraîner cette semaine ? Étonnant... je comprenais mieux pourquoi elle avait l'air si fatigué. Je notais mentalement qu'il fallait que je surveille à quelle fréquence elle se faisait des séances de sport, et surtout, pendant combien de temps. Même si j'appréciais son désir de rester en bonne forme physique, elle se surpassait et je m'inquiétais chaque jour davantage pour sa santé. Après avoir choisi la playlist qui m'accompagnerait pendant ma séance, je m'installais sur le tapis de course. Je commençais mon échauffement avec Sia, dont la voix au timbre caractéristique contenait suffisamment de qualités sombres pour correspondre à mon humeur. Alors que le tapis commençait à prendre de la vitesse, je pensais à tout ce qu'il s'était passé au cours de ces dernières semaines. Des années d'études m'avaient permis de prendre du recul et de tout analyser rationnellement. Je savais pourquoi je faisais des cauchemars. Ils étaient provoqués par la peur et les traumatismes de mon enfance. Quant à la raison pour laquelle Krystina se manifestait maintenant dans ces cauchemars, elle était très probablement aussi due à cette peur et à ces traumatismes. J'avais presque perdu Kristina dans un accident de voiture qui aurait pu lui être fatal. Les images de son corps sans vie et de ses cheveux tachés de sang retrouvés dans le coffre de la voiture resteront à jamais gravées dans mon cerveau. Et même si elle était maintenant vivante et en bonne santé, j'avais encore très peur : peur de la perdre, mais dans un sens différent. J'avais peur de la perdre à cause d'un truc que j'aurais mal fait et j'étais inconsciemment terrifié à l'idée que mon tempérament prenne le dessus une fois de plus. Si cela arrivait, je ne serais pas meilleur que mon père. Krystina méritait tellement plus. Je n'avais pas besoin d'un psy pour me dire tout ça.

Alors que mes pieds martelaient le dernier kilomètre sur le tapis de course, la sueur commençait à couler sur mes tempes. J'attrapais une serviette posée sur la rampe pour les essuyer, puis je ralentissais le tapis roulant pour me calmer. Satisfait du fait que mes muscles soient suffisamment échauffés pour pouvoir aller taper un moment dans le punching ball, je descendais du tapis de course pour me diriger vers le coin le plus éloigné de la pièce. En même temps, le son d'une notification provenant de mon téléphone portable retentit depuis le banc de musculation. Je m'en saisissais et voyais qu'il s'agissait d'un message de Hale.

Aujourd'hui
5:30, Hale
Un journaliste est passé hier pour voir Charlie.

Je sentais mon visage se vider de son sang, qui, en une

fraction de seconde, revenait en force et passait de trente-sept à quatre-vingt-dix degrés en moins d'une seconde.

Putain !

Sans hésiter, je composais le numéro de Hale, qui décrochait à la première sonnerie.

- Je pensais que vous aviez réglé ce problème ! aboyai-je.

- En effet, je m'en suis occupé, monsieur Stone. Cependant, il y avait un nouveau garde en service hier. Il vient d'être transféré d'une autre prison. Je n'ai pas été mis au courant de son existence jusqu'à ce que le Commissaire du Service Correctionnel m'appelle ce matin pour me dire que Charlie avait un visiteur.

Je tapai du poing sur le banc de musculation.

- Un visiteur ? Mais c'était pas n'importe lequel, Hale ! C'était juste un putain d'journaliste !

- Oui, je sais, monsieur. On m'a assuré que ça ne se reproduirait pas. En attendant, j'ai déjà eu un appel du *City Times*. C'était le reporter Mac Owens. Si quelque chose de substantiel devait parvenir, je laisserai tomber l'affaire.

Je considérais la source pour évaluer la gravité potentielle de la situation. Mac Owens avait essayé de fouiller dans mon passé pendant des années, mais sans grand succès. Il travaillait maintenant pour le *City Times*, un petit journal assez réputé pour la crédibilité de ses reportages variés qui allaient de la politique nationale aux potins locaux. Je savais que je ne devais pas prendre la menace à la légère.

- Hale, on a réussi à garder Charlie sous silence pendant des mois. Je serai damné si je laissais un gardien de prison débutant tout faire foirer. Tenez-moi au courant.

- Très bien, monsieur.

- Je le pense vraiment. Je veux être informé de chaque nouveau détail, quelle que soit son importance.

J'appuyais sur l'icône permettant de mettre fin à l'appel et combattais l'envie de jeter le téléphone contre le mur pour finalement le balancer sur le banc. Et là, je ressentais le besoin de frapper mon punching ball jusqu'à ce que mes poings se mettent à saigner. Sans prendre la peine de mettre des gants de boxe, je m'en approchais et le frappais à mains nues. Frapper cet énorme sac me faisait du bien. Presque trop. Je le frappais encore et encore, cherchant une forme de libération purgative à chaque coup.

Faut qu'je réfléchisse, putain !

Mes veines étaient chargées d'une multitude d'émotions. Entre mes cauchemars et les dernières nouvelles de Charlie, j'avais la tête qui tournait. Toutes ces images tourbillonnaient. La voix de Krystina était un écho constant que je ne pouvais repousser.

- Alexander, tu me fais mal !

Je me tournais sur moi-même, puis frappais violemment le sac pour tenter d'effacer ce souvenir. Je pouvais encore voir la peur dans ses yeux, une peur qui reflétait celle de ma mère quand mon père la poursuivait.

Je ne suis pas lui.

Je me tournais une fois de plus sur moi-même et donnais cette fois-ci un coup de pied puissant, forçant les visions de mon passé à se concentrer sur ma menace la plus immédiate.

Charlie. Cette putain d'sangsue.

Rien que le fait de penser à lui me mettait en rage, et l'image de son visage se projetait sur le punching ball. J'imaginais ses os s'effondrer sous mes poings alors que j'infligeais un nouveau coup de poing au sac. Ma fureur envers cet homme venait de quelque part au fond de moi. Ce n'était pas seulement à cause de ce qu'il avait fait à ma sœur, ni de la façon dont il avait fait d'elle une victime dans un cycle sans fin d'abus. C'était aussi à cause de ce qu'il avait fait subir à Krystina, et de la façon dont j'ai failli la perdre à cause de son avidité. Le simple fait de penser à ce qu'il aurait pu lui arriver me déchirait les tripes. Je donnais un autre coup, encore plus fort que le précédent avant de me reprendre. Je devais me calmer et réfléchir de façon rationnelle. J'avais besoin de reprendre le contrôle. Je fermais les yeux pour prendre quelques respirations plus calmes qui me permettraient de recommencer à un rythme plus mesuré.

Clac. Un. Deux. Trois. Coup de pied.

Je comptais les répétitions de cette mini séquence, et me servais de ce tempo pour calmer ma rage bouillante. Les coups de poing coulaient librement, et je conservais ce rythme tout en me déplaçant autour du punching ball sans faire d'effort.

Respire. Maintiens ton équilibre.

C'était comme si Charlie était de nouveau dans la course, et que ce n'était pas quelque chose que je ne pouvais pas gérer. Sa rencontre avec un journaliste ne pouvait signifier qu'une chose : il avait peur. Exposer le passé était le seul moyen de pression qu'il lui restait. J'avais déjà pensé à ce qu'il pourrait dire pendant le procès à venir. Cependant, il avait suffi d'un appel au bon juge pour que le procès soit fermé au public, car la sensibilité du témoignage de Krystina avait facilement convaincu ce dernier d'en décider de la fermeture. Il ne m'était jamais venu à l'esprit que Charlie puisse aller lui-même chercher un journaliste. Il était clair qu'il avait toujours l'intention de plaidoyer en ligne de mire. Ce serait son jeton de jeu, ce qui me permettait de supposer qu'il prévoyait de se servir du journaliste pour m'influencer à abandonner certaines charges contre lui. Tentative de meurtre, kidnapping, extorsion - la liste était longue, et Charlie savait que j'avais été en contact avec le procureur pour que chaque charge soit retenue.

Peut-être que je n'aurais pas dû refuser le marché que Charlie voulait conclure.

Je ne savais pas vraiment ce qu'il savait de mon passé car Justine ne m'avait jamais précisé ce qu'elle lui avait dit. Je savais seulement que je devais le faire taire. Ce n'était pas une option. Krystina ignorait toujours un détail majeur de mon passé. Je serais damné avant de le laisser l'utiliser pour nous séparer. Je ne pouvais pas la perdre. Pas une fois de plus. Je me suis souvent demandé si j'aurais dû tout lui dire cette nuit-là sur le *Lucy*. D'ailleurs, je ne sais pas pourquoi je ne l'ai pas fait. Après tout, je lui avais fait part du pire. La partie que j'ai laissée de côté ne devrait pas avoir d'importance. Elle connaissait le monstre potentiel que je pouvais être. C'en était plus qu'assez. Trente minutes plus tard, j'étais trempé de sueur et mes articulations, qui n'étaient pas protégées par les gants, étaient pratiquement à vif parce que je m'étais bien défoulé sur le punching ball. J'avais maintenant l'esprit plus clair. Alors que je cherchais encore des réponses sur la façon de gérer la situation avec Charlie, je n'avais plus envie de le déchirer membre par membre. Je donnai un ultime coup et pris une décision. Il y avait un secret auquel je m'accrochais encore fermement. Si Charlie le savait et partageait son savoir avec un journaliste, il ne tarderait pas à faire la une des journaux. Je ne pouvais pas laisser Krystina l'apprendre de cette façon. Elle avait besoin de l'entendre de ma bouche. Mais ce qui était encore plus important, c'était qu'elle méritait une explication sur la raison pour laquelle je lui avais caché la vérité.

Je dois lui dire avant qu'il ne soit trop tard.

Un regard sur ma montre m'indiquait qu'elle allait probablement se réveiller bientôt. Décidant de lui dire pendant le petit déjeuner, je prenais une serviette pour essuyer la sueur qui stagnait mon visage et mon cou. Je sentais la présence de Krystina avant même de la voir. En me retournant lentement, je vis mon ange. Elle portait un de mes t-shirts et ses jambes magnifiques étaient nues. Mon regard en parcourait leur longueur, puis il atteignait son visage. Ses yeux plongeaient dans les miens et étudiaient mes traits. Je savais ce qu'elle voyait. C'était ce que je voyais dans le miroir chaque matin : des yeux hantés par un passé auquel je ne pouvais échapper.

- Coucou, mon ange, la saluai-je doucement.

- Je n'hésite pas à me défouler sur un punching-ball, mais je pense que tu essayais de le tuer. Tu t'es levé très tôt, ce matin. Tout va bien ? me demanda-t-elle en bâillant tout en s'approchant de moi.

Semblant ne pas se soucier du fait que j'étais couvert de sueur, elle enroulait ses bras autour de ma taille et posait sa tête contre ma poitrine. Je levais la main pour lui caresser les cheveux, appréciant la douceur de ses boucles brunes entre mes doigts.

- Tout va très bien, lui mentis-je. Mais en même temps, je ne pus m'en empêcher. Son étreinte était comme un coin de paradis et je ne voulais pas le gâcher. Tu as faim ? Je peux nous faire une omelette si tu veux.

- Hummm... ça m'a l'air bien, ça, dit-elle en levant les yeux sur moi avec un sourire endormi. Mais tu m'connais. Il me faut d'abord un café.

Je me penchais et déposais un baiser sur le bout de son nez.

- Pourquoi je ne suis pas étonné ? plaisantai-je en la serrant encore plus contre moi.

Nous restions ainsi pendant encore quelques instants, un silence s'installant entre nous. Je savais qu'elle pensait aux nombreuses fois où mes rêves l'avaient tirée de son sommeil pendant la nuit. Je pouvais voir qu'elle était inquiète par la façon dont elle s'accrochait à moi comme si elle s'accrochait à sa vie. Je détestais être la cause de ses inquiétudes. De ce fait, je décidais de ne plus rien lui imposer d'autre, ce jour-là. Après des semaines de tension, nous étions enfin au bon endroit. Je voulais juste y rester un peu plus longtemps.

Plus tard. Je lui dirai plus tard.

9

Krystina

Il était près de quatre heures de l'après-midi, et nous étions samedi. Allyson et moi avions fait du shopping pendant des heures. Étonnamment, nous avions toutes les deux trouvé en un temps record les robes parfaites pour l'ouverture du restaurant de Matteo. Je m'étais décidée pour une robe longue en mousseline de soie bleu roi, dont la coupe permettrait à mon décolleté de bien mettre en valeur le collier triskelion qu'Alexander m'avait acheté après notre première rencontre. Cela faisait depuis longtemps que je ne l'avais pas porté, et je savais qu'il serait content de le voir sur moi. Allyson avait trouvé une robe en soie qui tombait pile poil aux bons endroits pour mettre ses jolies courbes en valeur et dont la couleur jaune s'harmonisait parfaitement avec ses cheveux dorés. Ce matin-là, à onze heures, nos robes avaient été portées au compte d'Alexander chez Bergdorf Goodman sur la Cinquième Avenue. Ensuite, nous sommes allées au Murphy's pour prendre notre déjeuner de bonne heure, et pour nous tenir au courant des derniers potins de chacune. À treize heures, notre appétit pour la nourriture et les potins étaient apaisés et nous étions prêtes à repartir à la recherche de la robe de mariée parfaite.

- Et celle-là ?

Je levais les yeux pour voir Allyson qui me tendait une longue robe blanche en satin ornée de dentelle et de froufrous. La traîne de cette robe devait faire au moins un kilomètre et demi de long. Je ne comprenais pas pourquoi elle continuait à s'intéresser aux volants et aux perles extravagantes. La dernière chose que je voulais, c'était de ressembler à un petit gâteau éblouissant. Je voulais quelque chose de plus classique. De plus simple. En secouant la tête, je serrais les lèvres et fronçais les sourcils.

- Non. Trop, c'est trop ! Je cherche quelque chose de plus simple, l'informai-je.

- Krys ! Pourtant, ce n'est pas compliqué, s'exclama-t-elle, exaspérée. T'es fiancée à un milliardaire. Je n'pense pas que la simplicité fonctionnera.

- Mais pourtant, je te l'ai déjà dit : Alex et moi avons décidé de faire un petit mariage. Aucun de nous ne veut d'une cérémonie extravagante, Ally.

- Et ta mère, elle en pense quoi ?

Je roulais les yeux.

- Je ne lui ai pas encore dit. Elle essaie encore de se faire à l'idée que je sois fiancée.

- Ah, ça ! J'm'en doutais un peu, dit Allyson en riant. Je suis allée au bureau principal de l'immeuble mardi dernier pour payer le loyer, et je me suis aperçue que Frank l'avait déjà payé. Je pense que ta mère a toujours l'espoir que tu reviennes vivre avec moi.

Je soupirais.

- Désolée, Ally. Je vais en parler à mon beau-père.

- Je ne suis pas sûre que ça serve à grand-chose, du moins jusqu'au jour du mariage... et jusqu'au moment où tu diras « jusqu'à ce que la mort nous sépare ». Tiens, en parlant d'ça, qu'entends-tu par « petit mariage » ?

Rassurée de constater que mon amie changeait de sujet, je me dirigeais vers le rayon des robes de demoiselles d'honneur. Je lançais à Allyson un petit sourire entendu.

- Ohhh... je n'sais pas... dis-je lentement.

- Krys, sérieusement. Tout New York va vouloir être aux premières loges pour voir ça. Tu dois le savoir.

- Ce ne sera pas un *si p'tit* mariage. Faisant une pause, je la regardais fixement. Mon sourire subtil se transformait en un sourire radieux. Suffisamment grand pour avoir une demoiselle d'honneur.

Elle avait l'air vraiment choqué et je crus qu'elle allait lâcher la robe kitsch aux couleurs criardes qu'elle tenait encore dans ses mains.

- Moi ? T'es sûre ?

- Ben voui ! Tu crois qu'j'aurais d'mandé à qui d'autre, patate ? lui dis-je en rigolant.

- Je n'sais pas. Je me disais juste qu'Alex aurait pensé à sa sœur, dit-elle, toujours sous le choc.

Je ne comprenais pas sa surprise. Je n'aurais jamais rêvé d'un mariage où elle n'aurait pas été à mes côtés.

- Eh bien, tu sais ce qu'on pense de l'expression « je me disais juste » ? plaisantai-je. Honnêtement, Alex et moi n'en avons même pas parlé. C'est à moi de choisir qui sera ma demoiselle d'honneur. Tu es ma meilleure amie. Tu es comme la sœur que je n'ai jamais eue. Je ne voudrais pas qu'il en soit autrement.

Allyson rayonnait et ses yeux s'emplissaient de larmes de bonheur. De façon inattendue, elle poussa un cri d'excitation. S'efforçant de raccrocher la robe dans ses mains, elle l'agrippa un moment, puis finit par la laisser tomber sur le sol.

- Tant pis. Elle est très moche, de toute façon, déclara-t-elle. Elle se précipita vers moi et jeta ses bras autour de mon cou. Tu vas t'marier ! J'vais être ta demoiselle d'honneur !

Elle hurla encore. Les gens qui étaient autour de nous nous regardèrent. Cette agitation inattendue attira l'attention d'une vendeuse qui se trouvait à proximité. Elle fronçait les lèvres en signe de désapprobation en voyant la robe de mariée gisant sur le sol. J'étais sûre qu'elle n'avait pas l'habitude de voir ses robes de mariée hors de prix se faire piétiner. Hale et Samuel, dont les yeux vigilants n'étaient jamais très loin, sortaient du coin où ils s'étaient cachés. Le temps d'une demi-seconde, mes yeux rencontrèrent ceux de Hale. Lorsqu'il comprit que tout allait bien, ses lèvres formèrent un sourire subtil. Même s'il ne l'avait jamais exprimé, je savais qu'il était heureux du fait qu'Alexander et moi allions nous marier. Je rendais à Allyson son étreinte, puis me retirais d'elle pour me dégager de ses bras.

- Et oui, j'vais me marier, dis-je en riant. Mais je n'aurai jamais de robe si tu continues à les jeter par terre. Tu vas me donner une mauvaise réputation et aucune boutique ne me laissera passer ses portes.

Je plaisantais, mais Allyson avait l'air horrifiée.

- Oh mon dieu !

Elle se retourna d'un coup pour voir la vendeuse replacer la robe de mariée à sa place. Elle s'excusa longuement mais fut impoliment écartée par la vendeuse. Après avoir suspendu la robe à sa place, cette dernière prit congé. Prise au beau milieu de ma cure de shopping, je n'aimais pas du tout cette attitude. Et là, je décidais que j'en avais fini avec les boutiques. Ce fut à ce moment-là que j'eus une pensée pour le styliste d'Alexander.

Peut-être que je pourrais me trouver une bonne couturière et me faire faire une robe sur mesure.

C'était vraiment une idée à considérer. J'étais sûre que

Justine en connaissait une. Je pris note de lui demander et reportai mon attention sur Allyson.

- Viens Ally, on y va. J'aimerais être sûre d'avoir assez de temps pour me préparer à la fête de ce soir.

- Oui, moi aussi. J'ai vraiment hâte d'y être. Il faudra que tu sois sous tes plus beaux atours. Matteo a quand même donné ton nom au restaurant !

Je plissais les yeux. Il y avait quelque chose de bizarre dans son ton, mais je n'arrivais pas à savoir quoi. En fait, elle se comportait toujours un peu différemment dès que le nom de Matteo était mentionné.

- Pourquoi ? Ça te dérange ?

- Bien sûr que non. En fait, il ne porte pas vraiment ton nom. Il a été nommé pour *l'amour éternel* d'Alexander pour son ange, plaisanta-t-elle en exagérant et en riant. Je pense que l'histoire qui est derrière tout ça est incroyablement romantique. Et d'ailleurs, pourquoi tu m'as d'mandé si ça me dérangeait ?

- On dirait juste que Matteo et toi, vous passez beaucoup de temps ensemble, ces temps-ci. C'est tout, observais-je.

- Il est sympa, dit-elle avec désinvolture.

- Oh, allez, Ally ! C'est à moi que tu parles !

- Bon, d'accord. Il est plus que sympa. Je suis une femme, après tout ! ajouta-t-elle ironiquement. Je sais reconnaître un beau morceau de viande quand je le vois.

- Et ? insistai-je.

- Oh, j'sais pas. C'est difficile à expliquer. J'ai juste l'impression qu'il vient d'une famille où les femmes restent à la maison et cuisinent toute la journée. Tu vois c'que j'veux dire ?

Je la regardais d'un air perplexe.

- Non, j'vois pas, en fait.

- Disons que je ne pense pas que sa famille apprécierait qu'il soit avec quelqu'un comme moi, c'est-à-dire quelqu'un qui est un membre actif de plusieurs organisations de défense des droits des femmes. Sa famille est une « super famille italienne à l'ancienne », tenta-t-elle d'esquiver.

Je haussais un sourcil. Je connaissais mon amie et pouvais sentir son conflit, presque comme si elle remettait en question ses convictions. Ce n'était pas son genre. Il y avait plus que la famille ringarde de Matteo.

- Il s'agit de sa famille. Pas de lui, Ally, remarquai-je nonchalamment.

Allyson soupirait.

- T'as raison. Mais il est du genre éternel. Du style à se poser et à avoir beaucoup d'enfants. Je ne suis pas prête pour ce genre de chose. Pas pendant un moment, du moins. Elle fit une pause et me lança un sourire diabolique. Pour l'instant, je me contente de te laisser tout ça.

- Par contre, Alexander et moi n'avons pas abordé le sujet « bébé », dis-je en rigolant. Et ça, je suis sûre que c'est un long parcours.

- Tu devrais p't'être en discuter avec lui avant de te passer la corde au cou. J'dis juste ça comme ça.

Elle haussait les épaules.

- Je pense que tu as raison, mais je ne suis pas tout à fait sûre de ce que je pense sur le fait d'avoir des enfants. Je ne saurai même pas comment aborder le sujet avec Alexander. Je viens à peine de me remettre sur pied. J'ai tellement de projets, entre Alexander et ma carrière... je ne peux pas m'imaginer m'occuper d'autre chose en ce moment.

Nous nous dirigions vers la sortie du magasin. Samuel nous tenait la porte. Hale nous suivait et si je me retournais, j'étais certaine de trouver son regard observateur scruter tout ce qui nous entourait. J'imaginais les deux hommes suivre nos progénitures de partout : à l'école, à des rendez-vous divers, aux bals de promo. Aucune intimité. Ils seraient protégés du monde, mais il y aurait toujours quelqu'un pour les observer.

Même si je m'y étais habituée à contrecœur, je n'étais pas sûre de vouloir faire subir ça à mes enfants.

Si j'en ai un jour.

Et c'était un gros « si ». Je frissonnais, trouvant la simple idée d'être responsable d'un autre humain absolument terrifiante.

* * *

Alexander

Je regardais fixement l'article sur l'écran de mon ordinateur. C'était celui que Hale m'avait envoyé par e-mail un peu avant midi. Je l'avais lu et relu au moins une centaine de fois. Et pourtant, je n'avais pas besoin de le relire, parce que j'en avais déjà mémorisé chaque mot. Il n'avait pas encore été publié, mais je savais que ce n'était qu'une question de temps. Le brouillon ouvert sur mon écran d'ordinateur venait du *City Times*. C'était l'histoire que Charlie avait donnée à ce journaliste acharné. Je voulais être en colère. Je voulais m'en prendre à quelqu'un, pouvoir lui faire mal. Mais je ne pouvais pas dépasser le choc de ce que j'avais lu.

Pourquoi Justine ne me l'a pas dit ?

Prenant mon téléphone portable, je composais son numéro. Je tombais directement sur la messagerie vocale. Une fois de plus. Je levais les yeux sur l'écran de mon ordinateur et faisais défiler l'article jusqu'en haut. Je repoussais la souris de l'ordinateur, ne voulant pas voir les mots plus longtemps. Puis, je me levais pour me rendre jusqu'à la fenêtre. Je regardais fixement la ville, l'East River apparaissant à l'horizon. Le soleil était bas dans le ciel et scintillait à la surface de l'eau, mais je ne le voyais pas vraiment. Ma tête était trop pleine de souvenirs d'enfance, qui défilaient dans ma tête comme si c'était hier.

- Justine ! Qu'est-ce qui s'est passé ?

- Je ne sais pas, dit-elle en sanglotant.

- Pourquoi tu as le pistolet de papa ?

- Maman va être tellement en colère. J'ai abîmé ma chemise !

M'approchant vers elle, je la secouais comme un prunier.

- Mais... comment... ? lui demandai-je à nouveau.

Son visage se vida et elle me regarda bizarrement à travers ses yeux, qui étaient vides.

- Alex, tu sais où est ma robe bleue ? La jolie à fleurs ? Maman aime bien quand je la mets.

Elle n'avait pas répondu à ma question, à ce moment-là. Tout comme elle ne répondait pas à mes appels en ce moment. Ma sœur le savait. Depuis le début. Sa trahison transperçait mon cœur et déchirait chaque fibre de mon être. Je me creusais la tête pour essayer de trouver une raison à sa tromperie, mais je restais là les mains vides. Je pensais aux années que j'avais passées à chercher une réponse, à *la* chercher, sans jamais savoir que la réponse se trouvait chez la seule personne qui, selon moi, ne me trahirait jamais. Cependant, en y repensant, j'aurais dû m'en douter. J'aurais dû voir les signes. Sa paranoïa à propos d'un cirque médiatique était toujours exagérée. Je me rappelais la dernière fois qu'elle était venue me voir, craignant que Charlie divulgue notre passé secret - celui que j'avais réussi à enterrer pour la protéger.

- C'est terrible, Alex. Il se met à faire des menaces, maintenant.

- Que veux-tu dire ? Quelles menaces ? Je tuerais ce putain de bâtard s'il te touche encore !

- Ce n'est pas c'que tu crois. Il ne m'a pas fait de mal - du moins, pas physiquement. Il m'a appelée... trop, à mon goût. J'ai pensé à faire bloquer son numéro, mais j'avais peur de le faire parce qu'il m'a menacée. Et ça nous affecte tous les deux, toi et moi.

J'étais tellement en colère contre Justine ce jour-là parce qu'elle avait interrompu mon entretien avec Krystina. La peur dans ses yeux était la seule chose qui m'avait donné une raison d'y mettre fin. Elle avait pleuré et tremblé si fort que j'avais été obligé de mettre ma colère de côté. Elle avait besoin de mon soutien, pas de ma fureur.

- *Ça va aller. Qu'il n'arrête pas ses menaces. De toute façon, il ne peut rien me faire. Et je t'ai déjà dit que je ne le laisserai plus te faire de mal.*

- *Non, non ! Écoute-moi, Alex ! Merde ! C'est pour ça que j'ai pas arrêté de t'appeler. Il menace de divulguer notre passé !*

- *Et comment sait-il... pour notre passé ? Justine ?*

- *Parce que... parce que je lui ai dit ! Il fallait que je lui dise. Ça faisait partie de ma thérapie... il y a longtemps. Et maintenant, des années plus tard, je viens tout juste de faire la paix avec moi-même. La dernière chose que je veux, c'est un cirque médiatique. J'en pouvais plus. J'en pouvais vraiment plus.*

Je secouais la tête. Si seulement j'avais cherché à comprendre ses peurs. Je croyais qu'elle était terrifiée par la presse parce qu'elle ne voulait pas revivre ça. Je n'ai jamais pensé que c'était parce qu'elle avait quelque chose à cacher. Oui, j'avais ma propre motivation pour cacher ce passé, mais elle n'avait jamais été aussi forte que ma volonté de la protéger. J'avais fait tout ce que j'avais pu pour effacer ce qu'il s'était passé en nous donnant un nouveau départ, dépourvu de tout ce qui pouvait nous relier à cette terrible période de notre vie. Tout ce que j'avais fait était pour elle. Toujours pour elle. Un bip silencieux m'arrachait à mes pensées. Il provenait du panneau d'alarme fixé au mur. Quelqu'un arrivait dans l'ascenseur. Je jetais un œil sur mon téléphone portable, posé sur le bureau. Il y avait une notification de message. Je le prenais et en balayais l'écran.

16:46, Hale : *Mademoiselle Cole est dans l'ascenseur qui monte jusqu'à vous.*

16:47, Moi : *Avez-vous rencontré des problèmes, aujourd'hui ?*

16 :49, Hale : *Non, monsieur. Aucun problème.*

Par « problèmes », je voulais dire « avec les médias », mais ça, je n'avais pas besoin de l'expliquer à Hale. Il le savait sans que j'ai à le lui dire. Il avait lu l'article et savait qu'il fallait qu'il soit en alerte. Posant mon téléphone, je reprenais ma place derrière le bureau. Mes muscles étaient tendus, et mes nerfs à vif. Je me passais les mains sur le visage et prenais une profonde inspiration. Je devais montrer cet article à Krystina avant que nous partions pour la fête de Matteo. Je n'avais pas le choix. Au cas où il y aurait une fuite, je ne voulais pas qu'elle soit prise au dépourvu par les journalistes présents à l'événement. Mon regard se portait sur l'heure affichée en haut de l'écran de mon ordinateur. Je n'avais pas beaucoup de temps pour lui expliquer les choses. L'inauguration débutait à sept heures, et on ne pouvait pas être en retard.

- Alex, je suis là ! entendis-je Krystina depuis l'entrée.

Même si elle savait que l'alarme était toujours active et que Hale m'avertissait toujours de l'arrivée de quelqu'un, elle me faisait toujours savoir sa présence lorsqu'elle rentrait dans le loft. Parfois, je me demandais si c'était sa façon à elle d'ignorer la sécurité qui l'entourait. De toute manière, j'aimais que mon prénom soit la première chose que j'entende sortir de ses lèvres lorsqu'elle passait la porte.

- Je suis dans le bureau, mon ange, lui répondis-je.

Quand elle entra, ses bras étaient chargés de paquets.

- Attends que je te montre la robe que j'ai achetée pour ce soir ! s'exclama-t-elle avec excitation.

- Putain ! jurai-je tout en m'empressant de sortir de derrière le bureau pour l'aider. Pourquoi ni Hale ni Samuel ne t'ont-ils pas porté tout ça eux-mêmes ?

Je la libérais de ses sacs et les posais sur le canapé en cuir du bureau. Elle me fit un signe de main dédaigneux.

- Ohhh ! Stop ! J'en suis parfaitement capable, me dit-elle. Allez, maint'nant, laisse-moi t'montrer.

Ses joues étaient rouges de plaisir alors qu'elle commençait à déchirer les paquets. Clairement, elle avait apprécié sa journée de shopping.

Et je suis sur le point de la gâcher.

Je voulais qu'elle continue à profiter de ce moment, même si c'était juste pour une simple robe. Elle le méritait. Je voulais qu'elle ait l'opportunité de se glisser dans quelque chose de nouveau et de le porter pour moi. J'imaginais ses courbes virevoltant devant le miroir alors qu'elle inspectait son reflet. Pour moi, ce qu'elle portait n'avait pas d'importance. Son corps de tueuse pouvait rendre n'importe quel vêtement sexy. Je caressais brièvement l'idée de ne lui montrer l'article qu'après la fête. La façon dont elle se comportait était tellement normale, et pourtant, cela se passait à un moment où tout semblait être en désaccord dans mon monde à moi. Je détestais être celui qui brisait son humeur, mais je savais que je devais le faire. Ce que je devais lui dire ne pouvait pas être réglé en une seule conversation ou en quelques heures de communication de cœur à cœur. Cela demanderait du temps, de la patience et de la finesse, car je ne savais pas comment elle réagirait. Lui tendant le bras, je l'empêchais de fouiller dans les paquets. Je faisais une pause, soudainement frappé par suffisamment d'anxiété pour que ma peau soit recouverte d'une couche de sueur.

- Non, mon ange. Ça peut attendre, dis-je. Je la conduisais jusqu'à la chaise qui se trouvait devant mon bureau. Assieds-toi. Il faut qu'on parle.

10

Krystina

- Alex ? demandai-je. Qu'est-ce qu'il y a ?

Le sérieux de son ton m'alerta. Je l'observais attentivement pendant qu'il s'asseyait en face de moi et se passait les mains dans les cheveux. Des rides de stress entachaient son visage parfait et sa mâchoire avait son tic nerveux révélateur. Il était manifestement en colère. Mais il y avait plus. Son teint était éteint, comme cendré. Je ne l'avais jamais vu aussi tendu, mais en même temps, il semblait vaincu. Cet homme fort semblait complètement brisé face à moi.

- Tu te souviens de tout ce que je t'ai dit à propos de mon passé ?

- Oui, je m'en souviens. Alex, dis-moi ce qu'il s'est passé. On dirait que tu viens de voir un fantôme. Est-ce que tout va bien ?

- Un journaliste du *City Times* est venu voir Charlie hier soir. Et Charlie lui a tout dit sur Justine et moi. Sur notre passé.

Je poussais un petit soupir de soulagement. Au départ, je

pensais que quelque chose de catastrophique était arrivé. Je pensais souvent qu'Alexander s'inquiétait trop que son passé soit rendu public. Sa paranoïa était quelque chose que je n'arriverai jamais à comprendre.

- Tout va bien s'passer. Comme je l'ai déjà dit, tu t'inquiètes trop pour ça. C'était il y a longtemps. Tu étais juste un enfant, Alex.

Il regardait fixement le mur derrière moi, semblant perdu dans un souvenir, avant de retourner son regard pour rencontrer le mien.

- Quand j'ai jeté cette arme dans la rivière Harlem, je pensais avoir fait disparaître la seule preuve qui mènerait à la vérité, murmura-t-il.

Ses mots étaient silencieux, mais pas tout à fait un murmure. J'étais vraiment confuse. Alexander ne m'avait pas reparlé du jour de la mort de son père depuis cette soirée sur le *Lucy*.

Que s'était-il passé pour qu'il en parle soudainement ? Pourquoi y pense-t-il ?

- Ça fera parler pendant un moment. Puis les gens passeront à autre chose. Je fis une pause en réalisant ce qu'il venait de dire. Attends une minute ! Tu viens de me dire que tu *pensais* l'avoir fait disparaître. Quelqu'un l'a retrouvée ?

- Non, personne ne l'a retrouvée. Mais en même temps, y'a pas besoin, dit-il tristement en tournant l'écran de l'ordinateur vers moi. Lis ça, mon ange.

Je regardais l'écran. C'était un e-mail transféré de Hale. Au départ, l'expéditeur était un certain Mac Owens. Mes yeux faisaient défiler le contenu de la page. Le titre était en caractères gras et la date et d'autres informations apparaissaient en-dessous.

La Misère des Riches : Le jeu en valait-il la chandelle ?
Le 24 février 2017

Mac Owens

En 2012, j'ai tenté d'écrire un article sur le milliardaire Alexander Stone. Comme dans la plupart de ses interactions avec les médias, celui-ci s'est montré distant, ne me laissant que peu - ou pas - d'informations sur son parcours. J'ai donc creusé davantage, mais je me suis retrouvé dans une succession d'impasses. Il semblait qu'Alexander Stone n'ait jamais existé avant 2003. Après des années de recherches méticuleuses, j'ai enfin pu trouver le seul homme capable de faire la lumière sur la vérité : Charlie Andrews.

Je vous livre ci-dessous le récit de l'interview exclusive de Mac Owens avec Charlie Andrews, qui vous permettra de mieux comprendre le mystérieux milliardaire Alexander Stone. Cette interview constitue l'information la plus complète disponible au sujet d'Alexander Stone et son ascension au pouvoir.

Note à mes lecteurs : cette interview contient un langage cru et peu approprié à un jeune public.

L'interview donnait des détails sur l'histoire de Charlie et Alexander. En suivait un récapitulatif de mon enlèvement et de l'accident de voiture qui avait brisé le projet de Charlie dans lequel il souhaitait s'enrichir au plus vite. Si Charlie restait prudent dans sa manière de parler au journaliste, il niait toute culpabilité de sa part. Bien au contraire : c'était Trevor qu'il blâmait sur toute la ligne. Pourtant, nous savions quelle était sa stratégie : clamer qu'il se trouvait tout simplement au mauvais endroit au mauvais moment. Les avocats étaient préparés à ça. Mon seul témoignage était plus que suffisant pour le condamner. Charlie avait mentionné à plusieurs reprises qu'Alexander avait grandi dans la pauvreté, mais à part ça, je ne voyais pas du tout pourquoi cette interview avait tant ébranlé Alexander. Rien de ce que je lisais n'était nouveau pour moi.

- Alex, je n'vois pas...

- Lis jusqu'au bout, m'interrompit-il. Tu connais la plupart des choses. Tu peux donc passer directement à cette partie de l'interview, si tu le souhaites.

Il désignait un point sur l'écran. Surprise par la détermination qui se lisait sur son visage, je clignais des yeux. C'était alarmant et je n'avais presque pas envie de continuer ma lecture. Je voulais qu'il me dise lui-même de quoi traitait la suite, mais quelque chose dans la sévérité de sa posture me poussait à faire ce qu'il me demandait. Je poursuivais donc.

Mac Owens : nous avons eu peu de détails de votre procès, finalement. Je comprends que vous vouliez avoir la chance de plaider votre cause devant une audience. Y a-t-il quelque chose que vous pouvez me dire que je ne sache pas ?

Charlie Andrews : je vais tout vous dire. Le contexte est important. Je pensais que vous étiez venu me voir parce que vous vouliez une histoire. Toute l'histoire.

Mac Owens : oui, c'est bien le cas, monsieur Andrews, mais tout ce que vous avez dit jusqu'à présent n'a rien de bouleversant.

Charlie Andrews : bon, d'accord, monsieur je-sais-tout. Je suppose que vous êtes au courant que mon ex-femme a tué son père alors ?

Ma tête quittait l'écran de l'ordinateur pour faire face à Alexander.

- Quoi ? m'exclamai-je. Qu'est-ce qu'il veut dire par...

Il levait la main pour me faire taire une fois de plus.

- Je t'ai dit de lire jusqu'au bout. Tu poseras des questions plus tard.

Je me retournais vers l'écran, mais les questions se bousculaient dans mon cerveau à une vitesse vertigineuse. Je les mettais de côté et me concentrais une fois de plus sur le texte.

Mac Owens : vous avez mon attention maintenant, monsieur Andrews. Allez-y.

Charlie Andrews : je savais que ça fonctionnerait [rires]. Ne vous êtes-vous jamais interrogé sur les parents de mon cher vieux beau-frère ? Les parents de mon ex-femme ?

Mac Owens : je n'ai jamais été capable de trouver quoi que ce soit sur eux. Pas un nom, pas une adresse. Que pouvez-vous me dire à ce sujet ?

Charlie Andrews : vous n'avez rien trouvé parce que vous cherchiez au mauvais endroit. Vous devriez commencer par d'anciens projets qui ont été démolis il y a quelques années. Vous savez, ceux qui ont été remplacés par des logements sociaux. Ce connard était derrière ça aussi.

Mac Owens : derrière quoi ? Qui est un connard ?

Charlie Andrews : je viens de vous le dire. Vous ne m'écoutez pas. Les projets. Ils ont été démolis par le frère de mon ex-femme, Alex. Il a dit que c'était pour une organisation de charité ou une connerie comme ça. C'était une excuse de merde. Je sais pourquoi ils ont été démolis. Il ne voulait pas qu'il y ait de preuves de ce que Justine avait fait.

Mac Owens : le meurtre ?

Charlie Andrews : ah, maintenant vous comprenez enfin. Oui, le meurtre. Elle a tué son père. Elle n'était qu'une enfant, mais elle l'a fait. Elle me l'a dit elle-même il y a quelques années. Apparemment, le vieil homme est rentré à la maison, furieux. C'était un gros buveur. Justine détestait en parler. Mais elle me l'a dit. Elle m'a tout raconté.

Mac Owens : comment a-t-elle fait pour le tuer ?

Charlie Andrews : elle lui a tiré dessus. Juste comme ça. En plein dans l'estomac. Ce salaud n'avait aucune chance. Et vu la façon dont Justine décrivait tout ce sang, je dirais qu'il s'en est probablement vidé en quelques minutes. Peut-être que c'était mérité. Bordel, j'en sais rien, moi. S'il avait vraiment tué sa femme, peut-être que c'était sa punition.

Mac Owens : attendez, je suis perdu, là. Qu'en est-il de sa femme ?

Charlie Andrews : je ne connais pas les détails à ce sujet. Son corps n'a jamais été retrouvé. Du moins, je ne pense pas. Je sais seulement ce que Justine m'a dit. Son père est rentré à la maison, en titubant, en disant qu'il l'avait tuée - sa femme, je veux dire. La mère de Justine et d'Alex. Il a dit à Justine que plus personne ne pouvait la protéger. Il a dit qu'Alex ne pouvait pas la sauver non plus. Il l'a traité de petite mauviette. Il l'est toujours si vous voulez mon avis.

Mac Owens : il est donc rentré ivre en prétendant avoir tué sa femme, la mère d'Alex et de Justine. En quelle année c'est arrivé ?

Charlie Andrews : je ne sais pas. Justine avait environ sept ou huit ans. Pratiquement un bébé. Je les aime jeunes, mais pas tant qu'ça.

Mac Owens : qu'entendez-vous ?

Charlie Andrews : il est venu vers elle. Il a commencé à la toucher là où il ne fallait pas, si vous voyez ce que je veux dire. C'est là qu'elle lui a tiré dessus.

Mac Owens : et ensuite, que s'est-il passé ?

Charlie Andrews : c'est là que les choses se sont gâtées, en quelque sorte. De manière très mystérieuse. Vous connaissez ce type, qui est toujours avec Alex ? Hale quelque chose ? Son garde du corps, je crois. Je ne sais pas quel est son titre, mais il a l'air de pouvoir couper un homme en deux.

Mac Owens : oui, je vois très bien de qui vous parlez. Que pouvez-vous me dire sur lui ?

Charlie Andrews : il était très proche de cette famille. Un militaire. Il était en permission chez eux quand c'est arrivé. Je pense qu'il a fait quelque chose pour le couvrir. La mère de Justine reste un cas de personne disparue. Le meurtre du père n'a pas été résolu. Il n'y a même plus de scène de crime à examiner depuis qu'Alex a fait démolir les lieux. Tout cela n'est qu'une belle mascarade.

Mac Owens : quelle histoire, monsieur Andrews ! Je ne dis pas que je ne vous crois pas, mais j'ai également creusé dans le passé de monsieur Stone. Je ne suis jamais tombé là-dessus. Avez-vous des preuves ? Comme vous pouvez l'imaginer, l'histoire d'un meurtre non résolu lié à quelqu'un d'aussi influent qu'Alexander Stone serait facile à trouver.

Charlie Andrews : comme je vous l'ai déjà dit, vous cherchiez au mauvais endroit. Son nom n'est pas Stone. C'est Russo.

Ma vision se fit floue. Il y avait plus à lire, mais je ne pouvais pas me concentrer sur le reste de l'interview alors que j'essayais de comprendre ce que je lisais. Un million de pensées envahissaient mon cerveau par vagues, avant que le son d'un raz-de-marée rugissant me remplisse ma tête.

Justine savait ce qu'il s'était passé pendant tout ce temps ?

Alexander le savait-il aussi ? Ne m'avait-il pas dit toute la vérité ?

Et le bâtiment qu'il a démoli ? L'a-t-il vraiment fait pour dissimuler d'autres preuves ?

Puis mes yeux s'arrêtèrent sur la dernière chose qu'avais lu. Je sentis mon estomac se contracter.

Russo.

Je levais les yeux vers l'homme qui était devant moi. C'était l'homme que j'aimais de toutes les fibres de mon être, mais il était comme constitué de tout un tas de couches. Juste quand je pensais avoir atteint le noyau, il restait une autre couche à traverser. Je me demandais si j'arriverais un jour à connaître la réalité essentielle qui constituait l'homme que je voulais épouser. C'était un sentiment troublant et je ne pouvais empêcher la question troublante de quitter mes lèvres :

- Qui es-tu ?

* * *

Alexander

JE DÉTESTAIS VOIR TANT de douleur et de confusion dans les yeux de Krystina. Un silence choqué remplissait la pièce et rendait l'air étouffant. Je me répétais sa question encore une fois dans ma tête.

- *Qui es-tu ?*

Une partie de moi ne connaissait plus la réponse à cette question. L'homme que je pensais être, celui que j'avais créé, tombait en chute libre dans un abîme. Le passé et le présent se mêlaient et brouillaient les lignes que j'avais tracées il y a longtemps. La seule chose dont j'étais certain, c'était que Krystina était là pour moi. Elle était ma constante. Elle me connaissait comme personne d'autre. C'était à moi de faire en sorte qu'elle n'en doute jamais.

- Mon nom de naissance était Alexander Russo. Je n'ai pas prononcé ce nom depuis des années. Cette personne n'existe plus.

- Comment ça, cette personne n'existe plus ? C'est pourtant toi ! s'exclama-t-elle, sa voix s'élevant à un niveau presque assourdissant.

- Krystina, arrête d'hurler. Il y a des choses que tu ne comprends pas.

- Je suis tout ouïe, Stone. Ou Russo. Ou quel que soit ton putain de nom, cracha-t-elle d'un ton accusateur.

Elle était au bord de l'hystérie. Ses yeux brillaient de colère. Je ne pouvais pas lui en vouloir. Et pourtant, je lui avais tout dit sur mon passé. Sauf sur mon identité.

- J'ai légalement changé mon nom après avoir eu dix-huit ans. Je suis Alexander Stone. Pas Russo.

- Et Justine ?

- Le sien a été légalement changé aussi. C'était Stone jusqu'à ce qu'elle épouse Charlie Andrews.

- Non, je ne parlais pas de son nom. C'est tous ces autres trucs qui lui tournent autour. Tu m'as dit que tu ne savais pas, dit-elle, sa voix se brisant sur la dernière phrase.

Elle n'avait plus l'air hystérique, mais semblait plutôt lutter contre les larmes. Je ressentais aussi un soupçon de trahison, un sentiment que je ne comprenais que trop bien.

- Je ne savais pas, répondis-je platement. Justine ne me l'avait jamais dit. J'ai du mal à croire qu'elle m'ait caché ça. Je n'ai pas non plus réussi à la joindre pour qu'elle me le confirme. Je pense que Charlie a tout inventé.

Elle s'asseyait, croisait les bras tout en semblant considérer cette possibilité.

- Tu le pense vraiment ? demanda-t-elle finalement.

- J'en sais rien, mon ange. J'en sais rien du tout.

Je me passais une main dans les cheveux en signe de frustration et je me levais pour faire le tour de la pièce. La déception de ma sœur mélangée à mon propre doute pesait lourdement dans ma poitrine. Je ne voulais pas sauter à des conclusions hâtives, mais mon instinct me disait que ce que Charlie disait était vrai. Chaque mot. Je me pinçais l'arête du nez, essayant de chasser le mal de tête qui commençait à se former.

Si seulement Justine répondait à mes appels !

- J'essaie de ne pas être en colère contre toi à cause de ça. Je t'écoute, je vois à quel point tu es secoué.

Elle s'arrêtait un instant et secouait la tête. Quand elle reprit la parole, sa voix était étouffée, presque comme si elle avait peur de parler :

- Je pense que tu sais que Charlie n'a pas inventé tout ça.

Je me tournais pour la regarder. Un simple coup d'œil sur l'expression qu'elle affichait me disait qu'elle faisait preuve de retenue. Mon regard coincé dans le sien, je pouvais presque voir la supplication dans ses beaux yeux bruns. Comme si elle me suppliait de lui faire comprendre.

- Mon instinct me dit que l'histoire de Charlie est vraie. Quand je repense à certaines choses, certains comportements et certaines actions... je prenais mon temps en luttant pour trouver les mots pour lui expliquer quelque chose que j'aurais dû voir il y a longtemps. Justine a toujours été du genre nerveux. Ce n'est qu'il y a environ cinq ans qu'elle a commencé à être obsédée par les médias, la police et cet immeuble miteux et délabré. J'ai blâmé le psy qu'elle voyait. Je pensais qu'il la rendait folle. Elle est devenue obsédée par un passé que nous avons réussi à enterrer. Du moins, que j'avais réussi à enterrer.

- Est-ce de là que vient ton aversion pour nos séances avec le docteur Tumblin ?

- En partie, admis-je. Justine m'a poussé à démolir de vieux projets abandonnés. Je n'ai pas contesté son raisonnement. C'était un autre souvenir que je pouvais effacer. De plus, les projets étaient condamnés, pleins de rats. Ils sont devenus un foyer pour les sans-abris et un paradis pour les addicts à l'héroïne. Quand j'ai proposé que la Fondation Stoneworks les nettoie, la ville en a été plus qu'heureuse. Les rues avoisinantes en réclamaient la démolition depuis des années. Des collectes de fonds ont été organisées et les subventions fédérales sont arrivées très facilement. Justine a dirigé l'ensemble du projet. Les bâtiments pourris ont été démolis et de nouveaux ont été construits en moins de deux ans. Ensuite, elle a cessé de voir son psy et est redevenue calme.

- Peut-être que ce n'était qu'une coïncidence. Peut-être qu'elle essayait simplement d'effacer certains souvenirs, comme tu l'as dit, suggéra Krystina.

- Peut-être.

Je repensais à ce que Charlie avait aussi dit à propos de mon père et Justine.

La touchait-il vraiment ?

Je ne pus même pas aller au bout de ma pensée. De la bile montait jusqu'au fond de ma gorge. Je ne pouvais pas penser à ça, ni à lui, ni à son haleine fétide, ni à ses mains sales. Elle n'était qu'une enfant. S'il avait vraiment fait l'impensable, je ne pourrai jamais vivre avec moi-même. J'aurais dû le savoir. J'aurais dû la protéger. J'arrêtais de faire les cent pas et tapais du poing sur le bureau.

- Alex !

Krystina sursauta dans sa surprise. Je regardais dans ses yeux. Ils étaient aussi larges que des soucoupes et pleins de confusion. Mais pire, il y avait aussi de la peur dans ses yeux. Avait-elle peur de moi ? Je fermais les yeux et comptais jusqu'à dix. Au bout de quelques longues respirations calmantes, je les ouvrais pour la regarder à nouveau.

- Désolé, mon ange. Je ne voulais pas te faire peur. C'est juste que ça me fait beaucoup de choses à traiter d'un coup. Je soupçonne que Charlie tentera d'utiliser ça comme un outil de négociation pour conclure un accord de plaidoyer et je n'ai qu'un certain poids avec le procureur. Et à ce stade, je me fous de savoir si tout sera divulgué ou non. Tout ce que je sais, c'est qu'il ne peut pas s'en sortir avec ce qu'il t'a fait. Je dois mettre la main sur Justine pour confirmer ou infirmer tout ça. Il y a beaucoup trop de choses pour lesquelles j'ai besoin de réponses.

Ma mère.

L'a-t-il vraiment tuée ?

Ne nous avait-elle pas abandonnés après tout ?

Si je n'exprimais pas ces questions à voix haute, j'espérais que Krystina ferait le lien entre tous ces points par elle-même. Je la regardais en la suppliant de mes yeux pour qu'elle comprenne. Quand son regard se fixait sur le mien, nous nous regardions sans dire un mot. Un message silencieux semblait passer entre nous. Elle hochait légèrement la tête pour me dire qu'elle avait compris. Détachant son regard du mien, elle regardait par les fenêtres et haussait les épaules avec indifférence.

- Tu peux toujours le nier, Alex, et dire que cette histoire n'est pas vraie. Prétendre qu'il s'agisse tout simplement d'une fake news. Ça marche très bien pour certaines personnes.

Je rigolais amèrement.

- J'en doute fort, hélas. Comme Charlie l'a dit, il y a une personne disparue et un cadavre. Trop de choses ne collent pas.

Elle avait l'air pensif, comme si elle essayait elle aussi d'assembler les pièces du puzzle, mais c'était inutile, parce que j'avais essayé pendant des années, mais je me retrouvais avec encore plus d'inconnues que jamais.

- Et Hale ? Charlie a mentionné qu'il pourrait savoir quelque chose.

- Hale a lu l'article. Il n'a rien confirmé ni démenti quoi que ce soit, mais je ne lui ai jamais demandé non plus, dis-je en secouant la tête. Une partie de moi avait peur de lui demander, comme si je savais inconsciemment qu'il confirmerait tout ce qui venait d'être dit. Je lui parlerai plus tard. Ce soir, après la fête.

- La fête ? Tu ne veux quand même pas y aller ? s'enquit-elle avec surprise.

- Vouloir et devoir sont deux choses différentes. Nous ne pouvons pas manquer d'y aller. Il y a eu beaucoup trop d'attente pour cette inauguration. Je veux que tu te détendes et que tu profites de la soirée. C'est mon problème, pas le tien.

- Mais tu as dit qu'il y aurait une couverture médiatique. Es-tu prêt à y faire face, surtout au cours de cet événement ?

- Personne ne sait encore rien de tout cela, lui dis-je en pointant l'écran de l'ordinateur qui lui faisait toujours face. L'article n'a pas été publié. Je ne sais pas comment il a fait, mais Hale m'a permis de gagner quelques jours. Au moins, j'aurai le temps de faire une déclaration. Au cas où il y ait une fuite, et qu'il y ait tout un tas de paparazzis ce soir, on ne prendra aucun de mes véhicules personnels. Ils sont tous trop voyants au cas où l'on doive nous fondre dans la masse. Hale a réservé une limousine.

Elle traversait le bureau et plaçait sa main sur la mienne. Ses yeux fouillaient les miens.

- Alex, je sais que tu as beaucoup de questions sans réponses, mais je dois quand même t'en poser une : est-ce que tu m'as dit ton nom de naissance seulement parce qu'on t'a forcé la main ? Allais-tu me le dire un jour ?

Ma mâchoire se serrait. Je savais que ma réponse la blesserait, mais elle méritait la vérité. Plus de mensonges. Plus de secrets.

- J'avais pensé à t'en parler, mais j'ai finalement décidé de ne pas le faire. Donc, la réponse est non, je n'allai pas te le dire, mon ange. Comme je l'ai dit, Alexander Russo n'existe plus.

11

Krystina

Le trajet jusqu'au restaurant de Matteo se déroula en silence. Ce n'était pas un silence inconfortable, mais un silence de compréhension mutuelle. Nous n'allions pas parler de l'article au cours des prochaines heures. Avant de quitter le loft, Alexander m'avait promis de m'en dire plus après la fête. Pourtant, je ne voulais pas attendre. J'avais désespérément besoin de réponses. Je devais comprendre pourquoi il me cachait sa véritable identité, même s'il s'agissait d'une vérité juridique.

- Chut, mon ange. Ne t'inquiète pas pour ça, m'avait-il murmuré dans l'ascenseur alors que nous descendions vers la limousine qui nous attendait. Il s'était penché sur moi pour presser doucement ses lèvres sur mon front. La raison n'a pas d'importance. Tu le sais maintenant et je te promets de répondre à toutes tes questions plus tard. Tu es éblouissante et je veux que tu profites de la soirée.

Il n'avait pas besoin d'en dire plus. Je comprenais son désir de profiter de la soirée. Je savais que c'était peut-être la dernière fois qu'on allait s'amuser en public. Du moins, pendant un bon moment. Son monde entier était sur le point de s'écrouler. Sa vie privée, tout ce qui lui tenait à cœur, s'effondrait autour de lui. Il n'avait pas besoin non plus que je le questionne. À la façon dont ses yeux imploraient silencieusement les miens, je savais qu'il avait besoin de ma patience. Et plus important encore, de ma force. Alors que la limousine tournait dans la rue où se trouvait le restaurant de Matteo, des papillons prenaient vie dans mon estomac. Je pouvais voir la file d'attente des gens qui arrivaient lentement. Des lumières étaient suspendues entre les lampadaires, formant une sorte de balise pour ceux qui voulaient s'y rendre. Alors que nous nous arrêtions, le panneau du restaurant apparut. Même si je savais que Matteo avait prévu de donner mon nom au restaurant, celui de la femme qui avait volé le cœur de son ami d'enfance, je n'étais pas préparée à voir l'enseigne fixée au-dessus de la porte du restaurant.

- *Chez Krystina*, chuchotai-je.

- On y est, mon ange. Prête ?

Alexander passait ses doigts dans les miens quand Hale nous ouvrait la porte de la limousine.

- Prête !

En sortant, je poussais un soupir de soulagement : aucuns flashes d'appareils photos, et pas un seul journaliste n'attendait pour nous enfoncer des micros dans la gorge. Je savais que l'histoire d'Alexander n'avait pas encore été divulguée, mais je ne pouvais pas m'empêcher de m'inquiéter des « et si ». En entrant dans le restaurant, voir la foule de gens se mélanger de manière tout à fait normale fut un énorme soulagement pour moi. Je levais les yeux sur Alexander. Son visage était passé de la tension à la détente alors qu'il observait la pièce. Il était évident qu'il ressentait le même soulagement que moi. Je lui serrais la main et lui dis : « Je t'aime ». Il me sourit, me lâcha la main et passait son bras autour de ma taille. Il se penchait comme s'il était sur le point de dire quelque chose, mais le son d'une voix familière venant de l'autre côté de la pièce interrompit ce qu'il était sur le point de prononcer.

- La voilà ! Mon invitée d'honneur !

Alexander et moi nous retournâmes pour voir Matteo se diriger vers nous. Alexander lui tapa sur l'épaule quand il arriva à notre hauteur.

- Tu t'en est très bien tiré, Matt. C'est vraiment super, ici !

- Oui, je sais : d'autres personnes me l'ont déjà dit avant toi. J'espère qu'ils sont autant impressionnés par la nourriture, plaisanta-t-il ; mais je pouvais sentir sa nervosité. Se tournant vers moi, il prenait ma main et y déposait un baiser. Krystina, ma chère. Tu es plus belle que jamais.

Je rougissais à son compliment.

- Merci, Matteo. Ça fait plaisir de te revoir. Et ne t'inquiète pas si les invités apprécient ta nourriture. Je peux personnellement attester de son excellence.

- T'es trop gentille ! Venez maintenant, j'ai une table réservée pour vous. Il se détourna momentanément de nous pour appeler quelqu'un par-dessus son épaule : Luca !

Un jeune homme habillé d'un smoking noir apparut devant nous.

- Oui, monsieur Donati.

- Voici Alexander Stone et sa fiancée, Krystina Cole. S'il te plaît, veille à ce qu'ils aient tout ce dont ils ont besoin ce soir. Il fit une pause et se retourna vers nous. Alex, Krystina, Luca va vous conduire à votre table. Je dois vérifier certaines choses dans la cuisine. Je serai de retour pour vous rejoindre dans un moment.

- Pas de soucis, Matt, assura Alexander. Fais ce que tu as à faire. Je vais gérer la foule ici.

- Merci, mon ami. *Mi scusi.*

Et il partit en courant comme à son habitude.

- Qu'entendais-tu quand tu disais que tu allais gérer la foule ici ? m'enquis-je, ma voix à peine audible par-dessus le bourdonnement de la foule du restaurant alors que nous suivions Luca jusqu'à notre table.

- Il va y avoir beaucoup de personnes influentes ce soir. Je vais devoir faire le tour de la salle, parler de Matteo, de son parcours, et cætera. Avant la fin de la nuit, la moitié de la ville aura prévu de dîner ici.

Je me rappelais la première fois où j'étais venue dans ce restaurant. C'était mon premier rendez-vous officieux avec Alexander. Je souriais en me rappelant les souvenirs de cette soirée-là. Les lieux n'étaient pas encore ouverts au public, car ils étaient encore en phase de rénovation. Je regardais autour de moi. Tout avait tellement changé : la pièce principale avait maintenant l'ai plus festif, plus élégant et plus classe.

- Monsieur Stone, mademoiselle Cole. Luca s'adressa à nous de manière très formelle. Voici votre table pour ce soir. Le cocktail se tiendra dans la grande salle. Pendant une bonne heure. Vous êtes grandement invités à vous y rendre ; à moins que vous ne préfériez le calme d'ici.

- Merci, Luca. Alexander hocha la tête. Krystina ?

- Comme vous voudrez. Je suis à votre service ce soir, monsieur Stone, le taquinai-je avant de réaliser immédiatement mon erreur freudienne.

Ses yeux s'étrécissaient, un sombre besoin primitif apparaissant au travers de leurs fentes.

- Je veux dire, pas - pas comme...

Je bafouillais, incapable de finir. Luca haussait les sourcils mais se reprenait vite avant de s'excuser maladroitement. Mes joues devinaient cramoisies quand Alexander se penchait pour me chuchoter à l'oreille :

- Et c'est moi qui vais commander, crois-moi : je le ferai. Je vais même te faire supplier pour que tu enlèves ta robe sexy. Mais le collier et les chaussures à talons, tu les garderas.

Je levais une main pour toucher les tourbillons complexes de l'emblème du triskelion et baissais les yeux sur ma robe. Des lignes lisses de mousseline de soie bleu roi descendaient le long de mon corps, maintenues en place par des bretelles saphir qui couraient sur mes épaules et longeaient mon dos. C'était la robe parfaite pour la femme qui serait au bras d'Alexander pour la soirée. Je savais qu'il en serait fier. Je me penchais loin de lui, loin des lèvres qui s'approchaient juste assez près de mon oreille pour me donner des frissons.

- T'avais pas une foule à gérer ?

- Ne m'en parle pas, gémit-il. Je préférerais nett'ment travailler sur autre chose en ce moment. Avec toi dans cette robe, je pourrais être bien trop distrait pour être d'une quelconque utilité à Matteo.

- J'm'en doute, lui dis-je en riant. Même si le sujet qui fâchait planait dans l'air environnant, nous préférions quand même ne pas nous stresser avec ça et garder des conversations plus légères. Allez ! Maint'nant, direction le buffet ! Vite, vite ! Sinon, y'aura plus rien à manger !

Nous fîmes donc notre chemin jusqu'à la grande salle de banquet et trouvâmes une table de libre.

- Reste ici, mon ange. Je vais juste nous chercher du champagne.

Je le regardais s'éloigner tout en étudiant mon environnement. Peu de choses parvenaient à me couper le souffle lorsque j'admirais quelque chose, et Alexander en smoking en était une. La salle bourdonnait de conversations et de monde. De riches hommes d'affaires, des politiciens et des critiques de restaurants se mêlaient les uns aux autres et savouraient les antipastis que Matteo avait préparés. Tout le monde semblait bien habillé, mais Alexander était le seul à vraiment se distinguer de la foule. Je le regardais traverser la pièce pour revenir vers moi avec une flûte à champagne dans chaque main. Ses cheveux étaient lissés en arrière ; ils étaient presque aussi noirs que le smoking qui épousait ses larges épaules. Sa démarche était férocement élégante et incontestablement sexy.

Et dire qu'il n'est rien qu'à moi.

L'amour que je ressentais pour lui m'envahissait. Peu importe qu'il s'appelle Alexander Stone ou Alexander Russo. Je connaissais l'homme qu'il était. Je connaissais son cœur, et il avait capturé le mien. En me rejoignant, il me passait une des flûtes à champagne et posait sa main sur ma hanche comme pour s'imposer à moi devant tout le monde.

- Franch'ment, y'a aucun doute là-dessus : la plus belle femme ici, c'est toi, me chuchota-t-il à l'oreille.

Je me mettais à rire en pensant que les bulles pétillantes du champagne correspondaient à l'humeur pétillante dans laquelle je me trouvais soudainement. Des regards curieux se tournaient vers nous, mais je les ignorais. Être avec Alexander lors d'un événement public était tellement rare, pour moi. J'avais l'impression d'être une princesse au milieu de tout un tas de paysans. Cette sensation était grisante.

- J'aimerais dire que la flatterie ne te mènera nulle part, mais je mentirais. Attends juste jusqu'à ce soir, lui dis-je de manière prometteuse.

- Ça fait deux fois que vous me titillez ce soir, mademoiselle Cole. Essayez-vous de me faire bander en public ?

- J'n'oserais jamais ! le réprimandai-je en riant une fois de plus.

- Krys ! Coucou, je suis là !

Je me retournais et voyais Allyson faire un signe dans notre direction. Elle était dans un coin et semblait parler à un homme que je ne reconnaissais pas. Je levais les yeux vers Alexander.

- Allez, va faire tes choses, là... tu sais ? Et moi, j'vais rester un peu avec Ally. D'ailleurs, j'ai des questions à lui poser au sujet de Matteo, lui dis-je.

Ses sourcils se levaient de façon interrogative.

- De Matteo ?

- Qu'importe... c'est des trucs de filles.

- Ne parle pas trop longtemps avec elle, me prévint-il. Parce que sinon, il se peut que j'ai à te punir si tu t'absentes trop.

Sa voix était un grondement sourd et un sourire de mauvais garçon se dessinait aux coins de ses lèvres. L'idée de ce que pourrait être ma punition me donnait des frissons au niveau de l'estomac. Je me redressais sur mes orteils pour déposer un baiser sur ses lèvres. Malgré mes talons aiguilles de 10 centimètres, il me dominait toujours.

- Je peux vous l'assurer, monsieur Stone. Et j'y compte bien, d'ailleurs.

* * *

Alexander

J'AURAIS PRÉFÉRÉ que Krystina reste à mes côtés pendant toute la soirée, mais du travail m'attendait. Celui de tenter d'élargir un réseau : cette soirée était importante pour Matteo et j'avais beaucoup investi pour que le développement du restaurant de mon ami en arrive jusqu'ici. En même temps, j'étais certain qu'elle s'ennuierait fermement au cours des conversations sans fin qui allaient suivre. Même si j'étais curieux de savoir pourquoi elle avait fait ce commentaire au sujet de Matteo, je me disais qu'il valait mieux que je n'en connaisse pas les détails. Les hommes affluaient toujours vers Allyson et son élégance, et Matteo n'était pas à l'abri. J'avais remarqué la façon dont il la regardait, mais elle semblait toujours le garder loin d'elle. J'espérais seulement qu'il aurait le bon sens de rester concentré ce soir, plutôt que de se laisser entraîner par elle, comme je l'avais vu faire tant de fois dans le passé. Au bout de trente minutes à discuter avec les uns et les autres, j'avais un bon pressentiment quant au succès futur du restaurant. Je me tenais autour d'une grande table, conversant et serrant toutes les mains qui m'étaient tendues. La nourriture recevait des critiques élogieuses, et l'excitation était à son comble. L'euphorie était contagieuse : même la presse ne s'intéressait qu'au restaurant, ses regards indiscrets ne se portaient pas sur moi. Pour une fois. Je cherchais Krystina du regard et elle n'était plus dans la salle - malgré mes avertissements. J'étais surpris de voir qu'elle n'était plus avec Allyson, mais qu'elle parlait au maire et à sa femme. Son sourire était éclatant, et son auditoire riait de ce qu'elle venait de dire. Apparemment, je n'étais pas le seul à travailler ici, ce soir.

Intéressant...

Ses yeux croisaient les miens et je sentais ce tiraillement familier. Je savais qu'elle le ressentait aussi. Elle tendait la main au maire pour lui serrer la sienne, puis s'excusait et se dirigeait vers moi. Je regardais ses hanches se balancer subtilement sous sa robe en mousseline bleue et ne pouvais m'empêcher d'admirer le choix de sa tenue vestimentaire. Même son maquillage était parfait. Krystina ne se maquillait jamais beaucoup, mais ce soir, elle avait opté pour du rouge profond pour ses lèvres et avait même appliqué du fard à paupières. Elle était absolument magnifique et j'étais tout à fait conscient des hommes qui la dévisageaient. De son côté, elle ne semblait pas du tout s'en être rendu compte.

- Alexander, fit une voix masculine à ma gauche.

Détournant mon regard de Krystina, je me retournais pour voir qui s'adressait à moi. Je masquais rapidement mon mécontentement lorsque je voyais de qui il s'agissait.

- Vic ! saluai-je dans un sourire forcé.

La dernière chose que je voulais faire était de discuter avec Victor Carr, le requin de Wall Street qui m'avait harcelé pour que je mette Stone Enterprise sur le marché de la bourse. Sa présence me rappelait pourquoi je préférais les dîners privés aux dîners en public.

- C'est bon de se revoir. Je sais que tu es ici pour le restaurant, mais j'aimerais te parler de... commença-t-il.

Mais je le fis taire en levant la main.

- Ça n'arrivera pas, Vic.

Il laissait échapper un petit rire.

- Ne t'inquiète pas. Je n'avais pas l'intention de parler de la bourse avec toi ce soir. Non. Je voulais te parler de quelque chose de différent. D'avoir une conversation amicale.

J'en doutais fort, mais lui accordais quand même mon attention.

- Je t'écoute.

- Il y a une propriété en Pennsylvanie qui pourrait t'intéresser. Elle a une importance historique, m'informa Victor.

- L'importance historique signifie beaucoup de paperasse. J'ai tendance à éviter ça pour des raisons évidentes, lui dis-je sèchement.

- Elle n'est pas à vendre. C'est un hôtel qui a besoin d'investisseurs pour retrouver sa gloire d'antan. Compte-tenu de ton opération récente avec les épiceries Wally's, il se peut que j'ai mentionné ton nom en tant qu'intéressé.

- Encore une fois Vic, c'est pas mon truc. Wally's était une décision économique. Il s'agissait d'éviter la perte d'emplois dans la ville.

- Et si je te disais que cette propriété appartenait à Roger Hennessey ?

Je faisais une pause, considérant ce qu'il disait. Roger Hennessey était la force motrice derrière l'introduction du football européen aux États-Unis. Il avait prévu d'être présent à la cérémonie d'inauguration de la Stone Arena. Sans lui, le stade ne serait encore qu'un rêve.

- Merci pour l'info. Je vais peut-être me renseigner, lui dis-je en prenant soin de garder un visage impassible et de ne pas en dire plus.

Victor Carr était intelligent. Je savais qu'il considérait sa recommandation comme une faveur, qu'il pourrait essayer de l'utiliser comme un levier pour me pousser davantage à passer sur le marché boursier. J'étais sur le point de faire un commentaire quand Krystina se glissait à côté de moi.

- Désolée, j'ai été retenue, me dit-elle.

- Alors c'est elle, ta copine ? dégaina Victor.

Je serrais les dents. Je n'aimais pas son ton. Puis, je me souvenais de l'autre lien que j'avais avec Victor. Cet homme n'était pas juste un requin de Wall Street. Non, il était aussi membre du Club O. Je ne l'avais vu que deux fois rapidement, mais c'était suffisant pour qu'il se souvienne de mon affiliation à ce club. Il en connaissait les règles de confidentialité, mais il y avait quelque chose de sinistre dans la façon dont il fixait son regard sur Krystina. Vu qu'elle était avec moi, il était facile de supposer qu'elle y était aussi membre. Il allait certainement tester ses limites. J'en étais sûr. Mes poings se serraient alors que j'essayais de combattre la rage qui bouillonnait en moi. Je savais que je devais la jouer cool ou sinon, je risquais d'être exposé.

- Krystina, voici Victor Carr.

- C'est un plaisir de te rencontrer, Krystina.

Victor tendait la main à Krystina. Je m'attendais à une simple poignée de main, mais il finit par lever celle de Krystina vers ses lèvres pour l'embrasser. Et moi, je voyais rouge. Avant que je puisse réagir, Krystina retirait sa main, ne laissant pas le temps à ses lèvres de s'attarder. Elle s'approchait de moi pour me toucher le bras de manière rassurante. J'enroulais un bras protecteur autour de sa taille.

- C'est un plaisir de te rencontrer aussi. Comment as-tu rencontré Alex ? demanda-t-elle poliment.

Je me raidissais. C'était une question innocente, mais elle n'avait aucune idée de la charge qu'elle représentait.

- Vic travaille à Wall Street, répondis-je d'un ton neutre.

- On appartient aussi au même country *club*, ajouta Victor en insistant sur le dernier mot.

J'avais envie de lui casser les dents.

- Oh, je vois, enchaîna aisément Krystina. Mais j'entendais dans son ton qu'elle avait réalisé de quoi il parlait. Je ne fréquente pas le country *club*.

- Tu devrais, poursuivit Vic.

La main posée sur la hanche de Krystina se mettait à fléchir. Elle ne disait rien mais couvrait ma main de la sienne. Lorsqu'elle reprenait la parole, sa voix était tellement douce et sucrée qu'elle dégoulinait pratiquement de saveur.

- C'est un endroit est un peu « too much » à mon goût et ce n'est pas vraiment mon style, si tu vois c'que j'veux dire. De plus, Alex et moi avons été tellement occupés depuis nos fiançailles qu'on n'a plus de temps pour des frivolités comme le club. Pas vrai, hein, chéri ?

Elle levait les yeux vers moi et me souriait affectueusement. Je clignais des yeux, un instant confus par son teint blême - chose inhabituelle. Puis, je réalisais que Krystina avait raison. Elle disait à Victor, en peu de mots, qu'elle n'était pas membre du club. Elle lui disait aussi qu'elle était engagée envers moi, et moi seul. Elle avait vu clair dans son jeu tout en étant capable de changer le dangereux sujet de conversation avant même que j'eus le temps de ciller. J'avais oublié à quel point son esprit était naturellement vif. C'était son arme secrète, que j'essayais toujours de lui faire perdre. Et puis, je ne sais pas comment, mais à un moment donné pendant l'échange, je regardais Krystina avec un regard nouveau. Pendant des mois, je m'étais battu pour la dominer dedans et en-dehors de la chambre. Elle était à la fois mon paradis et mon enfer, le tout enveloppé dans un paquet succulent. Et pourtant, je me rendais compte que je n'avais plus besoin de combattre cette nature fougueuse. Je savais que derrière des portes fermées, quand elle était nue dans notre lit, j'exigerai toujours sa soumission et j'étais certain qu'elle me la donnerait irrévocablement. Je possédais son corps et elle serait toujours à ma disposition. Mais il fallait que ça s'arrête là. Ma tentative de la dominer hors de la chambre était une erreur. Cela risquerait de tuer son esprit et je voulais qu'elle soit fidèle à elle-même. J'aimais cette femme fougueuse à mes côtés, avec sa langue bien pendue. La voir utiliser cette arme défensive sur quelqu'un d'autre me procurait un sentiment inattendu de satisfaction.

Ma boule de feu. Mon ange. Et bientôt, ma femme.

À ce moment-là, même si je ne pensais pas que c'était possible, je l'aimais encore plus.

- Oui, nos fiançailles nous ont bien occupés, confirmai-je.

Faisant un clin d'œil à Krystina, je lui souriais. D'un geste possessif, je la rapprochais de moi, envoyant silencieusement mon propre message privé à Victor.

- Fiancés ? Je... je n'avais pas réalisé, balbutia-t-il. Je suppose que les félicitations sont de rigueur.

Un serveur passait avec un plateau de flûtes à champagne. Le timing n'aurait pas pu être plus parfait. J'en prenais deux. J'en donnais une à Krystina et en gardais une pour moi, laissant délibérément Victor les mains vides.

- Un toast, commençai-je en regardant Krystina. À nous deux.

- À nous deux, répéta-t-elle.

12

- Je suppose que ce type ne parlait pas d'un country club, chuchotai-je à Alexander alors que nous nous dirigions à notre table pour dîner.

- Non, mon ange. Pas du tout.

Je regardais autour de moi et me demandais combien d'autres clients du restaurant étaient aussi membres de ce club. Le monde que j'avais autrefois considéré comme exclusif à une petite partie de la population était manifestement plus élargi que je ne le pensais. Je frissonnais en me rappelant la façon dont Victor m'avait reluquée de haut en bas.

- Ouh... il m'a donné la chair de poule.

- Oui, il a cet effet sur les gens, convint Alexander avec un soupçon de venin dans la voix. Je me suis souvent demandé comment il a pu avoir autant de succès. Sa personnalité laisse beaucoup à désirer.

Lorsque nous atteignîmes la table, Luca nous attendait avec

une bouteille de vin à la main et une serviette de table en lin drapée sur un bras. Alexander retirait son bras d'autour de ma taille pour que je puisse me glisser dans l'espace qui nous avait été préparé. Sa main s'attardait un instant sur le contour de ma hanche, puis il s'assit à côté de moi. Puis, Luca tendit une bouteille de rouge pour qu'Alexander l'examine.

- Le plat principal de ce soir sera un risotto à l'orge et aux champignons assaisonné de gremolata[1]. Monsieur Donati a choisi de l'associer à un Villa Gemma Montepulciano d'Abruzzo Riserva de 2006.

Les mots roulaient sur sa langue avec facilité - bien que je n'aie pas compris grand-chose de plus que les mots « orge », « risotto » et « champignons ». Cela me rappelait à quel point je pouvais parfois me sentir hors de mon élément dans le monde d'Alexander. Même si je m'y habituais, je ne perdrais jamais mon goût pour les plats thaïlandais à emporter et le vin blanc bon marché. À l'inverse, Alexander semblait savoir exactement ce que Luca disait et approuvait d'un signe de tête. Après avoir retiré le bouchon, Luca versait une petite quantité de vin rouge dans un verre à pied pour qu'Alexander le goûte.

- Hummm ! Millésime exceptionnel ! fut tout ce que ce dernier put dire avec appréciation.

Il fit tourner son verre et en reprit une autre gorgée avant de le tendre vide à Luca. Une fois que ce dernier eut versé le liquide d'un marron profond dans nos deux verres, un autre serveur sembla se matérialiser pour déposer un panier de pain frais et d'huile d'olive à notre table. De la vapeur s'échappait du panier et provoquait un grondement dans mon estomac. Pendant le cocktail, la seule chose que j'avais réussi à manger était une figue enveloppée de pancetta. Et même si elle était délicieuse, elle n'avait, hélas, pas suffi à calmer mon appétit. Une fois Luca et l'autre serveur partis, je voulus attraper le pain, mais Alexander me devança. Il arracha un morceau de la miche, le trempa dans un peu d'huile et le porta à ma bouche. Acceptant son offre, j'ouvris la bouche.

- Tu es magnifique. Si séduisante et radieuse, murmura-t-il.

Je rougissais à son compliment, n'étant pas trop du genre à les accepter facilement, et avançais ma bouche autour de la croûte chaude et feuilletée du pain. Après l'avoir avalée, je voulus prendre mon verre de vin. Et pourtant, Alexander attrapa mon poignet, me stoppant net. Comme il l'avait fait avec le pain, il porta le verre à mes lèvres. Me sentant mal à l'aise devant une telle démonstration d'intimité en public, je retirais doucement mon poignet et prenais le verre de sa main. J'en prenis une gorgée et croisais son regard. Ses yeux étaient intenses, comme toujours, mais il y avait quelque chose de plus que je n'arrivais pas à situer.

- Matteo s'est vraiment surpassé. Le personnel qu'il a engagé... commençai-je. Je m'arrêtai net en voyant la façon dont les yeux d'Alexander s'embrasaient. Déconcertée, je demandais : Qu'est-ce qu'il y a ?

- Je te l'ai déjà demandé, mais je vais réitérer ma demande : est-ce que tu essaies de me faire bander en public ?

- Mais de quoi tu parles ? J'ai rien fait, dis-je en rigolant.

- Mon ange, tu n'portes pas d'culotte.

Surprise, j'écarquillais les yeux.

Comment pourrait-il le savoir ?

Puis je me rappelais la façon dont sa main s'était posée sur ma hanche juste avant que nous nous asseyions à la table. J'étais presque sûre que c'était à ce moment-là qu'il avait découvert l'absence de mes sous-vêtements.

- Bon, écoute, j'ai pas fait ça pour être vicieuse, tentai-je de lui expliquer. La robe est un peu ajustée au niveau des hanches et on pouvait voir mes sous-vêtements et les marques du porte-jarretelles en transparence.

- Pas de bas non plus ?

- Eh bien, euh..., hésitai-je. Si.

Ses yeux brûlèrent encore plus. J'étais familière avec cette expression de faim brûlante. Je ne le savais que trop bien. Alexander était indéniablement excité. Ce que je venais de lui dire provoquait soudainement un resserrement de mon cœur et je me tortillais sur ma chaise. À mon grand étonnement, je sentais sa main remonter le long de mon mollet, passer sur mon genou et atteindre ma cuisse. Il en serrait la chair, mordant dans la peau de ma jambe.

- Pas de culotte et aucun suivi de mes instructions. Je t'ai prévenue qu'il y aurait une punition si tu t'absentais trop longtemps, me rappela-t-il.

Sa voix résonnait à travers le bourdonnement des conversations et les paroles graves de Louis Armstrong diffusées par les haut-parleurs.

- Je ne suis pas partie longtemps, couinai-je presque.

J'essayais de m'éloigner, mais il me serrait plus fort pour m'immobiliser. Mon pouls s'accélérait lorsque sa main remontait plus haut. Mon souffle se bloqua dans ma gorge.

- Mon ange, tout le temps que tu passes loin de moi est toujours trop long pour moi, dit-il d'un ton guttural.

Je regardais autour de nous dans la pièce : il y avait des gens partout, ils discutaient tout en mangeant et semblaient complètement inconscients de ce qu'il se passait de notre côté. Pour un observateur occasionnel, nous étions juste deux personnes qui profitaient du dîner ensemble. Du moins, l'espérai-je. Je priais intérieurement pour que la nappe soit assez longue pour cacher la main baladeuse d'Alexander. Petit à petit, ses doigts rampaient. Pour une raison absurde, la chanson de l'araignée Gypsie commençait à se jouer dans ma tête. Alors qu'Alexander se rapprochait de sa cible, je commençais à me sentir légèrement paniquée. Je lançais un nouveau regard dans la pièce. Rien ne semblait sortir de l'ordinaire. Tout ce que je voyais, c'était des gens normaux qui profitaient d'un dîner normal. Sauf à notre table. Rien de tout ça n'était *normal*.

- Alex, sifflai-je. Les gens pourraient voir !

- Et alors ? répondit-il.

Sa voix était profonde et rauque, me mettant au défi de le désapprouver. Lorsque ses doigts entrèrent enfin en contact avec mon sexe, j'aspirais une grande bouffée d'air. Mes tétons se resserraient tandis qu'il glissait habilement jusqu'au nœud de nerfs. La peur que quelqu'un nous prenne en flag' était toujours présente et pourtant, tout était tellement érotique. Il glissait plus vers le haut. Une fois. Deux fois. J'étouffais un gémissement en essayant, une fois de plus, de me rappeler la longueur de la nappe. Assez longue pour tout cacher. C'est ça, hein ? C'était obligé. Tiens, d'ailleurs, moi, je m'effondrais complètement dessus. C'était tout ce que je pouvais faire pour rester en place. La seule chose qui m'empêchait de céder était le fait que Luca s'approchait de notre table. Je serrais fortement les jambes, mais mon plan pour faire cesser Alexander échouait lamentablement : je n'avais réussi qu'à lui bloquer les doigts.

- Alex, soufflais-je. Arrêtes. Luca se dirige par ici.

Un sourire complice se dessinait au bord de ses lèvres et ses yeux bleu saphir s'enflammaient.

- Oh, non. C'est votre punition, mademoiselle Cole.

Dans mon incrédulité totale, j'écarquillais les yeux en le regardant fixement.

Il ne pourrait pas...

Mon petit ami le diable tournoyait avec joie alors que l'ange s'enflammait. Luca se rapprochait de plus en plus, les bras chargés d'un plateau ou de quelque chose comme ça. En tout cas, c'était de la nourriture. Je ne me souciais pas vraiment de ce que c'était, en même temps. Alexander devait arrêter. Au son de la voix de Luca, ma tête se mit à tourner. J'étais sûre que mes joues étaient rouges, mais je faisais le sourire le plus innocent que je pouvais faire.

- Et voici le premier plat de la soirée, un crostini[2] à l'artichaut et au parmesan et olives marinées. Je vois que vous appréciez le pain et la *bagna cauda*. Puis-je vous apporter autre chose ?

Bagna quoi ?

Je n'arrivais pas à comprendre ce que disait Luca. L'eau de Cologne musquée d'Alexander et ses doigts baladeurs me brouillaient les idées. J'attrapais mon vin et en prenais une gorgée pour éviter de parler. Le vin me réchauffait la gorge au fur et à mesure qu'il descendait. J'avais à peine avalé qu'Alexander m'enfonçait un doigt, le tournant et le retournant dans l'entrée serrée de mon vagin. J'avais envie de mordre sans vergogne dans sa main, mais je ne pouvais pas. Nous étions dans un restaurant. Luca n'était qu'à quelques mètres. Cependant, rien de tout ça n'importait à Alexander. Il faisait tout cela de manière intentionnelle et cela m'exaspérait au plus haut point.

- Tout se passe bien pour l'instant. Tout a l'air délicieux, dit Alexander à Luca. Krystina ? Et toi ? Tu as besoin d'autre chose ?

J'étais déjà contente d'avoir pu avaler mon vin. Si je n'y étais pas parvenue, je l'aurais certainement recraché sur la table à ce moment précis. Je regardais Luca qui attendait patiemment ma réponse. J'essayais de ne pas penser aux doigts qui sondaient encore mes tissus sensibles.

- Tout va bien pour moi aussi, lui dis-je d'une voix qui semblait tendue à mes propres oreilles.

La piste chaude qui avait débuté son sillage avec le vin était maintenant enflammée par l'exploration impitoyable d'Alexander.

- Très bien, dans ce cas. Je reviendrai vous voir un peu plus tard, répondit Luca en s'inclinant légèrement avant de quitter notre table.

Il semblait complètement inconscient de ma souffrance, et pourtant, le fait de savoir comment je parvenais à m'en sortir me dépassait. De l'air avait expiré de mes poumons dans un souffle et je commençais à trembler.

- Mon Dieu, mon Dieu. Quelle performance ! Digne d'un Oscar, mademoiselle Cole. Je suis impressionné.

- J'arrive pas croire que tu aies fait ça, sifflai-je en luttant pour garder le contrôle.

La chaleur pulsait dans le sang de mes veines alors qu'il continuait à me caresser. Je me disais que de toute manière, Alexander savait toujours comment me faire jouir. Mon orgasme augmentait. Je pouvais le sentir et tout ce que je voulais faire, c'était d'écarter mes jambes afin de lui laisser l'accès complet. J'étais si proche et en même temps désespérée de ressentir l'état incroyable dans lequel seul Alexander pouvait me plonger. Pourtant, j'étais pleinement consciente des gens qui nous entouraient : il me faudrait fournir plus qu'une performance digne d'un Oscar si je voulais dissimuler le plaisir qui était à deux doigts de déchirer mon corps. Mon regard rencontrait le sien : un regard intense. Alors qu'il continuait à masser mon clitoris en cercles rapides, je ne pouvais pas le regarder. Je fermais donc les yeux tout en essayant de rester immobile, comme si rien d'extraordinaire ne se passait. Mon cœur commençait à peine à se resserrer délicieusement que, tout à coup, l'incroyable libération que j'attendais me fut vicieusement arrachée. En état de choc, j'ouvrais les yeux. Puis je fixais Alexander. Sa main n'était plus sous la table, mais tendue vers le crostini. Je le regardais avec étonnement en prendre une bouchée, mâcher, puis se lécher lentement les doigts.

- Voilà. C'est ce que je préfère, dit-il en me lançant un regard séducteur.

Je savais qu'il ne parlait pas de la nourriture.

Il joue avec moi.

Quinze minutes plus tôt, j'étais horrifiée à l'idée de faire n'importe quoi de sexuel au beau milieu d'un restaurant bondé. Mais pourtant, en un rien de temps, Alexander était parvenu à me faire perdre toute prudence en me rendant impuissante sous sa magie. Et là, j'étais assise ici, sur le point de brûler de frustration sexuelle. Un sourire malicieux entourait le doigt qu'il suçait, me rendant suspicieuse de la façon désinvolte dont il glissait chaque doigt entre ses lèvres. Et là, je réalisais que ce n'était pas un jeu.

- Tu ne vas pas me laisser finir, c'est ça ? murmurai-je incrédule.

- Je suis le seul à décider, mon ange.

Mon air renfrogné se transformait en une véritable moue. Ce fut sans aucun doute la pire punition qu'il ne m'ait jamais infligée : de la pure torture. Prenant mon verre de vin, j'en buvais une énorme gorgée. Troublée par mon désir et ma nouvelle irritation, je canalisais mon émotion dans la nourriture en ajoutant quelques olives à mon assiette. Ce dîner allait être le plus long de toute ma vie.

13

Alexander

Krystina et moi sortions du restaurant pour ensuite traverser le trottoir jusqu'à la limousine qui nous attendait. Le chauffeur nous tenait la porte alors que nous approchions. Je guidais Krystina à l'intérieur, puis je lançais un regard par-dessus mon épaule pour voir Hale qui se trouvait seulement à quelques mètres derrière nous. Avant qu'il ait eu la chance de pouvoir monter sur le siège passager avant de la limousine, je lui faisais signe de venir vers moi.

- Des nouvelles de Justine ? demandai-je calmement.

- Non, monsieur. Je peux aller à son appartement si vous le souhaitez, proposa-t-il.

Je pouvais remarquer comme une pointe de tristesse dans le fond de ses yeux : une émotion qui, chez lui, était tout sauf caractéristique et quelque peu alarmante. Étant donné la situation, j'aurais dû lui demander ce qu'il savait de l'histoire de Charlie. Mais, pour je ne sais quelle raison, je ne pouvais me résoudre à trouver les bons mots pour m'exprimer. Un peu de la même manière, je retardais une tentative plus fervente de retrouver Justine. Quelque chose clochait et me poussait à agir avec prudence.

- Non, attendez. Je lui donne deux jours de plus. Ensuite, si rien ne se passe, j'irais moi-même.

- Bien monsieur.

Me retournant vers la limousine, je rejoignais Krystina à l'intérieur. Une fois que le chauffeur eut fermé la porte, elle se glissait à côté de moi et posait sa tête contre mon bras.

- Tout se passe bien ? demanda-t-elle.

Je passais mon bras autour d'elle, ramenais sa tête sur ma poitrine et traçais des petits cercles sur son épaule avec le bout de mon doigt.

- Tout va bien. Je pense que cette soirée a remporté un franc succès. Les critiques gastronomiques ont adoré les lieux. Matteo a de quoi être impatient.

- Je ne parlais pas du restaurant, dit-elle, ses mots dépassant à peine un murmure.

Je l'avais bien compris, mais j'espérais qu'elle ne reviendrait pas sur la conversation que nous avions eue avant la fête, même si j'avais promis de répondre à ses questions. Le problème avait plané sur nous pendant toute la soirée. Et même s'il n'avait jamais montré sa vilaine tête, il était toujours là, tapi dans l'ombre.

- Justine n'a répondu à aucun de mes appels. Elle n'a pas rappelé Hale non plus. Du coup je m'inquiète.

Krystina ne me répondait pas, mais je la connaissais : j'étais sûr qu'un millier de pensées lui traversaient l'esprit. Et là, elle était en train de décider laquelle exprimer en premier. Elle s'approchait encore plus de moi, faisant courir sa main le long de ma cuisse, sur ma poitrine, puis sur ma joue. Reculant légèrement, elle levait les yeux vers moi. Ses yeux marron foncé étaient pleins de patience, mais je pouvais voir aussi tout un tas de questions tourbillonner dans leur profondeur.

- Pourquoi Stone ? demanda-t-elle.

- Stone ?

- Oui. Pourquoi as-tu choisi ce nom ?

Je regardais devant moi. La limousine avait commencé à avancer, se fondant dans le trafic de cette heure tardive. Hale me jetait un regard de côté, m'avertissant qu'on pouvait nous entendre. En me penchant en avant, j'appuyais sur le bouton permettant de lever la vitre qui nous laissait plus d'intimité dans la limousine. Cela ne me dérangeait pas que Hale entende notre conversation, car il était l'un des rares à connaître l'histoire de mon nom. Mais il était hors de question que le chauffeur soit au courant. Même si je savais que cette histoire serait bientôt divulguée, j'avais besoin de conserver encore un peu mon identité. Une fois la vitre complètement relevée, j'inclinais la tête pour regarder Krystina.

- Le nom de mon grand-père était Edward Stonewall. C'était un joueur de football européen - plutôt de soccer, comme on dit aux États-Unis. Il a joué pour Sheffield à la fin des années 40, après la Seconde Guerre mondiale. C'était un bon défenseur, très bon si les récits que j'ai lus sont corrects. Puis il s'est blessé. Quitter le domaine du sport a été très difficile pour lui. Heureusement, il avait une jeune femme italienne pour ramasser les morceaux. Je fis une pause et pris un moment pour me souvenir de cette histoire. Je regardais par la fenêtre les bâtiments qui passaient. Les lumières de la ville les illuminaient brièvement, créant un effet stroboscopique fascinant. Lucille Silvestri, ma grand-mère, était une force sur laquelle il fallait compter. Elle prit l'argent qu'il avait gagné et les fit venir tous les deux aux États-Unis. Elle disait qu'ils avaient besoin d'un nouveau départ.

- Tu as dit « Stonewall ». A-t-il raccourci son nom ?

- Oui et non. Tout le monde l'appelait Stone, mais ce n'était pas son nom légal et il ne l'utilisait pas. Il n'a commencé à l'utiliser que lorsque... je fis une pause et secouai la tête, ne voulant pas me souvenir de la suite de mon histoire. Il n'a commencé à utiliser ce nom que lorsque Justine et moi avions commencé à avoir des difficultés à l'école. Tout le monde savait pour les enfants Russo : leur père mort et leur mère disparue. On ne pouvait pas y échapper.

- Le jour de l'accident de voiture, la raison pour laquelle je suis allée à la bibliothèque, commença-t-elle.

La douleur se lisait dans ses yeux, déchirant mon cœur. Je savais ce qu'elle allait dire ensuite, mais lui posais quand même la question.

- La bibliothèque ?

- Je t'ai dit pourquoi j'y allais ce jour-là, Alex. Je voulais faire des recherches sur ta famille. Je ne trouvais rien en ligne et voulais juste t'aider. Tu aurais pu me dire tout ça à ce moment-là, mais tu ne l'as jamais fait. Pourquoi ?

- En dehors du fait que je voulais que ce nom reste mort et enterré, il y avait aussi trop de choses qui se passaient à ce moment-là. Tu étais à l'hôpital et tu commençais à peine à te remettre de tes blessures quand c'est arrivé. Qu'est-ce que j'étais censé te dire ?

- Pourquoi pas la vérité ? demanda-t-elle calmement malgré tout avec une dose d'accusation dans son ton.

- Non. La vérité n'avait pas d'importance. Ma grand-mère, comme elle l'avait fait pour elle et mon grand-père des années auparavant, était parvenue à nous donner un nouveau départ.

- Comment a-t-elle réussi ? Je veux dire, une histoire comme la tienne... finit-elle lentement.

Elle n'avait pas besoin d'entrer dans les détails : j'avais vécu tout ça.

- Nous avons déménagé. Nous sommes partis dans un autre quartier de la ville, et elle nous a inscrits dans une nouvelle école sous les noms d'Alexander et Justine Stone. C'est à ce moment que mes grands-parents ont légalement changé leur nom en « Stone ». Cela nous protégeait et leur donnait l'anonymat par rapport à leur vie antérieure en Angleterre, parce qu'ils ne voulaient pas non plus être retrouvés. Suivant les souhaits de mon grand-père, Justine et moi avons légalement changé le nôtre dès que nous avons eu 18 ans. Je haussais les épaules. C'était un ajustement facile parce que nous nous appelions Stone depuis des années.

- Qui d'autre est au courant de cette histoire à part Charlie, et le *City Times* ?

Je réfléchissais avant de lui répondre. C'était une question légitime, surtout après la façon dont je lui avais délibérément caché l'information.

- Hale et sa mère sont au courant. Je viens d'apprendre que Justine l'a dit à Charlie. Je soupçonne Matteo de le savoir aussi, mais je n'en suis pas certain.

- Tu le penses vraiment ?

- La grand-mère de Matteo, ma grand-mère et la mère de Hale étaient toutes amies, précisai-je. Matteo a cinq ans de moins que moi, et il est possible qu'il ne se souvienne pas du chaos de ce qu'il s'est passé à l'époque. Mais il lui arrive de faire des allusions de temps en temps, et c'est pour ça que je me dis qu'il pourrait être au courant. Quoi qu'il en soit, je sais que peux lui faire confiance pour ne rien dire. Sinon, hormis ces gens-là, Justine et moi sommes les seuls à savoir, pour le changement de nom. Et, bien sûr, maintenant, toi aussi.

- Et Stephen ou Bryan ?

- Non, pas eux. Même si j'ai envisagé de le dire à Stephen, parce que c'est lui, mon avocat. Et puis, étant donné la situation, je suppose que je vais devoir le lui dire plus tôt que prévu.

Elle avait l'air pensif pendant une minute, puis ses yeux s'écarquillaient soudainement. Elle se redressait d'un bond.

- Non ! Alex, je pense que Suzanne est au courant, elle aussi !

- Suzanne Jacobs ? L'amie de Justine ? Pourquoi tu dis ça ?

- C'est quelque chose qu'elle a dit au cours du gala de charité. Je pensais qu'elle avait dit ça parce qu'elle était complètement bourrée, mais maint'nant je me pose des questions.

- Pourquoi, qu'est-ce qu'elle a dit ? m'enquis-je un peu trop durement.

- C'était du grand n'importe quoi. Je n'y ai même pas pensé. Jusqu'à maintenant. Elle n'arrêtait pas de dire que je ne te connaissais pas vraiment. Elle me parlait comme si j'étais une gamine. Mais c'était surtout la façon dont elle disait ton nom.

Elle hésitait et secouait la tête. Sa vision semblait se troubler comme si elle essayait de reconstituer quelque chose.

- Qu'est-ce que tu veux dire par *la façon dont elle disait mon nom ?*

Je combattais l'envie de lui arracher la réponse.

- Elle a dit que j'étais naïve et elle insistait sur ton nom, comme si ton nom de famille était une blague. Puis elle a dit que je n'en savais pas autant que je le croyais. Je n'sais pas, Alex. Ça n'est rien, peut-être.

Je passais une main dans mes cheveux en signe de frustration. Justine était proche de Suzanne. Il y avait de fortes chances qu'elle sache.

- P'tain !

- Alex, ne tire pas de conclusions hâtives. Je peux me tromper, dit-elle en posant une main apaisante sur mon bras.

- C'est une femme bafouée. Elle va parler. On peut oublier tout ce que Hale a pu faire, parce que si Suzanne est au courant, et que le *City Times* aussi, c'est toute la corroboration dont il a besoin pour publier cette info. Je m'asseyais et je la serrais contre moi. Je suis désolé, mon ange. Quand je t'ai raconté mon histoire, j'aurais dû tout te dire. Je ne pensais pas que mon ancien nom avait une telle importance. Mais c'est avec cette interview de Charlie que je m'en rends compte.

Elle s'installait en glissant dans mes bras, sa chaleur réconfortant la peur grandissante que je ressentais.

- C'est juste un nom, Alex !

- J'aimerais que ce ne soit que ça, mon ange, commentai-je en commençant à caresser le haut de sa tête.

Elle s'était coiffée avec des épingles à cheveux pour retenir ses boucles indisciplinées. Je me mettais à les retirer une par une, ayant besoin de sentir ses boucles entre mes doigts. Elle ne protesta pas ; au contraire, elle m'aidait à démanteler cette coiffure bien élaborée.

- C'est juste un nom, répéta-t-elle en jetant une poignée d'épingles à cheveux dans sa pochette. Tu es Alexander Stone. Même si je suis un peu blessée de ne pas avoir su tout cela plus tôt, je comprends pourquoi tu as fait ce que tu as fait. Les autres le comprendront aussi.

- Non, Krystina. Tu ne vois pas tout l'ensemble du tableau.

Je prenais son visage entre mes mains. Ses boucles, maintenant libres de toute entrave, tombaient en cascade sur ses épaules. Les lumières de la nuit se reflétaient sur elle, créant un effet de halo autour de sa tête. Comme une vision : un ange qui allait me sauver de la damnation éternelle.

- Alors dis-moi, Alex : qu'est-ce que j'ai raté ?

- Le flingue que j'ai jeté dans la rivière, alors que je n'étais qu'un enfant. L'interview de Charlie est beaucoup plus dommageable que les actions d'un petit garçon désemparé. Le changement de nom, ma démolition des anciens projets... ce sont des décisions que j'ai prises en tant qu'adulte. J'ai l'air coupable.

- Et du coup, es-tu coupable ?

- Je n'sais pas, mon ange. Je m'pose cette question tous les jours.

14

Krystina

Lorsque nous arrivâmes au loft, Alexander se rendit immédiatement au salon, prit une bouteille de whisky dans le bar et s'en versa dans un verre à pied. Sans glace. Deux doigts. Il avala le liquide ambré et s'en versa encore. Je fronçais les sourcils. Lorsqu'il buvait, Alexander parvenait toujours à exercer une sorte de contrôle. C'était tout à fait hors norme. Et ce soir, il appuyait ses bras sur les bords du bar humide et laissait tomber sa tête sur sa poitrine. Il me tournait le dos, mais je pouvais voir qu'il respirait profondément.

- Alex ? demandai-je avec précaution.

- Quoi ? cracha-t-il sans se retourner.

- Qu'est-ce qu'il y a ? Tu ne bois jamais aussi vite.

Il prit le verre contenant sa deuxième tournée, le fixa un moment avant d'en avaler le contenu en une traite.

- Chaque homme a son poison de choix. Aujourd'hui, le mien est le whisky, déclara-t-il avec amertume.

Alarmée, je m'approchais de lui lentement, comme s'il était un animal sauvage qui pouvait être effrayé à tout moment. Glissant mes bras autour de sa taille, je remontais mes mains pour sentir le rythme lent et régulier de son cœur. Nous restions comme ça pendant un long moment avant qu'il ne semble se calmer. Se tournant vers moi, il enroulait ses bras autour de mon dos et me serrait contre sa poitrine.

- Je vais bien, mon ange. J'ai juste besoin d'un moment.

Je blottissais ma tête dans le creux de son épaule tandis qu'il caressait la longueur de mes cheveux. J'avais l'impression que mon cœur allait exploser.

- Laisse-moi effacer ta douleur. Je levais la tête pour rencontrer son regard. Cet instant semblait tourbillonner dans ses yeux bleu saphir, alors je lui proposai la seule chose que je pouvais lui offrir : sois pleinement avec moi.

Il me prit le menton entre ses doigts et effleura mes lèvres avec douceur.

- Je veux bien, murmura-t-il tout en passant une main le long de mes bras dans une tendresse calme et chaleureuse.

Une chaleur familière se répandait en moi et je penchais la tête plus en arrière, ma demande silencieuse pour qu'il m'embrasse encore plus longuement. Poussant ma langue au-delà de ses lèvres, j'explorais les profondeurs de sa bouche, mêlant ma langue à la sienne. Il répondait à mon intensité en serrant mon corps contre le sien.

- Allez, emmène-moi au lit, Alex.

Son emprise sur moi se relâchait, créant un espace indésirable entre nous. J'avais envie qu'on oublie cet espace non voulu.

- Je suis trop tendu, mon ange. Je n'crois pas...

Il se tut, semblant incapable de trouver les mots pour exprimer ses pensées. Il se mit à se détourner, mais je posais une main sur son bras pour l'arrêter. Je ne comprenais pas son hésitation, mais tant pis, après tout.

- Je te veux. Toi. Maintenant. Rien d'autre ne compte.

Ses yeux rencontraient les miens, brûlant d'une faim intense que je n'avais jamais connue auparavant. Je levais la main et faisait glisser une des bretelles perlées de saphir de ma robe le long de mon épaule. Répétant l'opération avec l'autre, je laissais le tissu tomber à mes pieds. Sans culotte et vêtue seulement de mon soutien-gorge, de mes bas et de mes talons-aiguilles, j'enlevais ma robe pour ensuite rejoindre Alexander. Amenant mes doigts sur les boutons de sa chemise de smoking, je m'employais lentement à exposer sa peau à l'air libre. J'avais besoin de la sentir sous mes doigts.

- Non. Attends, dit-il.

Il m'attrapait les poignets, empêchant mes mains de continuer leur exploration. La douleur et la tristesse étaient de retour dans ses yeux et je sentais mon cœur s'affaisser.

- Pourquoi ? Tu en as besoin, Alex. On en a besoin tous les deux. Laisse-moi effacer ta douleur, répétai-je.

Je scrutais son visage, essayant de lire les émotions qui passaient sur ses traits : j'y voyais plus que de la douleur et de la tristesse. J'y voyais aussi de l'inquiétude, de la peur et de la colère. Lorsqu'il relâchait sa prise sur mes poignets, je baissais le regard et remarquais que ses mains étaient serrées comme des poings.

- Ce n'est pas ce que tu penses, Krystina. Trop de choses se sont passées aujourd'hui. J'ai peur que... il fit une pause et regarda le plafond. Mon Dieu ! J'vais d'venir complèt'ment taré si je n'entre pas en toi au plus vite.

Confuse, je haussais un sourcil en luttant pour ignorer la douleur grandissante entre mes cuisses, alors que sa mention d'entrer en mon intérieur avait pratiquement transformé mes jambes en une sorte de gelée bizarre.

- Mais... qu'est-ce qui t'en empêche ?

Il se rapprochait de moi et appuyait son front sur le mien. Ses paumes s'étalaient sur mes hanches et ses yeux croisaient les miens. Je déplaçais mes mains plus haut pour faire traîner mes doigts sur sa poitrine, appréciant chaque ondulation de ses muscles.

- Je ne veux pas te faire de mal, mon ange, chuchota-t-il.

- Tu ne pourrais jamais me faire de mal. Je te fais confiance. Perds ton contrôle sur moi, Alex.

Il en avait besoin, et j'en avais besoin, moi aussi. C'était peut-être égoïste de ma part, mais je ne voulais rien d'autre que de lui appartenir, de libérer sa domination et de prendre ce que lui, désirait le plus. Je voulais être enlacée dans la passion, perdue dans un monde où rien d'autre ne comptait que le pouvoir que seul Alexander pouvait exercer sur moi.

- Putain, Krystina, grogna-t-il. Ses yeux flamboyaient d'un désir déchaîné. Tu ne sais pas ce que tu demandes.

Peut-être que je ne le savais pas, mais ça n'avait pas d'importance pour moi. Je pensais ce que je disais. Je lui faisais confiance de tout mon cœur, de tout mon esprit, mon corps et mon âme. Il me soulevait sans effort et j'enroulais mes jambes autour de ses hanches. Alors qu'il nous menait dans la chambre, je passais ma langue sur le côté de sa gorge, me délectant de son parfum et du sel subtil de sa peau. Quand nous entrâmes dans la chambre, il alluma l'interrupteur et, après avoir réglé le variateur pour que les lumières ne soient plus qu'une lueur subtile, il se retournait pour me plaquer brutalement contre le mur. Je sentais une main dans mes cheveux ; elle se resserrait alors que l'autre tirait ma tête en arrière. Il ravageait ma bouche comme s'il était en train de mourir de faim et je resserrais mes jambes autour de lui. Ses dents mordaient ma lèvre inférieure, me procurant une sensation de coupure acérée qui me traversait et qui intensifiait la douleur que je percevais au fond du cœur. J'étais plus que prête pour le sort qu'il me réservait. Me faisant descendre sur le sol, il me tournait autour et détachait l'agrafe de mon soutien-gorge. Les bretelles se desserraient et tombaient sur mes épaules, libérant mes seins un par un. Il prenait un téton entre ses dents pour le titiller, puis il m'embrassait chaudement de partout sur le corps jusqu'à ce qu'il atteigne mon sexe humide.

- Alex, gémis-je en le suppliant presque pour en avoir plus.

J'entrelaçais mes doigts dans ses cheveux, l'encourageant à aller encore plus loin alors que le feu commençait à se développer et à couler en moi, chaud comme de la lave. Après la façon dont il m'avait tenue en haleine pendant tout le dîner, il ne fallut que quelques coups de langue pour me faire entrer en éruption. Alexander savait que j'y étais presque et il intensifiait la pression de sa langue. Se concentrant sur les petits nerfs sensibles, il me suçait le clitoris avec une ferveur qui me coupait carrément le souffle. De chaudes flammes m'envahissaient, m'aveuglant dans une poussée de chaleur alors que j'étais au bord du précipice. Je frissonnais lorsque l'orgasme envahissait mon corps et je manquais de m'effondrer à cause de son intensité. Alexander m'attrapait, mon corps cédant contre le sien alors qu'il me portait sur le lit. Il m'allongeait et je me fondais dans les draps en satin.

- Je reviens tout de suite, chuchota Alexander à mon oreille.

J'entendais le tintement des clés et savais qu'il entrait dans le placard à jouets. Malgré le fait que je vivais dans le loft depuis plus de deux mois, je n'en avais jamais vu l'intérieur. Parce que c'était celui d'Alexander. Parce que je n'en avais pas envie non plus. Parce que j'aimais ne pas savoir ce qu'il y avait dedans. Le mystère s'ajoutait à une sorte d'angoisse sexuelle - comme c'était le cas à ce moment-là. Malgré mon orgasme récent, mon cœur se serrait en me demandant ce qu'Alexander allait bien ramener.

Peut-être encore le vibromasseur ?

Je ronronnais presque en me rappelant les quelques fois où il l'avait utilisé sur moi. Je priais silencieusement pour ressentir ce bourdonnement familier ce soir.

Ou peut-être les pinces pour les seins ?

Les bouts tendus de mes seins se resserraient instantanément à cette idée. Je fermais les yeux par anticipation, attendant anxieusement qu'il revienne. Au bout d'un moment, je commençais à m'endormir. Je me demandais ce qui prenait si longtemps à Alexander. L'esprit engourdi, je m'asseyais. Je m'appuyais sur mes coudes et ma vision s'éclaircissait. Je voyais Alexander assis sur une chaise dans le coin de la pièce. Il était complètement nu, faisant tournoyer paresseusement la clé du placard autour de son doigt.

- Désolée, dis-je en chancelant. Même si je ne l'admettrais jamais, je commençais à réaliser que j'aurais dû écouter ses avertissements sur mes excès de la semaine dernière. J'ai dû m'assoupir.

Alexander laissait tomber la clé sur le sol, se levait et se dirigeait vers moi. Même si la lumière était tamisée, je pouvais voir comme une lueur dangereuse dans son regard. Mes yeux descendaient sur son bas-ventre et se posaient sur sexe long et épais en érection qui semblait incroyablement dur. Instantanément, je me réveillais.

- Descends du lit, ordonna-t-il.

Je faisais ce qu'il me demandait sans poser de questions, ayant pris l'habitude de suivre ses ordres dans la chambre sans y réfléchir. En fait, j'en étais venue à les savourer. Cependant, cette fois-ci, je m'arrêtais car quelque chose avait attiré mon attention. Je tournais la tête vers la droite et remarquais deux longues barres métalliques en forme de X au pied du lit.

La croix de Saint André.

J'avais la chair de poule à l'idée d'y être attachée pour la première fois. Alexander y avait toujours fait allusion, mais il ne l'avait pas encore fait. Pendant mon bref moment d'assoupissement, il avait dû fixer les rails qui formaient la croix. Je regardais les boucles qui y étaient attachées. Une bouffée de chaleur s'abattait entre mes jambes, une explosion soudaine d'excitation me prenant par surprise. Je regardais Alexander, qui pointait un doigt sur moi, puis sur la croix, pour m'indiquer là où je devais me positionner au niveau de l'avant de la croix.

- Je n'sais pas quoi... commençai-je.

J'allais lui dire que je ne savais pas quoi faire ensuite, mais je fus réduite au silence car sa main couvrit très rapidement ma bouche.

- Arrête de parler, Krystina.

Quand je hochais la tête pour lui faire comprendre que j'avais entendu, il retira sa main de ma bouche. Prenant mes hanches, il m'approchait encore plus près de la croix. Le métal froid se pressait contre ma peau, son point d'intersection venant juste en dessous de mes seins. Je frissonnais alors qu'une nouvelle vague de chair de poule envahissait ma colonne vertébrale. Se déplaçant à un rythme lent et minutieux, Alexander se penchait pour me fixer une manchette en cuir souple autour d'une cheville, puis il faisait de même avec l'autre. En écartant mes jambes, il prenait soin de stabiliser mes pieds chaussés de talons hauts pour que je ne vacille pas. Une fois que j'étais en équilibre, il attachait chaque cheville aux pieds opposés de la croix. Mon sexe exposé palpitait tandis qu'il remontait le long de mon corps, caressant mon derrière au passage. Faisant une pause dans son ascension, il me caressait le sexe et me pinçait le clitoris avant de presser son pouce contre l'entrée étroite de mon derrière. Ma respiration se bloquait, la pression envoyant une autre vague de plaisir à travers mon corps. Et pourtant, je restais sur ma faim alors qu'il continuait à monter. Ses mains glissaient sur mes épaules et descendaient pour titiller mes tétons tendus. D'une main, il saisissait l'un de mes poignets. Je m'attendais à ce qu'il y attache une menotte, mais il la ramenait à la jonction de mes cuisses. Entrelaçant ses doigts dans les miens, il caressait mon sexe humide, massant le point de pression palpitant de mon corps. Je gémissais lorsque nos mains jointes glissaient sur mon abdomen, laissant une trace d'humidité le long de mon torse, avant de s'arrêter près de ma bouche.

- Tu l'as senti, mon ange. Tu as senti à quel point tu es humide pour moi. Maintenant, je veux que tu enroules tes lèvres autour de tes doigts et que tu goûtes à quel point ton corps a envie de ça.

Je tournais ma tête sur le côté pour pouvoir le voir, mon excitation atteignant un niveau record. Me sentant désirée, je fixais mon regard sur le sien et entrouvrais lentement mes lèvres pour goûter mon essence. Je léchais mes doigts, savourant la sensation de son érection dure qui se tendait contre mon derrière. Il ronronnait de plaisir en me regardant faire. Retirant mes doigts de ma bouche avide, il se procurait d'autres menottes et les fixait autour de mes poignets. Après les avoir attachées aux barres transversales qui étaient au-dessus de ma tête, il faisait un pas en arrière.

- Admire ton travail, le taquinai-je.

Même si je ne pouvais pas le voir, je sentais dans l'air qu'il se crispait et je réalisais immédiatement mon erreur : je n'étais pas censée parler. Je baissais la tête, sachant qu'il ne serait pas content. Il acquiesçait de la tête et se rapprochait de moi une fois de plus. Par derrière, il prenait ma tête entre ses mains pour la soulever. Je pouvais sentir le whisky dans son haleine tandis qu'il faisait glisser sa langue le long de mon cou et qu'il mordait le lobe de mon oreille.

- Regarde droit devant toi, me dit-il.

Mon regard se concentrait sur la vue se trouvant face à moi. Dans le miroir de la tête du lit, je voyais mon reflet ligoté. J'étais ouverte et écartelée, impuissante face à sa pitié. Mes yeux rencontraient les siens dans le miroir. Un lent sourire satisfait se répandait sur son visage.

- Dis-moi ton safeword, Krystina.

- Saphir, soufflai-je.

Son sourire s'élargissait.

- Très bien, tu es une gentille fille. Maintenant tu vas regarder comment je te fouette.

15

Alexander

Je voyais aussi un soupçon de peur dans ses yeux. Aussi bizarre que cela l'était, ma bite s'endurcissait pour cette raison. Je n'essayais pas de rationaliser cette pensée, ni même de m'inquiéter de la possibilité qu'elle ait peur. J'étais trop concentré sur son corps tout tendu, et ce cul fantastique qui n'attendait que d'être marqué. J'en passais une main sur les courbes lisses, en appréciant la beauté. Presque sans le vouloir, je m'éloignais pour aller vers la commode. Puis j'actionnais des boutons et de la musique emplissait la pièce. Mais cette mélodie n'était pas celle que je voulais : c'était un air trop doux, trop apaisant. Après avoir rapidement balayé les playlists à ma disposition, je choisissais une chanson de Breaking Benjamin de celle qui s'intitulait « Contrôle ». C'était un air sombre et froid. Pourtant, il était intense et pénétrant, adapté à mon état d'esprit actuel. Ramassant le fouet, je me retournais vers Krystina et passais mes doigts dans ses profondes boucles qui tombaient en cascade dans son dos. Je la contournais, pour apprécier la vue qui s'offrait à moi, ainsi que son reflet dans le miroir.

- Putain, qu'est-ce que t'est belle, attachée comme ça, murmurai-je.

Elle était l'image parfaite de la soumission absolue. Je me demandais distraitement pourquoi j'avais mis si longtemps à l'attacher de cette façon. Un sentiment de culpabilité me frappait alors qu'un mauvais souvenir s'immisçait dans mon subconscient, me rappelant pourquoi j'avais évité d'utiliser cette croix. C'était parce que je n'avais pas confiance en moi. L'avoir attachée, sans défense face à tous mes caprices, était dangereux. Je secouais la tête.

Non. Krystina sera différente. Sans aucun doute.

Je l'aimais trop pour lui faire du mal. Pourtant, alors que je passais la longueur du fouet entre mes doigts, j'hésitais. Les épaules de Krystina se levaient et se baissaient, ses respirations, profondes et régulières. Elle savait ce qu'il allait se passer et se préparait à recevoir le premier coup. Je la touchais à nouveau et passais ma paume sur sa taille, sur la courbe de sa hanche et le long de sa cuisse. Elle était un sablier sans défaut. Ma main s'arrêta momentanément près du haut de ses bas, hésitant entre les enlever pour exposer sa chair crémeuse ou les laisser en place. Quand mes yeux se posaient sur ses chaussures qui voulaient dire « vas-y, baise-moi », le sang se mettait à battre dans mes oreilles. Je repassais le cuir entre mes doigts pour en examiner la texture. Je faisais claquer le fouet contre ma paume pour le tester, et le démon en moi prenait vie. Je voulais la dominer. La posséder. Mon désir de voir sa chair d'une belle teinte rouge était écrasant. Le fouet en main, je levais le bras et donnais le premier coup de fouet.

CLAC !

Le son du cuir sur sa peau était comme de la musique à mes oreilles. Krystina ne tressaillit même pas, trop familière avec la sensation que la première secousse apporte aux sens. Sa tête basculait en arrière alors qu'elle savourait la sensation.

- Garde les yeux sur le miroir, mon ange, lui rappelai-je.

Elle obéissait promptement, son obéissance étant un aphrodisiaque qui me donnait envie de la baiser jusqu'à l'oubli. Je ramenais le fouet sur sa peau, sans prendre le soin habituel de m'assurer que je frappais à un endroit différent. Mon besoin de la marquer était trop féroce, ma domination prenant le contrôle. Lentement, coup après coup, je poivrais sa peau jusqu'à ce qu'elle soit rose vif. À chacun de ses gémissements, ma queue durcissait jusqu'à en avoir mal. Elle était à moi, et elle était à la merci de tout ce que j'avais à lui donner. Je finissais par perdre toute notion du temps et du nombre de coups de fouet que je lui donnais. Si j'avais eu les idées plus claires quand nous avions commencé, je lui aurais dit de les compter elle-même. Ce n'était pas grave. La peau de son dos était déjà très marquée, elle avait reçu suffisamment de coups pour qu'ils soient encore visibles au matin. Je faisais une pause et frottais une main sur son cul rougi. J'imaginais baiser ce cul jusqu'à ce que j'explose et que ma semence coule le long de ses cuisses fermes. Je regardais son reflet dans le miroir. Ses yeux étaient vitreux, elle luttait pour rester concentrée, captivée par le plaisir et la douleur que je lui procurais. Les endorphines finiraient par faire effet, mais elle n'en était pas encore là.

Juste un peu plus, mon ange. Je te promets que ça en vaut la peine.

Je lui transmettais cette promesse en caressant doucement son clitoris gonflé. Dans son besoin, il était complètement dur et j'avais envie d'enfoncer ma bite en elle. Je m'agenouillais et passais ma langue sur sa vulve, la douceur du contact contrastant fortement avec les coups de fouet qu'elle avait reçus. Je gémissais en léchant cette partie soyeuse et en respirant son parfum. Enfonçant mes doigts dans ses hanches, je plongeais ma langue dedans et dehors. Je la léchais en son intérieur, la baisais, sentant ses spasmes autour de ma langue.

- Ah ! cria-t-elle, rompant son silence obéissant alors qu'elle tirait sur ses liens.

Je prenais un peu de recul et me levais. Enroulant une main autour de sa masse de boucles, je formais une queue de cheval. J'approchais sa tête de mes lèvres et regardais son reflet. Sa bouche était ouverte et relâchée. Je tirais plus fort sur les mèches de ses cheveux et murmurais comme un avertissement dans son oreille.

- Tais-toi.

En retournant le fouet dans ma paume, je le serrais jusqu'à ce que mes articulations deviennent blanches. La sueur commençait à perler sur mon cou et mon dos alors que je sondais l'entrée étroite de Krytsina avec le manche. Je la regardais dans le miroir : elle semblait lutter contre ses yeux aux paupières lourdes tout en absorbant la sensation que je lui procurais. Elle était si excitée et son corps réagissait au moindre contact. Je finissais par rapidement changer d'attitude, ne voulant pas qu'elle jouisse tout de suite. Son orgasme serait le mien, mais pas avant d'être enfoui dans sa chaleur jusqu'au niveau de mes couilles. D'un coup de poignet, je ramenais les lanières de cuir autour de moi pour frapper un de ses tétons. Je visais à nouveau, cette fois-ci en le faisant claquer contre l'autre. J'observais comment ils durcissaient et se contractaient, tout en regardant Krystina gémir doucement dans son désir.

- Est-ce que ça te fait du bien ?

Elle hochait la tête et je lui donnais d'autres coups fouets, un par un, centimètre par centimètre, tout le long de son corps. Jusqu'à ce que j'arrive à son point sensible. Au départ, je la tourmentais avec des coups assez doux, mais j'avais besoin de plus. Je voulais qu'elle ressente le même feu qui déferlait dans mes veines.

Perds ton contrôle sur moi, Alex.

Mes paumes tremblaient d'adrénaline quand je me rappelais ces mots. J'avais envie de la gifler ; le besoin de prendre exactement ce qu'elle offrait était brûlant. Je voulais la prendre. La réclamer. La briser. Je le désirais de toutes les fibres de mon être. Ma respiration devenait de plus en plus erratique et je sentais que mon esprit commençait à s'échapper, un peu comme si un monstre prenant le contrôle de l'homme qui était attaché en dessous. D'un geste rapide, je faisais claquer le cuir sur son clitoris. Elle criait, laissant échapper des mots inintelligibles. Je ne la réprimandais pas d'avoir parlé, cette fois-ci. Je voulais sa douleur. Je voulais ses cris et ses supplications désespérées. J'en avais besoin. Ma compassion et ma retenue s'envolaient quand je frappais à nouveau son nœud brûlant. Je réitérais ce geste en lui refusant toute forme de répit entre les coups de fouet.

- Alex ! Ch'eux pas... ch'peux pas, s'étouffa-t-elle.

- Si ! Tu le peux ! Et tu vas le faire !

Je parlais avec plus d'autorité que je ne l'avais jamais fait avec elle auparavant, le démon en moi s'étant complètement déchaîné. Elle était proche de sa limite, mais je n'en avais pas encore fini avec elle. Je ripostais, la frappant durement sur les deux joues, ses cris me remplissant d'une euphorie inexplicable. J'avais besoin de voir le feu rose qui s'étendait sur sa peau se transformer en un rouge profond. Faisant une pause, je faisais courir le cuir le long de sa colonne vertébrale. Elle se raidissait et son corps se crispait en signe de protestation.

- Non... s'teu plaît, chuchota-t-elle.

Je regardais encore son reflet. Ses yeux étaient brillants et son corps pendait mollement de la croix, presque hagard. Son regard rencontrait le mien dans le miroir. C'était comme si elle luttait contre un coma induit par le sexe, mais pas nécessairement dans le bon sens. La douleur se lisait sur son visage. Mais, ce qui était pire, c'était ce désespoir, qui me fixait. Ma vision trouble s'éclaircissait et je titubais en faisant quelques pas en arrière. Je connaissais ce regard. Je l'avais vu la dernière fois que j'avais attaché une femme à une croix. Ce n'était pas ici, dans ma chambre, car je n'avais jamais utilisé cette caractéristique personnalisée de mon lit avant de rencontrer Krystina. J'étais au Club O. Si je me concentrais suffisamment, je serais encore capable d'entendre le rythme de la musique du club alors que je montais les marches vers les suites privées. Je serrais les yeux, essayant de bloquer les souvenirs de cette nuit-là. Ça ne s'était pas bien terminé. J'avais complètement perdu le contrôle. Je ne me souvenais même pas du nom de la femme, mais peut-être aussi que je ne lui avais jamais demandé. Je savais seulement que j'avais ignoré ses supplications pour que j'arrête, et je n'avais jamais entendu le mot de sécurité qu'elle avait juré avoir utilisé. J'avais franchi une ligne, une ligne que j'avais juré de ne plus jamais franchir. C'était il y avait longtemps, mais pas au point d'oublier la leçon que j'avais apprise. Et ce soir, l'expression de Krystina était comme ce fantôme du passé. Jamais auparavant je n'avais fait ça avec elle. Le fouet tombait de ma main et touchait le sol avec un bruit sourd au moment où je réalisais tout cela. Elle était prête à utiliser son safeword.

- Pardonne-moi, murmurai-je d'une voix si basse qu'elle ne pouvait pas entendre.

Je m'empressais de lui enlever les menottes, les poignets en premier, puis les chevilles. Je la faisais tourner face à moi, écrasant son corps affaibli contre ma poitrine tandis que je posais une paume sur sa joue. Je voulais embrasser chaque centimètre de son corps parfait et faire disparaître la douleur que je lui avais causée. Je lui inclinais la tête pour qu'elle me regarde.

- Je suis tellement désolé, mon ange.

Je regardais fixement le fond de ses yeux expressifs, essayant désespérément de comprendre ce qu'elle pensait.

- Pourquoi tu es désolé ? demanda-t-elle.

Sa voix semblait traînante, mais elle semblait sincèrement confuse, et cette réaction me prenait au dépourvu. Je m'attendais à ce qu'elle soit complètement abattue, voire même en colère. Chacune de ces émotions aurait été méritée.

- Il y a une différence entre la douleur et le plaisir. Je l'ai franchie et t'ai poussée trop loin. Je n'ai montré aucune discipline. Je n'aurais jamais dû...

Je m'arrêtais au moment où elle mettait un doigt sur mes lèvres pour me faire taire.

- Ai-je utilisé mon safeword ?

- Non, mais...

Je secouais la tête. Je ne l'avais pas entendue le dire, mais j'étais tellement perdu dans l'instant qu'il était possible qu'elle l'ai dit et que je ne l'ai pas entendu. Tout comme la dernière fois. L'euphorie que j'avis ressentie en infligeant de la douleur était une maladie héritée de mon père. Je savais que j'étais comme lui au moment où j'avais enfreint les règles avec la femme inconnue du Club O. Ce soir encore, j'avais confirmé ce fait. Sauf que cette fois, c'était la femme que j'aimais que j'avais blessée.

- Mais rien, insista-t-elle.

- Mon ange, tu m'as dit non. Ça aurait dû suffire à me faire arrêter.

Elle secouait la tête.

- C'est toi qui m'as appris l'importance d'un safeword. Tu as dit que le mot « non » pouvait être mal compris.

- Ne me cherche pas d'excuses, Krystina. Je sais ce que j'ai fait, crachai-je avec amertume, me sentant honteux.

- Écoute-moi. Quand je t'ai dit « non » tout à l'heure, je voulais dire plus de flagellation parce que j'avais besoin de me libérer, Alex. Rien de plus. Je suis peut-être bizarre, mais j'étais incroyablement excitée. Pourtant, j'aimerais ajouter que tu as testé mes limites, admit-elle. Sa bouche se relevait en un sourire en coin et elle se frottait le derrière. On ne pourra probablement pas refaire ça de sitôt. Il me faudra quelques jours pour me remettre de tout ça.

Puis elle laissa échapper un rire silencieux. Comme si c'était drôle.

Elle plaisante ? Comment peut-elle être aussi désinvolte en ce moment ?

- Krystina, non. Je... hésitai-je, incapable de trouver les mots pour décrire à quel point j'étais un salaud.

- Alex, qu'est-ce qu'il y a ? Vraiment ?

- Quel est le problème ? répétai-je avec incrédulité. Tu devrais être livide et t'en prendre à moi. Je sais ce que je viens d'faire. Les marques sur ton dos en sont la preuve. Je suis un monstre et tu mérites mieux.

- Arrête ça tout de suite ! s'exclama-t-elle avec force, me prenant par surprise. Elle ne criait pas vraiment, mais je grimaçais quand même. Tu n'peux pas continuer à insister pour que je sache tout de toi, puis essayer de me convaincre que tu n'es pas bon pour moi. Je te connais, putain ! Je sais ce qu'il y a dans ton cœur, mais c'est comme si tu essayais de nous convaincre, toi et moi, que tu es quelqu'un que tu n'es pas.

- Non, c'est juste que je ne veux pas que tu oublies d'où je viens. Je sais ce qu'il y a en moi, qui attend d'sortir. Je peux le masquer, mais c'est toujours là, Krystina.

- Tu n'es pas ton père, Alex.

- Son sang coule dans mes veines. Je ne peux pas changer ça, ni l'oublier.

- Non. Tu es différent. Je t'ai donné la permission de perdre le contrôle, mais tu ne l'as pas fait. Elle fit une pause et inclina la tête d'un côté, d'un air pensif. Ou, peut-être que tu l'as fait, dans ta tête. Tu ne devrais pas être si dur avec toi-même, Alex. Tu as toujours su lire les réactions de mon corps et aujourd'hui, rien n'a été différent par rapport à ça.

Je scrutais son visage alors qu'un million d'émotions m'envahissaient. Ses yeux étaient si expressifs. En l'observant bien, je pouvais voir dans les profondeurs de son âme. C'était une guerrière, sauvage et forte, et si belle. Ça faisait mal de la regarder. Elle ne supportait aucune connerie et pourtant le fait qu'une femme aussi forte me soumette volontairement son corps me faisait bander. Elle était parfaite et, parfois, je me demandais si elle était réelle ou si elle était vraiment un ange envoyé pour me sauver. La gravité de ce que je lui avais fait était un poids écrasant dans ma poitrine. Je ne méritais pas sa patience et sa compréhension. Sa force et sa détermination étaient quelque chose à vénérer.

Je suis un putain de connard.

Je ne pouvais pas effacer ce que j'avais fait, mais je devais faire quelque chose - n'importe quoi pour soulager ma culpabilité.

- Allonge-toi sur le lit. Je vais te mettre du gel rafraîchissant sur le dos.

Elle secouait encore la tête d'avant en arrière.

- J'n'ai pas besoin que tu fasses ça. Mon dos va bien. Un peu à vif, mais ça va.

Sa dévotion envers moi était troublante. Elle me faisait sentir que j'en étais digne, même si je ne l'étais pas.

- Laisse-moi me rattraper, mon ange. De quoi as-tu besoin ?

Levant les yeux, elle faisait glisser ses mains sur mes joues pour prendre mon visage entre ses paumes. Le bout de ses doigts, si doux et si lisse, se déplaçait sur ma peau jusqu'à ce que son pouce se pose sur ma lèvre inférieure. Je me penchais sur ce contact.

- J'ai besoin que tu lâches le contrôle, Alex. Pour de bon cette fois-ci, dit-elle doucement. Laisse-moi t'faire l'amour.

16

Krystina

Prenant la main d'Alexander, je le conduisais sur le côté du lit. D'un coup de coude, je l'invitais à s'asseoir sur le bord. En me penchant, j'effleurais ses lèvres.

- Maint'nant, à ton tour de m'faire confiance, chuchotai-je.

Lentement, je me relevais pour revenir à la position debout. En me dirigeant vers la commode, j'éteignais les mélodies sombres qu'Alexander avait mises en route. Je voulais créer une atmosphère différente et l'emmener dans un autre endroit, un endroit libéré des démons qui le tourmentaient la journée et pendant certaines heures de la nuit, plus noires que d'autres. Mais surtout, j'avais besoin qu'il voie qu'il ne m'avait pas fait de mal. Je connaissais ce regard hanté. Il se souvenait de quelque chose. Peu importe ce que c'était, et sa culpabilité était complètement infondée à mon avis. Après avoir sélectionné la playlist « Persuasion », je choisissais une chanson du groupe Glades et allumais quelques bougies. Je fermais les yeux pendant un moment, laissant les voix mélodieuses m'envahir. J'avais besoin d'effacer l'énergie sombre de la pièce et de la remplacer par quelque chose de plus beau. Ce n'était pas pour moi, mais pour Alexander. Ne voulant pas m'inquiéter de savoir si j'allais perdre l'équilibre ou non tous les deux mètres, je glissais les talons-aiguilles de mes pieds et les jetais dans un coin. Quand je me retournais du côté d'Alexander, il était toujours assis sur le lit et me regardait avec intérêt. Des ombres dansaient sur ses traits à la lumière vacillante des bougies. Mon souffle se bloquait dans ma gorge, mon adoration pour cet homme d'énigme me submergeant soudainement. Faisant un pas vers lui, je me penchais pour l'embrasser paresseusement. Me mettant à genoux, je prenais sa bite épaisse et virile dans ma main. Son souffle sifflait entre ses dents alors que je fermais mes lèvres tout autour en faisant tourner ma langue tranquillement avant de l'amener plus loin dans ma bouche. Elle était chaude et douce comme de la soie. Son goût enflammait mes sens et je la suçais avec avidité, adorant sa virilité. Alexander passait ses mains dans mes cheveux, m'encourageant à continuer encore plus. Je baissais la tête jusqu'à ce que je la sente au fond de ma gorge. Resserrant les lèvres, je reculais pour faire tourner ma langue autour de son gland, puis je m'abaissais pour le sucer avidement.

- Oui. Prends-la... bien profond, gémit-il en se cabrant.

Mon sexe se tendait sous l'effet de son plaisir, ses veines épaisses palpitant contre ma langue. Je poursuivais jusqu'à ce que son emprise sur mes cheveux se resserre. Ses cuisses se resserraient alors que son membre gonflait au fond de ma gorge. Sa respiration se faisait irrégulière et je savais qu'il était proche de l'orgasme. Je me retirais, ne voulant pas qu'il jouisse tout de suite. Je voulais le sentir en moi quand il le ferait. Je levais les yeux vers lui. Nos regards se croisaient, la faim brute de ses yeux reflétant la mienne. Givrée par l'excitation, je me levais et me mettais à cheval sur ses hanches. Je positionnais son sexe au niveau du mien et je me baissais sur la chaleur brûlante de son érection avec une retenue minutieuse. Il me transperçait doucement, m'étirant centimètre par centimètre, jusqu'à ce qu'il soit complètement enfoncé dans mon corps. J'absorbais le plaisir et ignorais la douleur qui se manifestait toujours alors qu'il était profondément enraciné en moi.

- Oh, mon dieu, gémis-je.

J'avais besoin de ça. J'avais besoin de lui.

- Tu es parfaite, Krystina. Il glissa un doigt sur ma joue et sur ma clavicule. Je n'te mérite pas.

- Chutttt. Arrête de dire des choses comme ça.

Les mains calées sur ses épaules, je me mettais à bouger à un rythme lent et régulier, lui montrant avec mon corps à quel point j'étais irrévocablement à lui. Il prenait mon visage dans ses mains pour me baisser la tête et m'embrasser fort. Je gémissais contre ses lèvres, l'intensité de son baiser envoyant des ondes de choc dans tout mon corps alors que je continuais à le chevaucher. Il se détachait, la respiration saccadée, alors que ses mains se penchaient sur mes hanches.

- Qu'est-ce t'es belle, dit-il d'une voix chargée d'émotion. Je veux te donner tout ce dont tu as besoin. Je ne veux plus que tu aies peur, mais que tu te sentes en sécurité. Et aimée.

L'intensité de ses paroles me portait encore plus loin. Je percevais comme un pincement au cœur en pensant à tout l'amour que je ressentais pour lui. Tant d'émotions s'accumulaient dans ma gorge et j'avais soudain l'impression qu'il n'était pas assez en moi. J'en voulais plus. En même temps, j'en avais besoin.

- Encore plus, soufflai-je, voulant pleinement toutes les sensations que seul Alexander pouvait me faire ressentir.

Il se relevait et je me serrais davantage autour de lui. Ses mouvements étaient déterminés, s'alignant sur mon rythme. Je lui agrippais les épaules, sentant ses muscles ondulés se contracter sous mes paumes. Nous bougions ensemble en cadence et une fine brume de sueur commençait à nous couvrir la peau. Je l'embrassais à nouveau, nos souffles se mêlant alors que nous atteignions de nouveaux sommets. Nos mains se baladaient dans de tendres caresses d'exploration. Je pensais avoir mémorisé les lignes du corps d'Alexander, mais à cet instant-là, c'était comme si nous étions de nouveaux amants découvrant le corps de l'autre pour la première fois. Je le repoussais contre les draps et nous roulions ensemble, le corps lourd d'Alexander recouvrant le mien. Il me prenait dans ses bras et me gardait captive pendant qu'il se cabrait. Avant que je réalise qui avait pris le pouvoir, il s'enfonçait en moi avec une force qui me coupait le souffle. Il se retirait, me titillant avec sa bite avant de replonger impitoyablement en moi. Ses yeux croisaient les miens. Son regard était fixé sur moi avec une intensité presque révérencieuse. Jamais auparavant je ne m'étais sentie si proche de lui. Si connectée.

- Joue avec tes tétons, m'ordonna-t-il.

Avec chaque centimètre de son corps enfoui en moi, je ne pouvais plus penser à quoi que ce soit. Tout ce que je pouvais faire, c'était me concentrer sur le bel homme qui se trouvait au-dessus de moi et dont les ordres puissants gouvernaient mon corps. Je faisais ce qu'il me disait de faire sans hésiter un instant. Mes tétons durcis effleuraient le bout de mes doigts. Il me regardait d'une expression sombre, captivé par ce qu'il voyait. Il gémissait et sa mâchoire se contractait tandis qu'il se balançait lentement en moi. Encouragée par ses réactions, je me pinçais les points de tension et massais la forme ronde de chaque sein. Très vite, je débordais d'excitation. Puis je me relâchais les seins, parce que j'avais besoin de quelque chose de plus à laquelle m'accrocher. Quelque chose de dur, de solide et de fort, avant que je ne dépasse les limites. Je me redressais et enfonçais mes ongles dans ses épaules pour m'y caler.

- Oh, mon Dieu, respirai-je.

J'étais si proche de mon point de rupture.

- Putain, Krystina. Tu es tell'ment canon, putain. Je veux ton orgasme. J'ai besoin de sentir ta chatte se resserrer autour de moi.

Faisant tourner mon clitoris avec son pouce, il accélérait le rythme sans jamais rompre notre connexion. Puis je me mettais à trembler, mes muscles se contractant au-delà de ma volonté alors qu'il me rapprochait de cet exquis sommet. Il savait exactement comment me faire jouir, comment me tourmenter dans un délicieux plaisir en me titillant assez longtemps pour être sûr que mon orgasme serait cataclysmique.

- J'y suis ! Bientôt ! haletai-je en resserrant mes jambes autour de lui.

Je tremblais, perdant un peu plus de moi-même à chaque instant. J'en devenais même désespérée : la promesse de la libération m'avait déjà bien consumée.

- Maint'nant, mon ange. Vas-y maint'nant !

D'un coup sec, il s'enfonçait plus profondément. Mes tissus sensibles se mettaient à onduler jusqu'à ce que je commence à avoir des spasmes incontrôlables. Ce qu'il venait de dire m'avait fait entrer dans un orgasme palpitant. Des couleurs défilaient devant mes yeux alors que de l'adrénaline m'envahissait.

- Alex ! hurlai-je en m'effondrant autour de lui, mon corps submergé par la sensation d'une chaleur blanche et aveuglante.

Je n'avais plus d'esprit en me tortillant contre lui sans vergogne. Mes ongles lui griffaient le dos, l'attirant plus près de moi. Son corps tremblait, puis il s'immobilisait. Puis d'un seul coup, sa bite devint incroyablement dure. Elle pulsa délicieusement, et son orgasme se déversa en moi.

* * *

ALEXANDER ÉTAIT ALLONGÉ à côté de moi. Il marmonnait dans son sommeil. Ses mots étaient incohérents, mais je savais qu'il rêvait encore. D'ici peu, il commencerait à se débattre et sa peau serait recouverte de sueur. Je devais le calmer avant que les visions qui le hantaient ne le conduisent à ce point. Je posais ma main sur le sommet de sa tête et passais mes doigts dans ses cheveux. En l'embrassant doucement sur la joue, je murmurais des mots apaisants.

- Chut, Alex. Tout va bien pour toi. Tu es un homme, maintenant, et plus un petit garçon. C'est juste un rêve. Je suis là, près de toi.

Je continuais à lui murmurer des mots apaisants jusqu'à ce que sa respiration devienne douce et régulière. Je me positionnais sur le côté et appuyais mon dos contre son torse. De cette manière, je pouvais savoir qu'il dormait paisiblement grâce au rythme régulier de sa poitrine se soulevant et s'abaissant. Après la semaine que je venais de passer, j'aurais dû être épuisée et dormir. Mais je n'arrivais pas à fermer les yeux et au bout d'une demi-heure, j'avais l'impression que j'étais éveillée depuis des heures. Jetant un regard sur le réveil de la table de nuit, je voyais les chiffres numériques rouges changer pour indiquer une heure et demie du matin. Je réprimais un gémissement.

J'aimerais pouvoir mettre mon cerveau en veille.

Malheureusement, les choses ne se passeront pas comme ça. J'étais trop préoccupée par le sort d'Alexander. Sachant que le marchand de sable n'allait pas me trouver de sitôt, je me glissais discrètement hors du lit et enfilais un des t-shirts d'Alexander et un pantalon de survêtement pour me sentir à l'aise. Je baissais les yeux vers le lit en l'entendant remuer. Il ne se réveillait pas mais roulait sur le dos. Le bras qui me berçait la tête avant que je me lève était encore drapé sur mon oreiller. Sa poitrine était nue et les contours de son corps soulignés par les rayons de lune qui traversaient la pièce. Et là, il semblait si paisible : un contraste frappant avec ce qu'il était il y a peu de temps. Je luttais contre l'envie de me recoucher près de lui et de le toucher, mais je ne voulais pas risquer de le réveiller. Je partais donc pieds nus jusqu'à la cuisine pour me préparer une tasse de tisane. Alors que la bouilloire chauffait l'eau, je me creusais la tête pour trouver un moyen d'aider celui que j'aimais tant. C'était la dixième nuit consécutive que je me réveillais en l'entendant marmonner et se débattre dans son sommeil. Il ne parlait jamais du contenu de ses rêves, mais la sueur qui l'enveloppait me disait tout ce que j'avais besoin de savoir. Heureusement, ce soir, j'étais parvenue à le calmer avant qu'il ne se réveille complètement. Si je n'y étais pas arrivée, aucun de nous ne dormirait en ce moment, car Alexander se sentait toujours trop coupable de me déranger. S'il ne détestait pas autant le fait de parler de thérapie, j'aurais peut-être exigé qu'il y aille seul, sans moi. Oublier la thérapie de couple. On pouvait s'en passer. Pour le moment, du moins. Car pour l'instant, la guérison d'Alexander était ce qu'il y avait de plus important. Je savais qu'il souffrait et ce n'était pas étonnant qu'il fasse des cauchemars. Quand je considérais tout ce qu'il s'était passé, je ne pouvais même pas imaginer l'ampleur de ce qu'il devait ressentir. La trahison, la confusion et la colère n'avaient probablement fait qu'effleurer la surface de ses émotions. Je craignais qu'il n'atteigne son point de rupture, et cela était devenu pour moi comme une évidence au moment où j'étais accrochée à la croix. Au cours des cinq derniers mois, Alexander m'avait montré de nombreuses choses de l'univers du BDSM, et chaque fois, nous avions atteint de nouveaux sommets. J'en était même arrivée à aimer ses perversions, et en avais envie comme d'une drogue. Je pensais vraiment ce que je lui avais dit ce soir : il ne m'avait pas vraiment fait mal avec le fouet.

Pourtant, j'avais noté quelque chose d'inhabituel dans sa façon de me fouetter cette fois-ci : un peu comme s'il avait oublié sa prudence et de sa précision habituelles. Au contraire, il avait plutôt semblé tendu et désespéré. Alexander me donnait toujours l'impression d'être chérie, ses contacts étant souvent à la limite de l'adoration. Ce qu'il s'était passé ce soir ne représentait pas son comportement habituel. Et même si on était parvenus à nous connecter comme jamais jusqu'à maintenant, il m'était difficile d'ignorer la façon dont tout avait commencé. L'eau se mit à gronder dans la bouilloire et je la retirais rapidement de son socle avant qu'elle se mette à siffler. Après avoir choisi un sachet de tisane dans la boîte dans laquelle Viviane en laissait tout le temps des stocks, je prenais ma tasse et partais m'installer dans le bureau d'Alexander. Alexander et moi avions des bureaux séparés. Je n'allais que rarement dans le sien. Une des chambres d'amis avait été aménagée pour moi afin que je puisse avoir mon propre espace. Pourtant, mon bureau n'avait pas ce dont j'avais besoin : si je voulais trouver un moyen pour l'aider, je devais relire l'interview de Charlie et la seule façon pour moi de le faire serait d'accéder à son disque dur. J'allumais la chaîne hifi en prenant garde de baisser suffisamment le volume pour ne pas le réveiller. Sans prendre la peine de changer de playlist, je laissais la chanson « Falling Short » de Lapsley et prenais place derrière le bureau spacieux d'Alexander. Sirotant ma tisane avec précaution pour ne pas me brûler la langue, je prenais le temps d'apprécier la sensation apaisante m'envahir la gorge. J'avais un peu mal à la gorge et me demandais si je n'étais pas en train de m'enrhumer. Je priais pour que ce ne soit pas le cas, parce que si ça l'était, les leçons de morale d'Alexander sur la nécessité de me reposer s'avéreraient véridiques, et je gémissais rien qu'en y pensant.

Peut-être que Viviane rangeait des pilules de vitamine C dans l'armoire à pharmacie.

Mettant la tasse de côté, je notais mentalement de vérifier plus tard tout en allumant l'ordinateur en faisant bouger la souris. L'écran s'anima, mais je fronçais les sourcils quand il s'alluma pour de bon. Il était protégé par un mot de passe.

Mince !

J'aurais dû m'en douter. J'ouvrais le tiroir du haut du bureau en quête d'un morceau de papier sur lequel il aurait pu être écrit. Sans succès. Tout ce que je pus trouver fut un paquet de chewing-gum Big Red. Je gloussais en poursuivant ma recherche dans les autres tiroirs. Deux d'entre eux étaient fermés à clé et je n'avais aucune idée de l'endroit où il gardait les clés. Soufflant dans ma frustration, je tapotais mes doigts sur le bureau en essayant de penser à ce que pourrait être le mot de passe. À mon avis, il s'agissait malheureusement d'une longue énigme que je ne pourrais jamais deviner. Mais là encore, il s'agissait de son bureau qui se trouvait chez lui. Peut-être qu'il n'était pas si strict que ça, niveau sécurité informatique. Je rapprochais le clavier de l'ordinateur et tapais la première chose qui me venait à l'esprit : Ange62293. Je souriais quand l'ordinateur se déverrouillait et que l'écran apparaissait. Je trouvais son mot de passe assez attachant et mon cœur se mit à palpiter. Mon mot de passe était Saphire32383. Comme le mot « Ange », mon ordinateur était également protégé par un mot partagé entre Alexander et moi.

Et moi qui pensais que le combiner avec son anniversaire était intelligent.

En même temps, pas besoin de faire St Cyr pour y arriver. Mais au moins, sa prévisibilité me montrait à quel point nous étions devenus proches ces derniers mois. Heureusement pour moi, sa boîte de réception était encore ouverte et je pus facilement trouver l'article. Je cliquais sur l'email et le lisais une fois de plus. Lorsque je l'avais lu pour la dernière fois, je l'avais à peine compris car j'étais trop occupée à formuler des questions dans ma tête. Cette fois-ci, j'étais bien plus attentive. Je le lisais une fois en entier. Puis une deuxième. Je cherchais n'importe quel petit détail qui me donnerait une idée de la façon dont je pourrais éventuellement régler le problème pour Alexander. Je ne voulais pas que l'interview soit publiée. Avec le fait éventuel que sa sœur ne lui ait pas tout dit, il n'avait pas besoin de ça. Il avait déjà suffisamment souffert. Je fixais l'article pendant un bon moment, jusqu'à ce que mes yeux commencent à me brûler et que mon cou me fasse mal. Je m'étirais la tête d'un côté, puis de l'autre. Je n'arrivais pas à comprendre ce que Charlie avait à gagner en divulguant tout ça. J'essayais de me rappeler ce qu'Alexander avait dit de Charlie.

Je soupçonne que Charlie tentera d'utiliser ça comme un outil de négociation pour conclure un accord de plaidoyer et je n'ai qu'un certain poids avec le procureur.

Je n'étais pas certaine que ça puisse être utilisé comme monnaie d'échange. Un crime était un crime, peu importe l'avantage qu'Alexander avait. Mon témoignage était plus que suffisant pour condamner Charlie, sans parler des enregistrements téléphoniques partagés entre Charlie et Trevor. Mais...

C'est ça !

Un plan commençait à se former dans ma tête. J'avais du mal à croire que je n'y avais pas pensé avant. Cependant, je me m'arrêtais un moment, réfléchissant à cette idée insensée. La dernière fois que j'avais voulu aider Alexander, j'avais fini dans le coma, et il serait furieux si je tentais à nouveau de faire quelque chose.

Et puis merde ! Mon futur mari a besoin de moi en ce moment et c'est moi qui ai toutes les cartes en main.

Je fermais rapidement l'e-mail contenant l'article et ouvrais le dossier des éléments envoyés. Je faisais défiler le curseur vers le bas de l'écran et y trouvais l'email qu'il m'avait transféré la veille. Il contenait les détails sur la date du procès. Elle avait été avancée, et je n'avais pas beaucoup de temps pour agir. Après avoir lu les informations dont j'avais besoin, je fermais la boîte mail et remettais l'ordinateur comme je l'avais trouvé. Il était plus de deux heures du matin lorsque je me glissais discrètement dans la chambre. Avant de me coucher, je fis un arrêt rapide dans la salle de bain, heureuse de voir qu'il y avait de la vitamine C dans l'armoire à pharmacie. J'en prenais quelques pastilles. Il y avait beaucoup à faire et un rhume provoqué par l'épuisement ne faisait pas partie de mes projets. J'avais besoin d'être en forme et de me reposer si je voulais avoir toute ma tête pour faire tout ce que j'avais à faire. Je retournais dans la chambre, me glissais sous les draps et m'installais à côté d'Alexander. Il ne se réveillait pas et ne bougeait pas d'un poil. J'étais contente de voir qu'il était encore calme et apaisé. Je posais ma main sur sa poitrine et me blottissais dans le creux de son bras. Son corps était chaud contre moi et je l'embrassais doucement sur le torse.

- T'inquiète pas, bébé. J'm'occupe de ça, chuchotai-je.

17

Krystina

J'avais passé tout mon dimanche à maudire le mythe de la vitamine C. Le rhume que j'essayais d'éviter en avait profité pour me montrer son visage le plus horrible. Alexander s'était occupé de moi presque toute la journée. Il avait appelé Viviane et lui avait demandé de passer avec une bonne portion de sa soupe au poulet et aux pâtes - une vraie tuerie ! Malheureusement, je pouvais à peine y tremper les lèvres, mais j'avais quand même beaucoup apprécié ce geste. Afin d'empêcher Alexander de me donner de force du sirop pour la toux, j'avais pris l'option de me reposer sous une couverture sur le canapé et de le convaincre de se faire une « journée Star Wars » avec moi. En écoutant Chirrut chanter « Je fais corps avec la Force. La Force est avec moi », je n'avais pu m'empêcher de souhaiter que le pouvoir de la Force soit avec moi pour que je puisse me débarrasser de mon rhume une bonne fois pour toute. J'avais trop de choses à faire, et je ne pouvais pas me permettre de laisser un petit rhume me retarder. Alexander n'était pas au courant des projets que je m'étais mis en tête pour l'aider et j'étais sûre qu'il ne serait pas d'accord avec cette idée. Je me débattais avec ma conscience, mais je savais que je devais le laisser dans l'ignorance - du moins pour le moment. Cependant, il ne m'avait pas quitté d'une semelle et, même si j'avais apprécié les soins qu'Alexander et Viviane m'avaient prodigués, cette journée s'était avérée pour moi très frustrante. Du coup, sortir mon ordinateur portable pour recueillir les quelques informations dont j'avais besoin m'avait été presque impossible. Ma conscience avait joué une lutte acharnée chaque fois que je lançais un regard sur mon téléphone portable sous la couverture pour rassembler ce qu'il me fallait. J'avais beau me dire qu'il n'y avait aucune mauvaise intention de ma part, et que tout ce que je voulais faire, c'était protéger Alexander, mon petit ange était resté planté sur mon épaule pendant la majeure partie de la journée en me réprimandant. Ce ne fut qu'à l'aube que j'avais enfin réussi à obtenir les éléments que je recherchais.

Et maintenant, j'étais là en ce lundi matin, avec la sensation d'être armée jusqu'aux dents pour affronter ma journée. Même si je me sentais bien malheureuse de ne pas me sentir bien, je savais pertinemment que ce rhume malvenu pourrait tourner à mon avantage.

J'éternuais lorsque les portes de l'ascenseur s'ouvraient à l'étage où se trouvaient les locaux de Turning Stone Advertising - comme s'il s'agissait d'un rappel de la façon dont j'allais devoir passer la journée en geignant dans un mouchoir. Les médicaments sans ordonnance étaient devenus pour moi des denrées alimentaires très utiles au cours de ces dernières vingt-quatre heures et tout ce que j'espérais, c'était qu'ils fassent effet au plus vite.

- Bonjour, Regina, saluai-je mon assistante d'une voix nasillarde.

Elle levait les yeux vers moi avec surprise.

- Bonjour, mademoiselle Cole. Vous êtes malade ?

- Rhôôôô... rien de grave, juste un rhume. L'équipe est-elle prête à se réunir pour le projet Beaumont ?

- Je viens de voir Clive se diriger vers la salle de conception principale. Le reste de l'équipe est aussi là. La session stratégique étant prévue pour 8h30, je pense que tout le monde sera là pour vous rencontrer, vous et Clive.

- Impeccable. Dites-leur que j'arrive au plus vite. J'ai des appels à passer, puis je serai là avec mes dossiers sur Beaumont.

Regina hochait la tête, et je poursuivais en direction de mon bureau. Quand j'y entrais, je fermais tranquillement la porte derrière moi et appuyais ma tête contre la porte. En fermant les yeux, je pensais aux appels téléphoniques que j'allais devoir passer. Une fois que j'aurais mis les choses en marche, il n'y aurait pas de retour en arrière possible.

Est-ce que je peux vraiment faire ça ?

Je secouais la tête, sachant très bien que la question de savoir si je pouvais le faire ou non n'était pas du tout pertinente. Je devais le faire pour Alexander. Lorsque j'ouvrais les yeux, je fus surprise de trouver un bouquet de lys et de delphiniums bleus sur mon bureau. Je fronçais les sourcils, confuse, en me dirigeant vers le bureau et en sortant la carte posée sur ce joli bouquet.

Je déteste que tu ne te sentes pas bien. Comme tu as refusé de rester à la maison aujourd'hui, j'ai pensé que cela pourrait égayer ta journée.

Alex

Au début, cela me fit sourire... jusqu'à ce qu'un sentiment de culpabilité me frappe pour ne pas avoir été franche à propos de ce que j'allais faire. La voix de l'ange résonnait dans ma tête.

Menteuse !

La voix devenait de plus en plus forte et mon cœur battait à tout rompre dans ma poitrine. L'autocondamnation s'accentuait alors que j'allumais mon ordinateur et que je consultais l'agenda de la journée d'Alexander. Je prenais note des moments où il serait retenu par des réunions, sachant qu'il ne me chercherait pas à ces moments-là. Sortant mon téléphone portable de mon sac, je prenais le numéro que j'avais pu trouver dans un e-mail datant d'il y a quelques semaines. L'angoisse de la culpabilité me faisait trembler lorsque je commençais à composer le numéro de téléphone privé de Thomas Green, le procureur de Manhattan qui dirigeait le procès de Charlie.

- Bonjour, ici Thomas Green.

J'avalais la boule qui stagnait dans ma gorge et prenais la voix la plus confiante que je pouvais.

- Bonjour, monsieur Green. Krystina Cole à l'appareil.

- Bonjour, mademoiselle Cole. Que puis-je faire pour vous ?

- He bien, je me demandais si je pouvais venir vous voir aujourd'hui.

- Aujourd'hui ? Vous êtes sûre que tout va bien ? demanda-t-il, confus.

Rien n'allait pour moi, et ce qui m'importait le plus à ce moment-là était de mettre en place un rendez-vous avec lui parce que je ne voulais pas m'entretenir avec lui par téléphone.

- J'ai besoin de vous parler de mon témoignage.

- Ok, il fit une pause, semblant encore plus perplexe. Je ne vois pas ce que nous pourrions faire d'autre, mais je serai heureux de vous rencontrer, vous et monsieur Stone.

- Non ! Je faillis crier, oubliant mon calme. Pas Alex. Juste moi, s'il vous plaît. Et j'apprécierais que vous ne lui parliez pas de notre rencontre.

- Eh bien, je... hésita-t-il.

Me sentant légèrement frustrée - et stupide, je soufflais entre mes dents j'aurais dû penser qu'il voudrait qu'Alexander soit présent. Il fallait que je dise quelque chose de plus pour le convaincre.

- Écoutez, monsieur Green. Je viens de me rendre compte de quelque chose qui pourrait affecter mon témoignage. Je vais devoir invoquer le privilège client-avocat sur cette affaire.

- Avec tout le respect que je vous dois, mademoiselle Cole. Vous êtes un témoin, pas ma cliente. Je travaille pour la ville, donc cette règle ne s'applique pas vraiment ici.

Merde ! Réfléchis, Cole. Réfléchis !

Désespérée, je tentais au mieux de trouver un moyen de le persuader de ma façon de penser.

- Je vois, commençai-je. Mais dans tous les cas, vous avez besoin de moi pour cette affaire. Je ne me trompe pas ?

- Oui... c'est vrai... répondit-il prudemment.

- Vous n'avez pas d'élément solide sans moi. Si vous voulez mon témoignage, je dois insister pour que cette réunion reste entre nous deux.

Il y eut une longue pause. Je me disais qu'il était certainement en train d'étudier ses options.

- Je comprends. Laissez-moi juste consulter mon agenda.

Il semblait faire un effort pour aller dans mon sens, mais sa voix était laconique à mes oreilles, comme s'il était ennuyé par cette situation. La dernière chose dont j'avais besoin, c'était qu'il ne soit pas coopératif. Essayant de paraître aussi sincère que possible, je reconnaissais ses efforts pour me rencontrer.

- Je comprends que c'est soudain. Merci d'accepter de me rencontrer, monsieur Green.

J'entendais qu'il brassait des papiers pendant un moment, puis il reprit la parole.

- Je suis attendu au tribunal dans trente minutes, mais je devrais être libre à midi. Je peux vous voir à 12h30 aujourd'hui si cela vous convient. À mon bureau ?

- Oui, c'est parfait. J'y serai.

Après avoir raccroché, je pris une profonde respiration pour me calmer. Puis j'essayais de compter jusqu'à dix, mais cela ne fit rien pour m'aider. Mes nerfs étaient encore à vif lorsque je cherchais le deuxième numéro de téléphone qu'il fallait que je compose. Cet appel était encore plus angoissant que le précédent, car j'appréhendais toujours de savoir si je pourrais ou non mener mon plan à bien.

- Le *City Times*. Comment puis-je diriger votre appel ? demanda la standardiste.

- Bonjour. Je cherche à joindre monsieur Mac Owens.

- Il est absent aujourd'hui. Puis-je vous adresser à quelqu'un d'autre, ou voulez-vous que je vous mette en relation avec sa boîte vocale ?

- Oh, hum... la messagerie vocale sera parfaite. Merci.

Après qu'elle m'eut mise en relation, j'attendis jusqu'à ce qu'une voix masculine bourrue se fasse entendre, me demandant de laisser un message.

- Monsieur Owens, mon... j'hésitais avant de continuer, puis je décidais rapidement de ne pas laisser mon nom, mais de donner quelques détails sur l'objet de mon appel. J'aimerais vous parler d'une histoire. C'est en rapport avec Charlie Andrews. Si vous pouviez me rappeler dès que possible, je vous en serais reconnaissante.

Je laissais mon numéro de téléphone et raccrochais. Mon cœur s'emballait et la boule de nerfs qui était dans mes tripes se faisait plus lourde qu'un boulet de démolition. La situation s'aggravait lorsque je consultais mon agenda, c'est-à-dire le même qu'Alexander avait utilisé pour obtenir mon emploi du temps. J'eus l'idée de taper un rendez-vous fictif chez le médecin à 12h30.

C'est mieux comme ça.

Néanmoins, la culpabilité pesait lourdement dans ma poitrine alors que je rassemblais les dossiers de Beaumont. J'attrapais une boîte de mouchoirs en sortant en essayant de mettre de côté les affres de ma conscience, puis je me dirigeais vers la salle de conception pour rencontrer mon équipe. En entrant dans la pièce, je constatais que Clive, le coordinateur marketing principal de Turning Stone, avait déjà préparé sur l'écran des ébauches de design et de maquettes. Il écrivait des notes sur le tableau blanc et levait les yeux à mon arrivée. Il arqua les sourcils en me voyant.

- Ne le prends pas mal, mais t'as vraiment une sale tête.

- Merci, déclarai-je sèchement.

- Je sais que cette session de planification est importante, mais tu préférerais pas qu'on la décale à un autre jour ?

Je regardais dans la pièce les huit autres personnes rassemblées et prêtes à partir. Une partie de moi voulait effectivement reporter la réunion, mais ce n'était pas parce que j'étais malade. C'était parce que je me sentais trop anxieuse pour me concentrer sur le travail à accomplir.

- Non, ça va aller. Je veux être bien préparée pour la réunion de vendredi avec Sheldon Tremaine. Le contrat en jeu en vaut la peine.

* * *

Alexander

JE ME TENAIS dans l'entrée de mon bureau et serrais la main de Sheldon Tremaine. Il venait de partir après une réunion très productive. Et l'ironie du sort, c'était que pendant que Krystina discutait de la stratégie publicitaire de son entreprise avec son équipe, il était en réunion avec moi. J'avais demandé à Sheldon de venir à mon bureau pour discuter de son rendez-vous avec Krystina. Je voulais également discuter d'un projet qui me tenait à cœur avec l'enseigne Beaumont, puisqu'il s'agissait de l'élaboration du bijou que j'offrirai à Krystina comme cadeau de mariage. Le travail de Sheldon était impeccable, et le collier du triskelion qu'il avait fait pour elle en était la preuve. Je pensais par ailleurs que cette commande serait aussi pour moi un moyen de pression que j'allais utiliser pour solidifier la promesse qu'il s'engageait à faire : celle de faire de la publicité pour Turning Stone.

- Je vais faire dessiner un modèle rien que pour vous et vous l'enverrai, et je pense savoir exactement ce que vous recherchez, m'assura Sheldon.

- Je m'en réjouis. C'est un plaisir de faire affaire avec vous.

- De même, monsieur Stone.

Après le départ de Sheldon, je m'installais à mon bureau et sortais mon agenda - le vrai. Mettre en place la réunion avec Sheldon avait été une affaire délicate. Je ne m'étais pas permis de taper son nom dans mon agenda afin d'éviter de risquer d'éveiller les soupçons de Krystina - au cas où elle s'aventurait à regarder mon emploi du temps de la journée par le plus grand des hasards. À la place de mon rendez-vous avec Sheldon Tremaine, j'avais bloqué le créneau pour monsieur George Canterwell, parce que je savais très bien que Krystina ne me dérangerait pas si elle savait que je rencontrais ce vieil avare. Par contre Laura, elle, fut complètement déstabilisée lorsque Sheldon Tremaine s'était présenté. Elle m'avait simplement jeté un regard étrange mais n'avait pas posé de questions. Elle avait mieux à faire. Je vérifiais l'heure : Stephen et Bryan devaient arriver dans mon bureau dans moins d'un quart d'heure. L'architecte serait là à quinze heures pour nous rencontrer, Krystina et moi, au sujet de la maison de Westchester. Je me demandais distraitement si elle avait pensé à libérer son emploi du temps. En déplaçant la souris, je cliquais sur son agenda. Je m'arrêtais net alors que je passais en revue ses rendez-vous de la journée.

Elle avait un rendez-vous médical ?

Je n'avais pas réalisé qu'elle en avait programmé un. Instinctivement, je décrochais le téléphone pour en avoir la confirmation, mais je m'arrêtais dans mon élan.

Stop. Laisse-la vivre sa vie. Elle a besoin de respirer tranquille, elle aussi.

Combattre mon instinct était un défi pour moi, mais je reposais quand même le combiné à sa place. Krystina avait un rhume : c'était normal pour elle de prendre un rendez-vous chez le médecin. Je savais aussi que Samuel serait avec elle. Et elle s'en remettra. Je levais les yeux en entendant quelqu'un frapper à la porte de mon bureau. Stephen passa la tête à l'intérieur.

- Entre ! lui dis-je. Où est Bryan ?

- Il est juste au bout du couloir, en train de discuter avec une nouvelle stagiaire. Il sera là dans une minute, j'en suis sûr.

- P'tain ! Il connaît les règles. Va lui dire de remettre sa bite dans son pantalon et de venir ici.

Stephen sourit.

- Bien sûr. Les règles. Vas-y et dis-lui toi-même. Je suis sûr qu'il va te rappeler comment ta relation avec Krystina a commencé.

Je lui lançai un regard noir.

- Ce n'est pas la question.

- Aaaah ! Allez ! Laisse ce pauvre gars tranquille. Il est toujours si sérieux et plongé dans les chiffres toute la journée. Laissons-le prendre son pied quand il le peut.

- La dernière fois que j'ai vérifié, Bryan n'a pas eu de problème pour s'amuser, déclarai-je sèchement.

Ce que je venais de dire n'était pas censé être drôle, mais Stephen se mit à rire à gorge déployée. Je me pinçais les lèvres en signe d'agacement. Il était encore en train de rire quand Bryan avait enfin décidé d'entrer.

- Pourquoi tu t'marres ? demanda Bryan.

- C'est ta bite, annonça Stephen.

- Hein ? demanda Bryan demande en levant un sourcil.

- Oui, ta bite. Elle n'est pas autorisée dans stagiaires, rappelai-je.

Sur ce, Stephen se mit à rire de plus belle.

- P'tain ? ! Tu viens d'faire une blague, Alex ?

Je levais les yeux au ciel.

Toujours le même rigolo d'service.

Comme s'il avait senti mon irritation, Bryan s'asseyait sur la chaise qui se trouvait à côté de Stephen et levait les mains en signe de capitulation.

- Désolé, Alex. J'vais garder ça pour moi.

- Tu f'rai mieux, le prévins-je. Elle est probablement trop jeune pour toi de toute façon.

- Eh bien, Krystina est beaucoup plus jeune que...

Stephen hurla à nouveau de rire, son visage devenant dix fois plus rouge.

- J'ai essayé de te prévenir, Alex, dit-il une fois qu'il eut repris son souffle.

Je secouais la tête mais ne pouvais m'empêcher de sourire. Cependant, mon sourire fut de courte durée, car j'avais des choses importantes à traiter. J'étais sur le point de lancer une bombe à mon comptable et à mon avocat. Comme ils étaient aussi mes amis, je savais qu'ils seraient plus que choqués par ce que j'avais à leur dire. Ma seule défense était que je les avais rencontrés à l'université - et des années après avoir changé mon nom en Stone. Je leur expliquerai comme je l'avais expliqué à Krystina, et dirai qu'Alexander Russo n'existait plus. Et j'espérais franchement qu'ils ne se sentiraient pas trahis comme elle l'avait été.

- Très bien, la récréation est terminée, vous deux. J'ai quelque chose d'important à vous dire. Et ce n'est pas très joli à entendre. Stephen, selon la façon dont les choses vont se dérouler, je vais très certainement avoir besoin de toi et de ton équipe juridique, développai-je.

Mon ton sérieux fit immédiatement dégriser Stephen. Mes amis me regardaient tous les deux avec curiosité, tandis qu'une boule de terreur se formait dans mes tripes. Dans quelques minutes, je leur montrerai l'interview du *City Times* de Charlie Andrews. Et ensuite, encore plus de gens connaîtraient mon passé. Après toutes ces années à le cacher, il suffisait d'une seule fouine pour tout faire sauter.

- Qu'est-ce qui s'passe, Alex ? s'enquit Bryan.

- Bryan, vu que tu es comptable, j'aurai besoin de ton avis pour protéger mes biens. Encore une fois, tout cela dépendra de la manière dont les choses vont se passer.

- C'est quoi c'bordel, Alex ? ! Crache le morceau. Qu'est-ce qu'il y a ? demanda Stephen.

- Charlie Andrews.

18

Krystina

Je vérifiais l'heure : presque midi. Confiante dans ce que mon équipe et moi avions accompli, j'attrapais mon sac à main et le miettas sur mon épaule. Il était temps de rencontrer le procureur. J'essayais de ne pas être nerveuse alors que je me dirigeais vers l'ascenseur, mais c'était comme si ma trépidation augmentait à chaque pas que je faisais. Je m'arrêtais net en apercevant Samuel près des portes.

Merde !

J'avais complètement oublié l'ombre de mon ombre. Entre ce détail et ma conversation avec le procureur, je comprenais vite que mon grand plan avait beaucoup trop de failles.

Note à moi-même : je suis nulle pour faire des magouilles.

- Vous sortez, madame ? me demanda-t-il.

- Je vais juste à un rendez-vous chez le médecin, Sam.

- Je vais garer la voiture, me dit-il avant d'appuyer sur le bouton de l'ascenseur.

Je me doutais bien qu'il ne parlait pas de ma Porsche qui prenait la poussière dans le parking. Connaissant Alexander, je savais qu'il lui avait attribué son propre véhicule. Et si c'était le cas, cela pourrait être problématique pour moi : je ne pouvais pas me permettre d'être suivie par Samuel. Si je voulais me débarrasser de son œil vigilant, je devais être créative.

- Non, c'est bon. Vous n'avez pas besoin de m'accompagner, lui dis-je de ma voix la plus innocente.

Les quintes de toux qui m'avaient assaillie toute la matinée étaient soudainement absentes, alors j'en simulais une pour plus d'effet.

- Je suis désolée, madame, dit-il d'un ton hésitant, comme s'il n'était pas sûr que les rendez-vous chez le médecin fassent partie du règlement. Je vais d'abord devoir clarifier ça avec monsieur Stone.

Oups, ça se corse...

- Il est très occupé par des réunions, aujourd'hui. Je n'veux pas le déranger pour ça. En plus, c'est lui qui a programmé ce rendez-vous pour moi, mentis-je tout en étant choquée par la facilité avec laquelle je venais de lui parler.

- Bien, madame. Mais je suis censé vous accompagner chaque fois que vous quittez le bureau.

- Sam, dis-je en posant une main rassurante sur son bras. Je peux vous assurer que monsieur Stone comprend l'importance de la vie privée quand il s'agit de mes rendez-vous chez le médecin. Et comme le cabinet du médecin n'est qu'à quelques rues d'ici, je vais y aller à pied. Croyez-moi, il n'y a pas de mal à ça.

Un nouveau sentiment de culpabilité me frappait, sachant que je profitais du fait que Sam ne connaissait pas encore les ficelles du métier. S'il m'écoutait tout le temps, je savais qu'il aurait de sérieux problèmes.

- Si vous insistez, dit-il.

Mais sa voix était empreinte de doute. Ce n'était qu'après la fermeture des portes de l'ascenseur que je poussais un soupir de soulagement. Une chose était sûre : continuer cette mascarade n'allait pas être facile, et tout ce que j'espérais, c'était que tout ce petit jeu en vaille la chandelle. Je n'avais pas menti lorsque j'avais dit à Samuel que mon médecin se trouvait à quelques rues de la Cornerstone Tower. Pourtant, c'était la seule déclaration véridique que j'avais faite pendant notre brève conversation. Je pensais à ça alors que je m'approchais de la porte en verre gaufré d'un bâtiment où l'on pouvait lire Centre de Soins Médicaux. Le nom de mon médecin, ainsi que celui de ses nombreux confrères du cabinet, était inscrit en dessous. Pour moi, chaque nom était une représentation des nombreux mensonges que j'avais racontés au cours de ces dernières heures. Ils étaient comme un phare pour ma tromperie. J'en étais même presque reconnaissante lorsque les portes s'ouvraient et qu'une femme et un petit garçon sortaient dans la rue. Je les observais alors qu'ils se précipitaient vers le trottoir pour héler un taxi. La femme, que je prenais pour la mère du garçon, se tournait vers lui et lui plaçait un bonnet de laine sur la tête. Des mèches sombres, presque noires, ressortaient sous le couvre-chef et me rappelaient la couleur des cheveux d'Alexander. Le garçon levait les yeux vers moi, me regardant avec des yeux bleu pâle, alors que je passais devant eux. Pour une raison quelconque, la conversation que j'avais eue avec Allyson lors de notre virée shopping me revenait à l'esprit.

Le sujet des bébés.

Le vent froid m'enveloppait et je frissonnais. Cependant, je ne savais pas si c'était parce que les températures étaient glaciales ou parce que je ressentais une trépidation naissante à l'idée d'avoir des enfants. Je secouais la tête. C'était la dernière chose à laquelle je devais penser.

Reste concentrée, Cole.

Je sortais mon iPod de mon sac à main, et mettais des

écouteurs violets dans mes oreilles. J'optais pour la voix sensuelle de Claire Guerreso pendant que je continuais mon chemin. Quand j'avais finalement atteint le bâtiment qui abritait le bureau du procureur, j'étais complètement gelée. J'entrais et me frottais les mains jusqu'aux coudes. Mes joues se réchauffaient elles aussi. La température hivernale n'aidait pas à soulager mes reniflements et je dus étouffer un éternuement. En regardant autour de moi, je repérais des toilettes au bout du couloir qui menait au bureau du procureur. J'y faisais un détour rapide pour pouvoir me moucher et me rafraîchir avant mon rendez-vous. Après avoir avalé quelques médicaments contre le rhume, je regardais mon reflet dans le miroir des toilettes.

Bon sang, Clive avait raison. J'ai vraiment une sale tête.

Je passais une main sur mes boucles indisciplinées pour essayer de les lisser. Je fronçais les sourcils comme elles refusaient de s'apprivoiser. Au lieu de me battre avec elles, je les attachais en queue de cheval améliorée au niveau de la nuque. Fouillant dans mon sac, je sortais mon poudrier, ajoutais un peu de poudre sur mon nez et me rajoutais une couche de rouge à lèvres. J'avais l'air un peu mieux, même s'il y avait encore des progrès à faire. Un regard sur l'écran de mon téléphone portable m'indiquait qu'il était midi vingt-huit. J'avais attendu assez longtemps. C'était l'heure du spectacle. Mes paumes commençaient à transpirer dans ma nervosité. Je les frottais contre le tissu de mon pantalon tout en me dirigeant vers le bureau du procureur. Sa secrétaire détournait le regard de son écran d'ordinateur et je me présentais à elle. Elle devait être nouvelle, car je ne l'avais pas reconnue lors de mes précédentes visites.

- Bonjour, lui dis-je. Je suis Krystina Cole. J'ai un rendez-vous avec monsieur Green à midi trente.

Elle sourit poliment et fit un signe en direction de la porte se trouvant derrière elle.

- C'est bien ça, mademoiselle Cole. Monsieur Green vous attend. Vous pouvez entrer.

Rassemblant tout le courage dont je pouvais faire preuve, je la remerciais et franchissais la porte qui me conduisait à Thomas Green. La pièce dans laquelle j'entrais n'avait rien d'extraordinaire : un bureau simple, avec de confortables chaises rembourrées entourant une longue table en bois. Des étagères en cerisier ornaient les murs, débordant d'un nombre incalculable d'ouvrages juridiques. Cet environnement m'était familier, car Alexander et moi avions assisté à plusieurs réunions avec le procureur au cours de ces deux derniers mois. Au cours de cette période, non seulement nous avions parlé de mon témoignage, mais Thomas avait souvent raconté des histoires sur ses faux jumeaux de six ans, Olivia et Tommy. Le peu de choses que je savais sur sa vie personnelle pourrait me servir lors de ce rendez-vous. Le bureau de Thomas Green se trouvait au fond de la pièce, mais ce n'était pas là qu'il était assis à mon arrivée ; il se tenait face à la grande table en bois poli, et il examinait des dossiers garnis de documents. Ses lunettes à monture métallique étaient enfoncées sur le bout de son nez. M'entendant entrer, il levait les yeux et poussait ses lunettes pour qu'elles reposent sur ses cheveux poivre et sel.

- Mademoiselle Cole, me salua-t-il. C'est toujours un plaisir.

- Pour moi aussi, monsieur Green. Vous avez une nouvelle secrétaire ?

- Oh, non. C'est une intérimaire. Ma secrétaire est en congé maladie. Ça doit être la période de l'année, déclara-t-il sur un ton sardonique.

Malgré cette légère tentative sarcastique, sa voix était tendue et correspondait au ton qu'il avait employé lors de notre conversation téléphonique de ce matin. En le voyant serrer les lèvres et froncer les sourcils, je me demandais s'il n'appréhendait pas autant que moi cette rencontre. Il se levait et tendait la main pour serrer la mienne, mais je secouais la tête.

- Comme vous venez de le dire, ça doit être la période de l'année. J'ai un petit rhume, alors je pense que vous n'avez certain'ment pas envie de me serrer la main. Je suis sûre que votre femme ne voudrait pas que vous l'apportiez à vos enfants non plus, dis-je doucement en souriant, espérant que la mention de sa femme et de ses enfants ferait retomber la tension.

Il retira rapidement sa main et me rendit mon sourire.

- Vous avez raison. Ils viennent tous d'avoir la grippe. Rebecca me tuerait si j'apportais un nouveau microbe à Olivia ou à Tommy, dit-il en riant. Il fit un signe en direction de la chaise qui faisait face à son bureau. S'il vous plaît, asseyez-vous.

- Merci. À part cette grippe, tout va bien chez vous ?

Alors que je m'asseyais sur la chaise proposée, Thomas se dirigeait de son côté du bureau, puis nous parlâmes succinctement de ses enfants et de ce qu'ils faisaient à l'école et de la dernière tentative de sa femme de devenir consultante indépendante pour une nouvelle société de maquillage à la mode. Au bout d'un moment, il se penchait en arrière et me regardait avec curiosité.

- Maintenant que vous êtes au courant de ce qu'il se passe chez moi, j'aimerais vous parler de la raison de votre présence ici. J'ai été un peu perplexe depuis votre appel téléphonique de ce matin. À tel point que je me suis même débrouillé pour sortir du tribunal un peu plus tôt et que j'ai passé un bon moment à revoir les dossiers, admit-il en me montrant du doigt la table couverte de dossiers. Qu'y a-t-il de si urgent pour que vous passiez me voir aujourd'hui ?

Ne voulant pas tourner autour du pot, je décidais de lui dire aussi directement que je le pouvais sans mettre en danger Alexander et Justine.

- C'est la date du procès de Charlie.

- C'est-à-dire ?

- Je sais qu'elle a été avancée. J'aimerais que vous la repoussiez.

Ses sourcils se levaient en signe de surprise.

- Je peux honnêtement dire que je ne m'attendais pas à ce que cela vienne de vous, surtout avec la pression que monsieur Stone a exercée sur tout le monde pour que le procès ait lieu. Le jury a été sélectionné il y a un mois et le juge qui préside est impatient d'aller de l'avant, lui aussi. Je ne peux pas changer la date à moins que vous puissiez me donner une raison significative pour laquelle vous avez besoin de le déplacer.

J'hésitais, choisissant soigneusement mes mots.

- Monsieur Green, comme vous le savez, l'une des charges retenues contre Charlie Andrews est l'extorsion. Vous devriez savoir qu'il a repris ses vieilles habitudes. Un journaliste a pu le rencontrer.

- Que voulez-vous dire ? Il est censé suivre une politique d'interdiction de visite stricte, dit Thomas avec incrédulité.

- Je suis au courant. Je pense que ça a un lien avec un gardien de prison qui débute. Je ne connais pas tous les détails, mais quoi qu'il en soit, j'ai des raisons de croire que Charlie va utiliser cette histoire pour faire reculer Alex sur certaines des accusations. J'ai besoin que vous reportiez le procès jusqu'à ce que je puisse étouffer l'histoire.

- Mademoiselle Cole, ça ne sera pas nécessaire. Quelle que soit cette histoire, je n'ai pas l'intention d'abandonner les poursuites ou de passer un accord avec Charlie Andrews.

- Je vous crois, mais ça, Charlie ne doit pas le savoir.

- Pardon ? demanda-t-il en semblant sincèrement perplexe.

Je secouais la tête en signe de frustration. Essayer de convaincre le procureur de faire ce dont j'avais besoin sans spécificités allait être plus difficile que je ne le pensais.

- Ecoutez, Alex est un homme très influent dans cette ville.

- Tout à fait. Et pas que dans cette ville, mademoiselle Cole. Son influence s'étend à tout le pays.

Ah oui ?

Je tentais de comprendre ce qu'il voulait dire, me demandant ce que j'ignorais encore de mon futur mari. Je savais qu'Alexander avait un tas d'affaires et de propriétés dans la ville, et que j'étais loin d'être au courant de tout ce qu'il gérait. Pourtant, je ne savais pas que sa portée allait au-delà de New York. Je n'avais même pas pensé à poser la question. Je mettais de côté mon malaise à propos de tout ça, sachant que ma conversation actuelle était bien plus importante que les biens immobiliers d'Alexander.

- Monsieur Green, implorai-je. Charlie sait pas mal de choses sur Alex - des choses qu'Alex ne veut pas rendre publiques. Je ne peux pas vous donner les détails, mais la seule menace d'exposition est dévastatrice pour lui. C'est pourquoi j'ai besoin que vous me fassiez gagner du temps. J'ai besoin que vous fassiez croire à Charlie que vous envisagez un accord. J'espère que si vous faites ça, Charlie pensera qu'il a une chance d'obtenir un arrangement et qu'il se rétractera de ce qu'il a dit au journaliste.

- Mademoiselle Cole - Krystina, si vous me le permettez, dit-il. Je hochais la tête. Vous ne me donnez pas beaucoup d'éléments pour travailler là-dessus.

Je m'asseyais et me mordais la lèvre en me demandant ce que je devais dire ou ne pas dire. Mes mains se tortillaient nerveusement sur mes genoux, quand soudain, un détail me vint à l'esprit. Je ne pouvais pas tout lui raconter, mais je pouvais lui rappeler une chose qu'Alexander avait dite un jour.

- Etiez-vous au gala de la Fondation Stone's Hope ? La collecte de fonds d'il y a quelques mois ?

Il me lançait un regard suspicieux. Je ne me souvenais pas si Thomas était présent ce soir-là, mais Alexander m'avait dit que les journaux et les chaînes locales avaient parlé du discours qu'il avait prononcé au gala pendant toute la semaine qui avait suivi cette soirée. Même si Thomas n'était pas là, il était juste de supposer qu'il en aurait au moins entendu parler. Cependant, s'il était réellement présent et qu'il était témoin des paroles émouvantes d'Alexander, j'étais la mieux placée pour en parler.

- J'y étais. Pourquoi ? me demanda prudemment Thomas.

- Si vous y étiez, vous avez certainement entendu le discours d'Alex.

- Oui, me confirma-t-il lentement.

À cet instant, je pouvais voir une lueur dans ses yeux. Dans son discours, Alexander avait raconté une histoire, son histoire - même si les personnes présentes ne le savaient pas. Néanmoins, Thomas Green était tout sauf stupide. Il était déjà en train de relier les points. Au lieu de reparler du discours, je préférais changer de tactique.

- Vous imaginez si vos enfants, Olivia et Tommy, étaient issus d'une vie comme celle-ci ?

Thomas semblait frémir.

- Non, je n'imagine pas ça du tout, admit-il de manière franche. Mes enfants sont aimés. Protégés. Si seulement vous pouviez voir certains dossiers qui passent sur mon bureau ! Ils peuvent être parfois violents. Quant au discours de monsieur Stone, êtes-vous en train d'me dire que c'était...

Il ne finissait pas sa question, mais il n'avait pas à le faire. Mes yeux tristes et suppliants lui disaient ce qu'il avait besoin de savoir.

- S'il vous plaît, monsieur Green, chuchotai-je.

Il se penchait en arrière sur sa chaise, enlevait ses lunettes du sommet de sa tête et passait une main dans ses cheveux épais.

- J'aimerais vous aider. Vraiment. Si monsieur Stone a parlé de sa propre enfance lors de ce gala, je ne peux pas lui reprocher de vouloir la cacher.

- Mais ?

- Mais je ne pense pas que vous me racontiez toute l'histoire.

Je me mettais à remuer et à me tortiller sur mon siège. Il fallait que je sois un peu plus ouverte, mais l'idée de trahir Alexander encore plus que je ne l'avais déjà fait me déchirait le cœur.

- Alex va me tuer pour avoir dit ça, mais je vois très bien la façade qu'il donne - celle d'un homme grand, mauvais et mystérieux. Mais c'est juste une façade. Il considère sa vie privée comme la seule protection qu'il ait contre ses souvenirs. Je ne veux pas qu'il revive ça, ou pire, qu'il subisse les spéculations de la presse qui pourraient causer plus de dommages. Je dois le protéger. C'est pourquoi il ne sait pas que je suis là. Et c'est pourquoi j'essaye de jouer la carte de la confidentialité avec vous.

Il semblait réfléchir à tout ça, puis il s'appuyait sur ses coudes et me regardait droit dans les yeux. Quand il parla, il opta pour un ton plus doux.

- C'est assez rare que les gens qui viennent dans mon bureau se souviennent des noms de ma femme et de mes enfants en demandant comment ils se portent. Je pense que vous avez bon cœur. Et, même si monsieur Stone essaie de passer pour un dur à cuire, je pense que lui aussi. J'ai appris à vous connaître tous les deux suffisamment bien au cours de ces deux derniers mois. Je veux que vous me parliez, officieusement. Pas en tant que procureur, mais peut-être en tant qu'ami.

Je secouais la tête, sachant que ce qu'il suggérait était hors de question. Nous avions peut-être appris à bien nous connaître, surtout lorsque nous discutions du lien que j'avais avec mes ravisseurs. Il savait que Trevor n'était pas seulement impliqué dans l'enlèvement, mais qu'il était aussi mon violeur. Cependant, je ne souhaitais divulguer cette information que parce qu'elle était nécessaire à mon témoignage. Je ne considérais certainement pas Thomas Green comme quelqu'un à qui je pouvais me confier ouvertement au sujet d'Alexander et de Justine. Leurs secrets étaient tellement plus grands que les miens ne l'avaient jamais été.

- Je vous l'ai déjà dit. Je ne peux pas, monsieur Green. Et en plus, j'en ai déjà trop dit. Je suis désolée, mais ce n'est pas à moi de raconter cette histoire. Vous allez juste devoir me faire confiance.

- Et si ce n'était pas le cas ?

Je fronçais les sourcils, ne voulant pas lui poser un ultimatum. Ce n'était pas mon style, mais j'étais désespérée. Je plissais les yeux sur lui et gardais un ton neutre mais résolu en même temps.

- Le procès est dans un peu plus de trois semaines et je ne sais pas si cela me laissera suffisamment de temps pour faire ce que j'ai à faire. Je ne vous demande pas de laisser tomber l'affaire, je vous demande simplement du temps. Vous êtes le seul à pouvoir le faire. Si vous ne le faites pas, je retirerais ma déclaration et mon témoignage. Je ferai tout pour protéger l'homme que j'aime. Je fais ça pour lui, monsieur Green.

Il se mit soudainement à rire. Malgré tout, il semblait plutôt stoïque.

- Monsieur Stone m'a dit un jour que vous étiez très têtue. Il n'aurait pas pu avoir plus raison.

Je souris d'un air penaud.

- Oui, eh bien... on me le dit, de temps en temps.

- Vous avez été assez catégorique sur le fait de voir Charlie s'éloigner pour un long moment. Je ne crois pas que vous pourriez réellement tout abandonner, surtout sans raison valable. Je ne dis pas que je vais essayer de repousser le procès, mais votre condamnation me rend curieux. Quel est votre plan ?

J'expirais le souffle que je n'avais pas réalisé avoir retenu. Je sentais enfin qu'on allait pouvoir arriver à quelque chose.

- Il faut que j'aille voir ce journaliste. J'espère pouvoir lui donner une nouvelle version pour qu'il ne publie pas celle que Charlie a donnée.

- C'est qui, « ce journaliste » ?

J'hésitais avant de continuer, mais décidais finalement que l'honnêteté était la meilleure politique à ce stade.

- Mac Owens. Du *City Times*.

- J'ai déjà entendu son nom, mais je ne le connais pas personnellement. Il ne doit pas couvrir beaucoup de procès, songea-t-il avant de poursuivre. Je ne sais pas ce que Charlie Andrews a dit à ce Mac Owens, mais ça doit être énorme. Vous avez déjà dit que vous ne pouviez pas me donner les détails, alors je ne vous les demanderai pas à nouveau. Cependant, quelle que soit la version que vous prévoyez de donner pour remplacer la sienne, elle doit être encore plus importante. Je pense que vous vous en doutez ?

Je fermais les yeux, sachant que c'était un autre trou noir de ma tactique. Je ne savais pas si je pouvais aller jusqu'au bout de ce que je devais faire, sans parler du fait que je ne savais pas si Mac Owens accepterait mon offre. Cependant, je refusais de rester les bras croisés.

- C'est à Mac Owens de décider, je suppose. Mais je dois essayer.

- Je vais être parfaitement honnête. Aucun juge ne me permettra d'avancer la date du procès sur la base de ce que vous m'avez dit. Cependant, ce que je peux faire, c'est rendre visite à Charlie et le sonder. S'il fait encore pression pour un plaidoyer, je vais devoir planifier en conséquence. Je ne rencontre pas le président du tribunal avant une semaine. Vous avez au moins jusque-là pour faire ce que vous avez à faire. Profitez de ce temps. Vous n'aurez probablement pas plus que ça.

Je me résignais à prendre ce que je pouvais obtenir à ce niveau-là.

- Merci beaucoup, monsieur Green, lui dis-je, soulagée qu'il ne continue pas à me demander des informations. J'étais sur le point de me lever pour partir, mais je me rappelais quelque chose. On garde tout cela entre nous ? Je n'ai pas eu rendez-vous avec vous aujourd'hui.

Les coins de sa bouche se déplaçaient pour former comme un froncement de sourcils, mais il finit par hocher la tête.

- Très bien. On fait comme ça. Du moins, pour l'instant. Mais si monsieur Stone apprend que je suis allé voir Charlie Andrews, il posera forcément des questions. Je ne pourrai pas éviter ses appels très longtemps, me prévint-il.

- Je sais, reconnus-je en recommençant à m'agiter nerveusement. Je vous recontacterai après avoir parlé à Mac Owens. Croisons les doigts pour moi pour que ça marche !

- À mon avis, vous aurez besoin de plus que de croiser les doigts, Krystina.

- Faites-moi confiance. Ça peut fonctionner.

Je faisais mes adieux à Thomas Green en lui disant que je le tiendrai au courant de mes évolutions. Même si je n'avais pas atteint mon objectif initial, j'étais encore optimiste quant à la réunion du procureur avec Charlie. Alors que je marchais dans le couloir pour sortir du bâtiment, je sentais mon téléphone vibrer dans mon sac. Je le sortais et voyais que c'était un texto de ma mère. Je n'avais aucune idée de ce qu'elle voulait, et n'y pris pas franchement attention, trop distraite par une autre notification, sur l'écran elle aussi : un appel manqué sans message vocal. Mais j'avais reconnu le numéro. Il appartenait à Mac Owens. Mon cœur commençait à s'emballer. Il avait dû répondre à mon appel lorsque j'étais à mon rendez-vous avec le procureur. Je glissais mon doigt sur l'écran tactile pour déverrouiller le téléphone. Je ne devais pas rencontrer Alexander et l'architecte avant 15 heures. J'espérais pouvoir organiser une rencontre avec le journaliste d'ici là. Trop préoccupée par ce que j'allai dire au cours de l'appel téléphonique que j'étais sur le point de passer avec le journaliste, je ne faisais guère attention à ce qui m'entourait. Alors que je commençais à composer le numéro de Mac Owens, je rentrais malencontreusement dans la personne qui se trouvait devant moi. Je trébuchais en arrière et mon téléphone s'écrasa sur le sol.

- Et merde ! jurai-je en me penchant pour le récupérer au plus vite.

Décidément, ce satané médicament contre le rhume transforme mon cerveau en un brouillard désolant.

Quand je me relevais pour m'excuser auprès de la personne que j'avais si impoliment bousculée, je me figeais. C'était Hale.

19

Krystina

Le temps s'écoulait sans raison alors que je suivais Hale jusqu'à la Porsche Cayenne qui l'attendait. Ses pas déterminés résonnaient sur les marches et le trottoir en direction de la voiture, noyant les bruits de la ville. Quand il m'ouvrait la porte de la voiture, son regard était glacial. Il ne m'avait jamais regardée de cette façon auparavant. C'était presque effrayant.

Je suis dans la merde.

Je montais dans la voiture et Hale fermait la porte derrière moi. J'attendais qu'il fasse le tour pour se mettre à la place du conducteur. Dès qu'il fut assis, je me mis à divaguer.

- Hale, je suis désolée. Je ne sais pas comment vous avez trouvé là où j'étais, mais vous avez bien l'air en colère. S'il vous plaît, ne parlez pas de ça à Alex. Il sera...

- Mademoiselle Cole ! claqua-t-il. Il se retournait sur son siège pour me faire face et levait la main. Tout d'abord, j'ai accès à la localisation GPS de votre téléphone. Vous le savez. Maintenant, imaginez ma surprise quand Samuel vient me voir à propos de votre soi-disant rendez-vous chez le médecin. On sait très bien, vous et moi, que vous n'aviez pas de rendez-vous chez le médecin.

Je me pliais sous ses mots. Hale n'était pas seulement en colère. Oui, son ton était presque meurtrier, mais il y avait aussi de l'inquiétude dans ses yeux.

- Non, je n'avais pas de rendez-vous chez le médecin, murmurai-je en me sentant honteuse. Vous allez le dire à Alex ?

Il fronçait les lèvres pour former une ligne serrée.

- Dites-moi pourquoi vous avez menti et abandonné Samuel, exigea-t-il de ma part plutôt que de répondre à ma question.

- Comme je l'ai dit, je suis désolée. Je ne savais pas quoi faire d'autre.

- Vous ne saviez pas quoi faire d'autre que quoi?

Une vague soudaine d'émotion me frappa, et des larmes commençaient à me piquer les yeux. Peut-être était-ce dû au manque de sommeil. Ou peut-être que c'était parce que j'avais été prise sur le fait. De toute manière, tout ce que je pouvais dire, c'était que je connaissais au fond de moi le problème sous-jacent : c'était parce que j'étais submergée par l'inquiétude. Pour Alexander. Frustrée, j'essuyais mes larmes. Je ne savais pas comment expliquer tout cela à Hale. Je ne savais pas comment expliquer les nombreuses nuits où Alexander était tourmenté par des cauchemars. Je ne savais pas comment décrire les ombres qui envahissaient ses yeux les matins qui suivaient. Mais surtout, j'étais très inquiète des conséquences juridiques que l'interview de Charlie pouvait avoir pour Alexander. Il n'y avait pas de mots pour décrire à quel point mon cœur souffrait de la possibilité de perdre la personne que j'aimais par-dessus tout, et tout cela à cause de l'avidité d'un joueur compulsif. La contrainte que je ressentais de sauver Alexander du passé, de le faire disparaître pour lui, était écrasante.

Hale est le protecteur d'Alexander. S'il ne peut pas faire ce que je cherche à faire, qu'est-ce qui m'a fait croire que j'avais ce pouvoir ? Je ne suis personne, après tout.

Soudain, je me sentais stupide. Il n'y aurait pas d'explication satisfaisante pour mes actions. Les mensonges, les cachotteries. J'ai toujours été droite, après tout. Pourtant, sur ce coup-là, j'avais tout bêtement laissé le désespoir prendre le dessus de la personne que j'étais. En fait, le désespoir ne parvenait pas à décrire ce que je ressentais. J'aspirais, de toutes les fibres de mon être, à retourner à l'endroit où Alexander et moi étions lorsqu'il m'avait demandée en mariage sur une colline de Westchester. À ce moment-là, il n'y avait que nous. Maintenant, c'était comme si nous étions tous les deux contre le reste du monde.

Comment tant de choses ont-elles pu changer si vite ?

Les larmes que je retenais me coulaient sur les joues. Les mots jaillissaient de ma bouche comme si la frustration refoulée était en train d'exploser.

- J'ai juste... j'ai juste besoin de faire quelque chose ! sanglotai-je. L'article, Charlie, Justine. La recherche constante de réponses d'Alex. La menace de le perdre. Tout ça ! J'ai essayé une thérapie avec lui qui s'est avérée être un vrai désastre. J'ai essayé de l'amener à en parler avec moi, mais il se ferme, surtout après un cauchemar. Je ne sais pas quoi faire d'autre ! Je n'peux plus rester assise et le regarder souffrir, Hale. Je n'peux plus. C'est pas juste qu'il soit menacé de cette manière. Il n'était qu'un enfant et il ne mérite pas ça !

Hale me regardait avec curiosité et son expression s'adoucissait, révélant une certaine compassion face à mon emportement soudain.

- Viviane avait raison, finit-il par dire.

- Viviane ? demandai-je, confuse quant à la raison pour

laquelle il évoquait la gouvernante d'Alexander - notre gouvernante.

- Elle avait raison à propos des cauchemars. Elle avait des soupçons et elle m'a fait part de ses inquiétudes. Sans oublier que je connais très bien le regard hanté que monsieur Stone a parfois. Je l'ai souvent vu quand il n'était qu'un enfant. Vous venez de confirmer ce que je soupçonnais.

Je restais tranquillement assise pendant un moment tout en tentant de me calmer et en étudiant ce que Hale venait de me dire. Je pensais à Viviane et au fait qu'elle était tout le temps là sans être là. Je la voyais à peine, mais je savais qu'elle passait plusieurs fois par jour dans le loft. Elle apportait du linge fraîchement lavé et des provisions. Elle préparait les repas, et nos rencontres étaient toujours très brèves, mais polies en toute circonstance. Pour moi, apprendre à la connaître était un concept étrange, car je n'étais pas encore tout à fait à l'aise avec l'idée d'avoir une gouvernante. Je ne savais pas comment me comporter. Et là, je commençais à regretter de ne pas avoir appris à connaître la femme qui avait été avec Alexander pendant tant d'années.

Que sait Viviane au sujet du passé d'Alexander ?

Je notai mentalement d'essayer d'engager la conversation avec elle dans un avenir très proche.

- Que faisiez-vous au bureau du procureur, Krystina ?

Les mots de Hale me sortirent de mes pensées. Comme il était assis là, attendant patiemment ma réponse, je savais que lui cacher la vérité serait inutile. Connaissant Hale, je savais qu'il l'aurait découverte de toute façon. Je m'empressais de sécher les larmes de mon visage et de me calmer.

- J'essaie d'aider Alex, mais j'ai besoin de temps. J'espérais que Thomas Green serait prêt à repousser le procès.

Je continuais en expliquant tout ce qu'il s'était passé depuis que j'avais lu l'article. Enfin, presque tout. Je laissais de côté la partie concernant mon expérience sur la croix de Saint André pour des raisons évidentes. Quand j'en arrivais à la partie concernant mon plan pour parler à Mac Owens, les yeux de Hale s'assombrissaient à nouveau.

- Avez-vous parlé au procureur du contenu de l'article non publié ?

- Non, pas du tout, répondis-je rapidement. Je ne mettrais jamais Alex ou Justine en danger de cette manière-là.

Hale semblait se détendre un peu, mais son expression restait sombre.

- Vous n'allez pas parler pas à ce journaliste, mademoiselle Cole.

Son ton reflétait celui qu'Alexander prenait parfois avec moi. C'était exaspérant.

- Mais je dois tenter quelque chose !

- Vous êtes une femme intelligente, mais vous êtes incroyablement naïve en ce moment. Ça fait depuis des lustres que Mac Owens essaie de trouver des informations sur monsieur Stone. Quel genre d'histoire pourriez-vous lui donner qui le convaincrait de laisser tomber celle qu'il cherche depuis toujours ?

Je m'affalais sur mon siège, ne sachant pas si je voulais lui parler de ce que je voulais faire. Bon sang, je n'étais même pas sûre de pouvoir le faire. Rien que d'y penser, mon cœur se mettait à battre la chamade.

Non. Je dois le faire. C'est ma seule chance.

- Je n'arrêtais pas de penser à tous les articles de presse et aux spéculations dont Alex me met constamment en garde. Il me garde cachée et me protège des journalistes. Pourtant, j'ai bien vu comment les journalistes ont piaffé d'impatience au moment de l'accident... et sur la mort de Trevor. Je faisais une pause, ma bouche ayant un goût de cendre à la mention de son nom. Il venait d'une famille influente : son père était le PDG d'une start-up et était membre du conseil municipal de New York. Les détails de l'implication de Trevor dans mon enlèvement ont été gardés très très secrets. Je suis sûre que son père a payé quelqu'un pour être tranquille.

- Qu'essayez-vous de dire, mademoiselle Cole ?

- Le président du tribunal a décidé de garder le procès de Charlie fermé au public. Le huis clos a été décidé pour des raisons de décence, à cause du témoignage que je dois faire sur mon histoire avec Trevor. Au début, j'avoue que ça m'arrangeait bien. Mais maintenant je réalise que je peux jouer là-dessus et l'utiliser à mon avantage. Étant donné que la presse n'a pas eu droit à des détails sur l'implication de Trevor dans l'accident, elle sera forcément mécontente d'être exclue du procès. Je pensais proposer une sorte d'interview exclusive, un récit personnel de mon expérience avec le fils d'une famille influente.

Hale secouait rapidement la tête d'avant en arrière.

- Vous essayez de me dire que vous étiez prête à raconter l'histoire de votre viol à Mac Owens ? me demanda-t-il, incrédule.

Cette idée me retournait l'estomac, mais je n'y avais pas encore renoncé.

- Oui. Si c'est ce qu'il faut pour l'éloigner d'Alexander, je suis prête à le faire.

- Mac Owens est une ordure. Ce n'est pas un chroniqueur de potins, mais un journaliste d'investigation qui cherche à se faire une place par tous les moyens. Il fera du sensationnel avec votre histoire. À un point que vous ne pouvez même pas imaginer. Il publiera aussi celle de monsieur Stone, de toute manière, parce qu'il n'acceptera jamais de faire un échange. Parce que pour lui, ce que vous lui proposeriez équivaudrait à faire d'une pierre deux coups. Il n'y a pas un seul os convenable dans le corps de cet homme. Vous ne pouvez pas lui parler. Ça vous détruirait. Sans parler du fait que monsieur Stone serait dans tous ses états si vous étiez victime de la presse.

Dans ma frustration, je soufflais tout ce que je pouvais. Hale avait très probablement raison, mais j'avais du mal à trouver quelque chose de mieux. C'était plus qu'irritant. Ce n'était pas comme si je voulais divulguer mon histoire. En fait, cette idée m'effrayait au plus haut point. Mais je devais faire quelque chose.

Je relevais le menton avec obstination.

- Eh bien, aidez-moi alors. Travaillons ensemble pour arrêter tout ça, Hale.

J'essayais d'être forte, d'avoir l'air d'une putain de super héros cherchant à unir ses forces et à conquérir le mal, mais Hale n'allait pas dans mon sens. Il me faisait un petit sourire et secouais la tête.

- Je sais que vous avez de très bonnes intentions, mais je pense que vous avez dépassé les bornes. Dites-moi, mademoiselle Cole. Avez-vous déjà cherché votre nom sur Google ?

- Euh, non. Pourquoi ?

- Parce que vous êtes fiancée à Alexander Stone, voilà pourquoi. Vous devriez vous tenir informée et savoir dans quoi vous vous engagez avant de prendre des décisions irréfléchies. Vous devez oublier vos projets et me faire confiance. Je travaille sur la situation. Laissez-moi m'en occuper. C'est ce que je fais. Pour l'instant, la meilleure chose que vous puissiez faire pour monsieur Stone, c'est d'être là pour lui. Et c'est tout.

- J'essaie, mais parfois j'ai l'impression que ce n'est pas suffisant, dis-je doucement.

Hale ne me répondait pas ; il semblait réfléchir, puis il se tournait en avant et mettait la voiture en marche. Après s'être inséré dans la circulation, il reprenait la parole.

- Mademoiselle Cole, avant votre arrivée dans nos vies à nous, monsieur Stone était un homme dur. Même impitoyable, parfois. Vous l'avez changé. Je soupçonne que cela pourrait être la raison pour laquelle il a des cauchemars.

Il faisait une pause et me regardait dans le rétroviseur. Ses yeux étaient pensifs.

- Que voulez-vous dire ? Comment pourrais-je en être la raison ?

- C'est comme si, grâce à vous, il ressentait à nouveau, mademoiselle Cole. Vous n'avez pas besoin de vous lancer dans une grande croisade pour le protéger. Vous avez déjà tout le pouvoir dont vous avez besoin.

Le chemin du retour se poursuivait en silence. Après avoir eu la plus longue conversation avec Hale de toute ma, je ne trouvais plus rien à dire. Je ne lui re-demandais pas s'il allait parler de ma visite au procureur à Alexander. Je n'avais pas besoin de le faire, parce que je savais qu'il ne le ferait pas, même s'il ne me l'avait pas clairement signifié de vive voix.

EN ARRIVANT devant l'imposante structure de cinquante étages, je levais les yeux vers la flèche élancée qui surplombait le bâtiment. Des nuages gris et bas la cachaient. C'était comme si elle avait disparu dans le néant, incarnant les réponses que je cherchais mais que je ne pouvais pas voir. Je ne savais toujours pas ce que j'allais faire. Un vrai conflit avait pris place au fond de moi-même. La seule chose que je pouvais dire, c'était que j'avais bien compris que Hale et moi étions parvenus à un accord. Une fois de retour dans mon bureau, je m'asseyais face à mon ordinateur et réfléchissais à la conversation que j'avais eue avec lui. Il m'avait dit que j'avais tout le pouvoir dont j'avais besoin. C'était juste à moi de savoir comment l'utiliser. Cependant, la remarque qu'il avait faite sur le fait que je n'avais jamais cherché mon nom sur Google me turlupinait quand même. Je devais rencontrer Alexander et l'architecte dans une heure environ. J'avais beaucoup de travail à faire pour passer le temps, mais je n'arrivais pas à m'y concentrer. Alors d'un coup, je me rapprochais de l'écran et ouvrais le moteur de recherche, dans lequel je tapais KRYSTINA COLE NYC. J'avais une impression de déjà vu, car j'avais déjà effectué une recherche similaire lorsque j'essayais de découvrir qui était Alexander. Je me rappelais bien tous les articles que j'avais trouvés sur lui, mais rien ne m'avait préparée à ce qu'une recherche sur mon nom pouvait révéler : le nombre de résultats qui s'affichaient était stupéfiant. Ce qui était encore plus choquant, c'étaient les publications dans lesquelles mon nom était cité.

C'est pas vrai. C'est forcément quelqu'un d'autre qui porte le même nom que moi.

Mon nom était listé dans tout, des blogs locaux en ligne à *Rolling Stone*[1]. Je faisais défiler les résultats un par un, dans l'incrédulité la plus totale. Je ne savais pas comment j'avais pu ignorer tout ça jusqu'à maintenant. Mais là encore, je n'avais pas l'habitude de me rechercher sur Internet et Alexander m'avait interdit d'utiliser les médias sociaux. Je commençais à comprendre pourquoi. En lisant les nombreux liens affichés sous mes yeux, je constatais que la plupart d'entre eux concernaient Alexander, avec mon nom de temps en temps. Pourtant, certains spéculaient sur notre relation et je commençais à m'énerver. Si je lisais encore un article sur la façon dont je n'étais qu'avec lui juste pour l'argent, j'allais me mettre à hurler. Parce que je n'ai jamais couru après l'argent d'Alexander. Il y avait quelques photos de moi. Beaucoup avaient été prises lors des événements auxquels nous avions assisté. C'était un peu surréaliste, car je n'avais même pas réalisé que j'étais photographiée à ces moments-là. Aussi, il y avait d'autres clichés de moi. Seule. Ceux-là m'énervaient encore plus. Ils variaient en fonction du lieu. Certains avaient été pris alors que je faisais la queue pour un café à La Biga. D'autres avaient été pris à d'autres endroits de la ville, alors que je vaquais à mes occupations. Chaque image était légendée avec des titres qui n'étaient pas forcément adéquats, comme le nom du créateur des vêtements que je portais ou la mention d'une coupe de cheveux récente. Ils connaissaient même le nom de mon salon de coiffure.

C'est quoi c'bordel ?

Ce sentiment d'intrusion était exaspérant. Mais en même temps, il me faisait peur. Un frisson me parcourait l'échine et je ne pouvais m'empêcher de penser à l'accident de voiture fatal de la princesse Diana et aux paparazzis. Même si je n'étais pas aussi populaire que la princesse bien-aimée, l'invasion de la vie privée qu'elle avait dû ressentir devait refléter la mienne dans une certaine mesure. Et soudain, le fait qu'Alexander ait tant insisté pour que j'ai un garde du corps ne semblait plus si déraisonnable du tout. En continuant à cliquer sur les liens, je tombais sur un article sur Alexander écrit par Mac Owens. Il datait d'il y a cinq ans et avait été publié par un journal dont je n'ai jamais entendu parler. Je parcourais le texte, ne trouvant pas grand-chose d'intéressant : le contenu était plutôt sec, malgré sa longueur. Il parlait surtout de la richesse d'Alexander et de ses revenus spéculatifs. Il y avait des références à des propriétés s'étendant de New York jusqu'aux Florida Keys. Cela me rappelait ma conversation avec Thomas Green sur l'étendue de l'influence d'Alexander. Même si j'étais certaine qu'Alexander ne m'avait pas caché cette information délibérément, je me disais que nous devions en discuter avant de nous marier. Vu le projet actuel de Mac Owens avec Charlie, il était ironique de trouver un ancien article qu'il avait écrit sur Alexander. Je quittais l'article et optais pour une autre recherche. Je voulais voir s'il avait publié autre chose sur Alexander ou sur Stone Enterprise. Je ne trouvais rien d'autre, mais découvrais que Mac avait débuté dans le journalisme dans un célèbre tabloïd. Il y avait des tas de pages truffées de liens, dont beaucoup donnaient au lecteur des histoires sur des célébrités locales et de renommée mondiale. Plus je lisais, plus mon estomac commençait à se retourner : Hale avait raison.

Mac Owens n'était pas un chroniqueur de potins stéréotypé, mais un vrai journaliste d'investigation - qui adorait déterrer des ragots sur les célébrités, les politiciens et d'autres personnalités publiques. Ce que Hale avait omis de mentionner, c'était que cet homme avait détruit des familles, des réputations et, dans certains cas, des mariages de personnes qui ne se doutaient de rien. Voir ce qu'il avait fait me rendait malade.

Et dire que j'avais prévu de parler à ce sac à merde...

C'était peut-être pour cela que Hale m'avait suggéré de chercher mon nom sur Google. Il devait savoir la direction que prendrait ma recherche. Ses raisons m'importaient peu, parce que dans tous les cas, j'avais appris plus que ce que je voulais apprendre. Mac Owens pouvait être potentiellement dangereux. Je n'avais plus l'intention de le rencontrer. Au lieu de cela, je pensais plutôt que j'allais bien obéir aux demandes d'Alexander concernant ma protection. Je n'aimais pas toujours suivre ses ordres, mais je devais me rappeler qu'il avait *toujours* une raison de les donner.

20

Alexander

- B onjour, c'est Justine. Laissez votre message.

Je raccrochais mon téléphone portable et le jetais sur le bureau. Pour la troisième fois aujourd'hui, j'étais renvoyé sur la boîte vocale de ma sœur. Elle ne répondait même pas aux e-mails. J'étais persuadé qu'elle répondrait à l'e-mail concernant la médaille Carnegie de la philanthropie, mais même cela ne l'avait pas incitée à refaire surface.

Mais putain, elle est où ?

Je me pinçais l'arête du nez, sentant le début d'un mal de tête arriver. J'ignorais les documents que je devais encore signer et le flot d'e-mails à trier. J'avais travaillé sans relâche depuis huit heures ce matin en pensant tout le temps à Justine. Le service de localisation de son téléphone était désactivé, et Hale n'avait pas pu la localiser de cette façon. J'avais demandé à Bryan de ressortir les notes de frais et les relevés de cartes de crédit, mais je n'avais rien trouvé à part quelques retraits effectués à différents endroits de la ville. Chacun d'eux était de 300 dollars. Où qu'elle se trouvait, elle utilisait du liquide. Au moins, cette petite activité m'avait permis d'écarter tout acte criminel. Néanmoins, j'avais prévu d'aller chez elle un peu plus tard, juste pour être rassuré. Mais ceci dit, instinct de précaution ou pas, je ne pouvais plus attendre. Je m'éloignais brutalement du bureau et me levais, claquant la chaise contre la baie vitrée qui se trouvait derrière moi. Je devais faire une pause. Entre Justine, le cas de Charlie, ce putain d'article, et la tension entre Krystina et moi, mes nerfs étaient à vif. Alors que Krystina et moi semblions être dans une meilleure situation qu'y il avait quelques jours, une légère tension stagnait entre nous et je ne savais pas pourquoi. La seule chose positive dans ma vie semblait être mon business : tout marchait comme sur des roulettes, toutes les pièces du puzzle s'emboîtaient parfaitement. C'était ma seule constante. Je faisais les cent pas dans mon bureau, une sorte d'énergie agitée s'installant en moi. Ma vie normale, celle que je m'efforçais de garder mesurée et contrôlée, était en chute libre depuis des mois. Peu importe ce que je faisais, il semblait toujours y avoir un nouvel élément qui tombait. Je me passais les mains dans les cheveux en signe de frustration et tapais du poing contre la vitre. Le bruit de l'impact contre le verre me fit réfléchir. Laissant tomber mes bras ballants de chaque côté, je prenais quelques respirations pour me calmer. J'avais besoin de me contrôler. Le destin me faisait passer le test ultime. Toute la tension et l'agitation de ces six derniers mois auraient pu me briser. Ce n'était pourtant pas le cas, même si j'avais failli perdre mon sang-froid à plusieurs reprises. Néanmoins, le défi n'était pas terminé. Je devais encore trouver la résilience nécessaire pour affronter l'avenir. Si je ne le faisais pas pour moi, je devais au moins le faire pour Krystina. Un bon entraînement avec mon coach sportif réussissait toujours à désamorcer ma colère. J'aurais pu envisager de l'appeler cet après-midi, mais un regard sur ma montre me disait que Krystina allait arriver d'une minute à l'autre. Nous étions censés rencontrer Kent Bloomfield, l'architecte que j'avais engagé pour dessiner les plans de la maison de Westchester. Cependant, elle ne savait pas que j'avais annulé le rendez-vous. À la place, j'avais demandé que les plans soient envoyés à mon bureau. Je voulais les examiner personnellement avec elle, et je savais très bien qu'elle ne serait pas contente du fait que j'ai annulé le rendez-vous avec l'éminent architecte. Et pile à ce moment-là, la porte de mon bureau s'ouvrit et Krystina entra. Son visage était rouge, presque fiévreux.

- Hé ! Mon beau, me salua-t-elle dans un sourire, malgré le fait qu'elle avait l'air mal en point.

Je traversais immédiatement la pièce pour aller vers elle. Je l'attirais dans mes bras et posais une paume sur son front.

- Comment tu t'sens, mon ange ?

- Mieux au fur et à mesure que la journée avance. En fait, j'ai l'air plus mal en point que je ne le suis en réalité.

- Tu prends tes médicaments ?

- Oui, docteur Stone, me taquina-t-elle en s'éloignant. Toutes les quatre heures avec du pschitt dans l'nez.

- En parlant de ça, comment s'est passé ton rendez-vous ?

Elle clignait des yeux, comme si elle était confuse, puis ses yeux s'éclaircissaient à nouveau. Elle avait certainement oublié que j'avais accès à son agenda.

- Oh, hum... bien. Juste un rhume. Comme je le pensais.

Ses yeux parcouraient la pièce nerveusement et ses mains commençaient à s'agiter. Quelque chose la dérangeait visiblement. Comme nous n'avions pas parlé de la journée, je me demandais si elle n'était pas contrariée par le fait que je regarde son emploi du temps. Je sentais pourtant que c'était quelque chose de complètement différent.

- Qu'est-ce qu'il y a, mon ange ?

Elle se dirigeait vers le coin salon de mon bureau et

s'asseyait sur la causeuse en velours. Posant ses coudes sur ses genoux, elle serrait l'arête de son nez.

- J'ai tapé mon sur Google.

Putain.

Même si je savais qu'elle pourrait faire ça à un moment donné, j'avais espéré la protéger des spéculations de la presse aussi longtemps que possible.

- Qu'est-ce qui t'a poussée à faire ça ?

- La curiosité, je suppose, dit-elle en haussant les épaules.

- Je te suggère de ne pas en faire une habitude. Je suis sûr que tu as lu beaucoup de contrevérités.

- En effet, j'en ai lu. Beaucoup de gens pensent que je suis avec toi juste pour ta fortune. Tu n'en penses pas un mot, toi, hein ?

Je rigolais face à l'absurdité de ce qu'elle venait de dire en m'asseyant à côté d'elle.

- Non, mon ange. Je ne le pense pas. J'ai essayé de te donner une partie de ma société, mais tu as refusé. Tu te souviens ? C'est pour ça que je pense que tu ne devrais pas utiliser Google trop souvent. Les rumeurs des tabloïds ont la capacité de toucher les insécurités naturelles d'un individu. Elles peuvent les ruiner s'ils choisissent de les laisser faire. Ne laisse pas les rumeurs t'atteindre.

- Je ne le f'rai pas. Mais je dois dire que j'ai été surprise de voir à quel point je suis devenue populaire. Je suppose que tu es plus influent que je ne le pensais.

Son ton était léger, mais je voyais que les roues tournaient.

- Attends un peu, Krystina. Ne nourris pas la bête. Tu sais qui je suis. Je ne me vante pas de ma richesse, c'est tout. La quantité d'argent que j'ai ou les propriétés que je possède ne les regardent pas. Malheureusement, les archives publiques rendent difficile de cacher certaines choses, mais tout ce qu'ils ont, ce sont des spéculations sur le reste.

Elle prenait une profonde inspiration et soupirait.

- Je sais que tu as raison. C'était juste si étrange de voir ma photo de partout. Maintenant, je comprends mieux pourquoi tu veux que Hale ou Samuel soient avec moi tout le temps.

Mes poings se serraient. Je connaissais les photos auxquelles elle faisait référence. L'intrusion dans sa vie privée était exaspérante. Le fait que son visage soit partout sur Internet me rendait complètement fou. Et je détestais n'avoir aucun contrôle là-dessus. La seule chose que je pouvais faire était de m'assurer qu'elle était toujours protégée.

- Ça veut dire que tu vas arrêter de te disputer avec moi à ce sujet ?

Elle souriait d'un air penaud.

- Je suppose que je devrais, murmura-t-elle. Elle regarda sur la table qui était en face de nous et remarqua que les plans enroulés étaient posés dessus pour la première fois depuis son arrivée. Oh ! Ce sont les plans ? Mais attends ! Où est Kent Bloomfield ?

- J'ai annulé son rendez-vous. Je pensais que nous allions d'abord examiner les plans tous les deux.

Elle étrécissait le regard de façon suspicieuse en me regardant.

- Tu savais très bien que je voulais vraiment faire partie de tout ça, Alex. Pourquoi l'avoir annulé ?

Son ton était accusateur, presque moralisateur, et ça me mettait sur les nerfs.

- J'ai envie d'voir personne, aujourd'hui, répondis-je de manière provocante. Mon ton était bourru et je sentais son corps se raidir à côté de moi. Lorsque je reprenais la parole, j'adoptais une approche plus douce. Écoute, les regards indiscrets semblent être de partout ces derniers temps. Je veux faire une pause. Je sais que c'est important pour toi, mais j'ai besoin que tu me rejoignes au milieu de tout ça. Je veux qu'on discute des plans de la maison entre nous. Juste toi et moi, mon ange. Du moins pour aujourd'hui.

Ses yeux fouillaient les miens, si expressifs, mais je ne pouvais pas réellement dire ce qu'elle pensait. Semblant prendre une décision, elle posait sa main sur mon genou et le serrait légèrement.

- Bon. Voyons ce que tu as pu faire jusqu'à présent.

- Merci, lui dis-je en appréciant sa bonne volonté.

Me penchant vers elle, je l'embrassais la tempe avant de sortir les plans de la boîte tubulaire transparente. Je les déroulais et les étalais face à nous sur la table basse. Krystina se penchait en avant pour les inspecter. Je les avais déjà examinés et lui laissais donc le temps de se plonger dedans. Puis j'attendais qu'elle parle en premier. Au bout d'un moment, elle suffoqua :

- Alex, cette maison est énorme ! Je ne pourrai jamais m'occuper de quelque chose d'aussi grand !

Je me mettais à rire :

- Je peux t'assurer que 10 000 mètres carrés dans ce coin de la forêt, c'est petit en comparaison avec d'autres biens immobiliers !

- Mais pourquoi aurions-nous besoin de sept chambres ?

- Peut-être que je veux six enfants... dis-je en attendant de voir comment elle allait réagir.

En vérité, je ne voulais pas avoir autant d'enfants. En fait, je ne savais pas si je voulais juste la responsabilité d'un seul. Cependant, je serais ouvert à l'idée d'entendre les pensées de Krystina à ce sujet. Ma remarque était seulement destinée à la sonder. Un regard de panique traversait son visage, puis elle reprit rapidement ses esprits.

Intéressant...

Malheureusement, cette expression fugace était tout ce que je pus obtenir d'elle. Elle ne mordait pas à l'hameçon. À la place, elle me montrait une autre zone sur les plans.

- Et là ? Ce bâtiment énorme sur le coin arrière du terrain ?

C'est pour qui ? Et qu'est-ce que c'est ? Un garage pour huit voitures ?

Elle avait posé les questions les unes après les autres, ses yeux s'agrandissant à chacune d'entre elle. Je devais la mettre à l'aise.

- Détends-toi, mon ange. Les chambres supplémentaires sont pour les invités, comme ta mère et Frank. Westchester est un peu loin, alors je pense qu'Allyson ou Justine pourraient aussi rester à l'occasion, lui expliquai-je. Mon cœur se serra lorsque je prononçai le prénom de ma sœur, mais je poursuivis : Hale sera en charge de la sécurité de la propriété. Viviane sera responsable de l'entretien de la maison et du terrain. Chacun d'eux aura sa propre suite privée dans ce bâtiment.

- Ils vont juste faire leurs valises et déménager avec nous ? Où vivent-ils maintenant ?

- Un étage en dessous de chez nous, lui dis-je, un peu surpris qu'elle ne le sache pas déjà. Ils sont au courant du déménagement et sont d'accord pour partir. Ne t'inquiète pas pour ça. En fait, ils sont même satisfaits. Les chambres en plus de ce bâtiment sont destinées à toute personne que Viviane décidera d'engager pour l'aider dans ses fonctions. Ce qu'elle apprécie, dans cette démarche, c'est le fait que le personnel qu'elle engagera sera sur place.

- Le personnel ? demanda-t-elle d'une voix semblant légèrement aiguë.

Elle était manifestement confuse.

- Krystina, regarde-moi, lui ordonnai-je. Lorsqu'elle tourna la tête, ses yeux marron chocolat semblaient grossir de façon impossible sur son beau visage. Je pris son menton entre mon pouce et mon index. Avant toi, je n'ai jamais voulu de toutes ces tâches domestiques. Une maison en banlieue, ce n'était pas pour moi. Mais maintenant que je la veux, je ne veux que le meilleur. Pour toi. Pour nous. Plus vite tu l'accepteras, plus facile sera l'organisation de notre nouvelle maison.

- J'ai l'habitude des belles maisons, Alex. Ma mère et Frank ont une belle maison avec quatre chambres. Mais avant Frank, ma mère et moi vivions dans un petit appartement, dit-elle en secouant la tête, incrédule. Mais cette maison... ça semble un peu too much.

Je souriais.

- Tu m'as déjà vu faire les choses autrement ?

Elle se détendait alors et me rendait mon sourire.

- Non. Jamais.

Puis elle se mit à rire. L'ambiance de la pièce changea instantanément et mes épaules se détendaient. Toute la tension que j'avais ressentie vingt minutes plus tôt s'envolait d'un coup. L'éclat son de son rire égayait toujours mon univers, même si je me trouvais dans une humeur morose. Ce rire m'étonnait. Tout comme elle, d'ailleurs. Je levais la main pour encore lui toucher le visage. Je passais ma main sur le contour de sa mâchoire, avant de prendre sa joue et de tourner sa tête vers moi.

- T'es vraiment belle, lui dis-je.

Sa joue chauffait sous ma paume à cause de ce compliment inattendu.

- Arrête ça, dit-elle alors que le délicat rougissement s'intensifiait.

Elle s'amusait à me taper sur le bras.

- Que j'arrête quoi ?

- Ce regard dans tes yeux. C'est comme si tu voulais me jeter à terre et me dévorer.

- C'est peut-être le cas.

Je retirais ma main de sa joue et la glissais entre ses cuisses. En appuyant mon pouce sur le tissu de son pantalon, j'exerçais une pression aux endroit stratégiques. Elle fermait les yeux et se penchait sur moi. Puis, assez brusquement, elle se retira pour éternuer. Pas une fois, mais deux.

- Putaiiin ! jura-t-elle. Elle fouilla dans son sac pour prendre un mouchoir. Désolée. Je ne suis pas très sexy en ce moment.

Je gloussais, amusé par son irritation.

- Il faut que vous vous sentiez mieux, mademoiselle Cole. Je vous ai laissée seule la nuit dernière pour que vous puissiez vous reposer. Je faisais une pause et lui lançais un sourire malicieux. Mais ma queue ne sera pas patiente très longtemps.

- Ton appétit sexuel est absolument insatiable. Tu le sais ?

Elle me faisait un signe de tête, puis se levait pour jeter son mouchoir.

Quand elle revint, elle regardait de nouveau les plans :

- Alors, parle-moi de ce garage à huit places. As-tu l'intention d'acheter assez de voitures pour le remplir ?

Son ton était quelque peu moqueur et je souriais face au sarcasme que j'avais appris à aimer.

- J'en ai déjà assez pour le remplir, déclarai-je avec une pointe d'arrogance délibérée. Techniquement, j'en ai sept, dont une est à toi. Et j'ai une moto, aussi.

- Comment ça se fait que je n'étais pas au courant que tu avais huit véhicules ? demanda-t-elle incrédule.

- Tu ne me l'as jamais demandé. Je n'en ai sorti que deux pendant la période estivale. Et comme on n'a pas encore passé d'été ensemble, je n'ai jamais pensé à le mentionner. Par contre, je t'ai dit à un moment donné que collectionner des voitures de luxe était un de mes passe-temps.

- Tu me l'as dit, mais...

Je pouvais voir qu'elle réfléchissait trop. Ce n'était pas une surprise.

- Dis-moi, qu'est-ce qu'il se passe dans ton cerveau curieux ?

- J'ai juste l'impression que dernièrement... je n'sais pas. Il y a tellement de choses que je ne sais pas sur toi. Enfin, pas sur toi personnellement, mais sur ton univers. Ton business et ton patrimoine. Elle fit une pause et secoua la tête. Je sais que ça ne devrait pas être important, mais finalement, ça l'est, en quelque sorte. Est-ce que je suis logique ?

- C'est tout à fait logique, mais ça n'a pas d'importance en ce moment. Tu sauras tout à ce sujet dans quelques temps.

- Qu'est-ce que tu veux dire ?

Ma bonne humeur retrouvée s'envolait instantanément. Une minute auparavant, nous étions en train de planifier notre maison, et la suivante, je sentais la gifle de la réalité. C'était un rappel que nous ne pourrions jamais nous en libérer. Je soupirais, une lourde fatigue s'installant jusqu'au plus profond de mes os. Je n'avais pas envie d'avoir cette conversation aujourd'hui, mais en même temps, il était inutile de la remettre à plus tard. Elle saurait tout dans quelques jours de toute façon.

- En fonction de ce qu'il va se passer avec ce putain d'journaliste, je pourrais avoir besoin de protéger mes actifs. Il y a trop d'inconnues pour le moment. En ce moment même, Stephen est en train de rédiger des papiers pour tout te transférer au cas où il m'arriverait quelque chose.

Les sourcils de Krystina se fronçaient. Si elle était choquée par ce que je lui disais, elle ne le montrait pas, mais en tous cas, elle avait l'air triste et confus. Ses yeux cherchaient les miens et elle plaçait une main sur la mienne.

- Tout ira bien, Alex.

- On n'en sait rien.

- Ne parlons pas des « et si ». D'accord ?

- Pourtant, il le faut, affirmai-je. Je retirais ma main et poussais les plans de côté. En fait, on devrait en discuter dès maint'nant pendant qu'on en a le temps. Il y a des choses que tu dois savoir sur mes actifs.

Elle secoua la tête.

- Alex, j'attendrai avec impatience ce jour-là. En fait, je suis même assez excitée par cette idée. Mais j'ai envie d'faire autr'chose pour l'instant.

Mes sourcils s'arquaient quand elle se levait inopinément, attrapait son manteau et mettait son sac à main sur son épaule.

- Quoi d'autre ? demandai-je avec curiosité.

- Eh bien, tu sais que j'ai souvent entendu des discussions sur les voitures pendant des années, parce que Frank est concessionnaire. Je suis sûre qu'il serait content de tout savoir sur ta collection. Emmène-moi à l'entrepôt. Je veux les voir de près.

Je ne savais pas trop d'où lui venait ce besoin soudain de voir mes véhicules. J'étais sûr qu'elle avait une idée en tête, car elle faisait rarement quelque chose sans raison. Mais qu'importe, je lui en étais reconnaissant : cette distraction pourrait être bonne pour moi.

Peut-être que cela me videra l'esprit avant que je fasse le voyage jusqu'à chez Justine.

Presque immédiatement, un nœud de terreur se formait dans mes tripes à l'idée de passer chez ma sœur. J'essayais de l'éradiquer alors que je me levais pour aider Krystina à mettre son manteau. Une fois qu'il fut boutonné, je la serrais brusquement dans mes bras et respirais l'odeur de ses cheveux : une odeur douce me faisant penser à celle des magnolias par une chaude journée d'été. Au bout d'un moment, je me retirais et la fixais d'un regard intense.

- Merci, murmurai-je.

- Pour quoi ?

- Pour toujours savoir exactement ce dont j'ai besoin.

21

Krystina

Nous prîmes la Tesla pour aller jusqu'au garage. C'était plus loin que je l'avais imaginé, bien en dehors de la ville, et il nous fallut plus de quarante minutes pour y arriver. De temps en temps, mon regard s'attardait sur Alexander. Il semblait fatigué. Les lignes de stress marquant son visage le faisaient paraître beaucoup plus vieux qu'il ne l'était réellement. Mais ce qui était pire, c'était que je n'avais pas du tout aimé le ton qu'il avait pris lorsqu'il m'avait dit que Stephen rédigeait les papiers de cession de ses actifs. Je n'étais pas sûre de ce que cela impliquait, mais Alexander semblait résolu, presque comme s'il abandonnait. Lorsque nous arrivâmes devant le bâtiment, il sortit de la voiture et s'approcha pour ouvrir ma porte. Prenant sa main, je le laissais me guider pour me lever. Je lui souriais et me rappelait ce que Hale m'avait dit au sujet de mon pouvoir sur Alexander. Peut-être que mon moyen de le sauver était de lui rappeler pourquoi il devait continuer à se battre. C'était une partie de la raison pour laquelle j'avais suggéré ce trajet impromptu. Cette sortie était censée le distraire de la situation négative dans laquelle il évoluait, mais j'espérais aussi qu'il verrait certaines des choses qu'il allait abandonner. Il sortit une clé de sa poche et déverrouilla la porte qui devait nous mener au garage. Toutefois, au lieu d'entrer dans un garage, nous entrâmes dans une sorte de couloir et une autre porte se présentait à nous. Alexander appuya sa paume sur un écran de verre monté sur le mur à droite de la porte. L'écran sembla scanner sa paume, puis une lumière verte se mit à clignoter. Lorsqu'il éloigna sa main, un pavé numérique apparut sur la vitre et il tapa une série de chiffres.

- De la haute technologie, me dis-je à haute voix en me demandant pourquoi un garage était autant sécurisé que celui-ci.

- C'est nécessaire. Il y a beaucoup d'argent, ici. Maint'nant, donne-moi ta main.

Sans attendre, il me saisissait le poignet et pressait ma paume contre l'écran.

- Qu'est-ce que tu fais ? demandai-je avec confusion.

- Je protège mes biens. C'est une bonne chose que tu aies proposé que l'on vienne ici aujourd'hui ; sinon j'aurais pu oublier.

Il maintenait ma main en place jusqu'à ce que l'écran clignote à nouveau en vert. Il entrait ensuite d'autres chiffres dans le clavier à code et j'entendais un clic. Je ne pouvais que supposer que c'était le déverrouillage de la porte.

- Oublier quoi ?

- De faire cette manip'. Pour que tu puisses en avoir l'accès. Au cas où je sois... inaccessible... tu pourrais en avoir besoin.

Instantanément, mon cœur se serrait, noyé dans une vague

de tristesse. Je savais qu'il faisait référence aux éventuelles répercussions de l'interview de Charlie, et je trouvais que toute cette discussion sur le transfert de sa richesse était troublante, parce que, finalement, ce n'était pas son argent que je voulais. C'était lui.

Les gens croiront-ils qu'Alex voulait simplement étouffer cette histoire ? Quel est le délai de prescription pour Justine ? Est-ce que l'un d'entre eux pourrait vraiment aller en prison ?

Je ne voulais pas penser à cette possibilité. Alexander était entouré d'une foule de gens riches et puissants. Des avocats aux juges, quelqu'un devait forcément savoir quoi faire. Après tout, ils n'étaient que des enfants, à l'époque. Je voulais croire que tout s'arrangerait et mettais tout cela de côté. Une fois à l'intérieur, je balayais du regard ce nouvel environnement. Les deux premiers emplacements étaient vides. Cependant, au troisième emplacement, la Bugatti 1931 qui nous avait emmenés au gala de Stone's Hope trônait comme une œuvre d'art. Lorsque mon regard s'attardait sur cette voiture, j'étais surprise de me rendre compte à quel point la nécessité d'une telle sécurité se faisait claire pour moi : cette voiture de collection n'était pas la seule qui coûtait une fortune, dans ce garage.

- Alex ! Tu t'fous de moi ?

Je me précipitais à travers le vaste garage pour me retrouver face à face avec une voiture qui me coupait le souffle.

- Tu aimes ? me demanda-t-il en s'approchant de moi.

- C'est dingue. Tu possèdes vraiment une Ferrari ?

- Une Ferrari Sergio pour être exact. Seulement six exemplaires de ce modèle sur toute la planète.

J'étais pratiquement en train de baver devant l'élégante décapotable rouge et noire. Je tendais le bras, mais retirais vite ma main de peur de salir le capot avec mes empreintes digitales.

- Frank va devenir fou quand il apprendra que tu as tout ça.

Il riait et pointait du doigt l'autre bout du garage.

- Viens ici, mon ange. Laisse-moi te montrer ça.

En me tenant par le coude, il me faisait passer devant une Aston Martin et une Jaguar, deux véhicules de luxe qui semblaient bien pâles en comparaison de la Ferrari. Puis, nous nous arrêtions devant une Ducati. Je n'étais pas certaine du modèle ou de l'année, car les motos n'ont jamais été mon truc. Cependant, je ne pouvais m'empêcher d'admirer ses lignes épurées. Je m'imaginais dessus, assiste derrière Alexander, la vitesse et la puissance entre les jambes. Je passais la main sur le siège en cuir et levais les yeux vers Alexander.

- C'est un engin très sexy.

Il s'approchait de moi et m'entourait la taille de ses bras.

- Je ne t'ai jamais prise pour une motarde.

- Je n'le suis pas vraiment, en effet. Mais, par contre, je ne pensais pas que toi, c'était ton truc.

- Eh ! dit-il en haussant les épaules. C'est un jouet, en fait. Matteo avait une moto. Je l'ai seulement achetée pour pouvoir en faire avec lui de temps en temps. Mais comme il a vendu la sienne lorsqu'il a voulu se lancer dans la restauration, j'en fais beaucoup moins souvent. Maintenant, je ne m'aventure hors de la ville qu'une ou deux fois en été. Je la laisse filer. J'avais pensé à un moment à la vendre ou à la donner à Matt, mais je l'aime trop. C'est tellement bien quand je veux me vider la tête.

- Je peux imaginer l'exaltation que cela procure. Le besoin de vitesse. Le pouvoir.

- Tu n'en as même pas la moindre idée, mon ange, murmura-t-il à mon oreille.

J'essayais d'imaginer Alexander sur la moto avec l'un de ses costumes de créateur. L'idée était presque comique. Puis, je l'imaginais en jean et en veste en cuir noir.

Ça, c'est quelque chose auquel je pourrais m'habituer.

Mon cœur se resserrait en pensant à combien j'aimais voir son cul serré dans un jean. Je me voyais assise derrière lui sur la moto, mes jambes chevauchant ses hanches tout en m'accrochant à son corps. La simple idée de visualiser nos corps pressés l'un contre l'autre était suffisante pour m'exciter totalement. Le serrement dans mon ventre s'intensifiait et commençait à se déplacer un peu plus bas. Je pouvais presque sentir le vent fouetter mes cheveux tandis que le paysage défilait, mon entrejambe se poussant contre lui.

Peut-être que je suis une bikeuse dans l'âme...

Perdue dans mon imagination, je n'avais pas remarqué que la respiration d'Alexander s'accélérait. Avant que je comprenne ce qu'il se passait, son bras se levait et m'attrapait. Il me faisait tourner sur moi-même et me plaquait contre la Jaguar garée à côté de la moto. Il me poussait en arrière, plaquant ma colonne vertébrale contre le capot et recouvrait mon corps du sien. Il enfouissait son visage dans mon cou et respirait profondément. Il parsemait ma nuque de baisers, s'approchait de mon oreille et me mordait le lobe. Rejetant la tête en arrière, je l'accueillais pour qu'il continue, ses lèvres descendant le long de mon cou. J'étais soudainement désespérée, et avais l'impression que cela faisait trop longtemps qu'il n'avait pas été en moi. En prenant compte de la régularité de nos rapports sexuels et de mon rhume qui avait fortement perturbé les choses, ce n'était plus juste une *impression* : c'était *vraiment* trop long. Il me dégrafait le chemisier et le remontait brutalement sur mes seins. Puis il capturait un téton à travers la dentelle de mon soutien-gorge avec ses dents. Mon dos s'arquait alors que leurs bouts tendus durcissaient immédiatement, comme une réponse. Quand il remontait jusqu'à mon cou, je glissais ma main entre nous, à la recherche de la boucle de sa ceinture. Il se déplaçait légèrement pour me donner un accès plus facile. En le libérant de la restriction de son pantalon, il gémissait lorsque je lui saisissais le sexe en érection et que je commençais à le caresser promptement de haut en bas. Le fait de l'entendre gémir sous mes actions me procurait une sensation grisante - c'était peut-être le son le plus sexy que j'avais jamais entendu.

- Rhôôôô putain, Krystina ! grogna-t-il. Toi, sur le capot de ma voiture, c'est la chose la plus érotique de la planète. J'ai envie d'te baiser. Ici, et tout d'suite.

Si ce qu'il venait de dire ne suffisait pas à me chambouler, ses doigts, eux, y parvenaient très bien. Sa main glissait le long de mon ventre, sous ma ceinture, jusqu'à atteindre ma fente humide. Son index tournait furieusement autour de mon clitoris, comme s'il était pressé de me faire jouir. Comme s'il était autant désespéré que moi. Parce que c'était bel et bien ce que je voulais ; mais en même temps, je le voulais encore plus en moi. Je continuais à le caresser, mon étreinte se resserrant autour de sa queue, tandis qu'il plongeait deux doigts en mon intérieur pour me caresser les parois.

- Oh, mon Dieu. Oui. Comme ça ! criai-je, ma voix résonnant sur les murs en béton du garage.

Ses talents ne cessaient jamais de m'étonner. Parfois, j'avais l'impression que je pouvais atteindre un orgasme juste avec un simple regard de sa part. Nos regards se croisaient et je voyais que les siens étaient un brasier de désir alors qu'il continuait à me pousser de plus en plus haut. Le son inattendu d'une sonnerie de téléphone portable nous interrompit, si forte et intrusive que croyais presque que ce n'était pas réel.

- Et merde ! siffla Alexander en retirant sa main de mon corps. C'est Hale !

Ma frustration s'échappait avec une expiration exagérée.

C'est quoi c'bordel ?

Sachant que Hale n'appelait que pour quelque chose de vraiment important, je relâchais mon emprise sur sa queue et m'effondrais sur le capot pour qu'il puisse prendre l'appel. Fouillant dans les poches de son pantalon qui lui descendait sous les hanches, il lui fallait une bonne minute pour sortir son portable. Je souriais devant cette vision presque comique. Une fois qu'il l'eut trouvé, il se pinçait les lèvres dans son agacement.

- Qu'est-ce qu'il y a ? aboya Alexander dans le téléphone.

Au bout d'un moment, son expression irritée se transformait en inquiétude. Je me redressais avec appréhension.

- Qu'est-ce qu'il y a ?

Il levait un doigt pour me faire taire.

- J'arrive tout d'suite, dit Alexander à Hale. Il raccrocha et me regarda. C'est la mère de Hale. Elle est tombée et a été transférée à l'hôpital presbytérien de New York. Je vais l'y rejoindre. Je te déposerai chez nous au passage.

Je me rappelais qu'Alexander m'avait parlé de la mère de Hale il y a quelques temps. On lui avait diagnostiqué un Alzheimer précoce et elle vivait dans un établissement de soins. Hale avait du mal à accepter la situation, d'autant plus que les moments de clarté de sa mère étaient récemment devenus de moins en moins fréquents.

- Je peux venir avec toi, lui offris-je.

Alexander sembla réfléchir un moment, puis il secoua la tête. Son regard hanté était de retour dans ses yeux.

- Non, mon ange. Ce n'est pas que je n'veux pas que tu viennes avec moi, mais je comptais m'arrêter chez Justine après. J'aurais probablement dû t'en parler avant, mais je n'm'attends pas à ce qu'elle soit chez elle. Mais si elle y est, je dois avoir une conversation avec elle. Seul à seul.

Je hochais la tête pour lui signifier que j'avais compris et lui pris la main.

- Tu sais que tu peux m'appeler ou m'envoyer un texto si besoin. Je peux demander à Samuel de me conduire à ta rencontre si nécessaire.

Après avoir rentré sa virilité dans son pantalon, il embrassait le sommet de ma tête et me rapprochait de lui.

- La seule chose dont j'ai besoin, c'est que tu m'attendes

chez nous. Il me semble qu'on a commencé quelque chose qui doit être terminé.

Il essayait de se montrer enjoué, mais je n'y croyais pas une seconde. Les ombres que j'avais réussi à chasser hors de lui étaient maintenant de retour. La seule chose d'utile que je pouvais faire était de faire ce qu'il demandait.

- Je t'attendrai, lui promis-je

22

Krystina

Une fois qu'Alexander m'eut déposée, je tombais sur Samuel qui m'attendait dans le hall. Alexander l'avait appelé en route : je savais donc qu'il serait là pour m'accueillir et m'escorter jusqu'au loft. Néanmoins, même si je mourrais d'envie de me débarrasser de mes talons hauts une bonne fois pour toutes, j'avais un arrêt à faire avant.

- Samuel, savez-vous quel est l'appartement de Viviane ?

- Oui, madame.

Je grimaçais, détestant toujours la façon dont il s'adressait à moi. Mais à ce moment-là, je ne prenais pas la peine de lui faire de remarque.

- J'aimerais m'y arrêter un moment. Pourriez-vous m'y emmener ? Il hésita. Je ne pouvais pas le blâmer après la façon dont je l'avais laissé tomber tout à l'heure. Il avait besoin d'assurance, alors je crus bon de rajouter : vous pouvez rester avec moi.

En hochant la tête, il nous dirigeait vers la cage d'ascenseurs. Au lieu d'entrer dans celui réservé au loft, nous prîmes celui qui menait aux appartements. Une fois arrivés à l'étage de Viviane, Samuel m'indiquait un long couloir.

- Par ici, madame.

Alors que nous passions les portes des appartements, je me demandais distraitement lequel était celui de Hale. Samuel s'arrêta au milieu du couloir, devant une porte avec des chiffres dorés indiquant qu'on était au n°4812. Autour des chiffres, il y avait une couronne décorative faite de fausses brindilles et de paillettes de fleurs.

- C'est ici ?

- Oui, me dit-il.

- Merci, Samuel, dis-je en souriant pour exprimer ma reconnaissance.

Je m'avançais devant la porte et frappais trois fois.

- Un instant ! cria Viviane. J'entendis le bruit d'une chaîne de sécurité et le déverrouillage d'un verrou, puis la porte s'ouvrit. Eh bien, mademoiselle Cole ! Quelle agréable surprise !

Elle m'accueillait avec un sourire éclatant qui faisait plisser les rides qui étaient autour de ses yeux. D'après moi, elle devait avoir une bonne soixantaine d'années, mais je ne pouvais pas en être sûre. Elle n'avait pas tant de rides que ça ; son visage lisse était seulement entaché par des rides prouvant qu'elle avait souri pendant des années. Ses cheveux bruns étaient relevés en chignon avec des mèches grises bien visibles. Comme d'habitude, elle portait un tablier qui se superposait sur des vêtements confortables. Il se faisait tard, et je craignais de la déranger. Cependant, sa tenue ne laissait pas penser qu'elle allait se coucher de sitôt.

- Bonsoir, Viviane. Puis-je entrer ?

- Bien sûr ! Entrez !

Elle s'écartait et me faisait signe de la suivre. Elle me

conduisit jusqu'à une longue table en merisier et tira une chaise pour que je m'assoie.

- Merci, lui dis-je en m'asseyant.

- Vous êtes encore un peu rouge. Comment vous sentez-vous ? Je peux vous faire une tasse de thé ou de café ? Et le dîner ? Avez-vous mangé ?

Je rigolais.

- Je vais bien, merci. En fait, je voulais juste passer et vous remercier pour la soupe. C'était très gentil de votre part. En fait, je me sens beaucoup mieux qu'hier.

Malgré ma réponse, Viviane entrait dans la cuisine et mettait un percolateur en route pour faire du café.

- Son bruit est merveilleux à entendre, déclara-t-elle par-dessus son épaule. Samuel, une tasse ?

Je me retournais pour regarder derrière moi. Samuel se tenait juste derrière la porte, tel une statue.

- Non, madame, répondit-il, son expression restant stoïque.

Viviane secouait simplement la tête et poursuivait sa tâche. Pendant qu'elle préparait le café, je regardais comment était son appartement. Comme je l'avais imaginé, son espace était ordonné et soigné, mais loin d'être aussi contemporain que le loft d'Alexander. Celui de Viviane était décoré avec des tendances plus traditionnelles. Il était ouvert de partout et était plus grand que ce à quoi je m'étais attendu, avec une grande cuisine, un salon et une salle à manger tous à portée de vue. Malgré ce concept ouvert, il ne semblait pas froid comme dans le loft : c'était plutôt chaleureux et accueillant. Au bout d'un moment, elle était de retour avec un plateau sur lequel se trouvaient deux tasses de café fumantes et un assortiment de biscuits. J'avais bien besoin du café, mais préférais éviter les biscuits. J'avais perdu du poids lors de mon séjour à l'hôpital et étais déterminée à ne pas reprendre mes kilos perdus. Je n'en étais pas sûre, mais il y avait quelque chose dans le fait qu'Alexander me voit nue tous les jours qui me motivait, et les friandises sucrées ne s'entendaient pas très bien avec mes hanches ou mon derrière.

- J'apprécie le café. Mais vous n'aviez pas besoin de vous donner tout ce mal, Viviane.

- C'est absurde ! Ça ne me dérange pas du tout, m'assura-t-elle. Elle ajouta quelques cuillères de crème dans sa tasse, puis me regarda d'un air perplexe. Alors, dites-moi. Je suis sûre que ma soupe au poulet n'est pas la raison de votre présence ici. Que puis-je faire pour vous ?

Je rougissais en voyant qu'elle était capable d'avoir senti cela. Je souriais et essayais de garder une réponse légère.

- Je vais être honnête, je ne suis pas habituée à avoir une gouvernante. Je voulais apprendre à vous connaître un peu mieux. Après tout, vous êtes la femme qui lave mes sous-vêtements, plaisantai-je.

Elle m'adressait un sourire doux qui correspondait au regard qu'elle avait dans les yeux.

- Je me demandais combien de temps il vous faudrait pour passer me voir. Je dois admettre que vous avez tenu plus longtemps que ce que je pensais.

Je clignais des yeux, pas certaine de comprendre ce qu'elle voulait dire.

- Pardon ?

- Peu importe, déclara-t-elle. Donc, vous voulez savoir qui je suis. Eh bien, ça fait depuis vingt-sept ans que je vis dans cet appartement. Je travaille pour monsieur Stone depuis un peu plus de dix ans. Juste après qu'il ait acheté le loft. Il était si jeune, et le fait d'avoir sa richesse était quelque chose de nouveau pour lui ; mais il faut dire qu'il était intelligent. Vraiment intelligent. Au départ, je faisais surtout du ménage pour lui quelques fois par semaine, histoire d'arrondir mes fins de mois. Ce n'est que plus tard que j'ai commencé à travailler pour lui à plein temps.

Je remarquais la façon dont son expression était devenue

triste. À ma grande surprise, ses yeux s'embuaient. Curieuse, je ne pouvais m'empêcher de lui demander ce qu'il n'allait pas.

- Qu'est-ce qu'il y a, Viviane ?

Au lieu de me répondre tout de suite, elle sortait un mouchoir en papier de la poche de son tablier et tamponnait les coins de ses yeux. Après l'avoir replié, elle agitait sa main dans tous les sens, comme si elle était soudainement gênée.

- Oh ! Ne faites pas attention à moi ! On pourrait penser qu'après tout ce temps, je serais capable de parler de mon défunt mari sans me mettre à pleurer.

- Oh ! Je suis vraiment désolée. Je ne voulais pas...

- Non, non. Ce n'est pas vous ! Je n'suis qu'une vieille femme idiote. Bon, où en étais-je ? Faisant une pause, elle semblait essayer de rassembler ses pensées. Un an après que j'ai commencé à travailler pour monsieur Stone, mon mari est décédé. J'aimais farouchement mon cher Wilson, mais avec sa mort est venue une montagne de dettes que je ne pouvais pas payer. Quand j'ai dit à monsieur Stone que je devais déménager, il n'a rien voulu savoir. Il a remboursé ma dette et m'a proposé un salaire constant si je restais. C'est là que j'ai commencé à travailler pour lui à plein temps. Sa seule condition était que je sois disponible à tout moment. Vu tout ce qu'il avait fait pour moi, je ne pouvais pas lui refuser.

Je lui adressais un sourire mélancolique et sentais mon cœur fondre. Je pensais à ce qu'il avait fait pour Wally's, mon ancien employeur, et comment il avait sauvé l'épicerie de la faillite. Je pensais à la mère de Hale et à la façon dont il avait payé son séjour dans l'un des meilleurs établissements de soins longue durée de la ville. Et maintenant, j'avais une autre histoire sur sa générosité. Viviane et moi parlâmes pendant encore trente bonnes minutes. J'appris qu'elle n'avait ni d'enfants, ni de petits-enfants auxquels elle était attachée, et qu'il lui serait donc facile de déménager à Westchester avec nous. Au bout d'un moment, je me sentais incroyablement à l'aise avec elle et regrettais de ne pas avoir appris à la connaître plus tôt. Il y avait quelque chose de familier en elle, comme si elle était la grand-mère que je n'avais jamais connue. Ma grand-mère était décédée juste après ma naissance, je n'avais donc aucun souvenir d'elle. Cependant, si elle était vivante, je l'imaginais très semblable à Viviane. C'était peut-être ce lien qui me poussait à aborder le sujet auquel je pensais depuis que j'étais entrée chez elle.

- Viviane, je m'inquiète pour Alexander.

Les yeux de Viviane s'assombrissaient et semblaient tristes, en même temps.

- Honnêtement, c'est la raison pour laquelle je pensais que vous étiez passée me voir. Je sais qu'il a du mal en ce moment, mais ne laissez pas cela vous effrayer. Vous êtes bonne pour lui. Il a besoin de votre énergie.

- Je l'aime vraiment beaucoup, Viviane. Mais là, je ne comprends plus rien, lui assurai-je. Vous êtes avec lui depuis un certain temps, maintenant. Que savez-vous de son passé ?

Je laissais délibérément la question ouverte dans le but de la sonder. Je ne savais pas ce que Viviane savait et je ne voulais pas trahir la confiance d'Alexander. Viviane s'assit sur sa chaise et croisait ses mains sur ses genoux. Elle hochait légèrement la tête et semblait réfléchir à ce qu'elle allait me dire avant de parler. Je me demandais presque si c'était elle qui me sondait. Quand elle reprit la parole, sa voix était prudente.

- J'en sais assez pour savoir qu'il ne peut pas être en paix tant qu'il n'a pas de réponses. C'est un homme bon. Dur parfois, mais bon. Il laisse son passé le définir. De temps en temps, c'est une bonne chose. Mais parfois c'est mauvais signe.

- En quoi c'est une bonne chose ?

- Il suffit de regarder tout le travail qu'il fait avec sa fondation. Prenez le refuge pour femmes, par exemple. Je soupçonne qu'il y a une raison sous-jacente à ce projet.

J'acquiesçais.

- Moi aussi, je me dis souvent ça. J'aimerais juste pouvoir l'aider davantage, vous savez ?

Je secouais tristement la tête, me sentant frustrée par la situation.

- Oh, mais dites-vous bien qu'vous l'aidez beaucoup ! Vous êtes sa Dorothy ! s'exclama-t-elle.

J'étais vraiment confuse.

- Sa quoi ?

- Vous vous souvenez de Dorothy, du Magicien d'Oz, et de ses chaussures rouges ?

- Comment pourrais-je ne pas m'en souvenir ? C'est un classique, dis-je en riant.

- C'est un classique, mais il y a aussi une métaphore. Avec ses chaussures rouges, Dorothy avait tout le temps le pouvoir. Vous avez un pouvoir similaire, Krystina. Et pour monsieur Stone, vous êtes son roc. Soyez juste là pour lui.

23

Alexander

Je descendais les marches de l'hôpital presbytérien de New York et me dirigeais vers le parking. La mère de Hale était un peu amochée, mais rien de grave, finalement. Après m'être assuré qu'elle aurait des aides 24 heures sur 24, je laissais Hale pour qu'il puisse rester seul avec elle en lui disant de prendre tout le temps dont il avait besoin. Son esprit était absent aujourd'hui, son regard trouble était un signe révélateur qu'elle était ailleurs. De ce fait, Samuel avait déjà été mis au courant de la situation et je l'avais affecté à certaines tâches que je réservais habituellement à Hale. Il était presque huit heures lorsque je m'installais dans la Tesla. L'immeuble de trois étages de Justine se trouvait dans l'Upper West Side, à environ six kilomètres de l'hôpital. Le trafic étant faible à cette heure de la journée, je savais qu'il ne me faudrait pas plus d'un quart d'heure pour me rendre chez elle. Cependant, le temps avait une drôle de façon de jouer des tours à l'esprit, surtout quand on essaie de repousser quelque chose. Le trajet ne semblait n'avoir pris que quelques secondes. J'étais déjà garé devant chez elle avant de m'en rendre compte. Alors que je me tenais devant la structure en briques, le nœud de terreur qui s'était formé sur le chemin semblait descendre plus bas dans mes tripes. Je voulais qu'elle soit chez elle, mais en même temps, j'avais peur de ce qu'elle allait me dire. Je ne voulais presque pas qu'elle confirme l'histoire de Charlie, car une fois qu'elle aurait exprimé sa trahison à haute voix devant moi, il ne serait plus possible de faire machine arrière. Je montais les marches et frappais à la porte. Pas de réponse. Plutôt que de frapper à nouveau, je sortais ma clé de son appartement et j'ouvrais la porte. Les lumières étaient éteintes. Visiblement, elle n'était pas chez elle. J'actionnais l'interrupteur de l'entrée pour pouvoir examiner les lieux de plus près. Ici, tout était chic et moderne, décoré dans différentes nuances de blanc, d'argent ou de gris, avec des touches de couleur à certains endroits, mais à part ça, l'intérieur de son appartement me rappelait le décor de Stone Enterprise. Je souriais intérieurement, me rappelant le souvenir du premier projet que j'avais donné à Justine. C'était juste après avoir acheté le bâtiment qui abritait Stone Enterprise. Lorsque j'avais acquis l'immeuble de cinquante étages, ma connaissance de la fusion Federated-May m'avait aidé à négocier un prix de vente plus bas que son prix du marché. Si cet immeuble était une affaire en or, il avait grandement besoin d'être rénové si je voulais louer certains étages à un prix élevé. C'était Justine qui avait trouvé Kimberly Melbourne. Ensemble, étage après étage, elles avaient travaillé sans relâche pour faire de la Cornerstone Tower l'un des immeubles de bureaux les plus chics de toute la ville. Après avoir vu comment Justine s'organisait et les résultats exceptionnels de ce projet, j'avais décidé de la nommer à la tête de la Fondation Stoneworks. Cela lui donnait quelque chose à faire, tout en compensant ce que je lui donnais chaque mois pour ses frais de subsistance. J'avais fait passer ça comme étant une situation donnant-donnant pour elle et moi. Mais en réalité, j'avais un autre projet en la gardant près de moi. En travaillant avec elle de façon régulière, cela me permettait de garder un œil sur elle lorsqu'elle était mariée à Charlie. J'errais dans son appartement à la recherche d'une sorte d'indice sur l'endroit où elle aurait pu aller. Rien ne semblait déplacé. Cependant, des photos encadrées sur le manteau de la cheminée attirèrent mon attention. D'habitude, elles n'étaient pas là. Je m'approchais curieusement pour les regarder et pris le premier cliché en main. C'était un Polaroïd délavé de Justine avec ma mère. Je reconnaissais qu'il avait été pris dans la maison de mes grands-parents. Justine ne devait pas avoir plus de trois ans. Ma mère semblait rire, les yeux brillants d'humour. C'était avant son premier séjour à l'hôpital. Avant que ce connard ne la réduise en bouillie. Les yeux bleus de ma mère, tout comme les miens, n'ont plus jamais brillé après ce jour. J'avalais la boule qui était dans ma gorge et passais à la photo suivante, une photo de Justine et moi et notre mère entre nous. Elle me regardait de haut. Même sur la photo, je pouvais voir l'amour au fond de ses yeux. Des feuilles d'automne étaient éparpillées autour de nous et je ma rappelais du jour où elle avait été prise. Ma mère, ma grand-mère et la mère de Hale nous avaient emmenés, Justine et moi, à Central Park. Nous avions fait un pique-nique avec du beurre de cacahuète et des pommes, le plat préféré de Justine. Je pouvais presque même en sentir le goût dans ma bouche. Tout comme l'air vif de l'automne. Je me demandais où Justine avait eu ces photos. Bizarrement, en les voyant, je ne ressentais pas l'amertume que cela aurait pu m'apporter. L'expression du visage de ma mère sur les deux clichés montrait à quel point elle nous adorait. Ma gorge se resserrait et je dus chasser l'humidité de mes yeux.

Mais Justine, t'es où ?

Je posais la photo et secouais la tête pour tenter de me

débarrasser de ces souvenirs. Je devais me ressaisir. Regarder les vieilles photos, c'était comme arracher une croûte d'une blessure, dont je n'avais pas le temps de me souvenir. Et ce n'était certainement pas le moment de me pencher sur mes émotions : trop de choses en jeu. Je montais à l'étage et entrais dans sa chambre. J'ouvrais les portes du placard et trouvais ses vêtements soigneusement rangés sur des cintres. Le lit était fait, la couette immaculée et impeccablement lissée. Rien ne semblait déplacé. Dans sa salle de bain, il n'y avait même pas une seule trace de dentifrice dans le lavabo. Incapable de trouver le moindre indice sur l'endroit où elle se trouvait, je redescendais à la cuisine. Une fois de plus, je pensais que tout était propre et bien rangé. Pas un seul verre dans l'évier, ni une miette de nourriture sur les tables. C'était pratiquement surréaliste, un peu comme si personne ne vivait ici. Sans les vêtements dans le placard, j'aurais pu le croire. Je regardais le plafond et me frottais les tempes. Une partie de moi s'attendait à ce qu'elle ne soit pas là. Mais une autre partie de moi espérait la trouver recroquevillée dans son lit, angoissée par l'interview que Charlie avait donnée au journalise. Je ne savais pas si elle était au courant, mais elle devait l'être. C'était la seule explication à sa disparition. Je croyais vraiment qu'elle avait peur. Je me retournais pour sortir de la cuisine, déçu de ne pas avoir trouvé de réponses. Je m'arrêtais en voyant un petit bout de papier sous la table. En me penchant pour le récupérer, je constatais que c'était un ticket de parking à Brooklyn datant d'hier.

Brooklyn ? Mais putain, pourquoi serait-elle allée à Brooklyn ?

J'empochais le reçu, ne sachant pas quoi penser. Je savais seulement que dès que Hale serait de retour, je lui demanderais de se renseigner. Peut-être que des caméras de circulation de ce quartier pourraient révéler quelque chose. Entre Hale et Gavin, mon ingénieux technicien informatique, ils allaient sûrement trouver des réponses. Au moment où je tournais la clé pour fermer, mon portable se mit à sonner. Jetant un regard sur l'écran, je vis que c'était Matteo.

- Salut Matt ! Quoi d'neuf ?

- Salut, mon ami ! As-tu lu les journaux ?

Mon estomac se retourna. Hale m'avait assuré qu'il avait bloqué la publication de l'interview de Charlie.

- Les journaux ? Pourquoi, qu'est-ce...?

- Les critiques ! s'exclama-t-il, l'air complètement exaspéré.

Je poussais un soupir de soulagement, réalisant soudain de quoi il parlait. Il appelait au sujet du restaurant.

- Les critiques, répétai-je. Non, je n'les ai pas encore lues. Je suis désolé. J'ai eu une journée mouvementée.

- Rhôôôô putain comme ça m'tue ! R'garde-les, mec ! Elles sont bonnes. Super bonnes en fait.

- C'est super, Matt, vraiment !

Ma voix semblait saccadée, même à mes propres oreilles. Je ne voulais pas donner l'impression que je m'en fichais. J'avais beaucoup investi dans sa réussite, mais je ne pouvais pas ressentir son excitation à ce moment précis.

- Qu'est-ce qui n'va pas ? demanda Matteo en rebondissant sur mon ton détaché.

- Rien. Juste fatigué, lui dis-je en me forçant à suivre son enthousiasme. Mais je pense qu'on doit fêter ça. Qu'est-ce que t'en dis ?

- J'en dis que l'idée est excellente. Est-ce qu'on peut faire ça vendredi ? Es-tu libre ce jour-là ? Le restaurant ferme à neuf heures. On pourrait p't'être aller en boîte ? Une dans lesquelles Allyson se rend de temps en temps ? Vois avec Krystina. P't'être qu'on pourrait sortir tous les quatre ensemble.

Je haussais les sourcils en montant dans la Tesla. J'étais sûr que nous n'irions pas dans un lieu connu par Allyson. Si je devais sortir, on le ferait à ma façon. Pourtant, le fait qu'il ait mentionné Allyson me faisait réfléchir. En passant en mode

Bluetooth, je poursuivais la conversation et quittais la place de parking.

- Allyson, dis-je en laissant son nom planer dans l'air comme une déclaration plutôt qu'une question.

- Qu'est-ce qu'elle a ?

Je souriais à sa dérobade. Il savait exactement de quoi je parlais.

- Quel est ton intérêt pour elle ?

- C'est une fille cool. On s'amuse bien ensemble. C'est tout.

- Pourquoi je pense qu'il y a plus que ça ?

J'entendais Matteo soupirer à travers la ligne.

- N'y pense pas trop. Vraiment, il n'y a rien entre nous. Elle n'est pas celle qu'il me faut.

- Si tu l'dis, dis-je, incrédule. S'il y avait quelque chose entre eux, ils étaient tous les deux très discrets à ce sujet. Je vais parler à Krystina, mais je suis sûr que vendredi fera l'affaire. Je t'appellerai plus tard dans la semaine pour que l'on puisse en reparler.

- Ça me paraît bien. *Ciao* !

Après avoir mis fin à l'appel, j'envoyais un SMS à Krystina pour lui dire que je rentrais.

Aujourd'hui
20:49, Moi : J'arrive.
20:50, Krystina : T'as pas faim ?
20:51, Moi : J'ai juste faim de toi, mon ange.

Elle ne répondait pas, mais je pouvais imaginer son sourire après avoir lu ma réponse. Elle aurait probablement dit que je n'étais qu'un obsédé et que je ne pensais qu'à ça en permanence. C'était le cas, mais je ne pouvais pas m'en empêcher avec elle. C'était tellement bon ! Pourtant, le sexe était loin de mon esprit à ce moment-là. L'épuisement mental m'avait durement atteint. Le froid que j'avais ressenti chez

Justine était lentement revenu jusque dans mes os une fois que j'eus mis fin à mon appel avec Matteo. Maintenant, je voulais juste rentrer chez moi et retrouver Krystina. J'avais besoin de son corps chaud enroulé autour du mien. Une fois que j'eus atteint mon immeuble, l'ascension dans l'ascenseur pour atteindre le loft me semblait incroyablement longue. Lorsque les portes se s'ouvraient enfin, je m'y suis précipité à l'intérieur, impatient de prendre la femme que j'aimais dans mes bras. De la sentir. Elle ne répondait pas quand je l'appelais par son prénom lors de mon arrivée. J'enlevais mes chaussures et desserrais ma cravate en me dirigeant vers la cuisine. C'était là qu'elle se trouvait. Debout devant le long comptoir en marbre, elle me tournait le dos tout en préparant un repas léger. Je pouvais voir le contour de son iPod dans la poche arrière de son jean parfaitement ajusté. Elle avait des écouteurs dans les oreilles et ses hanches se balançaient lentement sur une musique que je ne pouvais pas entendre. Le sandwich et la salade étaient étalés sur le comptoir, mais je n'avais même pas faim.

Bon sang, je pourrais la regarder pendant des heures.

Sa taille était si fine et les courbes qui commençaient leur chemin me faisaient tellement bander que j'avais déjà envie d'être profondément en elle. Le doux mouvement de ses hanches me donnait envie de la baiser et son esprit indépendant et interrogateur remettait en question tous les instincts dominants que je possédais. Mes premières pensées sur le fait que je ne voulais pas de sexe se dissipaient rapidement lorsque j'arrivais derrière elle et que je l'entourais de mes bras.

- Oh ! fit-elle. Elle arracha écouteurs de ses oreilles et enroula le cordon autour de son cou. Tu m'as fait peur. Je n't'ai même pas entendu entrer.

Elle se retournait dans mes bras pour me regarder. Me

penchant sur elle, j'enfouissais mon visage dans son cou et respirais profondément.

- J'aurais pu regarder tes hanches sexy bouger pendant des heures. Tu écoutais quoi ? m'enquis-je.

- Rise Against[1], me dit-elle.

Rompant notre étreinte, je m'éloignais pour prendre un des écouteurs et le placer dans une oreille. C'était « Roadside », un duo masculin et féminin qui abordait le sujet de la séparation du mensonge et de la vérité. C'était ironique de voir à quel point la chanson semblait refléter ma propre vie. J'observais silencieusement Krystina pendant que j'écoutais quelques instants la chanson. Je pensais à la façon dont elle associait toujours tout à la musique. D'une certaine manière, elle m'avait transmis son amour pour la musique, car je me surprenais à choisir la musique en fonction de mon humeur et ce, encore plus qu'avant.

- Intéressant, ce choix de chanson, fis-je remarquer.

Je lui rendais l'écouteur et elle haussait les épaules.

- C'est vrai, elle est bien, cette chanson, déclara-t-elle. J'ai fait des sandwiches.

Elle changeait de sujet, mais ça ne me dérangeait pas. Je me penchais sur elle une fois de plus.

- Je n'veux pas d'sandwiches. C'est toi qu'je veux, gémis-je à son oreille.

- Alors pourquoi tu n'm'as pas ? questionna-t-elle.

Ma bite devenait instantanément rigide. Elle s'approchait de moi et passait ses doigts dans mes cheveux, les faisant glisser en les tirant légèrement. La sensation procurée n'avait jamais été aussi bonne. Je l'attirais encore plus près, jusqu'à ce que mon érection soit pressée contre son ventre ferme. Je m'attendais à ce qu'elle me demande des nouvelles de Justine, mais à la place, elle fondait en moi et me serrait fort. Je fermais les yeux à son contact, ému et excité par sa démonstration de compréhension et d'affection. Ça me donnait envie encore plus d'elle. Et tout d'suite. Les sandwiches pouvaient attendre. J'avais besoin de ses longues jambes enroulées autour de ma taille. Ma bite était maintenant palpitante et douloureuse. Je voulais l'emmener au lit et la presser brutalement contre le matelas. Alors, je la soulevais et la portais dans la chambre. Nous enlevions nos vêtements sans mot dire. En même temps, nous n'avions pas besoin de le faire. Elle savait ce dont j'avais besoin. Je me glissais sur son corps et lui écartais les jambes en la dominant. Elle cédait de plein gré quand je la pénétrais. J'évacuais ainsi toute la douleur, la trahison et la colère de mon corps. Je l'utilisais pour me sentir bien, et elle me laissait faire. La douleur que j'avais ressentie à l'appartement de Justine était remplacée par du plaisir, et la trahison par de l'affection. Ma colère s'était dissipée en passion alors que je me berçais dans son corps. Comme dans la chanson, je séparais le mensonge de la vérité. Et Krystina était ma vérité. Ma seule vérité. Je poussais mon esprit dans une chute libre d'oubli orgasmique pour que je ne puisse plus penser du tout. Quand les ongles de Krystina me mordaient les biceps, je ressentais la seule chose que je pouvais ressentir quand j'étais avec elle : je me sentais vivant.

24

Krystina

La chaleur du jet de la douche contre mon cou et mon dos me faisait du bien. Je détestais l'idée d'en sortir, mais j'avais une bonne journée devant moi. La semaine avait été incroyablement chargée, les jours semblant se confondre les uns avec les autres. Cependant, ces quatre jours avaient été extrêmement productifs dans leur ensemble. Avant même que j'aie pu m'en rendre compte, on était déjà vendredi. Alors que je me tenais devant le miroir de la salle de bain et que je me séchais les cheveux avec une serviette, je me sentais optimiste quant à la journée à venir. Mon rhume avait complètement disparu et j'avais un programme bien rempli. Non seulement j'avais un rendez-vous avec Sheldon Tremaine, mais j'avais aussi une soirée en ville de prévue. Je l'attendais peut-être plus que tout autre chose. Alexander et moi avions besoin d'une soirée comme celle-ci. Ça nous ferait du bien de nous amuser un peu pour une fois. Pas de réseautage, ni de dossiers à traiter, et pas de stress non plus. Juste un verre avec des amis. Alexander entrait dans la salle de bains au moment où je mettais la touche finale à mon maquillage.

- T'es toujours aussi belle, mon ange, me dit-il en se penchant pour me caresser le cou.

Je respirais son parfum, un parfum qui me disait qu'il était fraîchement douché, auquel je sentais également un soupçon d'après-rasage boisé, ce qui provoquait immédiatement des ravages dans mon organisme. Pourtant, ce matin, je n'avais pas l'impression de m'être réveillée avec la sensation de la virilité d'Alexander glissant en moi. Nous avions fait l'amour de manière tendre et chaleureuse, comme un doux réveil matinal. Je ne pouvais pas imaginer de meilleure façon de commencer la journée. Cependant, s'il n'arrêtait pas me bisouiller le cou, je chercherais bientôt quelque chose de beaucoup plus rude.

- Comme, tu sens bon ! murmurai-je.

Ses lèvres se déplaçaient sur le contour de ma mâchoire, jusqu'à ce qu'elles rencontrent les miennes. Sans me soucier du fait qu'il allait m'enlever une partie du rouge à lèvres que je venais d'appliquer, je me laissais aller et lui rendais son baiser. Il était différent, ces deux derniers jours. Je ne pouvais pas dire ce que c'était exactement, mais il semblait plus détendu. Je pouvais encore sentir la tension en lui, mais elle ne le consumait pas comme avant. L'article était toujours une menace, mais il n'avait pas encore été publié. Je ne savais pas pourquoi Mac Owens ne l'avait pas fait et en même temps, je ne m'en souciais pas particulièrement. Il m'avait appelé trois fois la semaine dernière, mais j'étais parvenue à esquiver chacun de ses appels. Je me demandais si Charlie avait décidé de lâcher son histoire après une visite du procureur. Je n'avais pas parlé à Thomas Green depuis notre rencontre, mais je savais que je devrais bientôt l'appeler pour lui faire savoir que j'avais abandonné mon plan. C'était une idée risquée de toute façon et je n'avais rien trouvé de mieux. Pourtant, alors qu'Alexander amplifiait notre baiser, je me rappelais les paroles de Hale et Viviane.

Et pour monsieur Stone, vous êtes son roc. Soyez juste là pour lui.

Peut-être que ce n'était pas la Grande intrigue de toute l'Histoire que je recherchais au départ, mais je faisais exactement comme si c'était le cas. Je ne savais pas si j'irais jusqu'à dire que j'avais un pouvoir magique en particulier, mais le simple fait d'être là pour Alexander avait un certain mérite. C'était peut-être pour ça qu'il semblait différent. Dans tous les cas, je savais seulement que je ne voulais plus le voir dans la souffrance. Si ma démonstration de soutien était tout ce dont il avait besoin, eh bien tant mieux. Puis il s'éloigna. Je me sentais vide ; la sensation de ses lèvres sur les miennes me manquait déjà. J'étais sur le point de le pousser vers moi, mais je m'arrêtais net en voyant son visage : ses lèvres et le pourtour de sa bouche étaient couverts de rouge à lèvres rose.

- Ahhh... le rose te va très mal, Alex. Laisse-moi t'aider, dis-je en riant.

Il gloussa quand il comprit à quoi je faisais référence.

- Ah bon ? Tu crois ? plaisanta-t-il.

- J'en suis certaine. Et je pense que tes employés seraient bien d'accord avec moi. Prenant une lingette de ma trousse à maquillage, j'essuyais l'empreinte de notre baiser. Il m'étudiait pendant que je lui nettoyais le visage. Son regard était si intense que je me surprenais à rougir. Tu r'gardes quoi ?

- Toi. J'adore te regarder.

Mes joues se mettaient à chauffer et à rougir profusément. Incapable de résister au feu de son regard, je me retournais pour jeter la lingette et commençais à tripoter les petits pots de maquillage sur le comptoir.

- Eh bien... tu n'es pas si mal non plus, murmurai-je.

- Krystina, regarde-moi, exigea-t-il. Il m'attrapa le bras et me fit tourner pour me mettre face à lui. Prenant mon visage entre ses mains, son regard rencontra le mien, les yeux chargés d'émotion. Je t'aime. J'espère que tu sais à quel point.

Je n'étais pas sûre de ce qui avait provoqué cette soudaine démonstration d'affection. Je n'avais pas l'intention de me plaindre, mais j'étais simplement curieuse.

- Je le sais, bien sûr. Je t'aime aussi, bébé. Qu'est-ce qui t'a poussé à me le dire ?

Il laissa tomber ses mains et prit une profonde inspiration.

- J'ai fait un autre cauchemar cette nuit.

Je me figeais. Même s'il m'arrivait régulièrement de me réveiller quand il faisait un mauvais rêve, ça ne m'était pas arrivé la nuit dernière. Et même si cela avait été le cas, Alexander ne m'en aurait pas parlé, de toute manière. Je ne lui demandais pas les détails et il ne me les donnait jamais, en même temps. Je me disais que quand il serait prêt, il m'en parlerait.

- Ah oui ?

- Oui. Je te cherchais. Au début, c'était ma mère. Puis toi. Quand je t'ai enfin trouvée, quelque chose n'allait pas. Il fit une pause, semblant loin dans ses pensées. Les détails ne sont pas très clairs, mais je me souviens que tu saignais. Normalement, c'est à ce moment-là que je me réveille. Mais je ne l'ai pas fait cette fois-ci pour une raison quelconque. Le rêve a continué. Quand j'ai essayé de t'aider, de te tenir... tu t'es éloignée de moi. Tu es partie.

Je plaçai ma main doucement sur son cœur.

- Alex, je suis là. C'n'était qu'un rêve.

- Je l'sais, mon ange, convint-il en m'offrant un petit sourire qui n'atteignait pas tout à fait ses yeux. Mais tu es différente depuis une semaine. Tu ne t'es pas disputée avec moi. Mais putain, tu ne remets même pas mes exigences en question !

- Ça ressemble à une plainte ou je rêve ? C'est pas ça que tu veux depuis notre première rencontre ?

Je le taquinais en essayant de garder un ton léger. Quand il leva une main pour placer une boucle derrière mon oreille, je me penchais dans sa paume.

- Si, c'est vrai. Je voulais ta soumission, oui. Tu me l'as donnée là où ça compte le plus. Mais ce dont je parle va au-delà de tout ça. Tu peux être tellement imprévisible que tu me rends fou, pourtant tu ne m'as pas poussé comme tu le fais habituellement. Tu as simplement semblé savoir ce dont j'avais besoin et tu me l'as donné. Grâce à ça, j'ai pu réfléchir.

- Réfléchir à quoi ?

- C'est comme si j'avais perdu la tête, ces derniers temps. Sauf qu'au bout d'un moment, tu es là. Puis je te touche. Et quand ça arrive, je peux tout oublier. Puis je réalise que rien d'autre au monde ne compte à partir du moment où je t'ai, mon ange. Je pourrais tout perdre, mon business, mes voitures, mon appartement. Mais j'm'en fiche. Je n'suis rien si tu n'es pas avec moi.

Mon cœur commençait à battre la chamade. Et je n'ai pas aimé le ton qu'il avait adopté pour me parler. Mais alors, pas du tout. Il y avait une certaine finalité dans ses paroles et ça me faisait très peur. Mes yeux commençaient à me brûler et je dus cligner des yeux pour repousser les larmes qui menaçaient de couler.

- Alex...

Je commençais cette phrase de manière saccadée, incapable de la terminer parce qu'elle donnerait vie à mes craintes.

- Je vais parler à Thomas Green.

Je savais ce qu'il prévoyait de faire sans même qu'il ait à me le dire. Il n'allait pas parler au procureur du procès de Charlie, mais de l'interview. Et de son passé. Je secouais immédiatement la tête d'avant en arrière en signe de contestation.

- Non. Tu n'peux pas !

- J'ai besoin d'en parler ouvertement. Je n'peux pas continuer à vivre comme ça. Et maint'nant, avec la disparition de Justine, rester silencieux n'aidera pas les choses, surtout s'il y a un procès.

- Attends ! Ne fais pas ça. Pas encore. Il doit y avoir une autre solution.

- Aucune autre solution ne me satisferait. J'ai besoin de divulguer cette histoire à ma façon. La seule raison pour laquelle Mac Owens n'a pas publié son article, c'est parce que Hale lui a rappelé qu'il avait besoin d'une autre source pour confirmer l'histoire de Charlie. Pour l'instant, il n'en a pas. Ce n'est qu'une question de temps.

Je pensais aux nombreuses fois où le journaliste m'avait appelée ces derniers jours. C'était ma faute, mais je me demandais s'il m'aurait appelée quand même. Je commençais à me demander s'il y avait d'autres personnes qu'il avait essayé de contacter, quand je me rappelais de Suzanne Jacobs.

- L'amie de Justine, Suzanne. Penses-tu qu'elle lui parlerait ?

- Je n'sais pas s'il a déjà fait ce rapprochement. En tout cas, Hale a fait suivre Suzanne au cas où.

- Donc, il y a encore un espoir. Peut-être que si toi ou Justine, où qu'elle soit, pouvez parler à Suzanne en premier, alors...

- Ma décision est prise, me coupa fermement Alexander. Je vais l'appeler lundi et trouver un moment où Stephen et moi pourrons le rencontrer. Stephen ne semble pas penser qu'il y aura un procès, mais je suis fatigué d'être sur les nerfs en permanence sans savoir quand Owens publiera son article. Il finira par le faire, et je suis prêt à rentrer dans un chaos de relations publiques. J'espère juste que, si ça devait arriver, ça se passera juste après la cérémonie d'inauguration de la Stone Arena. Mais après tout, qu'importe ! Ce n'est pas la date de la sortie de l'article qui changera quoi que ce soit. Et puis, si les flics en arrivaient à faire des recherches de leur côté, ça serait pire pour moi. C'est mieux si c'est moi qui me présente en premier.

- Tu en es certain ?

- J'ai caché mon passé pendant bien trop longtemps. Je t'ai dit un nombre incalculable de fois d'arrêter de vivre dans le passé. Eh bien, maintenant il est temps pour moi de suivre mon propre conseil. Tu me connais - tu sais comment je suis *à l'intérieur*. Personne ne m'a jamais vu comme tu le fais, Krystina. Alors s'il te plaît, quoi qu'il arrive, j'ai besoin que tu me donnes l'assurance que tu resteras à mes côtés.

- Tu peux en être sûr, je le ferai ! Je ne sais pas comment tu peux penser autrement, mais...

- Chuuttt, dit-il en approchant son doigt de mes lèvres. Je n'sais pas ce que lundi nous réserve, alors je veux juste profiter du week-end avec toi. On ne parle plus de tout ça. Ne t'inquiète pas, mon ange. Pour ce qu'on en sait, rien ne va se passer. Mais, si c'est l'cas, j'aimerais avoir encore vivre une vie normale. Tu peux faire ça pour moi ?

Ma gorge se serra douloureusement alors que je fixais les profondeurs de ses yeux saphir. Tant d'émotions y tourbillonnaient. L'amour. La peur. La douleur. Il avait traversé tellement de choses.

Comment pouvais-je ne pas faire au moins ça pour lui ?

Je me taisais en acquiesçant simplement tout en glissant mes bras autour de sa taille. Avant qu'il aille chez le procureur, je devais lui parler de ma rencontre avec Thomas Green. Cette idée était pourtant le dernier de mes soucis, alors que je me serrais fort contre lui, trop occupée à me demander comment j'allais faire pour passer les deux prochains jours à faire comme si tout allait bien.

* * *

LA JOURNÉE de travail touchait à sa fin. La porte de mon bureau était ouverte et j'entendais mes employés parler de sortir ensemble pour profiter d'une « happy hour ». En même temps, ils le méritaient : ensemble, nous avions réussi à convaincre Sheldon Tremaine et à décrocher un contrat de trois ans avec les Bijouteries Beaumont. C'était la plus grosse commission que Turning Stone Advertising ait eu à ce jour, et c'était presque difficile à croire. Même maintenant, alors que je regardais le virement d'un demi-million de dollars sur l'écran de mon ordinateur, je n'arrivais pas à comprendre ce que cela signifiait pour moi ou pour Turning Stone. Cette commission allait certainement bien nous aider à faire notre renommée et nous placer comme un acteur majeur de la scène marketing de New York. C'était un rêve devenu réalité et j'avais presque envie que quelqu'un me pince pour m'assurer que c'était bien réel. Pourtant, aussi excitant que ce moment pouvait être, j'avais du mal à le ressentir. Les paroles d'Alexander de ce matin planaient encore sur moi, et il m'était difficile d'être excitée par quoi que ce soit.

Sortant de mon espace de travail, je me levais pour me diriger vers les baies vitrées de mon bureau. D'habitude, j'appréciais d'observer la vue qu'Alexander avait pris soin de m'offrir. Cependant, aujourd'hui, cette vue pittoresque de l'horizon de la ville était brouillée par des nuages bas. Le ciel était gris et morne, comme un rappel de mon humeur actuelle. J'allai bientôt me rendre au bureau d'Alexander et je savais que je devais le faire au plus vite. Il ne voulait pas que je m'inquiète et, même si je lui avais promis de ne pas le faire, il me serait difficile de maintenir la façade. Mon seul espoir était que nos projets de sortie de ce soir me distraient suffisamment pour que je puisse continuer à jouer la comédie. J'arrachais mon regard du ciel lorsque je sentais mon téléphone portable bourdonner dans la poche de mon blazer rayé bleu marine. Je le sortais et regardais l'écran : c'était ma mère. Nous avions joué au chat et à la souris toute la semaine. Une partie de moi voulait simplement ignorer l'appel, car je ne me sentais pas prête à avoir la conversation sur le mariage que je voulais avoir avec elle. Pourtant, en même temps, cet appel pouvait être exactement ce dont j'avais besoin pour me remonter le moral. Parler des projets de mariage avec ma mère pouvait se passer de deux façons : soit elle m'énerverait en essayant de m'en dissuader - *une fois de plus* - soit elle serait excitée de commencer à tout planifier. J'espérais que ce serait la deuxième option alors que je glissais mon doigt sur l'écran pour lui répondre.

- Enfin ! C'est toi, dis-je en répondant.

Elle se mit à rire.

- Salut, mon amour. J'ai vu que tu avais appelé hier, mais j'étais occupée avec Frank toute la journée. Il tourne un nouveau spot télévisé pour la concession et il voulait que je joue dedans. Je n'sais pas pourquoi. Il sait que je déteste être devant la caméra. D'ailleurs, c'est complèt'ment faux, quand on te dit que la caméra ajoute cinq kilos, tu sais. C'est plutôt trente.

Son ton était léger et je prenais ça comme un signe annonçant qu'elle était de bonne humeur.

- Tu es maigre comme un clou et belle comme tout. Arrête de dire ça, lui dis-je.

Elle n'arrêtait de parler des problèmes avec l'équipe de tournage et de la réalisation du spot. Je la laissais parler, reconnaissante du fait qu'elle ait choisi de bavarder sans réfléchir au lieu de me parler avec son pessimisme habituel. Au bout de quinze minutes, elle changeait de sujet parce qu'elle en avait terminé.

- Comment ça s'passe pour toi ? Comment va Allyson ? me demanda-t-elle.

- Ally n'a pas changé. Elle est très occupée par son travail, mais on a pu trouver un moment pour passer du temps ensemble le week-end dernier.

- Ah oui ? Qu'est-ce que vous avez fait ?

Et c'est parti.

Je croisai les doigts de manière superstitieuse.

- Eh bien en fait, on est allées voir les robes de mariée. Et je lui ai demandé d'être ma demoiselle d'honneur.

- Je vois, fut sa seule réponse.

Je soupirais intérieurement.

- Et oui, maman, je vais quand même me marier, et j'aimerais vraiment que tu sois d'accord avec ça. Enfin, quand même ! Tu es ma mère. Je veux que tu sois là pour m'aider à planifier les choses. Tu sais, pour faire ça comme si c'était un truc de banal de mère-fille.

Elle resta silencieuse pendant un moment. Quand elle parla enfin, son ton était plus doux, mais toujours un peu hésitant.

- Avez-vous fixé une date ?

- Pas encore, mais j'ai trouvé une créatrice de robes hier, lui dis-je, espérant faire appel à son amour pour la mode pour la persuader. Après avoir fait du shopping avec Ally, j'ai décidé de ne pas acheter de robe en magasin et d'en faire faire une. J'ai un rendez-vous de prévu dans quelques semaines. Je ne sais pas à quoi ressemble ton emploi du temps, mais je me demandais si tu aimerais venir pour m'y accompagner. J'ai planifié ce rendez-vous un vendredi, en me disant que tu voudrais peut-être passer le week-end en ville.

Je faisais une pause et retenais mon souffle en attendant sa réponse. J'encourageais rarement ma mère à passer des week-ends avec moi. J'adorais la voir avec Frank, mais un week-end avec eux m'épuisait complètement. Comme l'huile et l'eau, je ne me mélangeais jamais très longtemps avec ma mère. J'espérais que mon invitation lui montrerait à quel point mon mariage avec Alexander était important pour moi.

- Le rendez-vous est quel jour, précisément ? Et quel genre de robe as-tu repéré ?

Un lent sourire se répandait sur mon visage tandis qu'une vague inattendue de bonheur m'envahissait. Je ne l'avais pas réalisé, mais maintenant que ma mère s'impliquait, tout devenait tellement plus réel. J'étais vraiment en train de le faire. Et bientôt, je serais madame Alexander Stone.

25

Krystina

Je passais la tête par la porte du bureau d'Alexander. Il était cinq heures et demie.

- Hé, tu es prêt à...

Je m'arrêtai net en voyant qu'il était au téléphone. Il me fit signe d'entrer et de m'asseoir sur la chaise en face de son bureau.

- C'est parfait. Je serai là demain à 9 heures. Vous serez de retour d'ici mercredi ? Il fit une pause, et je pensais que c'était pour permettre à la personne qui était à l'autre bout de la ligne de parler. Parfait. Je n'pense pas que Samuel sera capable de gérer ça dans un délai aussi court. Krystina et moi sortons ce soir et il va nous conduire là où nous devons aller. Je le brieferai avant que nous partions.

Il doit être en ligne avec Hale.

Alors que j'attendais qu'Alexander termine son appel, je m'asseyais et prenais le temps de m'imprégner de sa silhouette imposante. Il se tenait derrière sa chaise de bureau, le bout de ses doigts tambourinant contre le dossier. Il ne portait pas son blazer, ce qui me permettait d'apprécier la largeur naturelle de ses épaules. Il avait l'air puissant - rien à voir avec l'homme vulnérable que j'avais vu ce matin. Il fixait son regard bleu sur moi, comme s'il avait remarqué que je le regardais. Il me fit un clin d'œil, avant de pivoter gracieusement pour arpenter la partie de la pièce qui longeait la grande baie vitrée. Une partie de moi se demandait s'il ne me donnait pas délibérément l'occasion de l'examiner à fond. Après tout, j'aimais le regarder et ce n'était pas un secret pour lui. Je ne m'habituerai jamais à l'impact de son visage sur moi - si fort et masculin, avec ses pommettes sculptées et ses lèvres à la fois sensuelles et perverses. Le diable pointait sa tête derrière mon épaule et je frissonnais. Il était bien trop facile d'imaginer les lèvres d'Alexander pressées contre mon corps.

Tout doux, ma fille.

Je détournais rapidement les yeux pour éviter de me jeter sur lui. J'avais laissé la porte du bureau ouverte et j'étais certaine que Laura n'apprécierait pas d'assister à une fête de bureau classée "X". Quand Alexander mit fin à l'appel, il s'assit sur la chaise qui était derrière son bureau et pointa du doigt en ma direction pour m'indiquer que je le rejoigne. Il y avait cette lueur familière dans ses yeux, sombre et primitive. Surprise, je haussais les sourcils en jurant qu'il devait avoir la capacité de lire dans mes pensées. Je lançais encore un regard sur la porte du bureau.

- Retire cette pensée de ta tête, lui dis-je en me levant à la hâte pour fermer et verrouiller la porte et revenir vers lui.

Heureusement que j'avais opté pour un tailleur pantalon plutôt qu'une jupe, ainsi, je n'avais aucune difficulté à me mettre à cheval sur ses hanches. Alexander m'attira dans ses bras et déposa un baiser sur mes lèvres. Puis il se fit doux, mais cette attitude évolua lentement vers quelque chose de différent.

Je le sentais bander entre les épaisseurs de nos vêtements. J'en gémissais presque. Poussant mon corps vers le bas, je cherchais à me frotter contre lui pour satisfaire la douleur croissante qui m'assaillait. Mais au lieu de se presser contre moi comme je l'aurais voulu, il prit du recul pour me regarder.

- Comment ça va, mon ange ?

- J'ai bien eu le temps de te regarder pendant les cinq dernières minutes, donc je dirai que je vais plutôt bien.

- C'est vrai ? murmura-t-il en approchant sa bouche de mon cou. Tu as aimé ce que tu as vu.

Ce n'était pas formulé comme une question, mais plutôt comme une déclaration. C'était complètement arrogant mais, pour une raison quelconque, je trouvais ça inexplicablement sexy.

- En effet, soufflai-je en inclinant la tête sur le côté, voulant qu'il me ravage complètement le corps.

Parfois, je me demandais si je n'en aurais jamais assez de lui. Il me désespérait déjà, et pourtant nous étions très intimes il y a moins de douze heures. Peut-être que c'était à cause de ma peur de ce qui pourrait ou ne pourrait pas arriver lundi. Ou peut-être que c'était l'excitation refoulée d'avoir décroché le contrat Beaumont. Je me disais aussi que ça pouvait simplement être à cause du fait que j'étais indéniablement accro à lui. Je soupçonnais que c'était un peu des trois.

- C'était Hale au téléphone, murmura-t-il entre deux morsures dans mon cou et des petits pincements sur ma clavicule.

Je me cambrais contre lui, l'encourageant à continuer.

- C'est c'que j'pensais.

Ses mains continuaient à se balader, mais il n'arrêtait pas de parler alors qu'il défaisait mon chemisier. Ses mains glissaient dans mon dos et dégrafaient habilement mon soutien-gorge. Il prenait mes seins dans ses paumes et se mettait à les pétrir.

- Sa mère quitte l'hôpital pour retourner à l'établissement de soins médicaux demain, dans la matinée.

- Humm... tant mieux, murmurai-je.

Même si c'était une excellente nouvelle, je n'avais pas particulièrement envie d'en parler. Je voulais me concentrer sur ses doigts qui pinçaient mes tétons douloureux. Je tendais le bras entre nous et commençais à détacher sa ceinture.

- Je vais l'y accompagner demain matin pour la ramener. N'oublie pas de te libérer pour la cérémonie d'inauguration de la Stone Arena. Ça devrait durer toute la journée... il se tut et siffla quand ma main s'enroula autour de son sexe. Putain, Krystina !

- Je n'veux pas parler, lui dis-je en prenant sa lèvre inférieure entre mes dents.

Il gloussa, ses lèvres vibrant contre les miennes.

- Pourquoi, mademoiselle Cole ? Jamais je n'aurais jamais pensé vous entendre me dire ça.

Sans prévenir, il balaya son bureau d'un bras. Tout, sauf son ordinateur, s'écrasa sur le sol. J'entendit un bruit de verre cassé.

- Alex ! Tu viens d'casser quelque chose...

- Chut. Tu as dit qu'tu n'voulais pas parler, alors ferme-la, grogna-t-il. Me soulevant sans effort, il se leva et me reposa contre la surface froide du bureau. Enlève ton pantalon.

Me sentant affaiblie par le ton tranchant de sa voix, je levais les pieds l'un après l'autre pour enlever mes chaussures à talons. Les yeux d'Alexander étaient brûlants et inexplicablement sombres alors qu'il me regardait faire glisser mon pantalon le long de mes hanches et sur mes cuisses. Je commençais à m'asseoir pour pouvoir l'enlever complètement, mais il me repoussait pour le faire à ma place. Après avoir enlevé les bas de mes pieds, il remontait lentement le long de mon corps. Il y déposait des baisers chauds, la bouche ouverte, sur chaque centimètre de chair exposée au niveau de mes jambes. Quand il eut atteint le sommet de mes cuisses, il respira profondément.

- J'adore ton odeur, gémit-il en pressant son visage contre la dentelle de ma culotte. J'ai bandé toute la journée en pensant à toi comme ça. Maint'nant, sur mon bureau ! Écarte tout ton corps.

Je me cambrais sous son poids, ayant besoin qu'il retire la barrière de tissu entre mon sexe et sa bouche.

- Alex, j'ai besoin de toi. De ta langue. S'teu plaît, suppliai-je sans vergogne.

N'ayant plus besoin d'être convaincu, il passait ses index sous le côté de ma culotte et la baissait. Attrapant mes chevilles, il m'écartait les jambes, exposant mon sexe déjà humide d'excitation. Se tenant entre mes cuisses, il se penchait en avant et détachait lentement les boutons de mon chemisier.

Les lumières du bureau étaient allumées et le ciel était suffisamment sombre pour que quiconque se trouvant dans un bâtiment voisin puisse voir tout ce qu'il se passait à la Cornerstone Tower. Au lieu de m'en inquiéter, je ressentais une incroyable poussée d'excitation. C'était étrange et bizarre, en même temps. Indécemment bizarre. Ce n'était pas que je voulais que les autres nous voient, mais cette idée me donnait un frisson inattendu. J'entendais le poids de son pantalon et de sa ceinture heurter le sol avant qu'il n'écarte davantage mes jambes. Il se baissait et s'approchait de moi, me narguant avec des coups de langue lents et veloutés sur mon clitoris palpitant. La chaleur envahissait ma peau alors que ce moment familier de félicité s'installait en moi. Je savais qu'il ne me faudrait pas longtemps, car j'étais déjà trempée de désir avant même que sa langue n'entre en contact avec moi. Cependant, juste avant que je ne puisse dépasser mes limites, Alexander se retirait et se redressait de toute sa stature. Attrapant mes hanches, il me tirait vers lui et me griffait le vagin.

- Viens autour de ma queue, m'ordonna-t-il.

D'un seul coup, il me pénétra si profondément que j'en pleurais presque. Un « Ah ! » s'échappait de ma bouche, qui fut rapidement étouffée par l'une de ses mains.

- Tu sais bien qu'j'adore t'entendre crier. Mais là, tu dois te taire. Cette pièce n'est pas insonorisée. Pigé ?

J'acquiesçais. Il relâchait sa main sans bouger, et restait immobile. Je le sentais profondément enraciné en moi, faisant onduler les parois de mon vagin tandis que je m'adaptais lentement à cette situation. Je respirais de manière saccadée en me demandant anxieusement combien de temps je pourrais rester tranquille. Le désespoir m'envahissait.

- Alex, chuchotai-je.

- Oui, mon ange.

- Baise-moi. Vite et bien. Je n'pourrai pas rester longtemps comme ça.

Un sourire se répandait sur ses lèvres, vicieux et primitif. Puis il me prenait les mains pour les amener au bord du bureau de chaque côté de mes hanches et positionnait mes doigts sur les recoins.

- Accroche-toi bien, me dit-il.

Me préparant à recevoir la raclée que j'attendais désespérément, je m'agrippais si fort au bois d'acajou que mes articulations devenaient blanches. Reculant rapidement pour prendre de l'élan, il m'attaqua d'un coup. Puis encore et encore. Jusqu'à ce qu'il me coupe le souffle. Il savait toujours ce que je voulais, comme s'il connaissait mon corps mieux que moi-même. J'accrochais mes chevilles autour de ses hanches, le poussant plus profondément en moi. Avec chaque mouvement de sa part, il me rapprochait de plus en plus de lui. Le feu se répandait dans mes veines, réchauffant mon corps chaque fois de plus en plus tandis qu'il se balançait en moi. Ma respiration se faisait saccadée alors que le soulagement et l'extase inondaient mes sens. Sachant que j'étais proche de l'orgasme, il soulevait mes hanches au-dessus du bureau et me pénétrait avec force, atteignant l'endroit stratégique qui pouvait me faire révulser les yeux. Mon corps se resserrait autour du sien et il gémissait. Je serrais les dents pour étouffer mes cris alors qu'il me prodiguait encore quelques derniers allers-retours. Puis il nous fit basculer tous les deux.

* * *

LES CONSÉQUENCES de notre petite aventure fiévreuse avaient laissé du désordre sur le sol : papiers, stylos et une tasse brisée jonchaient le tapis se trouvant autour du bureau d'Alexander. Pourtant, alors que je ramassais les morceaux de céramique cassée pour les mettre à la poubelle, je me surprenais à sourire. Nous avions totalement détruit l'endroit dans notre besoin irrépressible de nous déshabiller, mais je ne m'en souciais pas particulièrement. Faire ça vite-fait-bien-fait dans le bureau était vraiment quelque chose que nous devions refaire. Je me sentais fantastique et bien plus énergique que je ne l'avais été de toute la journée. Alors que je commençais à boutonner mon chemisier, je remarquais qu'Alexander me regardait depuis l'autre côté de la pièce. Ses vêtements étaient déjà intacts et il avait une apparence nickel, comme si nous n'avions pas fait l'amour comme des bêtes sauvages sur son bureau. Par contre, pour moi, ce n'était pas le cas. Il se tenait à côté d'un grand classeur et ses doigts en tambourinaient le dessus comme s'il était plongé dans ses pensées.

- Quoi ? m'enquis-je en glissant une jambe dans mon pantalon.

- Une fois que tu auras fini, assieds-toi, dit-il.

Il sortait un dossier du classeur. Il était épais et faisait un bruit sourd lorsqu'il le laissait tomber sur son bureau.

- C'est quoi ? demandai-je.

- Une autorisation provisoire de contrôler mes actifs. Il faut que tu la signes.

L'énergie ardente que je ressentais fut aussitôt étouffée. J'arrêtais de boutonner mon pantalon et secouais la tête.

- Alex, tu as dit qu'on ne parlerait pas d'ça ce week-end.

- On n'a pas besoin d'parler. T'as qu'à lire et signer sur les pointillés, me dit-il froidement.

- Ça peut pas attendre ? On n'sait même pas ce que le procureur va dire.

- Assieds-toi, Krystina. Ne rends pas ça plus difficile que ça ne doit l'être.

Je m'asseyais sur la chaise, mais je n'avais pas l'intention de signer quoi que ce soit. Je souhaitais qu'il cesse d'être si pessimiste. Il commençait à feuilleter les pages et à m'expliquer sa liste d'actifs. J'avais les yeux de plus en plus grands à chaque mot qu'il prononçait. Beaucoup de ses biens immobiliers étaient des immeubles assez imposants. Certains proposaient des contrats de location, et d'autres, des appartements en vente individuelle. Je m'y étais attendue. Cependant, je n'avais pas prévu d'entendre qu'ils n'étaient pas seulement basés aux États-Unis, mais aussi à l'étranger. Des Florida Keys à Bruxelles, Alexander possédait des biens immobiliers dans le monde entier. Un endroit avait même un terrain de golf. Je savais qu'Alexander était riche, mais j'avais complètement sous-estimé sa valeur. C'était un empire créé par lui-même. Lorsqu'il se mettait à m'expliquer comment chaque propriété était entretenue par différents gestionnaires immobiliers, je me sentais dépassée. Lorsqu'il me disait qu'il avait ouvert des comptes bancaires à mon nom, qui étaient déjà prêts à recevoir des transferts de fonds astronomiques, la panique s'installait en moi. Abasourdie, je secouais à nouveau tête. Je ne voulais pas que tout cela m'appartienne. La seule chose que je voulais, c'était qu'Alexander soit avec moi. Les possessions matérielles ne signifiaient rien s'il ne faisait pas partie du lot. Sans compter que je ne saurais même pas quoi faire de tout ce qu'il possède.

L'idée que je puisse prendre des décisions pour son entreprise était ridicule.

- Alex, je ne signerai pas ça.

- Arrête de t'obstiner. Ce n'est qu'un accord provisoire. Il ne prendra effet que si quelque chose devait arriver. S'il y a une enquête, je n'peux pas m'permettre un éventuel gel de mes actifs. Stone Enterprise ne serait pas en mesure de fonctionner. Trop de mes propriétés sont entrelacées, et elles dépendent d'un flux de trésorerie régulier.

- Alex, je n'peux pas avoir cette responsabilité ! Je n'sais pas la moindre chose sur ce que tu fais !

- Tu n'as pas l'choix. C'est plus important que tes désirs et tes envies, Krystina. Bon sang, il ne s'agit même pas seulement de mes biens immobiliers. Tu oublies les fondations. Enfin, j'veux dire, imagine ce qui se passerait si le financement du refuge pour femmes était coupé. Tu dois signer. Mais rassure-toi, il y a des dispositions ici qui exigent que Stephen et Bryan te conseillent si nécessaire jusqu'à ce que je puisse reprendre le contrôle de la société.

Je réfléchissais à ce qu'il venait de me dire.

Jusqu'à ce qu'il puisse reprendre le contrôle. Ce n'est pas permanent.

- C'n'est que temporaire ?

- Oui, confirma-t-il.

Je me pinçais les lèvres. En me faisant tout signer, même si ce n'était que temporaire, cela voulait dire qu'il me faisait vraiment confiance. Cependant, je savais que je ne pouvais pas signer les documents tant que je ne lui avais pas tout dit.

- Avant d'signer, je dois te dire quelque chose à propos de Thomas Green.

La tête d'Alexander sortait des documents pour me regarder.

- Qu'est-ce qu'il a ?

Mon cœur se mettait à battre fort dans ma poitrine. Je ne savais pas comment il allait réagir.

- Je suis allée le voir, lâchai-je avant de pouvoir me dégonfler.

Ses yeux s'étrécissaient et il se penchait en arrière sur sa chaise. Il croisait les bras et me fixait du regard.

- Pourquoi es-tu allée voir le procureur, Krystina ?

Je lui racontais ce que j'avais fait et comment j'avais décidé de ne pas suivre mon plan initial, en prenant soin de laisser Hale et Samuel en dehors de l'histoire. Je ne voulais pas qu'ils aient des problèmes. Cependant, si je devais vraiment être honnête, je savais qu'il était préférable de tout dire. La vérité ne restait jamais cachée très longtemps de toute façon. Je m'assurais de lui répéter que je n'avais pas divulgué le contenu de l'article et que je n'avais pas parlé de son passé au procureur. Je voulais le rassurer, mais je n'arrivais pas à le cerner. Pendant tout le temps où je parlais, il ne pipait pas un seul mot. Sa mâchoire tiquait : je savais donc qu'il était en colère, mais je n'avais aucune idée de ce qu'il pensait ou ressentait à propos de ma confession. Lorsqu'il se levait pour se diriger vers la porte pour prendre son manteau, je paniquais.

Il n'a plus rien à me dire ? Il ne me fait plus confiance ?

Je devais savoir ce qu'il se passait dans sa tête.

- Alex, parle-moi. À quoi tu penses ?

- Je pense que tu dois signer ces putains d'documents maint'nant, histoire pour qu'on puisse rentrer chez nous ! éructa-t-il en passant grossièrement ses bras dans les manches de son manteau. Je meurs de faim et je veux manger quelque chose avant qu'on se prépare à sortir.

Il veut toujours ma signature. Il veut toujours sortir.

Je prenais ça pour un bon signe, mais je savais qu'il luttait pour contrôler sa colère, et je ne pouvais pas me permettre de l'énerver davantage. Attrapant un stylo, je l'appuyais sur le papier et griffonnais rapidement ma signature aux endroits nécessaires.

- Voilà. J'ai signé, dis-je. Je laissais tomber le stylo et me levais pour aller vers lui. Maint'nant, s'teu plaît, dis-moi ce que tu penses d'autre.

Il se tournait vers moi et faisait un pas vers moi. Ses yeux bleus me pénétraient en me lançant un regard féroce. Intimidée et incertaine de la signification de ce que cela voulait dire, je reculais de quelques pas. Il continuait son chemin vers moi jusqu'à ce que je sois dos au mur. En plaçant ses paumes contre le mur de chaque côté de moi, il me bloqua.

- Toi. Tu. Me. Rends. Complèt'ment. Dingue.

Je grimaçais à la façon dont il avait ponctué chacun de ses mots.

- La situation à laquelle nous sommes confrontés me rend dingue, Alex, murmurai-je. Je devais faire quelque chose.

- Tu n'aurais pas dû aller voir le procureur. Quant à Mac Owens, c'était une idée complètement débile. Comment as-tu pu penser à te mettre en avant comme ça ? Toute ta douleur. Ta souffrance. La revivre. Tout ce que tu as traversé aurait été en première page de tous les journaux !

- Je l'sais. Mais à ce moment-là, j'estimais que le jeu en valait la chandelle. S'teu plaît, ne sois pas en colère contre moi, plaidai-je - même si je savais qu'il avait tous les droits de l'être parce que je lui avais menti et que je m'étais mise en danger.

- Mais je suis en colère contre toi, putain ! jura-t-il encore avec férocité.

Il frappa sa main contre le mur, ce qui me fit sursauter.

- Désolée, Alex. J'essayais seulement de te protéger.

Il baissait la tête, inspirait lentement et profondément, avant de se connecter une fois de plus à mon regard. Quand il reprit la parole, il n'était pas aussi bourru. Seulement résigné.

- Je n'vaux pas ce genre de risque, mon ange.

- Si, tu en vaux la peine. Je risquerai tout pour toi. Même si cela signifie me rendre vulnérable.

- Écoute, ça n'vaut pas l'coup de s'battre. Du moins pas maint'nant. Avec le temps, tu comprendras la nécessité de protéger ta vie privée et pourquoi je te protège de la presse. Je suis peut-être furieux, mais je comprends pourquoi tu as fait ça.

- C'est vrai ? Tu comprends ?

- Je comprends, même si j'pense que c'est l'idée la plus stupide que tu aies eue jusqu'à présent, me railla-t-il. Tu n'as pas besoin de me protéger. Je suis juste content que Hale t'ait captée avant que tu puisses parler avec Mac Owens. Il est impitoyable et ce n'est pas quelqu'un avec qui tu voudrais danser l'tango.

Mon corps raide se détendait et je posais une main douce sur sa poitrine.

- Je suis vraiment désolée, répétais-je doucement.

Il entourait ma taille de ses avant-bras solides et me serrait contre lui.

- Je l'sais, mon ange. Et moi aussi. Pour tout ça.

26

Alexander

Krystina et moi grimpions sur la banquette arrière de la BMW que j'avais récemment acquise pour que Samuel puisse s'en servir dans le cadre de ses fonctions. Hale avait la Cayenne et je ne faisais pas assez confiance à Samuel pour le mettre au volant de la Tesla. Il avait besoin de sa propre voiture, sans parler du fait que ça me démangeait de rajouter à ma collection un véhicule de cette marque. Pourtant, je devais accorder du crédit à Samuel. Il n'avait même pas cillé quand je lui ai remis les clés du X6 M et s'il était impressionné, il ne l'avait pas montré.

Krystina, cependant, ne l'était pas.

- T'avais vraiment besoin d'acheter une autre voiture ? demanda-t-elle en roulant des yeux.

Je riais et lui lançais délibérément un sourire arrogant.

- C'n'est qu'une bagatelle, bébé !

- Qu'importe, dit-elle en attachant sa ceinture de sécurité, amusée. Alors, à quelle heure on doit rencontrer Hale demain matin ?

- Nous ?

- Eh bien, oui. Si tu es d'accord, j'aimerais bien venir avec vous.

- On a rendez-vous à 9 heures. Tu n'as pas besoin d'y aller. Reste chez nous et détends-toi, plutôt. Ça ne devrait pas me prendre tant de temps que ça. J'veux juste m'assurer que la mère de Hale aura une attention plus personnalisée.

- En fait, j'aimerais vraiment venir. Je le sens. C'est difficile à expliquer... elle haussa les épaules. Tout c'que s'sais, c'est que même si je plaisante en disant que Hale est mon ombre, il est devenu plus que ça pour moi. D'après ce que tu m'as dit, il était assez secoué par la chute de sa mère. Mais p'tain, même si tu ne me l'as pas dit, il a pris des congés. Cet homme ne prend jamais une minute pour lui. Rien que ça m'a montré à quel point il était bouleversé. En plus, je sais que Hale compte beaucoup pour toi. Je veux être là pour lui.

Je la regardais attentivement pendant un moment avant de répondre. J'ai toujours été protecteur de ce qui était à moi, et Hale était comme une famille, pour moi. Le fait que Krystina s'en soucie suffisamment pour y aller demain m'anéantissait presque.

- D'accord. Tu peux v'nir avec moi. Je pense que Hale l'apprécierait aussi.

Elle sourit, appuyant sa tête contre mon épaule, et nous continuâmes la route en silence. Nous n'avions pas besoin de parler, mais je savais ce qu'elle ressentait. Je voulais rester en colère à cause de sa visite chez le procureur et de l'idée qu'elle ait pu se mettre en danger, mais je ne pouvais pas, car elle n'avait fait ça que pour moi. Peut-être que j'avais trouvé son plan déplorable, mais je ne comprenais que trop bien son désespoir. Maintenant, il y avait un accord tacite entre nous deux. Il n'y aurait plus de secrets. Pas même le plus petit des mensonges. Tous les murs entre nous étaient désormais détruits.

Vingt minutes plus tard, nous nous arrêtions devant le Pavillon.

- Un hôtel ? demanda Krystina avec confusion.

- Pas un hôtel. La boîte de nuit le Marquee est au dernier étage. C'est là qu'on va.

- Tu t'fous d'moi ! Le Marquee ? J'ai entendu dire que cet endroit avait une liste d'attente de trois mois juste pour y entrer. Ally va paniquer !

- On dirait qu'elle l'est déjà, en effet ! dis-je en montrant la fenêtre de la voiture.

Allyson et Matteo venaient tout juste de sortir de la voiture qui était devant nous. Le visage d'Allyson était illuminé et elle semblait parler avec animation, une main orientée vers l'hôtel et l'autre serrant la manche de Matteo.

- Oh, ouais, tu m'étonnes ! Tout a l'air d'aller super bien pour elle ! dit Krystina en riant.

- Viens, mon ange. Allons-y.

Samuel s'approchait pour nous ouvrir la porte et nous sortîmes. Dès qu'Allyson vit Krystina, elle hurla.

- Calme-toi, ma fille ! J'crois bien qu'tu viens d'me briser l'tympan, plaisanta Krystina.

- Elle a commencé dès qu'elle a su où on allait, dit Matteo en riant. Il me tapa sur l'épaule. Content de te voir, mon ami. Et toi aussi, Krystina. Tu es plus belle que jamais.

Cela n'était qu'un euphémisme : après avoir mis deux heures pour s'habiller pour la soirée, elle était ressortie de la chambre et ressemblait à une putain de déesse du sexe. Ses yeux étaient maquillés d'une teinte sombre et ses lèvres d'un rouge foncé. Si son maquillage était plus voyant que celui qu'elle portait d'habitude, cela ne me dérangeait pas, parce que c'était franchement le dernier de mes soucis. J'étais trop concentré sur la tenue qu'elle avait choisie. Vêtue d'une jupe courte en cuir noir et d'un débardeur en soie bordeaux avec des bretelles en onyx, j'étais tenté de la renvoyer dans la chambre pour se changer. Quand elle avait rajouté des talons aiguilles noirs de dix centimètres, c'était exactement ce que je lui avais dit de faire. Cela ne s'était pas bien passé, et son seul compromis était une veste courte pour lutter contre le froid. Ignorant l'échange de civilités, Allyson continuait à se pâmer.

- Krys, tu réalises que seuls les meilleurs DJs jouent ici, hein ? Les célébrités viennent dans ce club ! Oh mon dieu ! Je me souviens avoir lu que Leonardo DiCaprio était déjà venu ici. Oh, et Tina Fey[1] aussi ! Si j'la vois, j'meurs ! dit Allyson en écarquillant les yeux, encore sous le choc et inconsciente de tout le reste.

- Bonjour, Allyson, dis-je.

Elle regardait dans ma direction, comme si elle me remarquait pour la première fois.

- Salut, Alex, me salua-t-elle, puis elle leva les yeux vers l'hôtel de cinquante-huit étages qui se trouvait devant nous. Je ne sais pas comment tu as fait, mais il est impossible d'entrer dans cet endroit. Genre, VIP si tu as de la chance.

Je lui faisais fait un clin d'œil et passais mon bras autour de la taille de Krystina.

- Je ne souscris pas à la chance. Je me la fais moi-même, lui dis-je en regardant Krystina. Son souffle se manifestait par des bouffées blanches dans l'air froid de la nuit. Allez ! Prêts ? À l'intérieur, on aura plus chaud. Sinon, on peut toujours rester là à regarder la vue et à gober les mouches.

Matteo se mit à rire.

- Je n'sais pas. Allyson semble passer un bon moment ici. Je ne suis pas sûr qu'elle sera capable de se contenir une fois qu'on sera là-haut, insista-t-il.

- Oh, arrête ! dit-elle en lui donnant une tape taquine sur le bras. Allons-y.

Sur ce, Allyson s'approcha de nous et passa un bras autour

de celui de Krystina, qui me lançait un regard impuissant tout en haussant les épaules, puis elles marchèrent devant Matteo et moi. Je pris un moment pour apprécier les longues jambes de Krystina qui disparaissaient sous sa jupe en cuir, en me disant intérieurement qu'elle devrait s'habiller plus souvent avec des vêtements en cuir. En privé.

Peut-être un corset en cuir avec un porte-jarretelles.

Elle était super sexy. Malheureusement, tous les gars de l'endroit partageaient mes sentiments. C'est pourquoi j'avais voulu qu'elle se change. Ce soir, je devais m'assurer de la garder près de moi. Alors que Matteo et moi commencions à les suivre vers les portes du hall de l'hôtel, je l'entendais glousser à côté de moi.

- Tes yeux sont rivés sur elle, mon ami. Je sais ce que tu es en train de penser. Et oui, beaucoup vont dévisager ta femme ce soir. Est-ce que tu vas pouvoir supporter ça ?

J'arrachais mon regard de Krystina et pour me tourner vers Matteo.

- Laisse-les. Elle sait qu'elle est à moi et c'est tout c'qui compte, tentai-je de dire nonchalamment.

- Whoa ! Tu t'sens bien ?

Matteo se mettait à rire et je lui lançais un sourire entendu.

- Oh, crois-moi. Elle ne me quittera pas des yeux, Matt. Bien sûr, je n'aime pas trop le fait que des hommes la regardent, mais je n'pense pas qu'elle apprécierait que je les assomme tous. Mais si un homme a les couilles de l'approcher, je le mets à terre.

- Ah, ok. J'ai cru que tu étais tombé malade le temps d'une minute. C'est bon de savoir que tu es toujours un connard de jaloux, plaisanta-t-il.

- Tais-toi, Matt, dis-je en secouant la tête.

Allyson et Krystina nous attendaient près de la cage d'ascenseurs.

- Dépêchez-vous, vous deux ! nous réprimanda Allyson.

- J'aimerais bien la bâillonner, un d'ces jours, entendis-je Matteo murmurer dans son souffle.

J'éclatais de rire, sachant très bien qu'il aurait autant de chance de bâillonner Allyson que moi avec Krystina. Lorsque nous atteignîmes le dernier étage de l'hôtel, les portes de l'ascenseur s'ouvrirent sur un hall opulent et sophistiqué. Droit devant nous, des gardes de sécurité étaient postés de chaque côté des portes vitrées. Derrière elles, on pouvait deviner une mer de corps mêlée à des néons. L'hôte d'accueil attendait de prendre nos noms sur une sorte de petit podium.

- Alexander Stone. Un groupe de quatre, lui dis-je.

Il regarda sa liste pendant un moment, puis s'adressa à moi :

- Oui, monsieur Stone. Votre hôte VIP vous a préparé une table. Son nom est Lance. Il vous accompagnera ce soir pour vous servir vos bouteilles et tout ce dont vous aurez besoin, me dit-il.

J'entendais Allyson pousser un soupir sonore.

- C'est autre chose que le pub de Murphy, chuchota-t-elle à Krystina.

- Oui, c'est bien vrai, convint Krystina.

Elle essayait de la jouer cool, mais je pouvais sentir l'excitation dans sa voix aussi. Je souriais d'un air amusé avant de reporter mon attention sur l'hôte d'accueil.

- Merci, lui dis-je.

Il fit un signe de tête poli avant de se tourner vers l'un des gardes de sécurité.

- Peux-tu escorter monsieur Stone et ses invités jusqu'au bar « Encore » et indiquer à Lance que son groupe est arrivé ?

Nous suivîmes le garde à travers la masse de personnes et nous arrêtâmes au niveau d'une alcôve angulaire faiblement éclairée et drapée de velours bleu. Une fois que nous fûmes assis, Lance arrivait vers nous pour commander nos boissons. J'optais pour une bouteille de scotch Glenfiddich single malt pour Matteo et moi-même, et un Dom Pérignon pour les filles. Après avoir rempli nos verres, je décidais de porter un toast.

- À Matteo, et au succès de *Chez Krystina*.

- Oh, arrête ! Sans ton investissement, il n'y aurait même pas de restaurant. C'est à toi que je devrais porter un toast, dit Matteo, qui levait quand même son verre.

- Peut-être, mais ce sont tes succulentes recettes qui ont contribué à ce résultat !

- Santé à Matteo et à son talent de cuisiner ! dirent Allyson et Krystina à l'unisson.

Nos verres s'entrechoquaient et je m'asseyais. J'étais content de sortir avec Krystina et mes amis. J'avais l'impression que ça faisait des années que cela ne m'était pas arrivé. Après avoir rejoint le Club O il y a quelques années, j'avais tendance à y graviter plutôt que de devenir la proie de Stephen, Bryan et Matteo qui me suppliaient de les rejoindre lors de leurs virées nocturnes dans les boîtes de nuit. J'avais presque oublié à quel point j'aimais ce genre d'endroit. Pourtant, cela me semblait bizarre, en même temps.

- J'aimerais porter un autre toast, commença Krystina. Je n'veux pas avoir l'air de me vanter, mais cette journée a été assez spectaculaire pour moi à Turning Stone.

- Pourquoi ? Qu'est-ce qu'il s'est passé ? demanda Allyson.

J'ai décroché un contrat publicitaire avec Sheldon Tremaine, le propriétaire des Bijouteries Beaumont.

- Bon sang, Krys ! C'est énorme !

- Hé, c'est pas ton copain, Alex ? demanda Matteo.

Merde !

J'aurais bien frappé Matteo sous la table, mais l'espace était trop grand et il était hors de portée.

- Ton copain ? demanda Krystina en fronçant les sourcils.

- Si, confirmai-je sans hésiter. Beaumont a conçu ton collier.

Ce n'était pas un mensonge. Sheldon Tremaine avait dessiné son collier et sa bague de fiançailles. Il n'y avait aucune raison qu'elle soit au courant du reste - du moins pas pour le moment. Je finirai par le lui dire, mais pas avant d'avoir utilisé la commission de Beaumont pour renforcer le portefeuille de Turning Stone.

- J'adore cette chanson ! s'exclama soudainement Allyson.

Krystina tourna son attention vers Allyson et je ne m'étais jamais senti aussi reconnaissant envers elle pour le fait d'avoir fait diversion sans même le savoir. J'avais moi aussi reconnu la transition du DJ. On aurait dit un remix de la dernière chanson de Katy Perry, une chanson que Krystina écoutait souvent lorsqu'elle courait sur le tapis roulant de la salle de sport. En baissant les yeux, je remarquais que son pied tapait en rythme avec la musique et je décidais d'en profiter.

- Toi, tu meurs d'envie d'aller sur la piste de danse !

- Ah oui, ça y est, je suis prête ! Même si je n'sais pas si je serais capable de danser avec ces chaussures, dit-elle en riant d'un rire pétillant.

Même si je ne pouvais pas attendre de sentir les hanches de Krystina se frotter contre moi au rythme de la musique, je n'étais pas tout à fait prêt à danser. Elle avait besoin de se détacher de moi et de Beaumont d'abord. De plus, je voulais discuter avec Matteo des notes du restaurant avant de m'acclimater complètement à cette foule bruyante.

- Vas-y avec Allyson. Je te rejoins plus tard.

Elle sourit et se pencha pour planter un baiser chaste sur ma joue.

- T'en es sûr ?

- Absolument. Mais ne va pas trop loin. Je te surveillerai, la prévins-je.

Elle rit de nouveau et secoua la tête.

- Ah ça ! J'compte bien sur toi pour ça !

27

Krystina

Danser ne m'avait jamais autant fait de bien. Ainsi, l'esprit et le corps libéré de tous mes soucis et tous mes problèmes, j'étais perdue dans le rythme et ne vivais que le moment présent en profitant de chaque instant de ce plaisir sans retenue avec mon amie la plus proche. La dernière fois qu'Allyson et moi étions sorties en boîte, nous étions encore à l'université. Être ici avec elle ce soir me rappelait beaucoup de bons souvenirs, dont beaucoup passés à boire notre poids en vin. Au bout d'environ trente minutes de danse intense, je faisais signe à Allyson que je retournais à la table pour prendre un autre verre. Elle répondit en secouant les épaules et les hanches en rythme et fit une petite pirouette. En me retournant, je percutai un homme costaud qui était derrière moi. Je vacillai sur mes talons hauts et il m'attrapa le bras.

- Hé, là, lança-t-il en commençant à se frotter contre moi.

Son visage était couvert de sueur et ses cheveux étaient collés à son front.

Ugh, franch'ment dégueu !

Rien de plus ennuyeux qu'un partenaire de danse non invité. Je m'éloignai de lui rapidement, mais il m'attrapa par la taille. Ses yeux sombres me fixèrent et les poils de ma nuque se hérissaient. Ce type me donna sérieusement la chair de poule.

- Non, désolée, dis-je en réalisant tout de suite que mes mots étaient noyés dans la musique qui monta soudainement.

Je secouais la tête, mais son emprise sur moi se resserrait et il souriait. Sa main descendait en s'approchant dangereusement de la courbe de mes fesses. Je tentais de me dresser encore plus de toute ma hauteur en lui montrant ma main gauche, espérant que ma bague de fiançailles aurait une signification pour cet étranger qui me tripotait. Mais ça, c'était quelque chose je ne sus jamais, parce qu'Alexander était déjà entre nous. Il me fallut quelques secondes pour comprendre ce qu'il était en train de se passer. Alexander avait l'air prêt à exploser de colère, comme s'il était sur le point de tuer quelqu'un lorsqu'il saisit l'homme par le devant de sa chemise. De son côté, l'homme avait l'air effrayé. J'aurais pu me sentir mal pour lui, mais il avait fait l'erreur de lancer à Alexander un regard de défi. Il tendit le bras et saisit le poignet d'Alexander en tentant de desserrer la prise. Alexander baissa simplement les yeux, comme s'il n'y avait rien de plus qu'une mouche sur son bras. Il tira l'homme plus près de lui, leurs nez étant à peine à un centimètre distance.

- Garde tes putains d'mains pour toi ! rugit-il.

L'autre main d'Alexander était en boule et formait un poing. Je pensais qu'il allait frapper le type. J'aurais dû intervenir, mais c'était comme si j'étais figée dans l'espace-temps, complètement enracinée sur place alors que la scène se déroulait rapidement devant moi. Heureusement, Matteo arrivait derrière Alexander et lui attrapait le bras.

- Alex, ce n'est pas une bonne idée, mon ami.

Alexander regardait Matteo, les yeux encore brillants de colère, mais il relâchait sa prise.

- Qu'est-ce qu'il se passe ? cria Allyson par-dessus la musique, n'ayant apparemment pas vu mon altercation avec l'étranger.

- Rien, lui dis-je.

Je trouvais vraiment que la rage d'Alexander était complètement injustifiée. J'aurais très bien pu gérer ce gars toute seule. Maintenant, c'était comme si je devais m'occuper de sa jalousie. En m'interposant entre les deux hommes, je déposais doucement un long baiser sur ses lèvres. J'espérais ainsi envoyer un message plus fort à la personne qui m'avait attrapée tout en dissipant en même temps un peu de la colère d'Alexander. Cela semblait avoir fonctionné. Alexander serrait mon corps contre le sien et m'embrassait lui aussi, ses lèvres se pressant passionnément sur les miennes. Quand Matteo laissait échapper un hurlement de loup, je sentais les lèvres d'Alexander se retrousser contre les miennes en un sourire. Je m'éloignais en regardant du côté de Matteo et Allyson. Ils dansaient tous les deux et nous souriaient. Après un rapide regard autour de moi, je constatais que l'homme qui m'avait attrapée était hors de vue. Je poussais un soupir de soulagement.

- Tu sais, j'aurais pu m'occuper d'ce type, dis-je dit à Alexander.

- Tu aurais aussi pu te changer comme je te l'avais demandé, rétorqua-t-il.

Ses yeux me transperçaient et je pouvais voir que sa colère stagnait toujours juste sous la surface. Je relevais le menton en signe de défi.

- C'est vrai. Comme si mes vêtements avaient quelque chose à voir avec ce qu'il s'est passé.

Sans prévenir, Alexander me tira vers lui une fois de plus,

me soulevant juste assez pour que mes pieds effleurent à peine le sol.

- Tu vas m'tuer, tu sais ? grogna-t-il dans mon oreille. Tu sais à quoi tu r'ssembles sur la piste de danse ? J'ai observé tes hanches, tes jambes, tes courbes. Et tous les autres hommes de l'endroit aussi. Tu es tell'ment sexy et tu ne le sais même pas.

À ma grande surprise, je sentis une rigidité commencer à croître contre mon ventre.

Putain de merde. Il est excité.

Utilisant cela à mon avantage, je l'embrassais longuement. La chaleur de ses lèvres contre les miennes se répandait comme une traînée de poudre dans mes veines et mon cœur se mettait à marteler un rythme erratique dans mes oreilles. La musique changeait, passant à un remix d'une chanson connue d'Ed Sheeran. Au bout d'un moment, je me retirais de notre étreinte pour croiser son regard, qui semblait sombre et affamé.

- Danse avec moi, lui dis-je.

Alexander me faisait redescendre pour que mes pieds soient fermement plantés sur le sol. Il attrapait ma main droite et m'adressait un sourire diabolique qui me faisait fondre, avant de me faire tourner sur moi-même. Il me ramenait dans ses bras, sa poitrine contre la mienne, et nous avons commencé à bouger ensemble. Ses mouvements étaient sans effort, me faisant apparaître comme une bien meilleure danseuse que je ne l'étais. J'avais presque oublié à quel point il dansait bien. Il se déplaçait autour de moi dans un rythme impeccable, sexy et confiant, avant de tirer mes hanches contre lui une fois de plus. Il me tournait autour dans un lent mouvement circulaire.

- Je sais que ta grand-mère t'a appris le swing de la côte est, mais ne me dis pas qu'elle t'a aussi appris ces mouvements.

Il gloussait, le son profond de son rire s'élevant au-dessus de la musique.

- Non, bébé. Ceux-ci viennent de moi.

À moitié pompette, je me retrouvais à me tortiller contre lui sans problème alors qu'il me descendait le long du corps. Attrapant ma taille et pressant son visage contre mon ventre, il faisait courir ses mains le long de mes jambes. Toute son attention était sur moi, comme s'il n'y avait pas une autre âme dans la boîte.

- Tu sais qu't'es complèt'ment fou, ou pas ? le taquinai-je.

Ses hanches ne cessaient pas de bouger alors qu'il revenait à une position debout.

- Pas fou. Juste amoureux des formes de ton corps, dit-il en imitant les paroles de la chanson.

Je jetais la tête en arrière en riant quand il reprenait mes hanches. Me sentant enhardie par ses actions, je tendais la main entre nous et étalais ma paume contre la braguette de son jean de créateur. Je le sentais trembler avant qu'il ne retire ma main. Saisissant ma nuque, il attirait mon oreille contre ses lèvres.

- Je vais vous punir pour ça, mademoiselle Cole.

- C'est une promesse ? le provoquai-je.

Il gémit et mon oreille se mit à vibrer en recevant ses respirations chaudes et lourdes.

- Mais tu veux vraiment de m'tuer, c'est ça ?

Je me mettais à rire et regardais autour de moi pour voir où Allyson et Matteo étaient partis. Ils dansaient toujours, Matteo faisant tournoyer le petit corps d'Allyson sans effort. Matteo, comme Alexander, était lui aussi un très bon danseur. La musique commençait à faiblir, passant à un autre morceau. J'haletais et j'étais en sueur sous l'effort.

- Pourquoi on n'irait pas s'asseoir et prendre un autre verre ? suggéra Alexander.

Il était lui aussi en sueur, ses cheveux tombant en mèches humides sur son front.

- C'est une bonne idée, déclarai-je.

De retour à notre espace réservé, notre serveur était là, prêt à nous servir une autre tournée. Pendant que je dansais avec

Allyson, Alexander et Matteo avaient dû enrichir notre collection de bouteilles : une autre marque de whisky et deux bouteilles de vin blanc avaient rejoint le scotch et le Dom Pérignon. Je regardais les gens qui faisaient la queue pour leur boisson au bar. Je ne les enviais pas du tout. Je pourrais très vite m'habituer à cette histoire de service de bouteilles. En m'adossant contre Alexander, je prenais une gorgée de vin frais, me sentant comme une princesse pourrie-gâtée.

- On devrait sortir pour danser plus souvent, dit Alexander en faisant glisser un doigt le long de mon bras. Mais fais-moi juste une faveur. Ne porte pas de jupe aussi courte la prochaine fois.

Je roulais les yeux, ignorant son commentaire.

- Ouais, t'as raison : on devrait refaire ça très vite. On s'amuse bien !

Je repoussais la pensée de ce qu'il pourrait arriver et la possibilité que nous ne pourrions pas refaire ça de sitôt. Je ne voulais pas y penser. Pas ce soir.

- Oh ! Autre chose : du cuir, ajouta-t-il.

Je redressai mon cou pour le regarder.

- Du cuir ? demandai-je avec confusion.

Me prenant la joue, il se penchait pour m'embrasser. Sa langue traçait le contour de mes lèvres, les amadouant pour qu'elles s'ouvrent. Nos langues dansèrent ensemble pendant un bref instant avant qu'il prenne du recul.

- Oui, plus de cuir en public. C'est trop dur pour moi de garder mes mains loin de toi quand tu en portes.

Je levai les sourcils.

- C'est vrai ?

- Oui. Mais tu en porteras plus souvent pour moi. Et seulement pour moi. De quelle couleur est ton soutien-gorge ? demanda-t-il d'une voix qui prenait un son guttural.

Je frissonnai.

- Dentelle noire. Sans bretelles.

Il siffla un coup.

- Putain d'cuir et de dentelle. Quand on rentrera, je te veux à genoux. Soutien-gorge et jupe. Pas de culotte.

Mes entrailles brûlaient, son ordre était un enfer qui déchirait mon corps et qui s'installait à l'apex de mes cuisses. Au moment de lui répondre, je lui disais les mots qu'il avait toujours voulu entendre ; des mots que je me sentais souvent mal à l'aise de dire. Cependant, je ne pouvais pas penser à une réponse plus appropriée et naturelle à sa demande.

- Oui, monsieur, chuchotai-je.

28

Krystina

- Qu'est-ce que t'es belle.

Mes yeux s'ouvraient au son de ces paroles. Alexander avait parlé tellement doucement que je croyais rêver. Hébétée, je me frottais les yeux et louchais à cause de la lumière du lever du soleil qui passait par la fenêtre. Après m'être étirée un bon coup, je portais mon regard sur Alexander, qui était torse nu, debout à côté du lit. Il me regardait et son jean déboutonné était lâche autour de ses hanches. Il venait de sortir de la douche et ses cheveux étaient humides.

- Salut, dis-je avec un sourire endormi. Quelle heure il est ?

Il me grimpait dessus, me clouant au matelas, son corps lourd et maigre s'étendant sur toute la longueur de mon corps. Mon nez s'emplissait de l'odeur entêtante de l'eau fraîche et du gel douche.

- Presque sept heures et demie, me dit-il en balayant quelques mèches de mon visage.

J'étendais les bras au-dessus de ma tête et m'étirais à nouveau, mon corps délicieusement endolori après les événements de la nuit dernière. Et ce n'était pas dû au fait que nous avions dansé. Alexander était en feu hier soir, il s'était violemment jeté sur moi à partir du moment où il m'avait vue à genoux dans la chambre. Je ne m'étais pas endormie avant deux heures du matin, mais j'étais réveillée à quatre heures et demie pour une partie de jambes en l'air lente et engourdie.

- Je suppose que je devrais me lever et prendre une douche, pensai-je en me disant que je ne voulais pas sortir de la chaleur du lit, ni du poids du corps d'Alexander.

- Oui, tu devrais, murmura-t-il, avant de se pencher pour déposer une ligne de baisers sur ma mâchoire.

Sa langue se déplaçait en cercles lents dans ma gorge. Il glissait une main le long de mon bras, emportant le drap avec lui, et découvrait mes seins nus. Du bout d'un doigt, il traçait le centre de mon sternum et la saillie de ma hanche, avant de remonter lentement pour entourer un téton. Il se penchait et le capturait dans sa bouche, sa langue chaude et humide dansant lentement autour de la pointe. J'arquais ma poitrine contre lui et poussais un léger soupir.

- Tu pourrais m'rejoindre sous la douche, soufflai-je.

Il gémit et se déplaçait vers l'autre sein, avant de remonter dans mon cou pour réclamer ma bouche.

- Même si cela me tente beaucoup, je n'veux pas être en retard. Hale m'attend à neuf heures. Par contre, toi, si tu veux rester ici, nue dans le lit, je peux te promettre que je me dépêcherai de revenir.

Je voulais me rendre et être l'esclave qu'il avait fait de moi : rester nue dans le lit et attendre son retour. Mais je savais que je devais être là pour Hale. En levant les mains, je posais mes paumes de chaque côté du beau visage d'Alexander. Je me mettais à parler en essayant d'empêcher le regret de transparaître dans ma voix.

- Je devrais plutôt venir avec toi. Le lit sera toujours là quand on aura fini d'aider Hale avec sa mère. Et, quand on aura terminé, on aura toute la journée, ajoutai-je.

Il me prenait les poignets pour les coincer de chaque côté de ma tête.

- Je pourrais te faire rester ici.

Même si je ne voulais pas l'admettre, je savais qu'il le pouvait.

- Mais tu ne le feras pas.

- Tu as raison, mon ange. Je n'le f'rai pas, gloussa-t-il en me relâchant les poignets. Lorsqu'il se penchait en arrière pour s'asseoir sur ses talons, le coin de sa bouche se relevait avec insolence. Mais je vais te faire tenir ta promesse d'être au lit toute la journée. Je prévois de te baiser jusqu'à demain.

Je souriais.

- Je n'me battrai p't'être pas, dis-je avec un clin d'œil suggestif.

Faisant passer sa jambe par-dessus mon corps pour descendre du lit, il me traînait pour le rejoindre. Il entourait ma taille de ses bras et attirait mon corps nu contre lui. Ses mains prenaient mes joues et m'attiraient encore plus près de lui, tandis qu'il se penchait pour poser ses lèvres sur mon oreille.

- Va prendre une douche et je vais te préparer de la caféine avant que tu ne commences à en avoir envie d'une dose, me taquina-t-il avant de me donner une légère claque sur les fesses.

Je soupirais en l'entendant parler de café et me motivais pour me doucher et m'habiller au plus vite. Après avoir enfilé un jean et un haut noir, je m'attachais les cheveux en une queue de cheval lâche et suivais l'arôme des grains colombiens fraîchement préparés dans la cuisine. Alexander se tenait sur le bar du petit-déjeuner avec un bagel grillé et un verre de jus d'orange. Il désignait l'endroit où il m'avait préparé une tasse de café fumante et un bagel beurré.

- Mange, m'ordonna-t-il.

Il n'avait pas besoin de le dire deux fois. Mon estomac grondait avant même que je n'entre dans la cuisine. Une fois que j'eus avalé deux tasses de café et que nous eûmes fini nos bagels, nous étions dans la Tesla à 8h30 et nous nous dirigions vers Brooklyn. Le trafic du samedi matin était fluide et le trajet ne nous prit pas longtemps. En entrant dans le parking, Alexander prit le ticket de l'horodateur et le balança sur le tableau de bord. Après s'être garé sur la première place disponible, il ramassa le ticket et l'étudia. Une expression curieuse se lisait sur son visage.

- C'est quoi ? m'enquis-je.

- J'ai trouvé un reçu de stationnement par terre chez Justine, l'autre jour. Je l'avais presque oublié jusqu'à ce que je voie celui-là. Je suis presque sûr que le reçu de stationnement que j'ai trouvé correspond à celui-ci.

- Peut-être qu'elle était ici pour rendre visite à la mère de Hale ?

- J'en doute fort. Justine déteste les maisons de retraite. Ça ne lui ressemblerait pas d'être ici, mais je n'vois pas pourquoi elle serait à Brooklyn, murmura-t-il en secouant la tête. Je demanderai à Hale ce qu'il en est une fois qu'on aura installé sa mère.

Alexander avait l'air inquiet, mais je n'insistais pas. Nous sortîmes du parking. Une fois dans la rue, nous précipitâmes de l'autre côté. Le vent froid de l'hiver new-yorkais me fouettait la nuque. Je portais un manteau chaud mais regrettais de ne pas avoir ajouté d'écharpe. Je frissonnais, me sentant plus que prête à ce que ce temps s'arrête. L'odeur du printemps et la sensation de la chaleur de l'été me manquaient. Lorsque nous arrivâmes à l'entrée de l'établissement de soins médicaux, il nous fallut sonner pour entrer. Une fois la porte déverrouillée, Alexander posa sa main sur le bas de mon dos et me conduisit dans le hall principal, qui était pourvu de chaises à haut dossier rembourrées de couleur crème et bleue. Les tables étaient ornées de bouquets de fleurs fraîches, donnant à l'atmosphère une sorte d'ambiance familiale. Des résidents se déplaçaient en parlant entre eux à voix basse comme s'ils ne voulaient pas perturber la sérénité de la maison. Hale traversa le hall pour venir à notre rencontre. En m'approchant, je remarquais qu'il avait l'air exténué. Lui qui semblait d'habitude fort et alerte semblait dégonflé, presque comme s'il n'avait pas dormi depuis des jours.

- Comment va-t-elle aujourd'hui ? lui demanda Alexander alors que nous marchions dans le couloir vers la chambre de la mère de Hale.

- Elle va bien. Son esprit semble un peu plus clair depuis que je l'ai ramenée ici. Je pense que le fait d'être de retour dans son environnement familier l'aide beaucoup.

Lorsque nous entrâmes dans la pièce, la mère de Hale était assise dans un fauteuil à bascule dans le coin de la pièce. On pouvait entendre le craquement du plancher en bois sous la chaise lorsqu'elle se balançait d'avant en arrière. Un plaid couvrait ses genoux et elle tenait un cadre de photo dans sa main.

- Maman, regarde qui est venu te voir, dit Hale.

Elle levait les yeux pour nous scruter, puis elle nous fixa avec indifférence, presque comme si elle ne nous voyait pas, ses yeux gris couverts d'un lourd brouillard.

- Madame Fulton, c'est un plaisir de vous voir, dit Alexander.

Elle baissait les yeux sur la photo posée sur ses genoux et en tripotait nerveusement le cadre.

- C'est quoi, cette photo ? Je peux la voir ? demanda Hale en faisant glisser la photo de ses mains. Levant les yeux vers

Alexander, il dit : C'est une photo d'elle et de ta grand-mère. Une photo qu'elle aime bien regarder.

Hale posa la photo sur la table, à côté d'autres photos. Je m'approchais pour les regarder pendant que Hale et Alexander discutaient des soins dont madame Fulton aurait besoin dans les semaines à venir. Lorsqu'elle était plus jeune, la mère de Hale était une belle femme ; on pouvait même voir ses yeux briller sur ces vieux clichés en noir et blanc. Il y en avait un datant du jour de son mariage et une autre avec des personnes qui devaient être des amis et de la famille. Mes yeux se posaient sur une photo en couleurs - un peu passées - de Hale plus jeune. Il devait avoir à peu près vingt ans. Il était en uniforme et posait avec deux enfants. Je me penchais pour l'étudier de plus près, et souriais en réalisant qui étaient ces petits, et je n'eus aucun doute en voyant ces yeux bleus intenses et ces cheveux presque noirs. C'était Alexander et Justine.

- Krystina, dit Alexander. Je me levais et tournais pour lui faire face. Je vais descendre au poste des infirmières pour voir si je peux parler à l'infirmière en chef. Peux-tu rester ici pour tenir compagnie à Hale et à sa mère ?

- Bien sûr, pas de problème.

Une fois Alexander parti, Hale s'approcha et prit la photo que je venais de regarder.

- Ils étaient si jeunes, dit-il. Ils ressemblent tous deux à leur mère, sauf que monsieur Stone a hérité de certains traits plus durs de son père.

- C'est une belle photo. Je n'avais pas réalisé que votre histoire avec Alexander remontait à si loin.

- Ma mère était la meilleure amie de sa grand-mère. Après la mort de mon père, nos familles sont devenues très proches. Monsieur Stonewall s'était imposé et il était pour moi comme un père.

Il avait l'air triste et je ne savais pas pourquoi. Je m'interrogeais sur leur relation et comment elle avait évolué.

Hale s'adressait toujours à Alexander de façon très formelle. Je trouvais ça étrange, vu le contexte familial.

- Hale, pourquoi vous adressez-vous à Alex en l'appelant « monsieur », ou « monsieur Stone » ? lui demandai-je, vraiment curieuse de connaître sa réponse.

Il reposa la photo et m'offrit un petit sourire.

- Parce que c'est ce qu'il souhaite. Monsieur Stone est très proche de son grand-père par rapport à ça.

- J'aurais aimé avoir la chance de le connaître. Alex parle affectueusement de ses grands-parents. Je suis sûre que je les aurais appréciés.

Une sorte de tapotement capta notre attention du côté de la mère de Hale. Elle avait repris le cadre que Hale venait de remplacer et tapait du doigt contre le verre. Elle était visiblement agitée, marmonnant des mots que je ne comprenais pas.

- Maman. Qu'est-ce qu'il y a ? demanda Hale en se précipitant à ses côtés. Elle continuait à tapoter la photo. La photo ? Oui, je la vois.

Elle secouait la tête, semblant être de plus en plus contrariée à chaque seconde. Son doigt tapait plus fort et ses mains tremblaient. Elle répétait quelque chose, mais je n'arrivais pas à comprendre quoi.

- Qu'est-ce qu'elle essaie de dire ? demandai-je, ne sachant pas si je pouvais faire quelque chose pour l'aider à se calmer.

Hale ne répondit pas mais continuait de s'adresser à sa mère :

- Maman, s'il te plaît, reste calme, lui dit-il.

Il lui prit le cadre photo des mains pour éviter qu'elle le casse.

- Di'hui. Di'hui, répétait madame Fulton.

Di'hui ? Je n'arrivais pas à comprendre, mais j'avais l'impression que Hale, lui, comprenait.

- Je sais ce que tu essaies de dire. Ne t'inquiète pas. Je lui dirai, lui dit-il.

Elle cessait de s'agiter et semblait se calmer quelque peu. Elle reprenait son balancement, ses yeux retrouvant une expression vide. C'était complètement déchirant. Sa confusion et sa panique, disparaissant dans un néant vide, était un spectacle triste à voir.

- « Dis-lui » ? C'est c'qu'elle essayait de dire ?

Il se penchait pour ajuster le plaid sur les genoux de sa mère en me parlant à voix basse.

- Ça lui arrive de temps en temps quand elle se rappelle un souvenir. Quand elle ne trouve pas les mots, elle s'agite. Ça ne dure généralement pas longtemps. Puis la maladie reprend à nouveau le dessus et elle se calme.

- Vous semblez avoir une manière bien précise de faire les choses, avec elle, ce qui, j'en suis sûre, l'aide beaucoup. En tous cas, vous sembliez comprendre ce qu'elle essayait de dire.

- C'est vrai, j'ai compris ce qu'elle disait. Il se leva de toute sa stature et se tourna vers moi. Ses yeux, qui ne reflétaient habituellement aucune émotion, semblaient souffrir quand ils rencontrèrent les miens. Mademoiselle Cole, j'ai quelque chose à dire à monsieur Stone. Et je vais le faire tout à l'heure. C'est quelque chose que ma mère voulait que je lui dise depuis un bon moment. Et ça ne sera pas facile à entendre pour lui.

Mon sourcil se fronçait dans la confusion.

- Que voulez-vous dire ?

Il baissa les yeux sur la photo de lui avec Alexander et Justine.

- Autant que je m'en rappelle, j'ai tout fait pour les protéger au mieux. Mais je ne pourrais plus le faire. Il fit une pause et prit un air lointain. Au bout d'un moment, il poursuivit. Je vous ai déjà dit qu'il avait besoin de vous. Il aura besoin de vous maintenant. Et plus que jamais.

29

Alexander

Lorsque je rentrais dans la chambre de madame Fulton, Hale et Krystina se regardaient bizarrement. Krystina semblait à la fois confuse et préoccupée. De son côté, Hale semblait inhabituellement troublé.

- Qu'est-ce qu'il y a ? demandai-je. Hale me regardait avec une expression douloureuse, et je trouvais cela assez alarmant. C'est votre mère ?

Tournant le regard au fond de la pièce, je voyais la mère de Hale tranquillement assise dans son fauteuil, tout comme elle l'était quand j'avais quitté la pièce.

- Monsieur Stone, venez avec moi, s'il-vous-plaît. Mademoiselle Cole, vous aussi. Suivez-moi.

- Hale, dites-moi maintenant ce que vous avez à dire. Que s'passe-t-il ?

- Suivez-moi, s'il vous plaît.

Il sortait de la pièce, me laissant quelque peu décontenancé : d'habitude, Hale n'ignorait jamais les questions directes que je lui adressais. Je me tournais vers Krystina.

- Que s'est-il passé pendant mon absence ? lui demandai-je tranquillement pendant que nous marchions.

- Je n'sais pas. La mère de Hale a eu une sorte d'épisode de panique. Il a réussi à la calmer, puis il m'a dit qu'il avait quelque chose à te dire. Je n'sais pas quoi. Et puis, tu es arrivé juste à ce moment- là dans la pièce.

- Il y a un problème, murmurai-je plus pour moi-même que pour elle.

Hale s'arrêta devant une porte fermée, qui semblait mener à la chambre de quelqu'un d'autre.

- Elle dort, alors ne parlez pas fort, s'il vous plaît, nous dit-il.

- Qui dort ? Pour la deuxième fois, qu'est-ce qu'il se passe, bordel ? demandai-je, me sentant maintenant indiscutablement énervé par ce secret inexpliqué.

Il ne me répondit pas mais tourna la poignée et poussa la porte. Un sentiment d'affaissement commençait à se former dans mes tripes, et je ne savais pas pourquoi. Tout ce que je savais, c'était que je n'avais jamais vu Hale se comporter de cette manière. J'entrais dans la pièce et fus momentanément stupéfait par ce que je voyais : Justine, assise sur une chaise, en face d'un lit. Je voyais la silhouette de quelqu'un sous les draps ; certainement un patient que je ne connaissais pas. Mais pourtant, je ne pouvais pas ne pas me soucier de qui c'était, car j'étais trop choqué de voir ma sœur.

- Justine ! Où t'étais ?

Elle posait un doigt sur ses lèvres pour me faire taire et me montrait du doigt la personne allongée dans le lit.

- Je... j'étais là, dit-elle doucement.

- Tu étais là ? Dans une putain d'maison d'retraite ? Je secouai la tête en signe de confusion. Pourquoi n'réponds pas à mes appels ?

Elle regardait Hale, et ses yeux se remplirent de larmes.

- Je suis vraiment désolée, Alex.

Je regardais confusément dans la pièce.

- Désolée pour quoi ? Mais p'tain, qu'est-ce qu'il se passe ?

Elle se levait, avançait sur le côté et regardait la personne allongée dans le lit. Mon regard suivait le sien, ne comprenant toujours pas pourquoi Justine était ici. Mes yeux se posaient sur une femme plus âgée dont les cheveux sombres étaient striés de gris et s'étalaient en éventail sur l'oreiller. Elle dormait, ses yeux aux paupières pâles papillonnaient comme si elle était en train de rêver. Elle semblait frêle, mais aussi... tellement familière.

Non. C'est pas possible.

Mon cœur se mettait à battre rapidement dans ma poitrine. Justine commençait à parler, et je relevais la tête pour la regarder.

- Elle fait généralement une sieste à cette heure-ci. Les médicaments qu'elle prend l'endorment un peu, mais elle va probablement se réveiller bientôt.

Mes jambes se mirent à bouger. Le regard fixé sur Justine, je mettais un pied devant l'autre, jusqu'à ce que je sois directement à côté du lit. Je fixais ma sœur un moment de plus avant de tourner lentement la tête pour regarder la femme allongée dans le lit. Elle avait un nez étroit et des pommettes définies. Tout comme le mien et celui de Justine. Des rides marquaient son visage, des pattes d'oie s'étendant jusqu'à ses tempes. Une horrible cicatrice s'étendait du côté droit de son front pour en atteindre le milieu, dessinant une dépression légèrement creusée. Elle avait la forme d'un U allongé dont la couleur gris violacé révélait la gravité de la blessure qu'elle avait reçue. Alors que je fixais la cicatrice, une vision défilait devant mes yeux. Elle m'aveuglait presque et je reculais en titubant. Je connaissais cette cicatrice. J'avais vu la blessure qui l'avait causée. Mes yeux me brûlaient sous la douleur qui commençait à se développer derrière eux comme une migraine que je n'avais jamais connue auparavant. Et soudain, c'était comme si j'étais projeté dans le passé, et les détails brumeux du jour où Hale était arrivé et nous avait trouvés, Justine et moi, avec le corps de mon père, devenaient soudainement clairs.

QUELQU'UN FRAPPE À LA PORTE. *J'ai peur de répondre, mais j'entends la voix de Hale.*

Hale est un soldat et c'est idiot d'avoir peur d'un soldat. Je devrais répondre. Il pourrait nous aider, Justine et moi. Elle est toujours bizarre et ne finit pas ses assiettes tout le temps. Grand-mère dirait que c'est du gaspillage.

J'ouvre la porte.

- Hé, champion, me dit Hale en me décoiffant. Où est ta mère ? Ta grand-mère a fait du pain aux bananes, le préféré de ta mère.

Je lui réponds en mentant :

- Maman n'est pas là.

Je ne veux pas qu'il la voie. Il dirait à grand-père pour son visage, et grand-père traiterait maman d'idiote, et ça la fait pleurer.

- Oh ?! dit Hale. Il a l'air surpris. Tu sais où elle est ?

Je secoue la tête et regarde derrière moi. Je vois Justine au bout du couloir, dans sa chambre. Elle fredonne à nouveau.

- Quelque chose est arrivé à Justine, Hale. Pouvez-vous aller lu lui parler ?

Il regarde devant moi. Il est trop grand, et je ne peux pas lui bloquer la vue. Je ne veux pas qu'il regarde dans le salon. Je sais qu'il verra tout, de toute façon.

- Mon champion, qu'est-ce qui n'va pas ? Où est ta mère ?

Il a l'air effrayé. Comme moi.

Il me contourne et entre dans la maison. Mon cœur commence à battre la chamade.

- Attendez, non ! Pas par ici. La chambre de Justine est par là, dis-je en lui tirant la manche.

- Putain d'merde ! jure-t-il.

Grand-mère ne va pas aimer son langage.

Il commence à courir dans la maison. Il appelle maman. Je secoue la tête. Je veux lui dire qu'elle ne peut pas répondre, mais je décide de plutôt manger le pain à la banane de grand-mère. C'est mieux que de suivre Hale.

J'appelle Justine à moi :

- Justine ! Hale est ici ! Grand-mère a fait du pain aux bananes ! Viens en prendre !

Justine sort de sa chambre, et on s'assoit sur le canapé. Elle fredonne et se balance d'avant en arrière pendant que je déchire l'emballage. On en partage chacun un morceau.

Je peux entendre Hale dans la cuisine. Il parle à quelqu'un. Je pense qu'il est au téléphone.

Je me demande à qui il parle, mais je fais tout pour ne pas écouter. Je ne veux pas écouter.

Il revient dans le salon. Il porte quelqu'un. Je sais qui c'est, mais je ne regarde pas. Je ne veux pas voir son visage. Il n'est plus très joli du tout.

- Alexander, j'ai besoin que tu fasses exactement ce que je dis, me dit Hale. Je vais emmener ta mère aux urgences. Je reviens juste après. Grand-père sera bientôt là lui aussi.

Je regarde le sol. Je le vois toujours allongé là et je me sens en colère. Je lève les yeux vers Hale, en faisant attention de ne pas regarder le visage de maman. Je prends une autre bouchée de pain.

- Grand-père sera heureux que ce connard de paresseux soit mort, dis-je entre deux bouchées.

- Mais bon sang, Alexander ! Je n'vais pas vous laisser, mais tout va bien s'passer. Reste avec ta sœur. Ne sortez pas de la maison. Restez sur ce canapé et ne bougez pas !

Il semble contrarié. Je ne veux pas qu'il le soit encore plus, alors je hoche la tête.

- Ok.

J'acquiesce et je continue de manger.

. . .

MA MÈRE. Elle avait été là tout le temps… et maintenant, je me rappelais son corps, sur le sol de la cuisine. Ses lèvres étaient pâles, et elle ne répondait à rien de ce que j'essayais de faire. Son crâne était enfoncé, un cratère peu profond suintant de sang et d'une matière grise bizarre, les cheveux collés à son visage. Je me souviens qu'ils étaient visqueux. Mon estomac se retournait à la réminiscence de ce détail assez horrible.

C'est pour ça que j'avais bloqué ce souvenir ? Et qu'en était-il de Hale ? Où l'avait-il emmenée ?

Je n'arrivais plus à penser, ma vision étant inondée d'un tas de souvenirs refoulés. Et là, je me souvenais d'une conversation que j'avais entendue entre mon grand-père, Hale et ma grand-mère.

GRAND-PÈRE VA se fâcher s'il me trouve hors de mon lit, mais je ne peux pas dormir. Je ne veux pas faire d'autre cauchemar. Il faut que j'aille demander à grand-mère mes cachets pour m'aider à dormir.

Je descends mais je m'arrête en entendant Grand-père parler. Il a l'air en colère.

- Non ! Je me fiche de ce que pense ta mère, Hale. On ne peut pas leur dire. Pas maint'nant. Ça fait plus d'un mois, déjà. Justine n'a toujours pas dit un seul mot, et Alexander arrive à peine à passer une nuit tranquille.

- Les enfants ont traversé trop de choses. Ils ne peuvent pas la voir comme ça, dit Grand-mère.

On dirait qu'elle pleure. Grand-mère pleure beaucoup, en ce moment. J'aimerais pouvoir l'aider à aller mieux.

- Pas d'amélioration ? demande Hale.

- Non. Les médecins ne sont pas optimistes. Et ça risque de durer encore longtemps… voir même pour toujours, dit Grand-père.

Grand-mère se remet à pleurer.

- *Lucille, reprends-toi. Tu dois être forte pour Alexander et Justine. Pleurer ne va pas la ramener.*

- *Ce n'est pas pour ça que je pleure. Je pleure parce que je me sens coupable. Pour l'instant, on la cache. Elle est dans une situation stable, mais son esprit n'est plus là. Je me sens juste mal de laisser les enfants dans l'ignorance. Est-ce qu'un jour on pourra leur dire ? Les y emmener, pour qu'ils puissent la voir ?*

- *Lucille, elle ne saura même pas qui ils sont. Tu l'as dit toi-même. Ces enfants ont assez souffert. On doit les protéger. Peux-tu imaginer ce qu'ils auraient à endurer s'il s'avérait que leur mère a tué leur père ?*

- *Il le méritait, si vous voulez mon avis, dit Hale.*

- *Des nouvelles de l'enquête de police ? demande Grand-père.*

- *Rien. Ils n'ont même pas trouvé l'arme.*

Je commence à être nerveux. Ils pensent que c'est maman qui l'a tué. Et s'ils découvrent ce que j'ai fait ?

- *Pour le bien d'Alexander et de Justine, il vaut mieux qu'Helena reste une personne disparue. Hale, es-tu sûr que tu peux garder son identité secrète ?*

- *Oui, je peux tout à fait. Nous savons qu'Helena Russo est en réalité Lena Silvestri.*

J'ai les mains moites. Je fais un pas en arrière. L'escalier grince.

- *Alexander ? C'est toi ?*

C'est Grand-mère qui m'appelle.

S'ils me voient, ils sauront ce que j'ai fait. Je n'ai plus besoin de mes médicaments. J'ai juste besoin de retourner dans ma chambre.

Je me tournais vers Hale.

- Vous saviez où était ma mère pendant tout ce temps…

Je formulais ma phrase comme une déclaration dans laquelle je les accusais, et non comme une question. Hale hochait simplement la tête et fixait une tache invisible sur le sol.

- Alex, attends, interjeta Justine. Tu n'comprends pas.

Elle parlait, mais je ne l'entendais pas. J'étais trop occupé à surveiller mon agent de sécurité, l'homme que j'avais fini par considérer comme un ami et en qui j'avais plus confiance que n'importe qui. Pendant des années, je l'avais envoyé à la chasse aux inconnus, pour apprendre aujourd'hui qu'il n'était que là pour me rassurer. Une partie de moi voulait nier qu'il savait que ma mère était vivante pendant tout ce temps, mais mes nouveaux souvenirs me disaient que ce n'était pas le cas. La chaleur me montait au visage, et je sentais mes poings se serrer. Je ne pouvais plus réfléchir, ni dire quoi que ce soit. Alors, je décidais d'agir. Je me jetais sur Hale, lui donnant un coup de poing bien placé au centre du visage. J'entendais comme un craquement de cartilage, mais après tout, qu'il s'agisse de mes articulations ou de son nez, ça n'avait pas d'importance. Du sang gicla immédiatement de son visage, mais je ne faisais pas de pause pour autant et le frappais à nouveau. Il tituba d'un pas en arrière mais ne riposta pas.

- Défends-toi, espèce de salaud !

Je sentais quelque chose - ou quelqu'un - dans mon dos. Krystina. Justine. Mon subconscient savait que c'étaient elles qui me tiraient les bras, mais je continuais à me battre. Puis j'entendis sa voix. Une voix que je n'avais pas entendue depuis plus de vingt ans. Elle était exactement comme dans mon souvenir, mais... différente. J'arrêtai de bouger. Ma poitrine se gonflait et je m'essoufflais tout en me retournant.

- Maman, chuchotai-je.

Elle s'asseyait dans le lit et serrait la couverture contre sa poitrine.

- Est-ce que je vous connais ? demanda-t-elle.

- Alex ! siffla Justine. Je me tournais lentement pour la regarder. Il y a des choses que tu n'sais pas. S'teu plaît, joue l'jeu ou tu vas la contrarier.

Confus, je me retournais vers ma mère. Elle me fixait avec

une expression curieuse. Je voulais aller près d'elle. Lui dire que je savais qu'elle était vivante et que je n'avais jamais cessé de la chercher. Cependant, il y avait quelque chose dans son regard qui me faisait réfléchir. Cela faisait depuis des décennies qu'elle ne m'avait pas vu. Elle ne serait pas capable de reconnaître l'homme que j'étais devenu. Alors au lieu de lui dire toutes ces choses, je m'approchais d'elle et lui tendais la main.

- Je suis Alexander.

J'attendais de voir si elle allait se rappeler de moi, mais elle fixait simplement ma main, un peu comme si elle ne savait pas quoi en faire. À mon grand étonnement, elle ne la secouait pas mais la prenait en la faisant tourner dans la sienne.

- Et moi qui pensais juste que vous m'apportiez un p'tit truc sucré à manger...

Grimaçant un instant, elle repoussait ma main et sortait un lapin en peluche de sous son oreiller qu'elle se mettait à tripoter. Horrifié, j'écarquillais les yeux. Une vague de nausée me frappait et j'avais envie de vomir. En ravalant la bile dans ma gorge, je me tournais vers Justine. Des larmes coulaient sur ses joues.

- Qu'est-ce qu'il ne va pas avec elle ? demandai-je doucement.

J'entendais Krystina s'éclaircir la gorge. J'avais presque oublié qu'elle était là. Au moment où mes yeux croisaient les siens, je constatais que son visage était presque aussi choqué que le mien.

- Alex, pourquoi toi, Justine et Hale n'iriez-vous pas trouver un endroit tranquille pour parler ? Je peux rester ici avec, hum... avec elle, proposa-t-elle en désignant l'endroit où ma mère était assise dans son lit.

Je regardais Hale qui se tenait tranquillement dans un coin. Son nez saignait et il semblait que je lui avais ouvert la lèvre inférieure. Cependant, il n'essayait pas de s'essuyer le visage, mais il restait juste là, immobile comme une statue, l'expression stoïque.

Quel connard de menteur !

Je détournais mon regard de lui pour le reporter sur Krystina.

- Non. Je n'peux pas... dis-je de manière saccadée.

Mes yeux passaient de Justine à ma mère.

Depuis combien de temps Justine sait qu'elle est ici ?

La colère, la trahison, et tout un tas de niveaux de douleur que je n'aurais jamais cru humainement possibles, se mettaient à me transpercer : une douleur brûlante déchirant chaque centimètre de mon corps. Puis... plus rien. Aucune sensation.

Je me rappelais avoir lu une étude sur la façon dont l'esprit humain pouvait construire sans effort la sensation d'être hors du corps, comme si l'on vivait une scène de l'extérieur en regardant à l'intérieur. Je me voyais debout dans une pièce confortable et tranquille. Ma mère était assise sur un lit et faisait semblant de promener un lapin en peluche d'avant en arrière sur ses genoux, comme le ferait un petit enfant. Elle fredonnait, comme si elle était dans un autre monde, elle aussi. D'autres personnes se tenaient autour de moi - Justine, Hale, Krystina. Ils me fixaient tous dans l'expectative de quelque chose, mais je n'arrivais pas à trouver les mots pour décrire ce que je pensais.

- Alex, entendis-je dire Krystina.

Elle avait l'air très loin. Sa main me touchait le bras, me tirant de l'abîme flottant et me ramenant dans mon corps. Baissant les yeux vers sa main, j'espérais sentir la chaleur familière que je ressentais toujours quand elle me touchait. Cependant, j'étais engourdi. Puis je me rendais compte que j'étais incapable de trouver les bons mots parce qu'il n'y avait rien à dire. Je savais seulement que je ne pouvais pas rester dans la pièce plus longtemps.

- Je dois y aller.

M'éloignant de Krystina, je tournais le dos à la porte. Justine et Krystina m'appelaient, mais je continuais à marcher. C'en était trop pour moi. Mon rythme augmentait jusqu'à ce que je coure presque. Je devais aller le plus loin possible de cette chambre. Et au plus vite.

30

Krystina

- Laisse-le partir, Krystina, me dit Justine alors que je commençais à suivre Alexander.

Je tournais la tête en arrière pour la regarder et lui dire :

- Je n'peux pas le laisser partir ! Il est probablement en état de choc.

- Oui, c'est pourquoi tu dois lui laisser de l'espace - et du temps - pour qu'il puisse s'adapter. Alex a du caractère. Tu ferais mieux de le laisser seul pour qu'il réfléchisse.

Je m'arrêtais à la porte : si Alexander avait du caractère, il faisait généralement attention à se contrôler. Pourtant, le fait d'avoir déjà fait face à ce caractère me faisait hésiter. J'étais déchirée. Je regardais Hale, espérant qu'il me donnerait un conseil. Son nez saignait beaucoup, ce qui aurait dû me faire rester sur place, car c'était la preuve qu'Alexander n'était pas dans le bon état d'esprit de la situation. Malgré tout, j'avais encore envie de lui courir après.

- Je n'sais pas quoi faire, lui dis-je.

Il ne me répondait pas, mais la façon dont son regard était fixé sur le mien m'indiquait qu'il voulait me dire quelque chose.

- Je vais aller au salon avec Krystina, suggéra Justine. Hale, vous pouvez aller vous nettoyer, puis vous nous y retrouverez. Peut-être que si on lui expliquait les choses en premier, elle pourrait faire comprendre tout ça à Alexander mieux que nous deux ?

Hale acquiesça et Justine se leva. Se tournant vers sa mère, elle dit :

- Lena, je reviens dans un petit moment, d'accord ?

Une fois que Justine était convaincue que sa mère irait bien, elle me conduisit dans une sorte de salon tranquille un peu à l'écart. Elle resta silencieuse jusqu'à ce que Hale nous rejoigne, ce qui me rendait anxieuse. Plus le temps passait, plus je devenais nerveuse. J'avais besoin d'être avec Alexander. Je n'aurais jamais dû le laisser partir. Quand Hale arriva enfin au bout de quelques minutes, je me tournais vers Justine.

- Je veux des réponses. Main'nant ! Et vite ! exigeai-je.

Justine tressaillit à mon ton dur, mais sa voix ne sembla pas plus faible qu'avant lorsqu'elle prit la parole pour me répondre.

- C'est moi qui ai tué notre père, déclara-t-elle comme si elle me faisait une annonce.

À vrai dire, je ne me souciais pas particulièrement de savoir qui l'avait tué. J'étais plus préoccupée par le fait que la mère d'Alexander était bien vivante, et qu'on lui avait caché pendant des années.

- En fait, j'en ai rien à foutre, de ça ! m'emportai-je. Charlie l'a déjà dit dans une interview à un putain d'journaliste sans scrupules ! Moi, c'que j'veux, ce sont des réponses au sujet de ta mère. Je veux savoir pourquoi Hale et toi avez caché le fait qu'elle était en vie.

- Je n'en savais rien moi non plus... jusqu'à il y a une

semaine, m'expliqua-t-elle en détournant les yeux dans la direction de Hale. Mais Hale, lui le savait. Il ne nous l'a jamais dit parce qu'il voulait honorer une promesse faite à mon grand-père. Jusqu'à récemment, Hale croyait que ma mère avait tué mon père. Maintenant qu'il sait que ce n'est pas le cas, c'est normal qu'il nous dise tout.

- Je n'comprends pas, dis-je d'un air entendu en secouant la tête d'avant en arrière dans la confusion.

- Si vous le voulez bien je vais tout vous expliquer, mademoiselle Cole, dit doucement Hale depuis son coin de la pièce.

- Mais vous n'avez pas b'soin d'ma foutue permission, Hale, lâchai-je. Dites-moi tout pour que je puisse aller voir Alex au plus vite.

- Je venais de rentrer d'un séjour au Japon. J'étais en permission et j'avais décidé de rendre visite à Lucille, la grand-mère d'Alexander et de Justine. Avant que je parte, elle m'avait demandé de m'arrêter chez les Russo sur le chemin du retour pour leur déposer une miche de pain aux bananes.

Ça me faisait bizarre d'entendre Hale parler de la famille d'Alexander avec le nom de « Russo », mais je ne fis pas de commentaire, trop impatiente d'entendre son explication.

- Je n'me souviens toujours pas que vous étiez là ce jour-là, murmura Justine. Je n'me souviens pas non plus des semaines suivantes. Je me souviens seulement de...

Elle se tut, et Hale poursuivit :

- Quand je suis arrivé, j'ai trouvé leur père. Il avait été abattu et ça faisait manifestement depuis un bon moment qu'il était allongé là.

- Trois jours pour être exacte, ajoutai-je.

- Alors... monsieur Stone vous a tout raconté ? s'enquit-il.

- Seulement ce dont il pouvait se souvenir. Il m'a dit que les détails étaient flous dans son esprit.

- J'en suis certain... dit-il avec regret. Quand je suis arrivé, les deux enfants étaient comme des zombies. Ils avaient les yeux vitreux, comme s'ils étaient dans une autre réalité.

- Ils avaient vécu avec un cadavre pendant des jours, Hale. Ils ont dû être traumatisés, dis-je, agacée de devoir souligner cette évidence.

Hale secouait la tête comme s'il essayait d'évacuer de son esprit la vision de ces deux enfants désemparés.

- Bref. J'ai trouvé Helena, leur mère, dans la cuisine. Il était évident, vu l'état des lieux, qu'il y avait eu une bagarre. Les chaises étaient renversées. La vaisselle était cassée. Mais... c'était le sang... il y en avait partout. La première chose que j'ai faite a été d'appeler leur grand-père. Je ne sais pas pourquoi je n'ai pas appelé la police en premier. Peut-être que c'était à cause de l'homme mort dans le salon. Je ne suis pas certain. Quoi qu'il en soit, Helena était encore vivante, mais c'était limite. Monsieur Stonewall a dit que les ambulances mettaient trop de temps à arriver dans cette zone de la ville. Il m'a donc demandé de l'emmener moi-même à l'hôpital, et qu'il m'y retrouverait.

- Alors ? Qu'est-ce qu'il s'est ensuite passé ?

- Mademoiselle Cole, vous devez comprendre. Je ne savais pas quelles étaient les intentions de monsieur Stonewall quand j'ai emmené Helena à l'hôpital. Il a supposé, tout comme moi, que sa fille avait tué son mari. Si j'avais su ce que monsieur Stonewall avait l'intention de faire, j'aurais peut-être essayé de l'en dissuader avant que tout se mette en place. Après tout, il aurait été facile pour Helena de plaider la légitime défense.

- Je n'comprends toujours pas. Qu'a fait le grand-père d'Alex et Justine ?

- Quand je suis arrivé à l'hôpital, monsieur Stonewall était déjà là. Il avait dit au personnel hospitalier que son nom était Ethan Stone, et non Edward Stonewall. J'ai d'abord été surpris par cela, mais ensuite il a enregistré Helena comme étant Lena Silvestri. Lena était son surnom et Silvestri était le nom de jeune fille de Lucille, expliqua Hale. Il a également menti en disant qu'elle était la nièce de sa femme. À l'époque, les hôpitaux n'enregistraient pas les patients avec leur numéro de sécurité sociale et les dossiers étaient encore tous sur papier. Il était facile de donner des faux noms. J'ai tout de suite compris ce qu'il était en train de faire. Il essayait de la protéger d'une accusation de meurtre.

- Ce qui est complèt'ment ridicule, me moquai-je. Vous l'avez dit vous-même : il aurait été facile pour elle de plaider la légitime défense.

- Je le sais, mais vous n'étiez pas là pour le voir, ce jour-là : il était tellement désemparé. Inquiet. Furieux. Je ne peux pas l'expliquer. Il m'a posé beaucoup de questions sur ce que j'avais vu à la maison. Il voulait des détails précis. Après que j'ai expliqué ce que j'y avais trouvé, il m'a dit d'aller dans la maison et de nettoyer toute trace de lutte dans la cuisine. Il m'a ensuite demandé de nettoyer le sang d'Helena uniquement et de retrouver l'arme, mais m'a bien dit de ne pas toucher au corps de son mari. Je n'ai pas discuté. Et ce fut mon erreur. Il était visiblement accablé par le chagrin, parce qu'il ne savait pas si sa fille allait vivre ou mourir. Il n'avait pas les idées claires. J'ai juste... il fit une pause, la voix brisée sous le coup de l'émotion. Il était comme un père pour moi. Je ne pouvais pas dire non à ses demandes.

Je repensais à ce qu'Alexander m'avait dit à propos de l'arme. Ce n'était pas judicieux pour moi de dire à Hale et à Justine ce que j'en savais, même si j'étais sûre qu'à ce stade, cela n'avait plus vraiment d'importance, de toute manière.

- Vous n'avez donc pas trouvé l'arme, c'est bien ça ? demandai-je quand même.

- Non. Je ne l'ai pas trouvée.

- C'est parce qu'Alexander pensait que Justine avait tué leur père. Même si c'est elle la coupable, il n'en a jamais été sûr. Pour la protéger, il a jeté l'arme dans l'East River.

Hale secouait de nouveau la tête, mais Justine restait silencieuse après cette révélation de ma part.

- La police est venue. Ils ont mené leur enquête, mais Helena ayant disparu et l'arme du crime n'ayant pas été retrouvée, l'affaire n'a jamais été résolue. Si ce que vous dites est vrai, et qu'Alexander a jeté l'arme dans la rivière, c'est la pièce du puzzle que je n'ai jamais pu trouver, dit Hale, perdu dans ses pensées.

Je secouais la tête, essayant toujours de reconstituer moi-même le puzzle.

- Très bien, revenons-en à l'histoire, dis-je en espérant obtenir plus de clarté. Rien de tout cela n'explique pourquoi Alexander et Justine n'ont jamais su où se trouvait Helena pendant toutes ces années.

Ce fut Justine qui répondit, cette fois-ci.

- Ma mère s'en est sortie, mais avec de graves dommages au niveau du cerveau. J'ai lu dans son dossier médical qu'elle avait un traumatisme contondant. Je suppose que c'était le résultat d'une des crises d'ivresse de mon père. Elle était dans un sale état quand elle s'est réveillée. C'était comme si elle était un enfant et qu'elle devait réapprendre les choses de base. Même ses capacités motrices étaient presque inexistantes. Après la première année de réapprentissage des fonctions de base, elle a cessé de progresser. Maintenant, elle a l'esprit d'un enfant de quatre ans piégé dans un corps d'adulte. Elle n'a aucun souvenir de moi, ni d'Alexander.

Une boucle s'échappait de ma queue de cheval et je la repoussais à la hâte. Ce que Hale et Justine disaient était difficile à comprendre, et j'avais pourtant le sentiment que nous avions juste commencé à gratter la surface.

- Justine, quel est ton lien avec tout ça ? demandai-je. Depuis combien d'temps sais-tu que c'est toi qui as tué votre père ?

- Je me suis souvenue de ce qu'il s'est passé il y a quelques années. Je voyais mon thérapeute, essayant toujours de trouver des moyens de faire face aux problèmes que j'ai développés depuis l'enfance. Je ne me souvenais pas, malgré tout, de beaucoup de choses précises. Puis mon thérapeute m'a suggéré de tester l'hypnose. J'aurais préféré qu'il ne le fasse pas. Il y a une raison pour laquelle j'ai bloqué mes souvenirs... dit-elle évasivement comme si son regard était hanté.

Je me rappelais l'interview de Charlie. En peu de mots, il avait suggéré que Justine avait été molestée. En fixant son expression tourmentée, je me suis demandé si c'était vrai et si c'était ce à quoi elle pensait. Je frissonnais. La seule pensée qu'un homme adulte puisse toucher une fillette de six ans me répugnait. Peut-être qu'avec le temps, j'en parlerais à Justine. Le projet que je voulais entreprendre à Stone's Hope pour aider les victimes de viols pourrait l'aider à faire face à son passé. Cependant, j'étais trop en colère à ce moment-là pour ressentir une quelconque sympathie à son égard. Ayant besoin de rester concentrée, je me levais et commençais à arpenter la pièce.

- Tu es vraiment égoïste, Justine. Après tout ce qu'il a fait pour te protéger. Il remet en question toutes les décisions qu'il a prises au fil des ans depuis qu'il a lu l'interview de Charlie. Comment as-tu pu lui cacher tout ça ? Tu savais qu'il cherchait des réponses au meurtre. Pourquoi ne pas l'avoir dit à Alex dès que tu t'en es souvenue ?

- Pourquoi l'aurais-je fait ? Tu ne connaissais pas Alex à l'époque, dit-elle en se mettant à sangloter. Il était obsédé par la recherche de notre mère depuis des années. Il a finalement semblé laisser tomber au moment où j'ai réalisé que c'était moi qui avais tué notre père. Pourquoi aurais-je déterré un passé qu'Alex et moi voulions oublier ?

Je levais les bras en signe d'exaspération.

- Rhôôôô, je n'sais pas. P't'être que si tu l'avais fait, Alex ne serait pas en train de traiter avec Mac Owens en ce moment. Ou Charlie. Ou n'importe quoi d'autre au sujet de tout ça !

m'exclamai-je. Ma voix devenait de plus en plus forte. Il aurait eu des réponses ! Sais-tu qu'il avait prévu d'aller voir le procureur lundi ? T'imagines ce qu'il pourrait s'passer s'il y allait ?

- Il ne se s'rait rien passé, déclara Justine sans équivoque. Alex n'a que des morceaux d'informations. Tout ce qu'il sait n'est que circonstanciel. Dès que Hale m'a parlé de cet article, je lui ai dit la vérité sur ce que j'avais fait. Je n'avais peut-être que six ans, mais je ne pouvais plus me cacher. Une fois que Hale a découvert que c'était moi qui avais tiré sur mon père, il n'y avait plus besoin de cacher ma mère. C'est là qu'il m'a dit qu'elle était en vie. Ensemble, nous avons décidé de parler au procureur. Nous y sommes allés lundi dernier.

J'arrêtais de faire les cent pas et regardai Hale avec surprise.

- Lundi dernier ? lui demandai-je.

- Oui, me confirma Hale. C'est pour ça que j'y étais ce jour-là, mademoiselle Cole. Je devais rencontrer Justine. Vous rencontrer au bureau du procureur était une étrange coïncidence. Je n'ai pas du tout suivi votre téléphone. Samuel m'avait dit que vous étiez allée à un rendez-vous chez le médecin. Rien à voir avec le fait que l'on se soit rencontré là-bas. Est-ce que vous vous rappelez que je vous ai dit ce même jour que vous pouviez me faire confiance lorsque je vous disais que je m'en occupais ? D'oublier vos plans, parce que je travaillais sur cette situation ?

- D'oublier mes projets parce que vous travaillez sur la situation ? Vous auriez dû parler à Alex de sa mère il y a des années, dis-je d'un ton encore plus accusateur que je ne le voulais.

- Je sais que j'aurais dû le faire, admit tristement Hale. Ma seule défense est que j'ai fait une promesse à monsieur et madame Stonewall. Ils voulaient que leurs petits-enfants tournent la page sur les horreurs de leur passé. Ils voulaient qu'ils soient heureux, qu'ils vivent une vie pleine et réussie, comme Helena l'avait toujours rêvé. Ils avaient le cœur brisé, mais comme ils ne pouvaient pas avoir leur fille, ils étaient prêts à tout sacrifier pour que ses souhaits se réalisent. Je n'ai jamais vu une telle dévotion. Pour cette raison, j'ai juré de veiller sur Helena et de garder leur secret, même si cela signifiait ne jamais dire la vérité à ses enfants.

Je secouai la tête, ayant l'impression de vivre un feuilleton. C'était tellement surréaliste.

- Je n'sais pas quoi penser de tout ça. Je sais seulement que je dois rejoindre Alex pour m'assurer que tout se passe bien pour lui. Mais il ira bien, n'est-ce pas Hale ? Enfin, j'veux dire, il n'est pas responsable de quoi que ce soit.

- Alex ira bien, m'assura Justine. Il reste encore certaines choses à régler. Thomas Green a dit qu'il n'y avait rien contre moi ni Alex. Cependant, nous savons qu'il y aura beaucoup de questions par rapport à tout ça pour Hale. Nous n'savons pas ce qu'il risque de se passer, mais il y aura une enquête. Hale comprend son rôle dans tout ça et les conséquences possibles.

Je ne voulais pas penser aux problèmes que Hale pourrait avoir. Je n'aimais pas le fait qu'il ait caché la mère d'Alexander pendant toutes ces années, mais en même temps, je pouvais le comprendre. Il essayait seulement de protéger ceux qu'il aimait. Je ne pouvais qu'espérer que le système judiciaire fasse preuve d'indulgence.

- Hale, je suppose qu'Alex est parti avec la voiture. Je dois retourner à l'appartement. Pouvez-vous m'y conduire ?

- Bien sûr, mademoiselle Cole.

- Justine, ne disparais plus comme ça. Quand je parlerai à Alex, j'essaierai de tout lui expliquer du mieux que je le pourrai, mais il aura sûrement des questions que je n'aurai pas pensé à poser. S'il en a, t'as plutôt intérêt à être là pour y répondre.

- J'le f'rai. C'est promis. Et Krystina, s'teu plaît : fais attention, me prévint-elle.

- Qu'entends-tu par « fait attention » ?

- Je n'sais pas dans quel état d'esprit se trouve Alex en ce moment. Je n'veux pas qu'il te repousse, voire pire. Sois prudente avec lui. Tu es peut-être la seule personne qui puisse l'aider à traverser cette épreuve.

31

De retour au loft, je constatais qu'il était vide. Alexander était introuvable. J'essayais de l'appeler sur son portable, mais tombais directement sur la messagerie vocale. Même chose lorsque je composais sa ligne directe, au bureau de Stone Enterprise. J'avais aussi pensé à lui envoyer des SMS. Tous restés sans réponse. Le temps passait, et ce silence étrange dans l'appartement était presque effrayant. Cela me donnait trop de temps pour réfléchir. J'essayais d'allumer la chaîne hifi, mais la musique ne faisait qu'empirer les choses. Je l'éteignais après l'avoir laissée allumée pendant seulement dix minutes. Au fur et à mesure que les heures passaient, tout ce que j'étais parvenue à faire, c'était à me remplir la tête d'ondes négatives. Je n'arrêtais pas de penser aux avertissements de Justine concernant le tempérament d'Alexander. Dans mon cœur, je savais très bien qu'il ne me ferait pas de mal. Ce n'était pas pour moi que j'avais peur, mais pour lui. Son comportement récent était troublant. Il y avait des moments où il se comportait comme l'image qu'il donnait : celle d'un homme présomptueux qui voulait tout contrôler en permanence. Il y avait aussi des moments où il me montrait de l'amour et de la tendresse. Toutes ces choses que j'avais apprises à connaître et à comprendre. Je pouvais même compatir à la douleur qu'il ressentait à cause de son passé. Ce qui m'inquiétait, c'était de voir à quel point il était tendu, ces derniers temps. Je savais que la pression émotionnelle de ses cauchemars avait déjà fait des ravages sur lui, mais cela allait bien au-delà de tout ça. Il mentionnait constamment qui il était vraiment à l'intérieur de lui-même, comme s'il croyait vraiment qu'un monstre cynique qui ne demandait qu'à sortir vivait en lui. Je n'aimais pas quand il disait des choses comme ça parce que s'il était vraiment dans cet état d'esprit, je ne savais pas à quoi m'attendre à son retour. Ce dernier développement ne faisait qu'empirer les choses. J'étais forte d'esprit et déterminée, mais le voir brisé m'anéantissait. J'étais terrifiée à l'idée de ne pas être capable de recoller les morceaux de sa personnalité toute seule. Je ne savais pas si j'étais assez forte pour le faire. Et jusqu'à ce que je puisse maîtriser la situation et son état mental, je pensais qu'il valait mieux que quelqu'un soit avec moi en attendant son retour. Je prenais donc mon portable pour appeler Allyson. Au bout de cinq sonneries, je tombais sur sa messagerie vocale.

- Salut, c'est moi, dis-je. Je m'demandais juste si tu voulais passer chez moi. Je suis toute seule en ce moment. Appelle-moi quand tu auras mon message.

Je mettais fin à l'appel et le silence retombait autour de moi. Je ne m'étais jamais sentie aussi seule, même si je ne l'étais pas, en vérité : Samuel montait la garde dans l'entrée du loft. Je ne savais pas trop pourquoi il était là, car il partait toujours une fois que j'étais en sécurité à l'intérieur de chez moi. Je soupçonnais Hale de lui avoir dit de garder un œil sur moi. Mais dans tous les cas, je ne voulais pas qu'il soit là. C'était un étranger pour moi et je voulais la compagnie de quelqu'un que je connaissais. À six heures, je n'avais toujours pas de nouvelles d'Alexander. Une vraie panique commençait à s'installer en moi. J'appelais Hale, qui se trouvait chez lui, c'est-à-dire juste un étage en-dessous de chez moi. Je lui demandais de monter. Dès son arrivée, il congédia Samuel et nous nous assîmes à la table de la salle à manger. Il me disait qu'il avait passé l'après-midi à tenter de savoir où se trouvait Alexander.

- Et qu'avez-vous trouvé ? m'enquis-je.

- Rien. Le GPS de son téléphone est éteint, je ne peux donc pas le suivre, me dit Hale d'une voix sombre et pleine de regrets.

C'était presque comme si Alexander ne voulait pas qu'on le retrouve. Je tambourinais mes doigts sur le plateau de la table et fixais mon téléphone portable posé sur face à moi.

S'teu plaît, sonne.

Me sentant désespérée, je décidais d'appeler Matteo. Peut-être qu'il avait été en contact avec Alexander. Je saisissais le téléphone et cherchais son numéro, puis j'attendais impatiemment qu'il me réponde. Au bout de la quatrième sonnerie, il décrochait enfin.

- Salut, Matt. C'est Krystina.

- Bonjour, Krystina ! Je n'm'attendais pas à avoir de tes nouvelles de sitôt. Que puis-je faire pour toi ?

- En fait, j'essaie de trouver Alex. As-tu eu de ses nouvelles, aujourd'hui ?

- Non, je n'ai pas entendu parler de lui depuis que nous nous sommes quittés, hier soir. Est-ce que tout va bien ?

- En fait, non et ça m'inquiète, Matt, dis-je en essayant de contrôler l'angoisse qui transparaissait dans ma voix.

- Je suppose que tu as essayé de l'appeler sur son portable ?

- Oui, j'ai essayé, mais il l'a éteint. Il ne répond pas non plus au bureau, lui dis-je.

- Et Hale ? Il est presque toujours avec Alex.

- Hale est avec moi. Il ne peut pas suivre Alex, lui non plus. Il a désactivé le GPS de son téléphone.

- Ah ! C'est vraiment bizarre. Ça ne lui ressemble pas de sortir du réseau comme ça. Il nous a déjà fait le coup, une fois ; c'était quand... il hésita, puis il reprit la parole. Qu'est-ce qu'il s'est passé, Krystina ?

Je soufflais d'un air frustré. Je ne savais pas comment répondre à Matteo sans tout lui raconter depuis le début. Alexander pourrait ne pas aimer ça.

Oh, et puis merde.

Le retrouver était plus important, sans parler du fait que tout serait bientôt de notoriété publique. Je donnais rapidement à Matteo un bref aperçu de ce qu'il se passait. C'était difficile de tout expliquer sans éviter certains détails importants, mais j'étais parvenue à lui donner l'essentiel en moins de cinq minutes.

- Merde. C'est pas bon, tout ça, me dit Matteo quand j'eus terminé.

- Tu crois que je n'le sais pas ? C'est pour ça que je dois le retrouver. T'as pas une idée d'où il a pu aller ?

Matteo souffla et se tut pendant un moment, comme s'il essayait de réfléchir.

- En fait, je pense que j'ai une idée.

Je serrais le téléphone dans ma main, désespérée d'entendre sa suggestion.

- Où ? demandai-je à la hâte.

- As-tu essayé le Club O ?

Mon estomac se retournait.

- Non, je n'ai pas essayé. Alex n'y est plus membre, répondis-je en essayant de ne pas faire trembler ma voix.

- Vas-y, Krystina. Je pense que tu trouveras ce que tu cherches.

Alexander n'y serait sûrement pas allé.

À moins que... ?

La panique que je ressentais se décuplait. C'était étouffant et je ne pouvais presque plus respirer. Des larmes menaçaient et je me forçais à les repousser en clignant des yeux.

- J'vais essayer, Matt. Merci.

Je mis fin à l'appel et regardai Hale.

- Qu'a dit Matteo ? me demanda-t-il.

- Il a dit qu'on pouvait tenter d'aller au Club O.

Les yeux de Hale s'élargissaient comme s'il comprenait quelque chose que je ne comprenais pas complètement. Sans mot dire, il prit simplement ses clés dans sa poche et me fit signe de le suivre. Je ne lui demandais pas où on allait. Parce que je le savais déjà.

* * *

Le trajet jusqu'au Club O, qui ne durait que vingt-cinq minutes, me semblait incroyablement long. Lorsque nous arrivions enfin et que je franchissais les grandes portes doubles en bois, je retenais mon souffle. Je ne pensais pas remettre les pieds dans cet endroit.

- Dois-je penser que vous n'êtes pas membre ? me questionna Hale.

Je clignais des yeux, confuse.

- Quoi ?

- Si vous n'êtes pas membre, vous ne pourrez pas y entrer seule. Je suis sur cette liste en tant qu'agent de sécurité de monsieur Stone. Je peux vous faire entrer si vous avez besoin de moi.

- Oh, oui ! Bien sûr ! dis-je nerveusement en secouant la tête. Non, je n'suis pas membre.

Il hochait la tête et m'ouvrait la porte. Une fois dans le vestibule principal, Hale montrait au portier ses informations d'identification. Après avoir été autorisés à entrer dans les lieux, nous passions devant le jardin de rocaille, la fontaine et la statue de marbre de Vénus. La chair de poule me picotait la nuque tandis qu'une impression de déjà vu s'installait en moi. Je luttais pour me détendre, mon trac s'intensifiant lorsque le vestibule s'ouvrait sur le salon dédié aux cocktails. Le décor était exactement comme dans mon souvenir. Les gens s'agitaient et discutaient tranquillement. Certains étaient assemblés près du grand bar en acajou. D'autres se détendaient nonchalamment sur des chaises longues en velours. Je ne voyais Alexander nulle part.

- Il n'est pas là, dis-je dit à Hale.

Ses yeux Hale continuaient à balayer la pièce avant de se poser sur moi. Il serrait les lèvres.

- En effet, il n'est pas là.

- Il est peut-être en bas, suggérai-je.

- Peut-être. Je vais vous y emmener et on pourra vérifier une fois qu'on y sera.

Je suivais Hale dans le long couloir qui menait au donjon. Celui-ci se divisait au bout de quelques mètres en révélant un large escalier sur ma gauche. Un frisson me parcourait l'échine lorsque je regardais en haut des escaliers. Alexander m'avait dit que la salle commune et certaines suites privées se trouvaient à l'étage. Mon cœur se mettait à battre la chamade. La première fois que j'étais venue là, j'étais naïve et inexpérimentée. Maintenant, j'en savais suffisamment pour savoir exactement ce qu'il se passait là-haut. Je ne pouvais même pas imaginer la possibilité qu'Alexander soit dans l'une de ces pièces. En train de regarder. Ou pire.

S'il vous plaît, faites que je ne le trouve pas ici.

Je commençais à me sentir physiquement mal alors que je me répétais en boucle cette prière silencieuse. Je ne savais pas à qui j'envoyais mes prières, parce que j'étais pratiquement certaine qu'aucun dieu n'avait jamais mis les pieds dans cet endroit. Mon estomac se retournait et je secouais la tête pour me la vider. Refusant de croire qu'Alexander ferait quelque chose d'aussi stupide, je continuais à suivre Hale jusqu'à ce que nous atteignions l'énorme gargouille de pierre surmontée des mots « Le Donjon ». Hale poussait la porte et me faisait signe de le précéder. Les battements de *house music* me bombardaient les oreilles. Je commençais à descendre les escaliers, mais je m'arrêtais net. Je ne savais pas ce que j'allais trouver dans le club, mais tout ce que je savais, c'était que si Alexander était là, je devais lui parler. En tête à tête. Je me retournais pour regarder Hale et tentais de rassembler suffisamment de courage pour afficher une confiance que je ne ressentais pas vraiment.

- C'est bon, je gère la situation. Vous n'êtes pas obligé de venir avec moi, lui dis-je.

- Vous en êtes sûre, mademoiselle ?

- Oui. S'il est en bas, je dois le convaincre de partir pour que je puisse lui parler seule, de préférence dans un endroit plus calme qu'ici. J'ai peur qu'il ne m'écoute pas en votre présence.

Il me regardait fixement, semblant déchiré sur le fait d'avoir à me laisser seule dans cet endroit. Il finit par hocher la tête.

- Ce n'est pas faux. Je peux attendre dans la voiture. Faites juste... attention en bas.

L'appréhension m'envoyait une bouffée de chaleur sur la peau. L'idée de descendre seule me donnait des sueurs froides. Ayant soudain l'impression de suffoquer dans une chaleur étouffante, j'enlevais ma veste et la tendais à Hale.

- Merci, Hale. Ne vous inquiétez pas.

Après son départ, je me retournais pour regarder le long escalier qui dévalait devant moi. Une boule se formait dans ma gorge alors que je mettais un pied devant l'autre. Mon cœur continuait à battre fort dans mes oreilles, rugissant par-dessus la musique.

Et si jamais il n'était pas là ?

Une fois en bas des marches, je scrutais la mer de corps qui dansait. Si Alexander était ici, il ne devait pas être dans ce flot de personnes, mais plutôt près d'un des bars, de l'autre côté de la salle. Les mains pleines de sueur, je me frayais un chemin dans cet océan de personnes vêtues de cuir. Puis j'eus une pensée subite pour ma tenue vestimentaire : un jean et une chemise noire en coton. Certes, ce n'était pas du cuir, mais je portais quand même du noir. Alors que je commençais à me déplacer dans la foule, j'envoyais une autre prière à un dieu quelconque qui serait prêt à m'entendre. Cette fois-ci, je priais pour que tout se passe sous les meilleurs auspices.

32

Je ne pensais pas à ma mère, ni à ma sœur, ni à Hale. Non. À aucun d'entre eux. Parce que ça, je ne me l'autorisais pas. Je bloquais toute pensée envers eux - y compris Krystina. Elle était trop normale dans un monde qui était incroyablement décalé. Je n'avais jamais connu la normalité, et c'était stupide de ma part de croire que je pourrais la vivre avec elle. Je ne faisais que me mentir à moi-même, et ne pouvais plus faire semblant. C'était à ça que j'appartenais, finalement, parce que c'était ce que je connaissais de mieux, mais aussi parce que c'était le seul endroit où j'exerçais le contrôle. La serveuse passait avec une autre tournée de bourbon. Ses yeux détournés ne rencontraient jamais les miens lorsqu'elle posa le verre. Ensuite, j'attendais qu'elle soit partie, pour prendre le verre et pour lentement siroter la liqueur. Seul dans mon coin du Club O, j'observais les gens. Comme toujours, l'endroit était rempli de belles femmes, toutes exotiques et différentes à leur manière. Je ne savais pas comment elles s'appelaient, mais en même temps, je n'avais pas besoin de le savoir. Aucune d'entre elles ne connaissait mon passé et c'était tout ce qu'il comptait. Elles ne poseraient jamais de questions sur ma vie ou n'essaieraient pas d'apprendre à me connaître. Je ne le leur permettrais pas. La seule chose que je leur permettrais de me demander était ma domination. Mon regard continuait à parcourir la pièce jusqu'à ce que je croise le regard d'une brune aux formes harmonieuses. Je lançais un regard sur son poignet : elle portait un bracelet vert. Cela signifiait qu'elle était libre pour chaque Dominant qui voulait l'avoir. Elle me souriait en baissant les yeux - sa façon de m'inviter à la choisir. Je m'attendais à ressentir le tressaillement familier de ma bite qui se produisait toujours lorsque j'étais prêt à passer à l'acte. Mais je ne sentais rien. Je ne voulais pas de cette femme. En fait, je ne voulais d'aucune femme qui se trouvait ici. Agacé, je vidais le contenu de mon verre et faisait signe à la serveuse de m'en servir un autre. Trop concentré sur ma soif d'alcool, je ne remarquais pas la femme aux cheveux noirs qui s'approchait de ma table, et qui se positionnait face à moi. Mes yeux parcouraient la longueur de ses jambes couvertes de bas résille et son corps galbé. Mon esprit bourdonnant enregistrait à peine la couleur de son bracelet et mon regard se posait sur le visage de ma toute première soumise.

- Sasha, dis-je.

J'avais prononcé son nom un peu comme une reconnaissance, mais ce n'était ni une salutation, ni une invitation. Je n'étais pas d'humeur à traiter avec elle ce soir.

- Alex, contente de te voir. Sa voix me tapait sur les nerfs et je l'ignorais d'un regard dédaigneux. Où est ta jolie petite amie, ce soir ? C'est quoi son nom, déjà ? Krystina ?

Ma tête basculait pour la regarder. Ses cheveux tombaient en fines mèches lâches sur ses épaules, et elle était maquillée de manière très sombre. Elle était belle autrefois, mais sa beauté s'était estompée avec le temps. Maintenant, elle avait l'air hagard. À mon avis, trop de Dominants - et peut-être trop de drogues - avaient durci son visage autrefois parfait.

- Tu n'as pas le droit de prononcer son nom. Je ne veux plus jamais l'entendre sortir de tes lèvres. Est-ce que tu m'comprends ?

Il y avait une dominance suramplifiée dans mon ton, une dominance que je savais venir d'ici. Dans cet endroit. Elle fixait son regard sur le sol, incarnant la parfaite réponse de soumission. Je haussais les sourcils lorsqu'elle fit un pas en avant pour se mettre à genoux.

- Oui, monsieur, dit-elle.

Je roulais les yeux.

Oh, c'est quoi ce bordel.

- Dégage, Sasha ! Je n'suis pas ton putain d'maître !

Sa main allait vers ma cuisse et ses yeux m'observaient. Ils étaient brûlants de désir. Je reconnaissais ce regard : celui d'une femme affamée, désespérée d'être dominée. Pourtant, je la connaissais aussi : ce n'était pas de moi dont elle avait envie ; elle avait juste envie de bestialité. Si elle ne l'obtenait pas de ma part, elle pourrait tout simplement l'avoir avec le prochain Dominant disponible. Elle se rapprochait de moi, ses doigts s'approchant dangereusement de mon aine.

- Alex, on était bien ensemble. On pourrait l'être à nouveau.

Je détournais le regard, ne ressentant rien pour cette femme, qui était à mes pieds. Elle était pathétique et je me demandais comment j'avais pu être avec quelqu'un d'aussi insignifiant qu'elle.

- C'était il y a longtemps, Sasha. Il y a très longtemps.

- Je sais ce que tu aimes. Laisse-moi être celle qui te le donne, insista-t-elle.

Je regardais la main qui reposait toujours sur mes genoux. Même dans mon état de semi-ivresse, je savais que je ne voulais pas d'elle. Pas du tout. Mais j'avais envie d'oublier. De m'échapper. Elle se déplaçait pour se glisser près de moi dans la cabine isolée, son corset en cuir dur et froid se pressant contre mon flanc.

- T'es à ma place, dit une voix familière.

Je levais les yeux et vis Krystina planer au-dessus de la cabine. Un sentiment d'incrédulité m'envahissait parce que je me demandais comment elle avait pu me retrouver ici et comment elle avait réussi à passer la barrière de la sécurité du club. Elle était belle comme tout, debout, les mains sur les hanches et les yeux brillants. Pendant un moment, c'était comme si tout le monde avait disparu dans le club, parce que je ne voyais qu'elle.

Mon ange.

Cette pensée m'avait remis la réalité en face. J'étais le diable et ne méritais pas d'ange. Je la regardais de haut en bas. Sa tenue décontractée était un contraste frappant avec celle de Sasha - ainsi qu'avec toutes les autres femmes de ces lieux. Un peu comme un signe me rappelant la valeur de Krystina, et qu'elle était trop bien pour quelqu'un comme moi. Elle n'avait pas sa place ici. Je voyais ses yeux se diriger vers la main de Sasha, qui était toujours sur mes genoux. Instinctivement, je voulais lui expliquer que ce n'était pas ce dont ça avait l'air. Je voulais lui dire que je n'avais pas touché Sasha, et que je ne la désirais même pas. Mon cœur se serrait à cause de l'accusation écrite sur son visage. Cependant, je n'avais pas l'énergie pour expliquer quoi que ce soit à qui que ce soit. Même pas à elle.

Ne ressens rien. Laisse-la partir.

Ce serait mieux si je la laissais faire des suppositions sur la scène qui se déroulait devant elle. Ça lui donnerait une porte de sortie de ma vie de merde. Krystina méritait mieux que moi. Plus vite elle s'en rendrait compte, mieux elle se porterait.

- Qu'est-ce que tu fais ici ? demandai-je froidement, en me penchant en arrière et en traînant mon bras négligemment sur le dos de la cabine.

- J'pourrais te d'mander la même chose ! me lança-t-elle les yeux brillants de colère.

Je regardais Sasha. Elle était assise en silence en attendant ma réponse. Elle avait presque l'air satisfait, comme si elle pensait que je la choisirais plutôt que Krystina. Cette idée était presque risible. Elle me répugnait.

- Dégage, Sasha, lui dis-je.

Une pointe de douleur assombrissait momentanément son visage, mais elle se leva vite pour s'approcher de Krystina. Puis elle se pencha vers elle et lui murmura quelque chose. Je ne savais pas ce qu'elle venait de lui dire, mais les yeux de Krystina s'élargirent jusqu'à ce que son expression devienne meurtrière. Ses mains se transformaient en poings et elle prenait du recul pour rencontrer le regard de Sasha. Pendant un moment, je croyais que Krystina allait la gifler. Elle ne le fit pas, mais elle lui lança le regard le plus glacial que je ne l'ai jamais vu lancer à quelqu'un.

- Tu n'es rien pour lui, siffla Krystina en lui enfonçant un doigt dans l'épaule. Puis elle pivota et se glissa dans l'espace que Sasha avait laissé pour elle. Krystina la fixait du regard, presque comme un défi, tout en affirmant clairement ses droits. De son côté, Sasha lui lançait un regard furtif, puis elle se mit à rire cruellement de sa blague. Elle s'éloigna en se déhanchant mélodramatiquement dans son sillage.

- Eh bien, c'était amusant ! J'ai cru que j'allais avoir un combat de chats sur les bras. Ça aurait pu être marrant, dis-je.

Mon ton distant se moquait grandement de la situation.

- Arrête de jouer au connard et rentre à la maison, Alex.

- Non. Je n'rentre nulle part, lui dis-je en prenant une gorgée de mon verre.

- Tu n'es pas toi-même et c'est tout à fait compréhensible après la journée que tu viens de passer. Mais pourtant, j'ai pas envie d'avoir ces quinze dernières minutes à me faire tripoter et molester pour rien. Rentre à la maison, là où c'est calme, et on pourra parler.

Suite à cette déclaration, mes doigts se serraient autour de mon verre. Tellement fort que j'ai cru qu'il allait se briser entre mes mains.

Qu'est-ce qu'elle entend par tripoter et molester ? Quand j'pense qu'un connard pensait qu'il avait le droit de...

Puis je regardais son poignet.

- P'tain, Krystina ! T'es v'nue ici sans bracelet ? Mais t'es stupide ou quoi ?

Elle inclinait le menton en signe de défi et je pouvais presque visualiser la tige d'acier qui courait dans son dos.

- Stupide ? Non. Inquiète. Pour toi. Pu-tain ! ! Cette histoire de bracelet m'est complèt'ment passée au-d'ssus d'la tête. Parce que ça ne compte pas, et je vais bien. Toi, par contre, tu n'vas pas bien du tout. On peut soit rentrer à la maison et régler ça, soit en parler ici même dans ce... elle s'interrompit et agita son bras avec colère, son visage grimaçant de dégoût tandis qu'elle désignait les environs. Dans c'putain d'club. Fais ton choix, mais je préfère parler ailleurs qu'ici.

- Je te l'ai déjà dit. J'n'irai nulle part.

Elle plissait des yeux et me lançait un regard noir. Je pouvais presque voir la vapeur qui s'échappait furieusement de ses oreilles.

- Bien, mordit-elle. Fais comme tu veux. On parle ici, dans ce cas !

Elle se mettait à parler d'une voix bourdonnant au milieu de la musique du club dont le volume était à fond, expliquant tout ce que Justine et Hale lui avaient dit. Je l'écoutais sans l'entendre. Puis ses mots semblaient s'estomper à un moment donné. Je ne pouvais pas dire si c'était parce que ce mon esprit était embrouillé par l'alcool ou parce que j'étais dans le déni.

Hale ne faisait que nous protéger.

Il ne faisait que suivre la volonté de mon grand-père.

Justine a tué mon père.
Ma mère était vivante.

Je ne savais pas si j'étais heureux ou triste d'avoir enfin les réponses que je cherchais depuis si longtemps. Je ne savais pas du tout quoi ressentir à ce sujet. Je ne me souciais même pas du fait que Krystina en parlait si ouvertement et ce, sur un lieu public tel que le Club O. Plutôt que de répondre à ce qu'elle disait, j'avalais le reste de mon verre et faisait signe à la serveuse d'en apporter un autre. Quand elle l'apporta, Krystina me l'arracha des mains.

- Non ! dit-elle.

- Donn'moi ça, lui ordonnai-je sèchement.

- Tu vas pas t'saouler, Alex. Je n'te laisserai pas faire.

- Trop tard, bébé. Ch'suis déjà sur la bonne voie.

Ses yeux marron brillaient de larmes non versées, mais je les ignorais et lui arrachais le verre. Le liquide ambré glissait sur le côté du verre, recouvrant ma main et dégoulinant sur la table. Je regardais Kristina d'un air glacial en me léchant lentement les doigts.

- Pourquoi tu fais ça ? chuchota-t-elle.

- Parce que je suis comme ça.

- Tu penses vraiment que t'es comme lui, hein ? Non mais, regarde-toi... essayant de prouver quelque chose en accomplissant un destin stupide que tu t'es inventé toi-même. Assis ici dans cette boîte glauque, à te saouler, agissant comme si tu étais un grand méchant Dominant. Eh bien, j'ai des infos pour toi : ton comportement est tout sauf dominant, en ce moment. T'es qu'un faible, Stone !

- Mon nom, c'est Russo. Et il est grand temps que j'accepte qui je suis. Et ce que je suis.

- Tu dis n'import'quoi parce que tu as trop bu. C'est pas toi, nia-t-elle en secouant la tête.

- Non, c'est pourtant la vérité. Tu l'sais aussi bien qu'moi, crachai-je avec amertume. Tu devrais t'en aller. Je suis venu ici ce soir pour passer à autre chose, et il y a toute une série de femmes prêtes à me faire tout oublier.

J'avais dit ça délibérément. Pour la blesser. Pour qu'elle quitte cet endroit. Cependant, je n'avais pas anticipé la rage qui bouillonnait en elle, si chaude et si rapide que je ne l'avais même pas vue venir. D'un seul coup, elle me gifla en plein visage. L'endroit où la paume de sa main m'avait touché le visage me piquait, sonnant en moi le temps d'un instant. Je reprenais vite mes esprits, et voyais à nouveau sa main se lever. Je lui attrapais le poignet en l'air en le serrant.

- Fais pas ça ! grognai-je.

- Tu l'as cherché !

- Tu crois vraiment qu'tu m'connais, Krystina ? Tu veux aller dans un endroit calme pour parler, dis-je d'un air moqueur. Mais tu n'veux pas qu'je sois seul dans une pièce tranquille. Tu n'sais pas d'quoi je suis capable. Ce qu'il y a à l'intérieur de moi, qui ne demande qu'à sortir... continue à me pousser et je te briserai.

Son menton obstiné se relevait à nouveau. Ses yeux étaient encore couverts de larmes, mais son expression était pleine de défi alors qu'elle me fixait.

- Je te mets au défi d'essayer.

33

Alexander me conduisait dans un couloir sombre et me poussait brutalement à travers une porte. Balayant la pièce du regard, j'écarquillais les yeux, horrifiée. Un lit recouvert de draps noirs trônait sinistrement au milieu de la pièce sombre. Une sorte de grille en bois suspendue décorait le plafond. Les murs étaient tapissés d'attaches et de tout un tas d'autres accessoires BDSM que je n'ai eu que vaguement le temps de comprendre avant d'entendre la porte claquer derrière moi. Mon attention se ravivait quand j'entendais le clic d'une serrure. Je me retournais pour faire face à Alexander, me sentant plus que furieuse de la façon dont il venait de me malmener. J'étais sur le point d'exploser mais je stoppais net en voyant l'expression affichée sur son visage. Sombre. Menaçante.

- Tu voulais un endroit privé ? Un endroit calme ? Eh bien, le voilà ! grogna-t-il en s'approchant de moi.

Avant que je puisse comprendre ce qu'il faisait, il se précipita sur moi. Je voulais faire un pas en arrière, mais il m'attrapait les deux poignets et les coinçait d'une main derrière moi. De l'autre, il me saisissait le cou, me faisant tourner sur moi-même et me poussant la poitrine contre le mur de béton. Je pouvais sentir son érection qui s'appuyait contre mon cul. Je pense que j'aurais dû avoir peur, mais ce n'était pas le cas. J'étais juste franchement énervée. Ce n'était pas lui. Ce n'était pas *mon* Alexander. Et s'il pensait que j'allais l'autoriser à me traiter comme ça, il se trompait. Le visage pressé contre le mur, j'essayais de me dégager. Je ne pouvais pas bouger dans sa prise.

- Lâche-moi, sifflai-je.

- Non, me dit-il à l'oreille en poussant son aine plus fort contre moi.

- Comment on en est arrivé là, Alex ? Je suis juste une autre pute de ton club ? Si c'est comme ça que tu veux me traiter, alors vas-y ! hurlai-je.

Son emprise sur moi se relâchait. Profitant de l'occasion, je me libérais les poignets et me retournais pour lui faire face. Son visage n'était qu'à quelques centimètres du mien et je le regardais fixement. L'odeur de l'alcool était chaude et piquante dans son haleine. Ses yeux étaient sombres, et sa poitrine se soulevait et s'abaissait à un rythme erratique. Je repoussais sa poitrine, cherchant à trouver de l'espace, mais j'aurais pu essayer de déplacer un mur de briques, le résultat aurait été le même. Il rit de ma piètre tentative en faisant un petit pas en arrière. Me saisissant les bras, il me regardait de haut en bas comme s'il essayait de décider ce qu'il voulait faire de moi.

- Déshabille-toi, m'ordonna-t-il finalement.

Oh, non ! Bourré ou pas, il n'est vraiment plus lui-même !

Mais je préférais ne pas lui dire ce que je pensais tout bas, ne voulant pas le provoquer davantage. Sa fureur était telle que je ne l'avais jamais vue auparavant. Je savais pourquoi il voulait que je me déshabille. Il voulait évacuer sa colère. J'envisageais même de faire ce qu'il voulait le temps d'une demi-seconde, sachant qu'une petite partie de jambes en l'air pourrait le calmer un peu. Mais pourtant, aussi vite que cette idée m'était passée par la tête, je l'écartais rapidement. Cela ne résoudrait pas nos problèmes - pas cette fois. Céder serait une erreur. À la place, je relevais le menton avec obstination pour montrer mon refus. Il essayait de prouver quelque chose en me faisant peur. Ça me blessait qu'il s'abaisse à ce point, mais il ne savait pas que je n'avais pas peur. Je connaissais l'homme derrière sa façade. Il ne me ferait pas de mal.

- Non, Alex. Si tu veux que je sois enchaînée à un mur, je serai plus qu'heureuse de te rendre ce service. Mais pas maint'nant. Un autre jour. Je t'aiderai même à sécuriser ces putains d'chaînes. Mais ça n'arrivera certainement pas maint'nant. Pas comme ça.

Il ne me répondait pas mais enroulait sa main autour de ma queue de cheval et la tirait fort. Vraiment fort. Il approchait ses lèvres de mon oreille et chuchota d'une voix cassée et rauque :

- Pourquoi t'es v'nue ici ? T'as vu la cicatrice de ma mère ? C'est lui qui a fait ça. Je suis capable de faire la même chose. Pourquoi tu me tentes comme ça ?

Toute ma colère s'effondra à ses mots. L'homme dont j'étais tombée amoureuse, cet homme puissant, physique et captivant, se laissait affaiblir par des choses sur lesquelles il n'avait aucun contrôle. Je savais au fond de mon cœur qu'il avait tort, mais je ne savais pas comment le convaincre du contraire. Tous mes efforts pour essayer d'être là pour lui, d'être son roc, semblaient vains. Les larmes se précipitaient dans mes yeux, coulant sur mes joues en traînées chaudes.

- Alexander. S'teu plaît, sanglotai-je. C'n'est pas toi. Je sais que c'n'est pas toi.

Lâchant prise, il me fixait longuement et méchamment,

avant de relâcher complètement son emprise sur moi. Ses bras tombaient et il fit quelques pas en arrière.

- Allez, pars, Krystina. Pars vite. Tu n'as rien à faire ici. Dans cet endroit. Dans mon monde de merde. Avec moi.

- J'vais nulle part.

Il titubait et pour la première fois, je réalisais à quel point il était bourré.

- Ch't'ai dit d'partir. Ne rends pas les choses plus difficiles qu'elles ne le sont déjà. Ça n'march'ra jamais. J'ai été stupide de croire que je pouvais avoir quelque chose de normal avec toi. Pars. Trouve un autre homme qui te donnera ce que tu mérites.

Se déplaçant vers le coin de la pièce, il s'effondrait dans un fauteuil en velours noir. Appuyant ses coudes sur ses genoux, il se tenait la tête entre les mains. Il avait l'air vaincu, mais je refusais de le laisser s'effondrer aussi facilement. Je regardais autour de moi cette pièce bizarre qui m'était totalement étrangère, située dans un endroit bien trop familier. C'était ici, au Club O, qu'Alexander et moi avions vécu le début de la fin. Bien que nous ayons fini par revenir l'un vers l'autre, je l'avais poussé à sa limite cette nuit-là.

- Saphir, dis-je doucement.

Alexander levait lentement la tête pour rencontrer mon regard.

- Quoi ?

- Tu m'as bien entendue. J'ai dit « saphir ».

- Je sais c'que t'as dit. Pourquoi as-tu dit ça ?

- Parce qu'être sans toi est ma limite extrême, ma seule limite extrême. Tu n'as pas le droit de t'éloigner de moi, Alexander Stone.

Il secouait la tête mais ne pipait mot. Je m'approchais de lui, m'accroupissant en face de lui pour lui prendre la main. En la levant, je pressais sa paume contre ma poitrine pour qu'il puisse sentir les battements de mon cœur.

- Mon ange, tu fais quoi ?

- Je t'ai déjà laissé une fois. Ici. Mais tu as fini par venir me chercher. Je n'te quitterai plus jamais, Alex. Ni maint'nant, ni jamais. Ce jour-là, sur le bord de la route, quand ma voiture est tombée en panne, on était sous la pluie et tu as posé ta main sur mon cœur. Tu t'souviens ?

Il clignait des yeux comme pour essayer de dissiper le brouillard qui s'était installé dans son cerveau.

- Oui.

- Tu m'as forcée à reconnaître mes sentiments pour toi. Mon cœur battait pour toi à cette époque, mais maint'nant, il bat encore plus fort. Pour toi. S'teu plaît, laisse-moi te ramener chez nous.

Il scrutait mon visage à travers des yeux vitreux. Je n'étais pas sûre de ce qu'il voyait, mais il finit par hocher la tête. Il se levait en vacillant. Je lui prenais un bras et le mettais sur mon épaule, à peine capable de supporter son poids. Dans ma poche arrière, je sortais mon portable et composais le numéro de Hale.

- Il est là. Mais il est dans un piteux état. J'ai besoin de votre aide pour le ramener chez nous.

34

Krystina

- T'es sûre que ça va aller ? Je vais juste appeler. Je n'veux pas partir, dit Allyson.

Elle était assise en face de moi, près de l'îlot de la cuisine de l'appartement que nous avions autrefois partagé ensemble.

- Tu m'as déjà appelée au travail hier. Je n'veux pas que tu aies des problèmes à cause de moi. J'vais m'en sortir, lui assurai-je.

Je prenais distraitement la tartine de blé beurrée qu'elle m'avait préparée pour le petit-déjeuner. Elle avait insisté pour que je mange, mais je n'avais aucun appétit. Cela faisait depuis plus de deux jours que je n'avais ni vu ni parlé à Alexander - deux jours d'agonie, d'inquiétude et de pleurs. Après que Hale et moi ayons couché Alexander samedi soir, toute la force dont j'avais fait preuve au club m'avait quittée et j'avais complètement craqué. L'homme que j'aimais, l'homme sûr de lui, confiant et beau que je connaissais, avait été réduit à une personne blessante et ivre que je ne reconnaissais pas. Le fait qu'il soit allé au Club O pour tout oublier - même moi - était presque trop dur à supporter. Mais l'idée qu'il se tourne vers Sasha avait déchiré mon cœur en un million de petits morceaux. Ce qu'elle m'avait dit se répétait dans ma tête.

- C'est dommage que tu nous aies interrompus si tôt. Il aurait pu me baiser en quelques minutes. Mais il va revenir. Ils reviennent toujours. Tu n'seras jamais assez bien pour lui.

Au fond de moi, je savais que j'étais arrivée avant qu'il ne se passe quoi que ce soit entre eux deux. Cependant, je ne pouvais pas m'empêcher de m'interroger sur ce qu'elle avait dit et sur ce qu'il se serait passé si je n'étais pas arrivée à temps. Je craignais aussi que ce qu'elle avait dit, à savoir que je n'étais pas assez bien pour lui, s'avérait véridique. Alexander avait dit qu'il n'avait plus besoin du Club O comme d'un exutoire. Et si c'était l'inverse ? C'était pour cela, mais aussi à cause de la façon dont il avait délibérément essayé de me blesser et de me faire peur, que j'avais besoin de temps pour réfléchir. Hale l'avait compris et avait proposé de le surveiller le samedi soir. Il avait suggéré que j'aille chez Allyson pour la nuit, et j'avais trouvé l'idée bonne. Sauf qu'une nuit avait fini par se transformer en trois nuits. Et là, on était mardi matin, et je n'avais toujours pas de nouvelles d'Alexander. Pas d'appels de sa part. Pas de textos. Pas d'emails. Rien du tout.

- Des nouvelles de Hale ou de Justine ? s'enquit Allyson.

- Pas encore, répondis-je. Le dernier texto de Hale date d'hier soir. Il a dit qu'Alex allait bien et qu'il était toujours en train de régler certaines choses.

- Ouais, eh bien il f'rait mieux d's'excuser auprès de toi rapidement avant que je mette la main sur lui. J'n'arrive toujours pas à croire qu'il ne réponde pas à tes appels.

- Moi non plus, Ally, dis-je tristement.

Mes yeux brûlaient, menaçant une nouvelle vague de larmes. Je ne voulais pas inquiéter davantage Allyson, alors je clignais des yeux, surprise d'avoir encore des larmes récalcitrantes qui menaçaient.

- Je vais rester ici aujourd'hui, insista-t-elle encore.

- Ally, ne sois pas ridicule. Je me sens suffisamment coupable d'avoir appelé au travail deux jours de suite. N'en rajoute pas. J'vais m'en sortir, vraiment. En fait, j'vais aller prendre une douche et essayer de travailler un peu à la maison aujourd'hui.

Je ne rajoutais pas que la raison pour laquelle je n'allais pas au bureau était que je ne voulais pas risquer de tomber sur Alexander. Elle le savait déjà. Je ne l'évitais pas, je faisais simplement ce qu'on me demandait. Selon Hale et Justine, Alexander avait besoin d'espace. Si c'était ce dont il avait besoin, je pouvais le lui donner - même si ça me tuait au passage. J'espérais juste qu'il n'aurait pas besoin d'espace pendant trop longtemps. Aussi bouleversée que je l'avais été, il me manquait tellement. Chaque fois que mes yeux se fermaient, il était là. Je me sentais vide sans lui, perdue dans un trou noir de misère. Je n'étais pas sûre de pouvoir continuer à vivre comme ça encore longtemps.

- Promets-moi d'appeler si t'as besoin de moi ? Même si t'as juste besoin de pleurer pendant une minute, je t'écouterai, dit Allyson, dont l'expression affichait une inquiétude franche.

- C'est promis. Maint'nant, sors d'ici avant d'être en r'tard ! la grondai-je.

- Je t'aime, poupée, dit-elle la voix pleine de compassion. En venant de mon côté de la table, elle me serra violemment dans ses bras. Après s'être séparée de moi, elle se dirigea vers la porte d'entrée et attrapa son manteau sur la patère. *Il va revenir. Je le sais. Il t'aime trop pour ne pas le faire.*

Je lui souriais faiblement.

- Je sais.

Une fois qu'elle fut partie, je décidais de retourner dans mon ancienne chambre. Posant le regard au pied du lit, je regardais mon ordinateur portable ouvert. J'attendais. J'attendais qu'Alexander réponde à mon e-mail. Il n'avait répondu à aucun de mes SMS, mais peut-être qu'il avait trop de choses à me dire et qu'il avait répondu par e-mail. Espérant une réponse, je m'asseyais sur le bord du lit et ouvrais ma boîte de réception. Rien.

Et s'il avait mal interprété que je lui ai dit ? Est-ce que je me suis mal exprimée ? Aurais-je dû en dire plus ?

Je savais que j'aurais dû le suivre au moment où il était parti hâtivement de la maison de retraite. Je n'aurais jamais dû le laisser partir seul, mais je ne savais pas s'il comprenait mes regrets. Me sentant peu sûre des mots que j'avais choisi de lui écrire, je cliquais sur l'email que je lui avais envoyé dimanche dernier.

À : Alexander Stone
De : Krystina Cole
OBJET : Désolée

Alex,

Hale et Justine m'ont dit que tu avais besoin de temps. Je n'aime pas lorsqu'ils me servent d'intermédiaire pour savoir comment tu vas. Je veux te parler. Je ne sais pas pourquoi tu as besoin de temps loin de moi, mais je respecterai tes souhaits jusqu'à ce que tu aies réglé les choses.

Je sais que j'ai tout fait foirer. Je n'aurais jamais dû te laisser t'éloigner de moi. Tu n'aurais pas dû rester seul après le choc que tu as reçu et j'en suis désolée. Peut-être que si je t'avais suivi, on n'en serait pas arrivés ici en ce moment. Ma seule excuse, c'est que j'étais déchirée. Je voulais des réponses pour toi, mais en même temps, j'avais peur. J'avais peur pour toi. Et pour être honnête, j'avais aussi peur pour moi. Et je ne veux plus avoir peur.

Je t'aime et tu me manques tellement. S'il te plaît, appelle-moi quand tu seras prêt.

Je t'envoie tout mon amour,
Ton ange
Je t'embrasse

Je pensais vraiment ce que je lui disais dans cet e-mail, même si j'avais presque l'air de le supplier. Pourtant, ce n'était pas ce qui m'importait le plus. Je savais que nous avions tous les deux mal agit samedi soir, mais cette fois, j'étais prête à endosser entièrement cette responsabilité. Alexander, c'était comme s'il était mon oxygène, et j'avais l'impression de suffoquer sans lui. En fermant mon ordinateur portable, je me levais et me dirigeais dans la salle de bains. J'actionnais le robinet de la douche en me rendant à peine compte de ce que je faisais. Tout ce que j'avais fait au cours de ces deux derniers jours semblait s'être passé au ralenti, comme dans un flou mesuré. Le miroir de la salle de bain commençait à s'embuer de vapeur alors que j'enlevais mon sweat-shirt. J'entrais dans la douche et m'appuyais le front contre le mur carrelé en laissant l'eau chaude couler sur mon dos, imaginant qu'elle avait le pouvoir de laver toute la douleur et l'agonie que je ressentais à cause de l'absence d'Alexander. Je me lavais méthodiquement les cheveux et le corps jusqu'à ce que l'eau devienne froide, puis me séchais en sortant de la douche. Puis je m'enroulais les cheveux dans une autre serviette et la tournais pour la positionner sur le dessus de mon crâne. En me dirigeant vers le lavabo, je regardais le miroir trouble sur lequel la buée s'évaporait peu à peu et mon regard se posait sur mon reflet : de sombres ombres cernaient le dessous de mes yeux - un manque de sommeil évident. Mon regard avait aussi comme un fond creux que je ne reconnaissais pas. Mes joues étaient rougies par la chaleur de la douche, ce qui contrastait fortement avec le reste de ma peau pâle, presque cendrée. Laissant tomber la serviette, je regardais mon corps nu dans le miroir. Je me rappelais une époque où je critiquais mon reflet en jugeant tous mes défauts et mes petites imperfections. Je n'étais pas en surpoids, loin de là, mais je me sentais toujours gênée par mon derrière que je trouvais un peu trop gros à mon goût, ou par mes seins un peu trop voluptueux. Je ne le faisais plus, car Alexander m'avait appris à apprécier mon corps. Il me faisait me sentir belle. Parce qu'il me chérissait. Je faisais courir mes mains lentement le long de mes hanches et de mes seins, jusqu'à ce que mes bras croisent ma poitrine et qu'une main se pose sur chaque épaule. J'observais mes yeux dans le miroir : ils avaient l'air fatigué, dépourvu de l'étincelle et du feu qu'Alexander avait toujours dit que j'avais.

Ce n'est pas moi.

Je n'étais pas du genre à m'asseoir et à attendre que les choses se passent. Je n'étais pas pitoyable. J'étais forte. J'étais une battante. Et il était grand temps que je me batte pour Alexander. Pour nous. Le laisser partir était une erreur et je le savais. Maintenant, il avait pris assez de temps.

Et si c'en était trop pour lui et qu'il ne voulait plus de moi ?

Je repoussais ces pensées, ne voulant pas envisager leurs éventualités. J'avais besoin de reprendre ce qui était à moi. En posant mes paumes sur le bord du comptoir, je me penchais vers le miroir.

- Tu peux y arriver, dis-je dit à mon reflet.

Me sentant soudainement revigorée par le sentiment d'avoir un trouvé but, je me baissais rapidement pour ramasser ma serviette. Je l'enroulais autour de mon corps et me précipitais vers la porte de la salle de bains. Je ne savais pas où était Alexander, mais j'étais sûre que Hale le savait. Plus vite je m'habillerai, plus vite je pourrai le rejoindre. J'ouvrais la porte de la salle de bains à la hâte, mais j'heurtais violemment le torse de quelqu'un. Je titubais et quelqu'un m'attrapait le bras pour me stabiliser. Je regardais la main qui me tenait le bras et je me figeais, incapable de lever les yeux. Parce que je n'avais pas besoin de le faire : je savais qui c'était. Je reconnaîtrai les lignes fortes de ces doigts n'importe où. Je fermais les yeux et respirais profondément, sachant que j'allai respirer ce parfum familier de bois de santal masculin qui ne manquait jamais de me faire défaillir. Je levais lentement la tête et passais mes yeux sur les traits de l'homme qui me tenait dans ses bras. Sa peau était couverte d'une barbe de deux jours, mais il était toujours aussi brut, puissant et magnifique. Mon regard se posait sur les yeux bleu saphir hypnotisants que j'adorais tant. La vulnérabilité qui s'y révélait était accompagnée de juste assez d'implacabilité pour que je sache qu'il était de retour. L'homme que j'avais trouvé au Club O était parti. Devant moi, se tenait l'homme dont j'étais tombée amoureuse.

- Alex, chuchotai-je.

35

Alexander

Ce que je voulais lui dire et tout ce que j'avais répété ce matin-là restait coincé dans ma gorge alors que je la fixais. Krystina avait l'air épuisé, comme si elle n'avait pas dormi depuis des jours, mais elle était toujours aussi belle et éblouissante. Je levais la main et retirais la serviette de sa tête. De belles boucles brunes humides s'échappaient. Je passais mes doigts dans leur épaisseur, essayant de me souvenir des nombreuses choses que je voulais lui dire.

- Mon ange, je...

Je voulais la serrer contre moi. La serrer dans mes bras. L'embrasser pour oublier tout ça. Mais j'hésitais. Après la façon dont je l'avais traitée, elle ne voulait peut-être pas que je la touche. Je ne lui en voudrais pas si c'était le cas. Je m'étais comporté comme un vrai connard. Elle devrait me faire implorer mon pardon. Essayant de comprendre ce qu'elle était en train de penser, j'étudiais soigneusement son visage : ses yeux étaient humides de larmes non versées et elle semblait confuse et soulagée en même temps. Mes mains lui tenaient toujours les bras, mais elle n'essayait pas de me repousser. Je prenais ça pour un bon signe.

- Comment vas-tu ? chuchota-t-elle.

J'avais un millier de réponses à sa question, mais n'en exprimais aucune. À la place, je m'approchais pour récupérer son sac posé par terre devant sa vieille commode. Le voir là me faisait mal, car je ne voulais pas reconnaître que je nous avais laissé passer ces trois dernières nuits séparément. Je n'osais pas regarder son lit, car l'image d'elle seule sous cette couette m'était presque insupportable. J'avais dormi sur le canapé de mon bureau, incapable de regarder le lit que nous partagions, sachant qu'elle n'y serait pas. J'ouvrais le sac et commençais à le fouiller en quête de vêtements pour elle. Sortant ce dont j'avais besoin, je retournais vers elle. Elle me regardait avec curiosité sans rien dire.

- C'est juste que... je n'veux pas que tu prennes froid pendant qu'on discute, expliquai-je. M'agenouillant devant elle avec une culotte en dentelle, je lui tapotais une jambe : lève-là.

Toujours en silence, elle faisait ce que je lui demandais. Je remontais lentement le sous-vêtement le long de ses jambes jusqu'à ce qu'il soit en place. Puis je la faisais tourner pour qu'elle me tourne le dos afin que je puisse lui enlever la serviette. En regardant son dos nu, ma bite se mit à palpiter. L'habiller était pour moi quelque chose d'extrêmement étrange. J'étais habitué à lui enlever ses vêtements, pas à les lui remettre. Ça me tuait de ne pas la toucher, d'empêcher mes mains de courir sur ses courbes lisses et ses fesses serrées, mais ce n'était pas le bon moment. Elle n'avait ni besoin de séduction, ni de domination. Faisant le tour de son buste, je glissais chacun de ses bras dans les bretelles de son soutien-gorge et le lui agrafais. Après avoir glissé un pull en laine de couleur crème sur sa tête, je la tournais vers moi une fois de plus pour qu'elle puisse enfiler un jean. Après avoir fermé le bouton au niveau de sa taille, je me penchais pour la prendre dans mes bras et la porter jusqu'au salon. Je l'installais sur le canapé, puis je retournais dans la chambre pour prendre une brosse à cheveux. Quand j'étais assis près d'elle et que je commençais à lui brosser les cheveux, elle se mit enfin à parler.

- Alex, tu fais quoi, là ?

- Je m'occupe de toi et je te traite comme l'ange que tu es pour moi. C'est ce que j'aurais dû faire le soir où tu es venue me voir au Club O.

- Tu étais bouleversé. Je comprends, dit-elle.

Cependant, elle n'était pas très convaincante.

- Non. Je n'ai aucune excuse pour la façon dont je me suis comporté. Je n'arrive pas à t'expliquer à quel point je suis désolé, mon ange. Tout ce que tu m'as dit cette nuit-là, c'était vrai. Mon comportement était celui d'un faible.

Elle baissait les yeux sur ses mains. Elle avait la bougeotte. Comme si elle avait remarqué sa nervosité, elle serrait les paumes de ses mains et se tournait vers moi.

- Pourquoi t'as pas répondu à mes appels ? demanda-t-elle doucement.

Je posais la brosse sur la table basse et essayais de formuler les bons mots. Ceux qui lui feraient comprendre.

- Tu n'sais pas à quel point j'avais envie de t'appeler. D'entendre ta voix. J'ai pris tout ce temps pour réfléchir à certaines choses. Te traîner dans l'enfer des émotions que j'ai traversées n'aurait pas été juste pour toi, surtout après la façon dont j'ai agi samedi soir.

- J'aurais pu t'aider à traverser ça, Alex. Je n'peux pas t'aider si tu me repousses. Tu n'as pas à faire ça tout seul.

- Peut-être. Mais j'ai senti qu'il était plus important pour moi de remettre les choses en ordre dans ma tête en premier. Je n'voulais pas risquer de te blesser à nouveau. C'est comme si quelque chose de sombre s'était déclenché en moi. Je n'peux pas l'expliquer, mais c'était très perturbant. Tout ce que je t'ai dit... je m'arrêtais un instant alors qu'une vague de honte et de regret m'envahissait. Je ne le pensais pas. Je ne supporte pas l'idée que tu ne m'appartiennes pas.

Je prenais le risque de l'entourer doucement de mes bras et posais mes lèvres sur son front. Elle ne me repoussa pas, mais fermait les yeux en semblant se fondre en moi. En me penchant en arrière, je nous installais tous les deux dans les coussins moelleux du canapé.

- Je n'ai pas reconnu qui tu étais ce soir-là, Alex. C'était comme si un étranger me parlait. Tu m'as fait du mal, mais je sais que c'est toi que tu blessais encore plus. Je sais pourquoi tu es allé au Club O et pourquoi tu as essayé de me repousser. Tout est déséquilibré dans ta vie, et le Club O est le seul endroit où tu penses pouvoir exercer totalement ton contrôle. Pourtant, tu n'as pas su me reconnaître. Tout ce que tu avais à faire était de me parler.

Il y avait quelque chose dans le ton de sa voix. Je n'arrivais pas à dire ce que c'était, mais mon cœur battait la chamade dans ma poitrine.

- Que veux-tu dire ?

- J'ai l'impression que tu penses devoir gérer ce problème tout seul. Tu ne m'as jamais laissé d'espace par rapport à cet aspect de ta vie. Non, tu ne l'as jamais vraiment fait. Du coup, je me demande si on pourra un jour entretenir une vraie relation de mari et de femme. C'est plus que du sexe. C'est une obsession. C'est du désir. On doit aussi être capable d'être amis.

Ça m'aurait fait moins mal si elle m'avait poignardé dans la poitrine avec un couteau. La douleur sur son visage me détruisait presque. Je tendais le bras pour embrasser sa joue ; ma poitrine était si serrée que j'avais du mal à respirer.

- Oui, je sais. Je suis désolé, mon ange - tellement désolé. Je n'sais pas comment arranger les choses. Je t'aime et j'ai besoin de toi. En fait, c'est même la seule chose dont j'ai été sûr, ces derniers jours. Je n'suis rien sans toi.

Me fixant pendant un long moment d'une expression distante et intouchable – une expression m'indiquant qu'elle essayait de cacher les sentiments qu'elle essayait de démêler.

- Où étais-tu ces deux derniers jours et demi ? me demanda-t-elle finalement.

J'expirais le souffle que je n'avais pas réalisé retenir.

- J'ai passé beaucoup de temps avec ma mère et ses médecins. Je voulais en savoir plus sur elle et son état, sur son pronostic et les soins à long terme qu'il faudrait éventuellement envisager. Le reste du temps, je l'ai passé avec Hale et Justine. Je suis énervé par ce qu'ils ont fait. Mais je peux le comprendre dans une certaine mesure. C'est l'œuvre de mon grand-père plus que tout. Hale était coincé. Sa seule erreur a été de ne rien me dire après la mort de mon grand-père.

- Alors, tout va bien entre Hale et toi ?

- Samuel va reprendre certaines des tâches de Hale pendant un moment. J'ai besoin de prendre de la distance avec lui, en ce moment. Ma relation avec lui a besoin de temps pour guérir, mon ange. Ça n'va pas s'faire en une nuit... et il le comprend. Mais bon, je n'l'ai pas complètement viré. Je l'emploie toujours. En fait, l'inauguration de la Stone Arena a lieu demain. Hale et Justine vont s'en occuper. Je n'y vais pas.

- Pourquoi ?

- Je n'sais pas comment l'expliquer, mais j'ai du mal avec l'idée de célébrer une arène pour laquelle j'ai fait pression uniquement à cause de mon grand-père. Je ne sais que penser de lui en ce moment. Il va me falloir du temps pour faire le tri dans mes sentiments par rapport à ce qu'il a fait.

Elle hochait la tête pour m'indiquer qu'elle comprenait.

- Et Hale ? Que risque-t-il ?

- J'en ai parlé avec Thomas Green. La situation est délicate. Il doit examiner de plus près le délai de prescription, mais de toute manière, une enquête sera compliquée. Pour l'instant, il ne s'agit que d'une histoire, avec très peu - ou pas - de preuves pour la soutenir. Je soupçonne qu'elle sera rejetée et que l'affaire sera finalement classée au bout de plus de vingt ans. Seul le temps nous le dira. Et par conséquent, Mac Owens n'a plus d'article à publier.

Elle se redressait et se tournait pour me faire face.

- C'est vrai ? Comment t'as réussi ?

- J'ai parlé à Owens. Officieusement, bien sûr. Tu peux imaginer sa surprise quand je l'ai appelé. Je souris. Je lui ai dit la vérité. Non, disons plutôt que je lui ai donné une version très vague de la vérité qui a laissé pas mal de trous dans l'interview de Charlie. Je soupçonne que Mac Owens reviendra à la charge une fois qu'il aura examiné les informations que je lui ai transmises, mais c'est comme ça. Il sait que s'il décide de publier la version de Charlie, c'est comme s'il se tirait une balle dans le pied qui mettrait une fin à sa carrière. En plus, il n'y a aucune preuve, ni personne, pour témoigner de sa véracité.

- Pas même Suzanne ?

- Justine m'a assuré qu'elle ne sait rien de vraiment important. La seule chose qu'elle sait, c'est que notre nom était Russo. Je ne suis plus trop inquiet à ce sujet.

- Et Justine ? Comment ça se passe entre elle et toi ?

Je sentais ma mâchoire se serrer et dus me forcer à me détendre.

- Ça va bien, lui dis-je simplement.

- Sûr ? Elle me met tellement en colère, cracha Krystina. Ses yeux clignèrent. Je ne suis pas très contente par rapport à ce que Hale a fait, mais elle savait qu'elle était celle qui avait tué ton père pendant des années et elle ne t'en n'a jamais dit un mot. C'était égoïste et lâche.

Je soupirais, sachant que chaque mot qu'elle venait de prononcer était la vérité. Mais Justine était toujours ma sœur. Et tout comme Hale, je ne pourrai jamais lui tourner complètement le dos. Ma relation avec elle avait aussi besoin de temps pour guérir.

- Elle a agi de manière égoïste, mais on n'peut rien changer. Je pense que les choses ne seront plus jamais les mêmes entre nous. Je n'sais pas. Seul le temps nous le dira. S'accrocher à la colère en attendant n'aidera pas les choses.

Krystina se radoucissait et s'installait dans le creux de mon bras.

- T'as raison, Alex. Il est temps de laisser partir la colère. Et toute cette douleur, murmura-t-elle. Finalement, après tout ce qu'il s'est passé la s'maine dernière, on dirait que maintenant, tout va un peu mieux.

Alors qu'elle avait participé ouvertement à la conversation en posant des questions, elle semblait maintenant loin dans ses pensées. Si loin, que je craignais de ne pas pouvoir la rejoindre. Mes tripes se nouaient, sachant ce qu'elle pensait. Elle avait traversé tant d'épreuves à cause de moi. J'avais peur qu'elle se demande si tout cela en valait la peine.

- Non, ce n'est qu'un semblant. Je n'sais pas si tout va un peu mieux pour de vrai, mon ange.

Elle me regardait les yeux écarquillés et remplis d'émotions variées : la colère, la tristesse, la confusion. Et l'amour. Je voyais toujours de l'amour.

- Et nous, Alex ? On va où maint'nant ?

36

Krystina

Mon regard restait fixé sur celui d'Alexander.

\- On va où maint'nant? répéta-t-il. Eh bien, j'espérais que tu aim'rais toujours aller jusqu'à l'autel.

Le fait qu'il se pose cette question me stupéfiait. J'étais résolue dans ma décision de l'épouser, mais je pensais qu'il était préférable d'attendre que les choses se calment avant de se marier.

\- Alex, bien sûr...

\- Attends, dit-il en levant une main pour me faire taire. Avant que tu dises oui, j'aimerais que tu m'écoutes. Je t'aime tellement. À en avoir mal. Mais il y a certaines choses qui vont changer - des choses que je n'avais pas prévues et pour lesquelles il faut que tu sois d'accord. Et je comprendrai que tu ne le sois pas.

Mon cœur commençait à battre la chamade, et je me demandais pourquoi il pensait que je ne soutiendrais pas ce dont il avait besoin. Je l'aimais inéluctablement, et n'avais pas besoin de sorte de stipulation. Pourtant, il semblait me prévenir qu'il allait me donner des conditions. L'appréhension s'insinuait dans mes os.

- Et... c'est quoi ? demandai-je timidement.

- J'ai pris rendez-vous avec le docteur Tumblin.

- Oh, c'est une bonne chose, dis-je en étant choquée et soulagée à la fois.

Et moi qui pensais qu'une thérapie était hors de question pour nous.

- Je vais le voir seul, Krystina.

- Très bien, répondis-je en hochant lentement la tête et en attendant qu'il continue.

Je n'avais aucune idée de ce qu'il se passait.

- Toi et moi n'avons pas de réels problèmes sur lesquels travailler. Mais moi, si. Mon histoire ne me permet pas d'ignorer les souvenirs d'enfance refoulés que j'ai eus. Ignorer mes troubles du stress post-traumatique serait stupide et potentiellement dangereux. Il fit une pause et prit une profonde inspiration. Tous les problèmes qu'on a eus dans le passé étaient toujours liés à ceux que je n'pouvais pas affronter. Si je continue à les ignorer, cela pourrait nous causer d'autres problèmes, dans le futur. Je fais ça dans le cadre de ma promesse envers toi, pour te montrer que je ferai tout pour te garder. Ça te convient que je fasse ça tout seul ?

Alex, si c'est ce que tu dois faire, tu as tout mon soutien. J'te l'promets.

- Oh ! Encore une chose ! J'ai parlé à Kent Bloomfield de la maison de Westchester. Je lui ai demandé de modifier les plans.

- Oh ? Tu as aussi parlé à l'architecte ? Tu as dû être bien occupé, ces deux derniers jours, observais-je.

J'essayais de garder un ton léger en rigolant gentiment afin de cacher la façon dont ce qu'il venait de me dire m'avait dérangé. Je pensais que nous avions un accord sur ma participation à la construction de notre maison.

De quels changements parlait-il ? Il n'a pas pensé à m'en parler en premier ?

- Je lui ai demandé d'ajouter deux bâtiments séparés à la maison, ajouta Alexander.

Cette fois, je riais pour de vrai.

- Tu peux m'expliquer pourquoi on aurait besoin de deux bâtiments en plus ?

J'arrêtais de rire en voyant le sérieux de son expression.

- L'un d'entre eux sera pour ma mère. Je voudrais qu'elle y soit transférée pour y vivre. Tu n'auras pas à t'occuper de quoi que ce soit. Je m'arrangerai pour que du personnel s'occupe d'elle à plein temps. Elle ne me connaît pas, mais je ressens le besoin de rattraper le temps perdu.

Je réfléchissais un moment avant de répondre. Toutes les histoires d'horreur que j'avais entendues sur des beaux-parents cauchemardesques me venaient à l'esprit. Pourtant, cette situation était si loin de la norme. Je serai extrêmement égoïste de lui refuser cela. Pour lui, elle était perdue depuis plus de vingt ans. Je ne pouvais pas lui reprocher de vouloir la garder près de lui. J'acquiesçais lentement.

- Ok, je suis d'accord avec ça. Et l'autre bâtiment ? demandai-je avec précaution.

S'il me disait que Justine emménageait, je risquais de ne pas être d'accord. Certes, j'étais en colère contre elle en ce moment, mais ce n'était pas que je ne l'aimais pas. C'était plus une question de vie privée qu'autre chose. Je regardais Alexander avec impatience en attendant sa réponse. Un sourire diabolique se formait sur ses lèvres, le rendant plus semblable à lui-même qu'il ne l'avait été depuis son arrivée.

- L'autre aile sera notre suite parentale.

- Mais on en a déjà conçu une, fis-je remarquer avec confusion.

- Humm, oui, en effet. Mais elle était à l'étage, au milieu de la maison principale, m'expliqua-t-il en faisant signe de la main. Elle sera maintenant au deuxième étage du bâtiment est. Il y aura aussi un escalier en plus.

- Je n'comprends pas ? Un escalier ? Menant à quoi ?

Son sourire s'élargissait.

- Ce ne sera pas un escalier qui monte, mais qui descend. Il mènera à une pièce uniquement accessible depuis notre chambre, et qui ne sera ouverte à personne d'autre qu'à nous, développa-t-il en prononçant lentement les derniers mots. Ça en devient presque séduisant, non ?

Mes sourcils se fronçaient dans la confusion pendant un moment avant que je ne comprenne. J'arrêtais presque de respirer alors qu'un frisson me parcourait l'échine.

- Une salle de jeux... tu nous fais une salle de jeux ? déclarai-je d'une voix presque comme un murmure.

Mon pouls s'emballait lorsqu'il me saisissait la nuque et qu'il se penchait pour me murmurer à l'oreille :

- Le vendredi soir, j'ai vu ton corps enveloppé de cuir et de dentelle. Le samedi soir, malgré ces terribles circonstances, j'ai pu te voir dans l'ombre entourée de fouets et de chaînes. Rien que l'idée de combiner les deux me fait inexplicablement bander. Et, si je me souviens bien, tu as dit quelque chose à propos de m'aider à sécuriser les chaînes qui t'attacheraient au mur.

- Enchaînée. J'ai dit enchaînée, rectifiai-je en soufflant.

Ses doigts commençaient à tracer de petits cercles près de la naissance des cheveux de mon cou.

- Aussi bizarre que cela puisse paraître, j'n'arrive pas à m'sortir cette image de la tête. Je n'ai pas l'intention de remettre un jour les pieds au Club O, mais j'ai réalisé quelque chose à la suite de cette nuit. Tu avais raison quand tu disais que j'avais besoin de cet exutoire. Mais ce n'était pas pour libérer la violence, comme je le pensais. Mais pour mon plaisir. C'est ce que j'aime. Et avec toi, je n'peux pas l'ignorer. Je n'peux pas expliquer à quel point je prends mon pied en voyant ton esprit fort se soumettre volontairement à moi. Et donc, je suis en train de créer une salle de jeux pour nous. Enfin, bien sûr, si tu veux toujours de moi, ajouta-t-il en s'éloignant pour me regarder. Ses yeux étaient intenses quand il rencontra mon regard. Est-ce que tu veux toujours de moi, Krystina ?

Le ton de sa question était grave et rauque. La chair de poule parcourait ma peau. Je ne savais pas si c'était à cause de l'idée d'avoir une salle de jeux ou de la manière puissante dont il me regardait. Il n'y avait aucun doute : je le désirais toujours. Pourtant, son regard était si pénétrant que les mots restaient coincés dans ma gorge. Des larmes se mettaient à rouler chaudement sur mes joues et menaçaient de tomber. Son passé n'avait pas d'importance. Il restait Alexander. Il était toujours à moi et sera toujours à moi. Je me levais pour prendre son visage dans une main.

- Oui, je veux toujours de toi, et je souhaite être avec toi pour toujours, chuchotai-je.

Alexander me saisissait mes épaules, ses yeux saphir brillant d'amour et de possessivité, puis il m'attirait dans ses bras. Je m'accrochais à lui en absorbant ce moment le plus longtemps possible. Puis il mit fin à son étreinte et levait son regard vers le mien. Son expression était sérieuse.

- Maint'nant, choisis une date, dit-il.

- Une date ?

- Oui, pour notre mariage. Je veux que ce soit gravé dans la pierre dès aujourd'hui. Tout d'suite.

Mon Dieu, il est toujours si exigeant.

Je pensais à l'embêter avec ça et lui lançais un sourire effronté.

- Oh, eh bien... je n'sais pas, dis-je lentement.

- Alors aide-moi, Krystina, commençait-il comme un avertissement.

Je me mettais à rire et lui donnais un coup dans le bras. C'était tellement bien d'être ici avec lui. En ce moment. C'était l'endroit auquel j'appartenais et où j'avais l'intention de rester pendant un très long moment.

\- Tu rends les choses trop faciles, plaisantai-je. Mais si tu insistes pour choisir une date aujourd'hui, je pensais plutôt à un moment plus estival. J'ai envie d'un certain bateau amarré à la marina de Montauk.

\- Tu veux te marier sur le *Lucy* ? demanda-t-il en semblant presque incrédule.

\- Seulement si tu le veux. C'était juste une idée, dis-je en haussant les épaules, le regard baissé sur mes genoux en essayant de paraître indifférente. Le fait est que cela faisait un moment que je pensais à me marier sur son bateau et que je n'arrivais pas à me sortir de la tête les images d'un mariage au coucher du soleil. Mais si Alexander avait une autre idée, je serais prête à l'entendre aussi. Je ne voulais plus me disputer, surtout pour le jour le plus important de notre vie. Alexander se leva et me prit le menton entre ses doigts. Soulevant mon visage pour rencontrer son regard, je rencontrais ses yeux bleus illuminés de bonheur.

\- Mademoiselle Cole, je suis impatient de pouvoir vous appeler madame Stone et je pense qu'un mariage sur le *Lucy* est une idée absolument parfaite.

37

Krystina

Si l'été avait été exceptionnellement chaud et humide, même pour les normes new-yorkaises, aujourd'hui était une journée agréable, avec des températures avoisinant les 25°C. Une brise légère dansait sur les vagues du lac Montauk, faisant clapoter l'eau contre les quais et les bateaux de la marina. Je fermais les yeux et écoutais ce son apaisant qui entrait par le hublot du *Lucy*. Il était rythmé et relaxant, et faisait des merveilles pour apaiser mes nerfs tremblants. Au bout de quelques instants, je les ouvrais et m'approchais du grand miroir de la suite principale du bateau. En passant mes mains sur les côtés de ma robe de mariée, j'en admirais le satin au toucher impeccable. Mon estomac était une boule de nerfs, mais pas au point de ne pas pouvoir apprécier l'incroyable sensation de la robe sur ma peau. Inspirée par Inbal Dror[1], ma couturière m'avait créé une robe de mariée en satin. Avec un joli dos nu, elle était ornée de touches de dentelle. Bien sûr, cette création ne s'était pas faite sans l'avis de ma mère, de Justine et d'Allyson, qui avaient suggéré que certains détails s'ajoutent autour de ce dos nu en V plongeant, qui était maintenant parsemé de perles de paillettes claires posées sur de la dentelle, donnant à la robe ce soupçon d'élégance simple que je recherchais. Dans la contemplation de mon reflet, je touchais les bretelles spaghetti en perles, qui plongeaient dans un décolleté en forme de cœur, accentuant la courbe de mes seins sans trop en dévoiler en même temps. Ne voulant pas m'occuper moi-même de mes boucles indisciplinées, j'avais fait appel à une coiffeuse qui était venue dans la matinée. Elle m'avait coiffée une partie des cheveux sur le haut de la tête, et l'autre moitié sur le bas, laissant la plupart des cheveux tomber en cascade dans mon dos et quelques boucles libres encadrer mon visage. Mon voile n'était pas trop long, et ses bords en perles descendaient juste en dessous du bout de mes cheveux.

- Oh, ma chérie ! Tu es éblouissante ! s'exclama ma mère en entrant dans la chambre.

Je lui souriais à travers mon reflet alors qu'elle s'avançait derrière moi.

- Tu n'penses pas que j'suis trop maquillée ? demandai-je.

- Pas du tout. C'est délicat et naturel. En un mot : parfait !

Nous étions toutes les deux face au miroir, et un million de mots non-dits passaient entre nous. Puis je me tournais vers elle.

- Merci, maman.

- Pour quoi ?

- Pour m'avoir aidé à planifier tout ça. Je n'aurais jamais pensé que tu le ferais, mais quand tu t'es lancée, ça a signifié beaucoup pour moi. Je sais que tu as émis des réserves à propos d'Alex et moi, mais...

Je stoppai net, mes yeux s'emplissant de larmes. Je me sentais soudainement trop émotive, avec un trop plein de souvenirs d'enfance revenant au premier plan de mon esprit.

- Non, nooon. Pas maint'nant. Pense à ton maquillage, me dit-elle.

- Non, vraiment. Je sais quels sacrifices tu as fait pour moi il y a des années, après le départ de mon père. Puis, quand j'ai eu dix ans, et que tu t'es mise avec Frank...

J'hésitais, ne sachant pas comment expliquer ce que je pensais de son mariage avec mon beau-père.

- Krystina, je sais c'que tu penses de mon mariage. Tu penses que je n'ai pas épousé Frank par amour. À certains égards, tu as raison. Frank m'offrait un moyen de parvenir à mes fins à une époque où j'avais à peine les moyens de mettre de la nourriture sur notre table. Mais je savais que c'était un homme bon et je l'aimais profondément. J'ai fini par tomber amoureuse de lui. Il était très persuasif, ajouta-t-elle en riant de manière légère. Je n'suis p't'être pas tombée amoureuse de lui de manière conventionnelle, mais c'est arrivé.

- Et Frank ? Tu penses qu'il le sait ? Que tu n'l'aimais pas au début ?

- Oh, à mon avis, il s'en doutait un peu. C'est p't'être pour ça qu'il m'a toujours autant gâtée. Tu sais qu'il est fou d'moi et qu'il aime prendre soin d'moi. C'est pour ça que, quand je vous ai vus ensemble, j'ai eu peur.

- Peur ? Qu'est-ce que tu veux dire ?

- Alex a un côté possessif. Il te regarde comme s'il n'y avait personne d'autre sur cette planète, comme s'il était prêt à déplacer des montagnes pour toi. Je n'ai vu qu'un seul autre homme regarder une femme de cette façon.

- Frank, dis-je immédiatement. Il te r'garde comme ça.

Elle souriait doucement et hochait la tête.

- Je savais qu'Alex ne tarderait pas à te réclamer pour toujours, et j'avais raison. Mais... ajouta-t-elle.

- Y a toujours un « mais », dis-je en rigolant.

- Mais, ne fais pas de bébé tout d'suite. Vous avez encore des années pour le faire. Prenez le temps d'apprendre à vous connaître d'abord, me conseilla-t-elle.

Elle se penchait pour me serrer la main pile au moment où la porte de la suite s'ouvrit, et où Allyson entra en trombe, les bras chargés de fleurs, de boîtes et de je-ne-sais-quoi-encore. Je pouvais à peine voir sa robe de demoiselle d'honneur bordeaux derrière tout ce qu'elle portait.

- Livraison ! carillonna-t-elle.

- Ally ! ? C'est quoi, tout ça ? m'enquis-je alors qu'elle posait tout sur le canapé.

Elle ramassait un énorme bouquet de lys couleur crème et me le tendais.

- C'est de la part d'Alex ! Tout comme ceci, dit-elle en me tendant une petite boîte-cadeau avec une carte jointe.

Je les mettais de côté avec l'intention d'ouvrir la carte et le coffret en privé.

- Et c'est quoi, le reste, Ally ?

- Quelque chose d'emprunté et quelque chose de bleu, déclara-t-elle sans ambages. J'avais presque oublié cette tradition. On avait évoqué le fait que tu empruntes mon collier de perles : c'est donc parfait pour ton « quelque-chose-d-emprunté ».

Elle sortait le collier de son étui et me le tendait. En bougeant, elle passait la main autour de mon cou et fixait le fermoir. Souriant tout en la remerciant, je touchais les perles qui reposaient près de ma clavicule.

- Je sais que ma robe est la nouveauté, mais c'est quoi, le truc bleu ? demandai-je. Pour être honnête, je n'y ai même pas pensé.

- Oh, ne t'inquiète pas pour ça. Ta mère s'occupe de tout, m'assura Allyson.

Je me tournais vers ma mère. Des larmes brillaient dans ses yeux alors qu'elle prenait une boîte rectangulaire peu profonde qu'Allyson avait apportée. Elle l'ouvrait et en sortait un morceau de tissu blanc avec des broderies bleues.

- Ta grand-mère, même si tu ne te souviens pas d'elle, était une grande romantique, m'expliqua-t-elle. Le jour de ta naissance, elle a fait faire ça pour toi : un mouchoir sur lequel ton nom est brodé en bleu clair. Bien sûr, je lui ai demandé pourquoi elle avait choisi le bleu au lieu du rose. Elle m'a dit que je devais te le donner le jour de ton mariage pour que tu aies ton « quelque-chose-de-bleu ».

Je souriais.

- Et tu l'as gardé tout c'temps ?

- Bien sûr, que je l'ai gardé ! Elle serait revenue me hanter si je n'l'avais pas fais ! dit ma mère en riant.

- Je suppose qu'il ne me reste plus que mon « quelque-chose-de-vieux », murmurai-je en jetant un regard sur la pile d'Allyson.

Il n'y avait rien d'utile, puisque nos bouquets de fleurs étaient les seules choses qui restaient.

- Ouvre ton cadeau d'Alex, me suggéra Allyson.

Ses yeux pétillaient de malice. Je plissais mon regard sur elle.

- Vous n'auriez pas comploté, par hasard ?

- Évidemment, dit-elle avec une exaspération feinte. Je suis la d'moiselle d'honneur, après tout. C'est mon travail, de penser aux choses que t'oublies.

Curieuse de savoir ce qu'il y avait dans la petite boîte d'Alexander, je prenais la carte qui l'accompagnait et glissais mon ongle sous le cachet de l'enveloppe.

« Dans l'afflux lumineux de l'amour
Nous osons être braves
Et soudain nous voyons
Que l'amour coûte tout ce que nous sommes
Et serons jamais.

Pourtant, seul l'amour
Nous libère »
Maya Angelou
Je t'aime, mon ange.
Alex

Pour Alexander et moi, notre amour nous avait poussés à être courageux. Ensemble, nous avions vaincu les obstacles, et maintenant nous étions libres. De nouvelles larmes me piquaient le coin des yeux. Je luttais vraiment pour les empêcher de couler, mais ma mère avait raison : j'avais passé une heure à parfaire mon maquillage et ne voulais pas le gâcher. Je clignais rapidement les yeux et prenais une profonde inspiration. Une fois mon calme retrouvé, je pris la boîte et déchirais la couture du papier cadeau. Il y avait à l'intérieur une petite boîte à bijoux avec un emblème sur le dessus, l'emblème d'une marque que je reconnaissais bien, car c'était moi qui avais mené ses campagnes publicitaires pendant des mois.

Les Bijouteries Beaumont.

Je secouais la tête. Même s'il ne me l'avait dit, je soupçonnais qu'Alexander avait manigancé quelque chose pour que j'obtienne ce contrat. Avec tout ce qu'il s'était passé, je réalisais que je n'avais pas le temps de m'en inquiéter.

Alex sera toujours Alex.

Je souriais intérieurement. En faisant sauter le couvercle, j'ouvrais lentement la boîte à bijoux jusqu'à ce qu'une superbe paire de boucles d'oreilles en forme de triskelion apparaisse.

- Oh, waouh ! expirai-je.

- C'est ton « quelque-chose-de-vieux », parce que les diamants centraux appartenaient à la grand-mère d'Alexander, m'informa Allyson en désignant les gemmes étincelantes au milieu des triskelions. C'étaient des boucles d'oreilles. Elle les portait le jour de son mariage. Il les a fait enlever de la monture pour qu'elles soient mises pour toi dans ces boucles d'oreilles. Je regardais fixement la paire de spirales complexes : des diamants ronds et de minuscules perles étincelaient, mais pas au point d'enlever le feu et la beauté des pierres centrales. Les larmes que j'avais retenues plus tôt recommençaient à couler et j'entendais ma mère renifler. Je levais les yeux et voyais qu'elle et Allyson pleuraient toutes les deux, ce qui déclencha immédiatement l'ouverture des vannes. Elles se précipitaient à mes côtés et m'enveloppaient dans une accolade féroce.

- Mon bébé va se marier, sanglota ma mère.

- C'est vrai ! m'étouffai-je, n'y croyant pas moi-même.

Un coup à la porte nous interrompit.

- Qui c'est ?

Nous avions crié toutes les trois à l'unisson.

- C'est Matteo ! dit la voix masculine qui nous était familière de derrière la porte.

- Est-ce que ça porte malheur au garçon d'honneur de voir la mariée avant le mariage ? demanda Allyson.

Elle tamponnait les coins de ses yeux avec un mouchoir en papier avant de m'en passer un autre.

- Non, je n'pense pas, répondis-je en haussant les épaules. Mais en même temps, c'est Matteo.

Lorsque ma mère ouvrit la porte, Matteo scrutait nos airs de pleurnicheuses et secouait la tête.

- C'n'est pas un enterrement ! Pourquoi vous pleurez ?

- Alex a donné des boucles d'oreilles à Krys, expliqua Allyson.

- Aaah ! N'en dis pas plus. Mais, même si je déteste interrompre cette cérémonie, c'est presque l'heure. En plus, Alex a fait les cent pas comme un fou toute la matinée. Je n'l'ai jamais vu dans un tel état. Si tu montes pas au plus vite jusqu'à l'autel, il pourrait venir ici et t'y embarquer lui-même.

- Oui, ça c'est vrai ! dis-je en rigolant.

Matteo et ma mère partirent ensemble, me laissant seule

avec Allyson. Elle ramassa son petit bouquet et me tendit le plus gros.

- T'es prête, ma poupée ? demanda-t-elle.

- Comme je n'l'ai jamais été !

Je souriais à ma meilleure amie, me sentant soudainement envahie par la nostalgie. Elle avait toujours été là pour moi, et maintenant elle était encore avec moi, pour le jour le plus important de ma vie. Nous sortîmes de la chambre puis nous nous arrêtâmes en bas de l'escalier en verre. Je serrais légèrement son bras avant qu'elle ne monte.

- Merci, Ally.

- Pour quoi ?

- Pour m'avoir poussée à tenter ma chance avec Alex.

Elle souriait et me faisait un clin d'œil.

- Je crois que je t'ai dit de t'amuser un peu. Je n'ai jamais parlé d'mariage, dit-elle en riant et en me faisant à nouveau un clin d'œil. Allez, viens, maint'nant. Ton futur mari t'attend.

La montée de l'escalier en verre semblait durer une éternité. À chaque pas, des bons souvenirs d'Alexander et moi me revenaient à l'esprit. De notre rencontre fortuite chez Wally's, jusqu'au jour de sa demande en mariage, en passant par d'interminables nuits enlacées dans la passion - les images de tout cela me consumaient. Je me rappelais aussi la période où je l'avais momentanément quitté. À quel point j'étais vide. Je voyais son visage se tordre d'inquiétude après mon enlèvement et mon accident de voiture. Et puis, il y avait sa nature autoritaire et mon entêtement qui venait le contrer, ce qui entraînait inévitablement de nombreuses bagarres et disputes. Ses cauchemars, même s'ils étaient de moins en moins fréquents, n'étaient pas non plus une chose que j'étais prête à oublier. Pourtant, le procès de Charlie était maintenant derrière nous. Nous avions finalement été soulagés lorsqu'il a été condamné à vingt ans de prison. Cela signifiait que nous n'avions plus à nous inquiéter pour un bon moment. Notre maison était presque terminée et toutes les dispositions avaient été prises pour que la mère d'Alexander déménage. Cela lui faisait toujours mal de voir son état mental, mais ce n'était pas suffisant pour l'éloigner malgré tout. Au bout d'un certain nombre de visites régulières, elle nous reconnaissait tous les deux, même si elle ne savait pas qui Alexander était vraiment pour elle. La relation de Justine et de Hale avec Alexander était encore un peu tendue mais elle s'améliorait quand même. Seul le temps pourra suffisamment guérir les blessures pour qu'ils puissent dépasser tout ce qu'il s'était passé. Malgré tout ça, les périodes négatives que j'avais partagées avec Alexander n'étaient rien en comparaison avec toutes les bonnes choses que nous partagions. Même son côté possessif et dominateur était effacé par nos moments d'amour et de tendresse. Je savais que nous étions plus forts ensembles que séparés et je me réjouissais de pouvoir accepter le bon et le mauvais côté pendant toute ma vie.

Jusqu'à ce que la mort nous sépare...

Je pouvais à peine croire que c'était en train d'arriver - nous étions enfin arrivés à ce jour, en résistant à tout. J'avais presque envie de me pincer le bras pour me convaincre que je ne rêvais pas. Lorsque j'atteignais le sommet de l'escalier, un chemin blanc bordé de chaises et d'invités apparut sur le pont. Je lançais un bref regard à la foule en espérant que cette distraction me calmerait les nerfs. Je voyais monsieur et madame Roberts et quelques autres de chez Wally's. Le personnel de Turning Stone était assis au fond avec Laura Kaufman et Gavin Alden. Angelo et Maria Gianfranco étaient également là avec leurs enfants, me surprenant parce qu'ils avaient été obligés de fermer La Biga pour pouvoir venir en famille. Stephen, Brian, Samuel et Justine étaient assis dans la rangée se trouvant derrière ma mère, Hale et Viviane. Il y avait aussi d'autres personnes que je ne reconnaissais pas - probablement des associés d'affaires d'Alexander. Tout le monde se levait en me voyant et mon cœur se mettait à battre la chamade dans ma poitrine.

Le pianiste commençait à jouer « Can't Help Falling in Love », la chanson que nous avions choisie au moment où je monterai jusqu'à l'autel. Nous avions choisi de ne pas opter pour la marche nuptiale traditionnelle des mariages, car Alexander et moi étions tout, sauf traditionnels. Cependant, alors que ma vision se brouillait sous l'effet des larmes, je me demandais si nous n'aurions pas dû nous en tenir au traditionnel. Juste la mélodie sans les paroles ne m'empêchait pas de chanter dans ma tête.

"... Take my hand. Take my whole life, too. For I can't help falling in love with you."[2]

Je fermais les yeux pour faire couler les larmes qui menaçaient de rouler sur mes joues. Quand je les rouvrais, mon regard se posait sur Alexander. Il se tenait de l'autre côté du pont, sous un treillis couvert de lierre épais et de lys blancs. Ma respiration se bloquait et j'hésitais. C'était comme si je le voyais à nouveau pour la première fois. Il se tenait immobile, les mains jointes devant lui, les jambes légèrement écartées, accentuant la largeur de ses épaules. Son smoking blanc mettait en valeur le bronzage doré de son visage et ses cheveux presque noirs. Même de là où je me trouvais, son regard bleu était perçant, dévastateur, tout comme le jour de notre première rencontre. Cet homme était une force de la nature et il n'attendait que *moi*. Il fixait l'allée et nos yeux se croisaient. Et là, il n'y avait plus personne, ni de bateau, et ni de pianiste. Je ne voyais que lui. Son sourire était éclatant, il m'invitait à me diriger vers lui. Je ne me souviens pas que Frank m'ait pris le bras ni d'avoir marché dans l'année avec lui non plus. Pourtant, j'avais dû le faire, car avant même de m'en rendre compte, Alexander était juste devant moi et me tendait la main. La façon dont il me regardait me faisait trembler. J'étais peut-être couverte de satin et de dentelle, mais ses yeux brûlaient si profondément qu'on aurait pu jurer que j'étais dénudée.

- Mon ange, dit-il d'une voix rauque.

Ce mot était parvenu à me faire gonfler le cœur à le faire pratiquement éclater, chassant efficacement la nervosité qui me tourmentait. Alexander était sur le point de devenir à moi, et j'étais sur le point de devenir à lui. Le célébrant débutait la cérémonie, mais le regard d'Alexander ne quittait jamais le mien. La seule fois où nous nous étions détournés l'un de l'autre, c'était lorsqu'il nous avait demandé de récupérer nos alliances auprès d'Allyson et de Matteo.

- Une alliance est un symbole d'unité. C'est un cercle ininterrompu qui incarne une promesse. Alors que Krystina et Alexander échangent leurs alliances, ils ont choisi de réciter les vœux qu'ils ont écrits l'un pour l'autre, annonça le célébrant. Se tournant vers moi, il demanda, Krystina, êtes-vous prête ?

- Oui, chuchotai-je en sanglotant presque des larmes de joie en prononçant ce mot. Je regardais droit dans les yeux l'homme que j'aimais et commençais à réciter les vœux que j'avais écrits avec mon cœur. Je te prends, Alexander, comme mon partenaire. Pour la vie. Je promets par-dessus tout de vivre avec toi dans la vérité et de communiquer complètement et sans crainte. Je promets d'avoir la patience que l'amour exige, de parler quand les mots sont nécessaires et de partager le silence quand ils ne le sont pas. Je te donne mon cœur comme un sanctuaire de chaleur. Tu trouveras toujours un foyer dans mon étreinte. En joignant ma vie à la tienne, je jure de t'aimer de tout mon corps, de tout mon esprit, de tout mon cœur et de toute mon âme.

Mes mains tremblaient lorsque je glissais la bague en platine sur son doigt, mes yeux toujours dans les siens. Quand il se mit à parler, sa voix était chargée d'émotion et c'était comme si le monde s'était arrêté de tourner, et je n'entendais que lui.

* * *

Alexander

JE REGARDAIS la plus belle femme sur laquelle je n'avais jamais posé les yeux. J'étais sur le point d'en faire ma femme. Ma gorge se bloquait alors qu'une vague d'émotion montait en moi. Je ne pouvais presque pas parler. Puis elle me sourit doucement, et ses yeux marron chocolat étaient tellement remplis d'amour que ma voix revint comme par magie.

- Krystina, j'aime l'étincelle qui est en toi, lui dis-je. Je m'approchais pour toucher son visage avec la main sur laquelle elle venait de placer mon alliance. Ta flamme éternelle est ma lumière dans l'obscurité. Tu m'as appris à ressentir les choses. Ton esprit remue mon âme, ton toucher m'apaise et ton dévouement me donne de la force. Ces vœux ne sont pas seulement des promesses, mais des privilèges, car tu as choisi de te donner à moi. J'entre dans cette vie avec toi sans réserve, sans peur ni confusion, mais avec un cœur clair et un esprit sain. Tu es mon passé, mon présent et mon avenir. Lorsque tu as accepté ma bague de fiançailles, elle était pour moi plus qu'un simple diamant. Car les diamants, comme les anges, sont uniques. Ils ne peuvent être fabriqués, mais seulement trouvés. Tu es mon ange, mon diamant brut, et je t'ai trouvée. Je promets de chérir notre amour comme un amour éternel.

Puis le célébrant m'avait dit de l'embrasser, mais aucun de nous n'eut besoin de ses encouragements. Quand nous nous penchions l'un vers l'autre et que nous pressions nos lèvres les unes contre les autres, c'était comme si nous scellions notre amour avec une férocité que seuls elle et moi pouvions comprendre. C'était un baiser que je n'oublierai jamais aussi longtemps que je vivrai. Le destin nous avait testé et nous avait humblement mis à genoux. Mais avec nos bouches moulées en une seule, nous prouvions aussi que nous pouvions surmonter ces obstacles et créer quelque chose de vraiment magique. Ensemble.

Après la fin de la cérémonie, la séance photo prit place. Ensuite, ce fut la traditionnelle découpe du gâteau qui s'invita. Très vite, la réception sur le *Lucy* battait son plein. Krystina et moi avions ouvert le bal, et les invités nous rejoignirent sur la piste de danse. Nous aurions probablement dû nous mêler à eux, mais je ne pouvais pas me résoudre à m'éloigner de Krystina. Je voulais qu'elle reste enveloppée dans mon étreinte en se balançant toute la nuit au rythme de la musique. Tout en dansant avec elle, je me penchais pour l'embrasser doucement sur les lèvres. J'absorbais ce moment, ajoutant son baiser à tout un tas de souvenirs de cette journée. Quand j'eus finalement retiré mes lèvres des siennes, je lui souris. Elle ne me rendit pourtant pas mon sourire. À la place, elle eut soudainement un air bizarre.

- Mon ange, qu'est-ce qui n'va pas ? lui demandai-je sur un ton alarmé.

- J'étais en train d'me dire que je n'voulais pas oublier une miette de cette journée. Et à comment... à comment... elle hésita. Et à l'histoire de notre mariage que nous raconterons à nos enfants et petits-enfants.

- Et ? demandai-je, complètement déconcerté par la raison pour laquelle elle semblait si paniquée.

- Des bébés. J'en veux ! lâcha-t-elle.

Je sentais un lent sourire se répandre sur mes traits, tandis que les images d'une belle petite fille aux grands yeux bruns et aux cheveux bouclés se formaient dans mon esprit.

- Je pense qu'on va pouvoir arranger cela, madame Stone.

- Vraiment ? demanda-t-elle comme si elle était surprise que je sois si prompt à accepter.

- Oui. Vraiment, gloussai-je en lui lançant un clin d'œil malicieux. Dès qu'on aura viré tout l'monde de c'bateau et mis le cap sur les Caraïbes, je pense qu'on pourra nous mettre tout d'suite au travail pour en faire.

- Oh, je... hésita-t-elle encore. Je n'sais pas si j'les veux maint'nant. Je voulais seulement dire...

Je riais à nouveau d'un son venant du fond de ma poitrine. Elle était vraiment trop mignonne. Je la faisais tourner autour de moi juste avec un doigt avant de la ramener vers moi. Je plaçais ma main contre la peau chaude de sa colonne vertébrale, appréciant le dos ouvert de sa robe de mariée tout en la rapprochant de moi.

- Et si on s'entraînait pendant notre lune de miel ? On aura tout l'temps d'parler du moment où on devra avoir des enfants.

Elle se détendait alors et croisait mon regard, ses yeux scintillant sous les lumières du *Lucy*.

- Oui, en effet. En fait, nous avons toute la vie devant nous.

- Regardez-vous tous les deux ! entendis-je Allyson carillonner derrière nous.

Mes sourcils se fronçaient à cause de cette interruption et Krystina se retournait pour regarder son amie.

- Qu'est-ce qu'on a fait ? demanda-t-elle.

- Je me souviens t'avoir dit il y a quelques temps que j'aurais un moment bizarre, un moment où je te dirai « ch'te l'avais bien dit ». Eh bien, c'est maint'nant, ce moment. Tous les deux, vous faites littéralement fondre mon cœur. J'aim'rais vous prendre en photo.

Elle sortait son téléphone et prit une photo avant même qu'on ait pu réagir. Je secouais la tête et tendais la main.

- Donne-moi c'téléphone, Allyson.

Elle arquait un sourcil confus mais me le donnait quand même.

- Tu fais quoi, là ? me demanda Krystina.

- J'prends un selfie, annonçai-je sans ambages.

Je tendais le téléphone devant nous, mais Krystina ne pouvait pas rester immobile suffisamment longtemps pour que je puisse prendre la photo, trop occupée à rire de façon hystérique.

- Prendre un selfie ? Ça, Alexander Stone, c'est la phrase que je pensais jamais entendre sortir de ta bouche.

- Calme toi, grondai-je sans aucune chaleur dans mes mots. En même temps, je souriais aussi franchement qu'elle. Dis cheese.

Au lieu de faire ce que je lui demandais, elle se retourna pour déposer un baiser sur ma joue au moment où je prenais la photo.

- Désolée, j'n'ai pas pu m'en empêcher.

Elle rit et je fronçais les sourcils en la regardant.

- Tu sais, j'ai remarqué que tu n'as jamais mentionné les termes « honneur » ou « obéissance » dans tes vœux de mariage, lui fis-je remarquer.

Elle me lançait un sourire insolent.

- Parce que tu t'attendais vraiment à c'que je l'fasse ?

Je secouais la tête.

- C'est p't'être parce que tu aimes vraiment les punitions. Et d'ailleurs, j'me d'mande si tu seras capable un jour de suivre mes instructions ?

Son sourire s'élargissait.

- En fait, non, je n'le pense pas.

Le côté droit de ma bouche se relevait, amusé.

- Mon ange, c'est exactement c'que j'pensais qu'tu m'dirais.

* * *

À suivre...

Pierre De Souhait

https://dakotawillink.com/foreign-translations

Il pouvait lui donner tout ce qu'elle désirait, sauf une chose.

Alexander
Je refusais d'être à nouveau piégé en enfer.
Mais pourtant, même les démons caressent des rêves.
Si j'avais eu un souhait à formuler pour Noël, ce serait celui
d'offrir à Krystina ce qu'elle désirait plus que tout : un enfant.
J'aurais tout fait pour satisfaire ses désirs, mais c'était avant que
le monde ne sombre dans le chaos. Trop de choses avaient
changé et la crainte de la folie qui nous entourait était
dévorante.
Je devais protéger la femme que j'aime par-dessus tout, même
si cela signifiait la maintenir enfermée dans une cage dorée.

Krystina
Alexander m'avait promis de m'aimer pour l'éternité, mais
comme dans chaque grande histoire d'amour, nous avions eu
notre lot de difficultés.

Mon mari était provocateur et autoritaire, mais nous avions trouvé notre équilibre.

Notre connexion était féroce, d'une attirance sans fin. Il n'y avait plus de mensonges, ni aucuns secrets entre nous.

Du moins, c'était ce que je me disais.

Pourtant, certains secrets sont faits pour rester cachés, même juste pour un temps.

Après tout, les plus beaux cadeaux ne se trouvent pas toujours sous le sapin

L'AUTEURE

Dakota Willink, auteure new-yorkaise, a décroché le titre envié de USA Today Bestselling grâce à son talent indéniable. Elle excelle dans l'art d'écrire des histoires mettant en scène des héros tourmentés qui tombent amoureux de femmes impertinentes et indépendantes. Ses livres mettent l'accent sur les personnages et sont empreints d'émotion et de sensualité. Ils sont écrits avec beaucoup de réalisme et son imagination donne naissance en permanence à de nouvelles idées.

Elle affirme souvent avec humour qu'elle a survécu à sa première publication grâce au café et au vin. Fan inconditionnelle de Star Wars, elle entretient toujours le rêve de recevoir un jour sa lettre de Poudlard. Au quotidien, elle rehausse son style avec du rouge à lèvres et voue une fascination particulière aux feuilles de calcul Excel. Ses compagnons d'écriture à quatre pattes, deux Cavaliers espiègles, sont les joyeux agitateurs qui distillent la bonne humeur au sein de son foyer. Elle adore voyager avec son mari et débattre de questions sociales et économiques avec son fils et sa fille issus de la génération Z, qui possèdent de solides connaissances en politique.

En termes littéraires, Dakota affectionne particulièrement les romances contemporaines ou sombres, les thrillers politiques et psychologiques, ainsi que les autobiographies.

À ce jour, *La Pierre de Souhait* est son quatrième roman traduit en français. C'est également le quatrième volet de *la Série de Pierre* qui se compose d'*Un cœur de Pierre*, de *Pierre de gué* et de *Gravé dans la Pierre*.

NOTES

Chapitre 12

1. La gremolata - ou gremolada - est une persillade italienne utilisée pour assaisonner traditionnellement l'osso buco ainsi que d'autres viandes blanches. On s'en sert également pour parfumer les pâtes. Elle est composée d'un hachis de persil et d'ail auquel on ajoute des zestes râpés de citron ou d'orange.
2. Petit hors-d'œuvre constitué d'une tranche de pain grillé et garni de charcuterie, de fromage, de légumes ou tout simplement d'huile d'olive et de tomates (on parle alors de bruschetta). La tradition de ce genre de petites tartines remonte au temps où les paysans italiens utilisaient des tranches de pain en guise d'assiettes.

Chapitre 19

1. Le site web Rolling Stone répertorie toute l'actualité musicale, culturelle, politique et sociétale vue par la rédaction de Rolling Stone Magazine.

Chapitre 23

1. Rise Against : groupe de punk rock américain, originaire de Chicago, dans l'Illinois. Formé en 1999, il est composé de quatre membres : Tim McIlrath (chant, ainsi que guitare secondaire pour certaines chansons), Joe Principe (basse), Brandon Barnes (batterie) et Zach Blair (guitare principale).

Chapitre 26

1. Tina Fey (Elizabeth Fey) est une actrice, scénariste, productrice et humoriste américaine, née le 18 mai 1970 à Upper Darby Township, en Pennsylvanie.

Chapitre 37

1. Créatrice de mode israélienne connue pour ses robes de mariée contemporaines, qui a lancé sa marque de couture éponyme en 2005 et sa marque de robes de mariée en 2014.
2. En français : *Prends ma main. Prends ma vie entière, aussi. Car je ne peux pas m'empêcher de tomber amoureux de toi.* Chanson : Can't help falling in love with you, d'Elvis Presley.

www.ingramcontent.com/pod-product-compliance
Lightning Source LLC
Chambersburg PA
CBHW031003190726
48285CB00004BB/1450